Texte détérioré — reliure défectueuse

NF Z 43-120-11

Contraste insuffisant

NF Z 43-120-14

CAUSERIES

ET

MÉDITATIONS.

I.

Ouvrage du même auteur :

LES ORIGINES DU THÉATRE MODERNE,

OU

HISTOIRE DU GÉNIE DRAMATIQUE, DEPUIS LE 1er
JUSQU'AU XVe SIÈCLE. IN-8°.

IMPRIMÉ CHEZ PAUL RENOUARD,
RUE GARANCIÈRE 5,

CAUSERIES

ET

MÉDITATIONS

HISTORIQUES ET LITTÉRAIRES

PAR

M. CHARLES MAGNIN.

TOME PREMIER.
(PARTIE FRANÇAISE.)

PARIS.
BENJAMIN DUPRAT, LIBRAIRE DE L'INSTITUT,
DE LA BIBLIOTHÈQUE ROYALE ET DE LA SOCIÉTÉ ASIATIQUE DE LONDRES.
N. 7, RUE DU CLOITRE SAINT-BENOIT.
1843.

De nos jours, où on lit si peu, et où presque personne ne jouit d'assez de liberté d'esprit pour se livrer avec quiétude à cet exercice ou, si l'on veut, à ce dilettantisme de la pensée qui a été le passe-temps favori de la société des deux derniers siècles, on nous jugera, sans doute, bien ingénu ou bien présomptueux d'espérer vaincre l'indifférence ou la préoccupation du public, en lui offrant deux volumes de critique et d'histoire littéraire. Lorsque, grâce à l'industrieuse publicité des revues et des journaux, on a eu le bonheur de surprendre un instant l'attention d'un petit cercle de lecteurs, il semble qu'il y ait quelque fatuité

de vivacité dans diverses publications périodiques, notamment dans la *Revue des
Deux-Mondes*. Aujourd'hui, ces idées pour-
suivent leur cours en raison de l'impulsion
acquise, mais avec une force sensiblement
décroissante. Peut-être, dans cet apaisement graduel, pour ne pas dire dans cette
langueur qui gagne peu à peu la critique,
est-il permis de voir l'indice d'une nouvelle
et prochaine révolution du goût; peut-être,
le génie toujours éveillé qui ne permet pas
que l'esprit humain s'engourdisse dans un
trop long sommeil, va-t-il demain faire
luire aux yeux de quelques adeptes, certains aspects, voilés jusqu'ici, de l'éternelle
beauté. Nous le souhaitons, pour notre
part, nous, placés dans la foule, et qui n'a-
vons pas de plus grand plaisir que celui
d'applaudir et d'admirer. Mais, en attendant l'effet désiré de ce nouveau souffle
inspirateur, et avant qu'un salutaire cataclysme vienne, comme il y a vingt ans,
emporter les vieux systèmes et raviver les
sources tarissantes de la poésie et de l'art,
on ne peut trouver mauvais que l'école cri-

tique actuelle se résume et se recueille ; on doit approuver que généraux et soldats rassemblent leur bagage et mettent à l'abri, dans un coin de l'arche, ce qu'ils ont à cœur de sauver de la submersion qui s'avance.

Une autre considération a aussi contribué à la détermination que l'auteur a prise. Il avoue que dans le projet de réimprimer une partie de ces opuscules, composés la plupart trop à la hâte, il a été surtout sensible à l'avantage de les revoir et de les amender. Cependant, comme chacun de ces morceaux porte avec lui sa date, il aurait cru se rendre coupable d'une sorte de faux en matière de goût, s'il s'était permis de rien changer au fonds des jugements et des opinions. Bonnes ou mauvaises, les doctrines proclamées depuis vingt ans par la critique, sont des faits acquis à l'histoire littéraire de la première moitié du xixe siècle. Ceux qui les ont créées ou propagées peuvent, s'ils le regrettent, les laisser reposer tranquilles et muettes dans les feuilles qui leur ont servi de berceau, ou les réfuter ailleurs. Mais s'ils les réveillent et les présentent aux suffrages d'une seconde génération de lecteurs, ils sont tenus de les montrer telles qu'ils les ont émises. C'est un devoir de probité littéraire, et nous l'avons rempli.

Est-ce à dire pour cela qu'il faille pousser les scrupules de reproduction textuelle jusques à conserver religieusement toutes les imperfections de la forme? Nullement. Nous ne professons aucun respect pour les anachronismes et les fausses dates; nous n'avons pas le moindre penchant superstitieux pour les délits contre la grammaire Aussi nous sommes-nous efforcé d'épurer, autant que possible, les pages que nous remettons au jour. Notre désir le plus ardent eût été de pouvoir offrir à nos lecteurs une entière orthodoxie de langage, en compensation de ce que plusieurs appelleront les hérésies de la pensée.

Les matières qui composent ce recueil se divisent naturellement en deux groupes. Le premier volume contient ce qui est relatif à l'histoire et à la littérature de notre pays. On a réuni dans le second ce qui se rapporte plus particulièrement à l'étude des

littératures étrangères. On ne s'est astreint
dans le classement des pièces ni à la suite
rigoureuse des dates, ni à la nature souvent complexe ou ambiguë des sujets : on
s'est laissé guider par des raisons un peu
capricieuses d'analogie ou de contraste.
Dans un seul cas on a jugé utile de respecter l'ordre chronologique : nous voulons
parler des études auxquelles a donné lieu
la présence des comédiens anglais à Paris
en 1827 et 1828. Il a semblé que cet épisode, important pour notre propre histoire
théâtrale, demandait à être présenté sans
interversion ni lacune, et qu'il n'était pas
sans intérêt de conserver la marche suivant
laquelle les faits et les réflexions se sont
produits.

S'il était nécessaire de justifier ou d'expliquer le titre qu'on a donné à ces mélanges, on rappellerait que les articles extraits du *Globe* et du *National* ne sont, pour
la plupart, que de pures improvisations, de
rapides conversations engagées avec des
lecteurs presque quotidiens, de vraies *cau-
series*. D'autres morceaux, au contraire,

plus étendus, plus *médités*, composés dans des conditions de publicité moins hâtive, ont paru appeler une dénomination plus grave. L'auteur n'a voulu, d'ailleurs, qu'indiquer par deux expressions bien tranchées, les deux divers modes de composition qu'il a alternativement suivis.

Outre un assez grand nombre d'essais qu'on n'a pas cru devoir reproduire, les amateurs de notre théâtre remarqueront peut-être l'absence de tous les articles que nous avons consacrés, pendant plusieurs années, dans le *Globe* et ailleurs, à l'examen des nouveautés de la scène française. Cette exclusion totale vient de ce que nous nous proposons de faire ultérieurement de cette série, un volume à part et qui portera un titre distinct. Ces publications ou reproductions, relativement faciles, sont un délassement à d'autres travaux plus importants et incomparablement plus pénibles.

Mais c'est assez et trop parler de ce que nous avons fait ou voulons faire : *Claudite jam rivos!*.... On nous pardonnera pourtant, nous l'espérons, ces confidences peut-être

trop expansives, en faveur de l'usage qui au-
torise tout écrivain à promener sur son livre
nouveau-né un paternel et complaisant regard dans une souriante préface. *Cui non ri-
sere parentes....* a dit le poëte. Nous avons
obéi à ce gracieux conseil de la muse antique, quoique nous n'ignorions pas que le
sourire des auteurs, comme celui des pères,
n'est pas toujours un gage assuré de succès
ni de bonheur.

10 mars 1843.

I.

DE LA STATUE

DE

LA REINE NANTECHILD

ET

DES RÉVOLUTIONS DE L'ART EN FRANCE AU MOYEN AGE.

(*Revue des Deux-Mondes*, 15 juillet 1832).

Les prétentions à la chevalerie qu'affichèrent,
sous la Restauration, les salons les moins chevale-
resques, ont jeté, depuis 1815, nos artistes, nos
poètes, nos romanciers, nos historiens dans le goût
du moyen âge et dans la contrefaçon du style improprement appelé *gothique*. A la place de la sévère et
monotone décoration gréco-romaine, dont David
et son école avaient couvert la France républicaine
et impériale, la mode, d'un coup de sa baguette, fit
sortir de la tombe, où il dormait depuis trois siècles, un art plus varié, plus capricieux, plus svelte;
un art élancé, ciselé, léger, gaufré, découpé en
trèfle, épanoui en étoiles et en rosaces, allongé en
ogive et en fuseaux. Un beau matin, architecture,

I.   1

poésie, peinture, meubles, ajustements, vignettes,
caractères d'imprimerie, reliures, tout, enfin, se
trouva chargé de myriades d'ornements, de colonnettes accouplées, d'aiguilles, de tours, de flèches, de clochers, de clochetons, le tout revêtu
de fines découpures et de riches dentelles ; en un
mot, la France passa sans transition de l'art romain le plus nu, le plus lourd, le plus uniforme, à
l'art moderne le plus paré, le plus compliqué, le
plus aigu, le plus féerique, à l'art, enfin, des xiv°
et xv° siècles.

Cette mode, d'ailleurs fort innocente, repose-t-
elle sur quelque chose de plus raisonnable et de
plus solide que le besoin naturel de changement ?
Un sentiment plus profond de nationalité s'est-il
éveillé en nous après les désastres de 1815, et nous
a-t-il inspiré un soudain et patriotique retour vers
nos origines ? Ou bien serait-ce que la pensée fon-
damentale sur laquelle repose l'art chrétien, mieux
éclairée et mieux comprise, nous aurait ouvert tout-
à-coup les yeux sur des beautés plastiques de premier ordre, pour lesquelles, depuis la *renaissance*,
nous étions devenus aveugles ? Je ne sais. Dans tous
les cas, la belle statue de la reine Nantechild, une
des femmes de Dagobert, moulée récemment avec
toute la perfection désirable, par les soins de M. Daniel Ramée, nous apprendra ce qu'il faut penser de
cette révolution. Nous verrons par l'accueil que
cette statue recevra du public, si, dans notre pas-

sion pour le gothique, il y a eu engouement puéril
ou sentiment réel de l'art moderne. Jusqu'ici pas
un seul des chefs-d'œuvre chrétiens couchés sur
des tombeaux dans les cryptes de nos basiliques, ou
debout dans les niches de leurs portails, n'avait encore pu prendre place dans nos musées, dans nos
écoles de dessin, ni dans l'atelier de nos artistes.
Enfin voici pour les vrais amateurs du moyen âge,
s'il y en a, une occasion d'avoir dans leurs cabinets
d'étude une œuvre gothique de bon aloi ; et franchement, à voir ce que la plupart de nos peintres,
de nos poëtes, de nos romanciers, de nos sculpteurs,
nous donnent journellement pour tel, on peut dire
que, parmi ceux qui exploitent le plus habituellement ce genre, beaucoup auraient grandement besoin de l'étudier. En effet, à part quelques écrivains
hors de ligne, tels que MM. de Châteaubriand et
Victor Hugo, et quelques artistes qui joignent au
mérite de la composition une connaissance réelle
des monuments, MM. Delacroix, Saint-Evre, Fra-
gonard, mademoiselle de Fauveau et un bien petit
nombre d'autres, nos peintres, nos poëtes et nos
prétendus chroniqueurs ne nous ont donné, jusqu'ici, qu'un moyen âge de fantaisie, où les modes,
les coutumes, les idiomes de cinq ou six siècles sont
jetés pêle-mêle et entassés au hasard. En général,
la langue du xvie siècle, mêlée à notre capricieux
néologisme, défraie de vieux langage les prétendues
chroniques du temps de la reine Blanche ou du roi

1.

Jean. Quant à nos peintres, ils gratifient volontiers
d'ogives toutes les cathédrales et tous les monastères,
même ceux des dixième et onzième siècles. Quant
au costume, on est convenu de ne remonter guère
au-delà de celui de Henri II, l'un des plus pittoresques, à la vérité, que l'on pût choisir, et d'en
revêtir indistinctement tous les personnages, fussent-ils du temps de Jeanne de Naples ou d'Abeilard.
Il résulte de cette effroyable confusion d'habits, de
langage et d'architecture, quelque chose qu'on
peut, à juste titre, appeler barbare.

En effet, qu'on nous permette d'en faire ici l'observation, la barbarie ne consiste pas tant dans le
disgracieux des formes que dans leur désaccord.
Tout artiste, tant soit peu familiarisé avec les lois du
beau, sait parfaitement qu'une époque est plus ou
moins pittoresque, selon qu'elle offre une harmonie plus ou moins parfaite entre son architecture,
ses costumes, ses ameublements et son climat.
Ce qui est décidément contraire et, pour ainsi
dire, réfractaire à l'art, c'est l'incohérence. Les
lignes sévères et la majesté massive de la terrasse de Versailles, ces jardins encadrés dans le
marbre, ces murs de verdure, le dôme doré des In-
valides, s'harmoniaient avec le raide et riche pour-
point, l'ample couvre-chef, et la vaste perruque de
Louis le Grand. L'architecture fine et svelte des
palais bâtis par Philibert de Lorme, les sculptures
délicates et les dentelles de marbre de Jean Goujon

répondaient au justaucorps brodé, aux manches
tailladées et à la fraise à jour des derniers Valois.
Enfin, le goût coquet des maîtresses de Louis XV,
introduit dans les arts, grâce à Vanloo et à Bou-
cher et adopté par l'architecture elle-même qui sur-
chargea jusqu'aux églises de volutes, de nœuds de
rubans et de guirlandes, acquit ainsi une sorte d'u-
nité qui en affaiblit un peu le ridicule. Seulement,
il faut remarquer qu'à cette époque de décadence,
au rebours de ce qui arrive dans les beaux siècles,
ce fut l'architecture, ce coryphée des arts, qui reçut le ton de la mode, au lieu de le lui donner. Pour
nous, peuple à demi anglais, à demi américain,
qui allons, en chapeaux ronds, échanger nos cou-
pons de *trois pour cent* sous le péristyle d'un temple
grec, nous qui mettons un lancier polonais en faction près d'un petit arc de triomphe gréco-romain;
nous chez qui la sculpture ne sait si elle doit se
montrer habillée ou nue, païenne ou chrétienne;
nous sommes, sous le rapport plastique et pittoresque, au-dessous même du siècle de Louis XV,
qui eut au moins un demi-caractère. L'art, chez
nous, n'a plus ni direction, ni unité. Nos rues,
bigarrées d'édifices de tous les styles, étalent des
échantillons de tous les siècles. Ce décousu vient
surtout de l'absence d'une pensée architecturale
qui nous soit propre. C'est à l'architecture, à ce
premier des beaux-arts, qu'il appartient d'écrire et
de formuler en caractères ineffaçables la pensée d'un,

siècle, si le siècle en a une. Lorsque, faute d'idée ou
de génie, l'architecture vient à faire défaut, le reste
n'a plus de base. Alors peintres, poètes, sculpteurs,
privés de direction, se jettent dans la contrefaçon
du passé, flottent, selon leur caprice, de l'imitation classique à l'imitation du moyen âge, tout .
prêts peut-être à adopter le goût japonais ou chinois, qui a déjà eu un si bizarre commencement
de vogue pendant la vieillesse de Voltaire.

Il est, je le sais, des gens qui soutiennent que si
un style d'architecture vraiment original et approprié à notre époque pouvait surgir quelque part en
Europe avant l'avénement d'une croyance religieuse, une telle merveille ne serait pas le fruit de
notre sol. L'art, disent-ils, n'a jamais été chez nous
qu'exotique et transplanté. La France possède en
propre la netteté de l'intelligence, la facilité de l'ap-
propriation, un penchant inné à l'éclectisme, le besoin d'exercer au loin une initiative de civilisation;
mais elle n'a qu'à un degré secondaire la profondeur
de la pensée et le génie de l'art. Architecture et musique, statuaire et peinture, poésie même et philosophie, elle a presque tout reçu de deux grands
foyers d'inspiration. Ces deux courants électriques
qui l'ont aimantée tour-à-tour en sens inverse, ce
sont l'Italie et l'Allemagne. Dante et Luther, Pétrarque et Gœthe, Machiavel et Grotius, Vico et Herder, Michel-Ange et Erwin de Steinbach, Raphaël et
Rembrandt, Cimarosa et Mozart, Rossini et Beetho-

veu, nous ont initiés alternativement à deux sortes
d'art, de philosophie, de poésie, de religion. De
ces deux muses, l'une a tout l'éclat du ciel méridio-
nal, l'autre le demi-jour brumeux du nord; l'une
donne plus aux sens, l'autre plus à la pensée; toutes
deux sont chrétiennes; mais l'une s'appuie sur les
gracieux débris du paganisme, l'autre sur les san-
glants autels d'Odin. Ces deux sœurs ont souvent
pris la France pour champ de bataille, apparemment en qualité de terrain neutre. Du temps de
Ramus, de Saint-Évremont, de Perrault, de La-
mothe, de Grimm, de Diderot, de Mercier, et
tout récemment encore, sous les noms de classiques et de romantiques, nous avons guerroyé pour
ou contre ces deux idées, à peu près comme les
recrues qui se battaient autrefois sans trop savoir
pour quelle cause. Mais revenons.

M. Ramée, jeune architecte, qui prélude à des
travaux originaux par de solides et sérieuses études
sur les monuments du moyen âge, vient de rendre
un véritable service aux artistes, en mettant à leur
portée un échantillon de la sculpture si belle et si
peu connue du xiii° siècle. Sans doute un seul *spe-
cimen* ne suffit pas. On ne peut pas bien sentir la
beauté d'un objet d'art, si on l'isole de ce qui l'a
précédé et suivi; mais il fallait commencer, et assurément M. Ramée ne pouvait ouvrir plus heureusement qu'il ne vient de faire, une série de publications plastiques que nous désirons lui voir

continuer. Nous croyons que ce jeune et habile
dessinateur a eu tout-à-fait raison de préférer, en
cette occasion, les procédés du moulage à ceux du
dessin. Depuis quelques années, le crayon de nos
meilleurs artistes s'est appliqué à reproduire une
foule d'églises, d'abbayes, de châteaux démante-
lés, d'édifices à demi recouverts de ronces. Ce procédé est le seul praticable pour nous faire connaître
des monuments d'une certaine étendue, qu'il faut
voir dans leur ensemble, avec leurs entours et leur
site; mais, pour les choses plus délicates, pour les
bas-reliefs, les statues, les arabesques, pour tout ce
qui est détail, le moulage me paraît bien préférable.
Le crayon, qui cherche l'effet, ne conserve pas toute
leur importance à certaines particularités caractéristiques. D'ailleurs, en supposant la copie exacte,
c'est une traduction ; c'est une idée transportée
dans une autre langue et rendue au moyen d'équi-
valents. Plus le dessinateur est habile, plus il met
à son insu du sien dans sa copie et l'empreint
de sa manière. Ce n'est plus l'original ; c'est du
Saint-Ange ou du Delille. Le moulage, au contraire, qui ne peut avoir de prétentions pour son
compte, est une empreinte parfaite, une contre-
épreuve authentique, une copie nécessairement
conforme, un *fac simile*. Quand le moulage est
d'une bonne exécution, c'est-à-dire quand le moule
est bien fait, que les coutures sont à peine visibles,
que le plâtre est bien appliqué, et serre le marbre

d'aussi près que ferait le vêtement de tricot le plus
étroit, alors les beautés les plus délicates, les plus
légers défauts même de la pierre sont conservés.
Moins l'impression que la réalité monumentale
produit toujours sur l'imagination, une figure ainsi
moulée équivaut à la statue elle-même.

Un de nos écrivains les plus distingués, qui aime
les arts et qui s'en occupe autant par goût que par
devoir, M. Vitet a émis récemment le vœu, dans
un rapport au ministre de l'intérieur (1), que le
gouvernement fît mouler en plâtre une partie des
nombreux chefs-d'œuvre qui subsistent encore de
notre sculpture nationale, et les réunît dans un
musée spécial, non pas rangés dans l'ordre des
temps auxquels ils se rapportent, comme M. Le-
noir avait fait au musée des Petits-Augustins,
d'ailleurs si regrettable, mais dans l'ordre chronologique de leur exécution. Ce serait là le meilleur
atlas pour servir de preuves justificatives à une
histoire de l'art en France au moyen âge.

En attendant la réalisation de ce projet, dont nos
enfants jouiront peut-être, la charmante statue que
M. Ramée vient de nous faire connaître convaincra
les plus incrédules qu'il a existé en France une grande
école de sculpture qui mérite d'être étudiée.

Nous n'avons pas la prétention de donner ici
une idée de la statue de la reine Nantechild, au

(1) Voy. ci-après, p 49.

moyen d'une description. Si le dessin nous paraît insuffisant pour reproduire les beautés plastiques, que faut-il penser de la parole ? Nous nous bornerons à dire que cette figure est debout et qu'elle a environ quatre pieds de haut. Elle se voit encore aujourd'hui à l'entrée de l'église de Saint-Denis sur le tombeau de Dagobert Ier, mort l'an 638. Elle représente une des femmes, peut-être la plus aimée de ce prince : car ce pieux monarque eut, selon les privilèges royaux de ces temps de dévotion et de barbarie, trois femmes à-la-fois, sans compter les concubines.

Cette figure est d'une beauté sérieuse et toute chrétienne. Plongée dans la méditation, elle tient un livre de sa main droite, et de l'autre tord un lacet, qui pend de son cou. Sa tête est légèrement inclinée. Un nuage de tristesse contracte son sourcil et pèse sur ses paupières : sa pensée semble en communication avec la tombe qui est à ses pieds (1).

Il suffit d'un coup-d'œil pour s'assurer que cette statue n'est pas contemporaine des successeurs de Dagobert. Au caractère d'ascétisme répandu sur les traits et dans le maintien, à l'émaciation des for-

(1) De la manière dont cette statue est placée, elle regarde le pavé de l'église au lieu du tombeau. On prétend, pour expliquer ce désaccord, que la tête est rapportée et n'appartient pas à l'œuvre primitive. Sans adopter ni nier cette assertion, que semble confirmer un dessin exécuté par M. Percier en 1793, nous ferons remarquer que cette tête est certainement de la même époque et du même travail que le reste du corps.

mes qui, sans altérer la beauté, atteste la prédominance de l'esprit sur la chair, on peut être sûr
que la pensée catholique avait alors atteint sa plus
haute pureté. Le vêtement étroit, plus serré du haut
que du bas, indique l'approche du règne de saint
Louis; enfin le jeu flexible de la chevelure, la liberté des plis de la robe et du manteau dénotent le
passage récent de l'art hiératique ou sacerdotal à
l'art indépendant et séculier, moment qui chez
nous répond à l'époque d'Ictinus et de Phidias en
Grèce. Tous ces indices donnent pour date certaine à la statue de la reine Nantechild, la première
moitié du xiiiᵉ siècle.

La tête n'a aucun des caractères d'un portrait :
c'est, à n'en pas douter, une création idéale. D'ailleurs, et cela est bon à dire en passant, les corps
des rois de la première race étaient déposés dans
des cercueils de pierre, sans figures sculptées ni
ornements extérieurs. Leur nom et leur titre étaient
gravés en dedans. Des armes, des monnaies d'or,
des pierres précieuses étaient placés à leur côté. Le
père Mabillon, dans un mémoire sur les anciennes
sépultures de nos rois (1), remarqué que l'absence
d'inscription venait de ce que, dans ce temps de
brigandage, on violait fréquemment les riches
sépulcres, pour s'emparer des objets de prix qui
y étaient enfermés. La découverte que l'on a

(1) *Mém. de l'Académie des inscript. et belles-lettres*, t. II, p. 684.

faite, en 1653, du tombeau de Childéric, près de Tournay, a fourni la preuve de cette double coutume d'enfouir auprès des rois un grand nombre de bijoux et de ne graver aucune épitaphe sur leurs tombes. La première figure dont il soit fait mention sur une sépulture royale est celle qui, au rapport d'Eginhart, décorait le tombeau de Charlemagne (1). Grégoire de Tours raconte que, dans la basilique de la ville de Metz, le sépulcre d'une jeune femme, enterrée avec de riches joyaux et beaucoup d'or, fut pillé par ses proches quelques jours après les funérailles. (2)

Nous lisons dans l'histoire de l'abbaye de Saint-Denis par Félibien, qu'un écrivain du IXᵉ siècle fait mention de bustes dorés qui ornaient la sépulture de Dagobert et de sa femme Nantechild (3). Ces bustes, qui pouvaient être de l'époque où le chroniqueur vivait, n'ont aucun rapport avec la statue qui nous occupe. Suivant le même auteur, le monument de Dagobert, comme celui de Charles le Chauve, a été refait et orné des figures et les bas-reliefs qu'on y admire, un peu après le temps de l'abbé Suger. Cette supposition est tout au plus admissible pour le bas-relief (4); mais quant à la

(1) Eginhart., Vit. Carol., cap. 31.
(2) Greg. Turon., Hist. eccles., lib. VIII, cap. 21.
(3) Félibien, Histoire de l'Abbaye de Saint-Denis, p. 547.
(4) Ce bas-relief est plein de naïveté et offre dans quelques parties une très-grande élévation. Malheureusement l'effigie de Dago-

statue de Nantechild, comparez-la avec une statue quelconque de la première moitié du xii^e
siècle, avec celle de Louis VI, dit le Gros, par
exemple, qui s'allonge, en forme de gaîne devant le
portail latéral nord de l'église de Saint-Denis, et
voyez si ce sont là deux monuments contemporains.
La raideur emmaillottée de l'une et la pose naturelle de l'autre, les plis massifs et comptés de la toge
de Louis le Gros, et le libre jet des plis de la robe
de Nantechild, les cheveux divisés par tranches et
comme nattés de la figure du portail, et la chevelure
de la petite-reine si souple et si délicatement sculptée, établissent un intervalle de plus d'un demi-
siècle entre les deux ouvrages, et placent, par conséquent, le dernier vers le commencement du
xiiie siècle.

D'une autre part, ce serait, suivant moi, trop
rapprocher la date de ce morceau, que de supposer qu'il ait été exécuté en 1267, lorsque Louis IX
et Mathieu, abbé de Saint-Denis, firent transporter dans le chœur les rois qui reposaient en divers
lieux de la basilique. L'écrivain qui cite ce fait,
ne mentionne dans cette translation aucun prince
de la première race : « Les rois et reines, dit-il,
qui descendaient de Pepin furent placés avec leurs

---

bert couché sur le tombeau, est d'une époque beaucoup plus
moderne, ainsi que la statue qui fait le pendant de celle de Nantechild. Cette figure, par sa pose théâtrale, dépare, d'une manière
fâcheuse, ce beau monument.

images taillées du côté droit du chœur, près de la
grille, et ceux qui descendaient du roi Hugues Ca-
pet à gauche (1). » Mais une raison plus péremp-
toire, c'est la différence des styles. Les figures du
monument de Dagobert, notamment celle de Nantechild, ont un caractère beaucoup plus idéal que
celle des rois et des reines sculptées en 1267. Ces
dernières ont bien plus de réalité et plusieurs sont
évidemment des portraits. Au reste, on voit dans
les unes et dans les autres combien les artistes de
cette époque attachaient peu d'importance à l'exactitude du costume. Ils songeaient à empreindre
leurs figures de la grande pensée catholique qui
dominait alors, et rien de plus. D'ailleurs, tous les
rois et reines de la seconde race et du commencement de la troisième sont indistinctement revêtus
de surcots (2) justes et serrés, en usage sous le règne
de saint Louis. La statue de Nantechild, qui porte
également le vêtement étroit du temps, est donc,
à quelques années près, datée par son costume.
On regrette qu'elle ne soit pas, avec autant de certitude, signée du nom de son auteur.

Il en est des œuvres de l'architecture et de la
statuaire au moyen-âge comme des épopées religieuses des siècles primitifs. Tous ces grands mo-

---

(1) *Voy.* Félibien, ouvrage cité, p. 551.

(2) Le surcot était une cotte étroite, qui se portait par-dessous le
manteau. *Voy.* la lettre d'institution des chevaliers Notre-Dame,
ordre qui fut créé par le roi Jean.

numents sont sans noms d'auteurs. C'est que ces
poèmes et ces cathédrales ne sont pas des ouvrages individuels, mais des œuvres sociales auxquelles plusieurs générations ont mis la main. A
peine si, du xie au xiiie siècle, un ou deux noms de
statuaires nous sont parvenus; c'est qu'en effet,
durant cette admirable période catholique, il n'y
eut point d'artistes, point d'individus; il n'y eut
que des abbayes, des confréries, des monastères,
où l'on mettait en commun non-seulement sa vie,
ses biens, ses intérêts terrestres, mais ses pensées, son âme, et, qui le pouvait, son génie. Seulement, vers le xiiie siècle, l'art commençant à s'in-
dividualiser, quelques noms de maîtres viennent à
poindre. Les livres et surtout les inscriptions sépul-
crales commencent à parler. Nous apprenons, par
cette voie, que Robert de Luzarches bâtit la cathédrale d'Amiens, en 1220; Pierre de Montereau, l'abbaye de Long-Pont, en 1227; Hugues Libergier,
Saint-Nicaise de Reims, en 1229; et que Jean de
Chelles éleva le portail latéral sud de Notre-Dame à
Paris, en 1257. Nous connaissons assez bien, grâce
à Joinville, Eudes de Montreuil, compagnon de
saint Louis en sa croisade, lequel fortifia Jaffa, bâtit le chœur de Beauvais, Sainte-Catherine du Val
des Écoliers, Sainte-Croix de la Bretonnerie et quelques autres églises de Paris, notamment celle des
Cordeliers, où on l'enterra dans un tombeau sur lequel il avait taillé lui-même son image. Ce que l'on

sait, avec non moins de certitude, c'est qu'à cette
époque l'architecture et la sculpture ne faisaient
encore qu'un seul art. Erwin de Steinbach, qui eut
la plus grande part à l'érection de l'admirable cathédrale de Strasbourg, maniait le ciseau ; Sabina,
sa fille, sculpta plusieurs figures du portail. Ce fait
posé, il serait possible que Robert de Luzarches,
Pierre de Montereau ou Hugues Libergier, eussent
exécuté les figures de la chapelle sépulcrale de Dagobert. Nous penchons pour le plus ancien, et nous
attribuerions volontiers ces figures à Robert de Luzarches ; mais ce n'est là qu'une conjecture très-ar-
bitraire et que nous donnons modestement pour
ce qu'elle vaut.

Puis donc que, malgré les plus exactes recherches, il faut renoncer à l'espoir de retrouver les vies,
et se résigner à ignorer les noms de la plupart des
pieux artistes du moyen âge, nous allons essayer au
moins de suivre, dans ses principales révolutions,
l'histoire de ces grands travaux impersonnels. A
défaut de la biographie des artistes, nous tâche-
rons de construire la biographie de l'art.

La même série de transformations que l'archéologie commence à discerner dans l'art antique s'est
accomplie dans l'art moderne. En Asie, en Egypte,
en Grèce, l'art fut d'abord, comme en Europe au
moyen âge, hiératique ou sacerdotal. En Asie, en
Egypte, en Grèce, l'architecture fut, pendant la
durée de cette première période, le guide et comme

la génératrice de toute cette admirable famille appelée *beaux-arts*.

On peut diviser en quatre époques l'histoire de l'art en France.

La première, l'époque *hiératique*, commence avec l'introduction du christianisme et se prolonge jusqu'au règne de Charles le Gros. Dans le partage des pouvoirs, la direction de l'intelligence était échue au clergé. Dépositaires de la pensée catholique, les évêques la répandirent par la voie des arts comme par la plus efficace des prédications. Le propre des temps hiératiques n'est pas la rapidité des progrès. Ces époques assurent la perpétuité des traditions, la transmission des procédés, le perfectionnement graduel des types. Ces temps sont pour les nations ce que sont les années de croissance pour les hommes. La seconde période commence au xiii⁰ siècle; c'est le temps de l'art *sécularisé*. A la suite de l'affranchissement des *communes* vinrent tous les autres affranchissements. L'art sort des cloîtres. Les artistes ne sont plus seulement des moines et des abbés, mais des *maîtres* libres, des *francs-maçons;* les traditions, les procédés de l'art se perpétuent au moyen de grandes confréries laïques, d'abord secrètes comme les maçonneries de la Frise et de la Westphalie. Bientôt elles se divisent en corporations locales et en maîtrises; les traditions s'affaiblissent, les secrets se vulgarisent; la réforme, avec sa tendance individualiste, la

I.　　　　　　　　　　　　　　　2

renaissance, avec ses adorations semi-païennes, brisent, à la fin du xv⁰ siècle, le dernier nœud de ces associations héritières des communautés religieuses. On n'éprouve plus que le besoin de petites compagnies vaniteuses et honorifiques, sans hiérarchie, sans traditions, sans croyances; une troisième époque est arrivée, l'ère des *académies*. Cette nouvelle période, ouverte avec éclat sous François I⁰ʳ, se ravive un moment sous Louis XIV, qui lui communique quelque chose de sa lourde majesté, puis se traîne en s'affaiblissant jusqu'à la grande émancipation de 1789. Alors avec David commence l'ère où nous sommes encore, l'ère de l'art *individuel*. Dans cette quatrième période, il n'y a plus ni unité, ni tradition, ni centre; il y a de certains maîtres, de certaines écoles. Le pouvoir sur l'imagination se prend et se perd. En moins d'un demi-siècle, nous avons vu régner David, Canova, Ingres, Gœthe, Châteaubriand, Byron, Walter Scott, Lamartine, Rossini, Beethoven. L'étoile de Victor Hugo est haute à l'horizon; ce soir, peut-être, va poindre l'astre inconnu qui doit la remplacer. La gloire, à cette heure, est à peine viagère; le sceptre passe de main en main; c'est une sorte de présidence républicaine. Sous un tel régime, il y a encore des œuvres d'art et des artistes; mais si l'art est quelque chose de suivi, de consistant, qui ait un but, qui forme un système et un ensemble, de nos jours, il n'y a plus d'art.

Ces divisions que nous venons d'indiquer ne sont pas, comme on pourrait le croire, chimériques et arbitraires; elles sont exactes, réelles, et résultent de l'examen attentif des faits. Nous allons les reprendre une à une, et les justifier par quelques preuves.

ÉPOQUE HIÉRATIQUE.

Quand le christianisme se fut rendu maître des Gaules, le clergé, comme il avait fait dans les autres provinces de l'empire, se logea dans les édifices publics, et, à leur défaut, dans les édifices particuliers, qu'il adapta, du mieux qu'il put, à cette nouvelle destination. Nous voyons Litoire, second évêque de Tours, faire servir à l'exercice du culte chrétien la maison d'un sénateur (1). On a fait remarquer, avec raison, que les premières églises, en Occident, furent des *basiliques* ou tribunaux romains (2), et qu'une abbaye n'était autre chose que l'habitation d'une riche famille patricienne (3). L'art, à cette époque, consistait surtout à réparer et à ajuster d'anciennes constructions.

(1) Gregor. Turon., *Hist. eccles.*, lib. X, cap. 31.—Voyez (*ibid.*, lib. I, cap. 29) le don qu'un autre sénateur gaulois, résidant à Bourges, fit de sa maison, pour la transformer en église.

(2) Voyez un article de M. L. Vitet sur l'architecture lombarde. *Revue française*, juillet 1830.

(3) *Études historiques*, par M. de Châteaubriand, tom. III, p. 276.

Dans les temps de conquête, on trouve plus expé-
ditif et plus commode d'exproprier que de bâtir.

Mais bientôt les guerres contre les Ariens ruinè-
rent beaucoup d'édifices ; il fallut construire à neuf.
De cette nécessité naquit l'architecture mérovingienne, dont il subsiste à peine aujourd'hui quelques vestiges, mais qui dut avoir et qui eut, au
rapport des contemporains, un caractère très-
complexe, et fut à-la-fois romaine, barbare et chrétienne.

Cela se conçoit :

D'une part, la pensée chrétienne avait déjà trouvé
sa formule architecturale en Orient, et le clergé devait la reproduire, au moins, dans ses principales
dispositions mystiques. D'une autre part, le goût
des barbares nouvellement sortis des forêts, les
porta, pendant toute la durée de l'époque mérovingienne, à ne laisser bâtir les palais et même les *maisons de Dieu* qu'en bois, à la façon des Huns. Enfin, il était difficile au clergé de ne pas céder à la
tentation d'orner, comme Agricola, évêque de
Châlons (1), ses cathédrales avec les colonnes de
marbre prises dans les ruines païennes dont le sol
était jonché. Ainsi arriva-t-il dans toutes les cités.
Les bas-reliefs et les mosaïques passaient des thermes consulaires dans les églises ; et si l'on voyait
dans quelques chapelles des figures sculptées, c'é-
tait un Hercule, un Jupiter ou une statue d'empe-

(1) Gregor. Turon., *ibid.*, lib. V, cap. 46.

reur que l'on honorait d'un nom de patriarche ou de saint. (1)

Cet art, quelque mélangé qu'il fût, n'en était pas moins sacerdotal. Depuis Clovis jusqu'à Louis le Gros, il ne se rencontre pas dans nos histoires une seule œuvre d'artiste, en quelque genre que ce soit, qui n'appartienne au clergé. Artiste et prêtre étaient synonymes au moyen âge, comme ils le furent en Egypte et dans les premiers temps de la Grèce; ajoutons, comme ils l'ont été un moment dans le vocabulaire d'une secte qui vient d'essayer prématurément de greffer une rénovation sociale sur une nouvelle pensée religieuse. Pendant toute la durée de l'ère hiératique, le meilleur architecte, le meilleur musicien, le meilleur poète avaient le plus de chances d'arriver à la dignité d'évêque et d'abbé. Savoir manier le ciseau et l'équerre, peindre sur parchemin, sur verre, sur ivoire et sur bois, savoir bien conduire le chant du chœur, furent, pendant huit siècles, des *vertus* abbatiales et épiscopales. Un moindre talent même, celui de la ciselure et de l'orfévrerie, contribua à élever saint Eloi aux premières dignités de l'église (2) et lui valut la canoni-

---

(1) De là vient qu'on trouve même encore aujourd'hui, dans plusieurs anciennes églises, des inscriptions païennes. *Voy.* Moléon, *Voyage liturgique en France*, p. 2, 4, 38, 72 et 103.

(2) Éloi ne paraît même pas avoir discontinué ses travaux manuels après son élévation à l'évêché de Noyon. On sait qu'il fabriquait surtout de riches *châsses*, qui n'étaient pas moins nombreuses, en France, avant la révolution, que les camps et les tours de César.

sation, comme ce talent avait, dans les temps mythologiques, fait déifier Vulcain et Dédale. Cet
exemple n'est pas le seul : Léon, treizième évêque
de Tours, fut surtout recommandable pour son habileté dans les ouvrages de charpente (1). Mais, en
général, les arts dans la période hiératique ne se
divisaient pas, comme de nos jours, en une multitude de branches indépendantes et sans contact.
Moins perfectionnés qu'ils ne le sont, ils formaient
un faisceau solide et fraternel dont l'architecture
était le lien. Dès l'origine du christianisme, l'art de
bâtir selon les rites fut estimé un des plus saints devoirs de la prêtrise. L'acception toute religieuse que
reçut dès ce moment le mot *œdificare*, prouve que
la science architecturale emportait avec elle une
louange des mœurs et comme une opinion de sainteté. « *Mores tuos fabricæ loquuntur* », dit Cas-
siodore au préfet de Rome, Symmaque. (2)

La manière d'élever, de disposer et d'orienter les
églises était un mystère dont le clergé avait la garde.
C'était comme le nom secret de Rome. La transmission discrète de ce mystère constituait une des principales fonctions de l'apostolat. « Un saint prêtre,
dit Grégoire de Tours, ayant converti quelques
gentils près de Bourges, les ordonna prêtres, leur
enseigna la psalmodie, et leur apprit de quelle ma-

---

(1) Gregor. Turon , *Hist. eccles.*, lib. III, cap. 17, et lib. X, cap. 31.
(2) Cassiod., *De Tabernaculo et de Templo Salomonis.*

nière ils devaient bâtir les églises et célébrer les
mystères sacrés. (1) »

Chaque partie d'une basilique était un symbole.
La forme en croix rappelait le crucifiement de Jésus-
Christ. L'abside, ou la partie circulaire du chœur,
figurait la place de la tête ou le *chevet*; les chapelles placées autour du chœur pouvaient indiquer
l'auréole; les ailes ou transsepts figuraient les bras;
le portail était comme le support des pieds. Les
constructeurs d'églises se rapprochaient de ce patron mystique (2), autant que le permettait l'ap-
propriation au culte des divers édifices profanes,
basiliques, thermes, prétoires, cénacles, etc.

Grégoire de Tours et le poète Fortunat, évêque
de Poitiers, insistent beaucoup sur les flots de lumière colorée dont les vitraux des églises inon-
daient les saints lieux. Est-il légitime d'induire de là
que l'on employait dès-lors la peinture sur verre?
Non, sans doute; mais il est certain qu'en rapprochant des verres teints, de nuances diverses, on
cherchait à imiter les *tons dorés de l'aurore*, ceux
de *l'arc-en-ciel* et les *feux du soleil levant* (3).
Quant à la peinture sur mur, ou, pour mieux dire,
sur bois, il est hors de doute que le clergé en faisait

(1) Gregor. Turon., *ibid.*, lib. I, cap. 29.

(2) Voyez, notamment la description de la belle église bâtie par
l'évêque Namatius à Clermont : *Totum œdificium in modum crucis
habetur expositum...* Gregor. Turon., *Hist eccles.*, lib. II, cap. 16.

(3) Fortunat., lib. II, *carm.* 11, *De ecclesia Parisiaca*.

usage dès la première race. « La femme de l'évêque Namatius, ayant bâti, dans un faubourg de la
ville de Clermont, l'église de Saint-Étienne, appelée depuis Saint-Eutrope, voulut qu'elle fût or-
née de peintures. Elle portait, dans son giron, dit
Grégoire de Tours, un livre où elle lisait les actions
des anciens temps, et indiquait elle-même aux
peintres les traits qu'ils devaient représenter sur
les murailles. (1) »

Le clergé, durant l'époque hiératique, ne tra-
vaillait pas pour les seuls besoins ecclésiastiques :
il fallait bien que quelqu'un se chargeât de réparer
les édifices civils, d'élever les demeures royales, de
pourvoir les villes de halles, de fontaines, et d'ouvrir
des routes aux pélerins. Cette intendance des travaux
publics, ce fut le clergé qui l'exerça. Ici, Agricola,
évêque de Châlons-sur-Saône, bâtissait des édifices
utiles aux particuliers (2); là, saint Nicet ou plutôt
Nizier, évêque de Lyon, réparait ou construisait des
maisons (3); ailleurs, le jeune Arédius, nouvellement ordonné prêtre, faisait jaillir, comme *l'Aqui-*
lége toscan (4), une source d'un coup de baguette (5),
ce qui signifie, dans le style du Pentateuque, que ce

____

(1) Gregor. Turon., *ibid.*, cap. 17.—cf. Fortunat., lib. I, *carm.* 13,
De basilica sancti Eutropii.

(2) Gregor. Turon., *ibid.*, lib. V, cap. 46.

(3) *Id.*, *ibid.*, lib. IV, cap. 36.

(4) Fest., *voc.* Aquælicium. — Varro, ap. Non. Marcell., p. 69,
18, ed. Mercer.

(5) Gregor. Turon., *ibid.*, lib. X, cap. 29.

jeune prêtre était un habile fontainier; si l'on ne veut
pas admettre qu'il découvrit dès-lors quelque chose
d'analogue au miracle de nos puits artésiens.

Le clergé ne donnait pas moins d'attention à la
musique. A la fin du VIe siècle, un saint et un
pape, Grégoire le Grand, renouvelle l'art de chanter; et l'on conçoit que, pendant l'époque hiératique, il ne fallut pas moins que l'autorité d'un pape
pour opérer une telle réforme. Un simple particulier comme autrefois Terpandre, y eût échoué.
Grégoire exerçait lui-même de jeunes choristes à la
mélopée des psaumes. Fortunat nous apprend que
saint Germain, évêque de Paris en 557, appor-
tait un soin tout particulier à l'enseignement de la
psalmodie (1). Ainsi, dans les temps hiératiques,
les papes et les évêques étaient à-la-fois les architectes, les statuaires, les peintres et les maîtres de
chapelle de toute la chrétienté.

L'art carlovingien, sans cesser d'être sacerdotal,
diffère cependant de celui de la seconde race. Le
génie de Charlemagne imprima aux arts, comme à
tout le reste, un mouvement de progrès. Ce prince,
en projetant son pouvoir sur deux contrées incon-
testablement mieux douées que la nôtre pour la culture des arts, améliora le goût des prélats français.
D'abord on perd l'habitude barbare des constructions de bois; puis la vue de quelques beaux édifices d'Italie, notamment de l'élégante église de

(1) Fortunat., lib. II, carm. 10, *Ad clerum Parisiacum*.

Saint-Vital, bâtie à Ravenne par les exarques grecs en pur style byzantin, donne à nos Gallo-Francs l'idée d'un art nouveau. Bientôt une copie agrandie du chef-d'œuvre grec s'élève à Aix-la-Chapelle. Partout des bas-reliefs, non plus barbares ou dérobés aux thermes et aux temples païens, viennent orner les églises et jusqu'aux sépultures. On voit dans Eginhart qu'une statue de Charlemagne décorait le tombeau de ce monarque (1). L'usage des figures de ronde-bosse, de bois ou de pierre, que les scrupules de quelques évêques avaient banni des églises, y reparaît. Cependant, et cela est un trait caractéristique de l'art hiératique, on préférait, en général, pour la ciselure et la sculpture, les métaux et l'ivoire à la simple pierre.

Quant à la musique, Charlemagne l'aimait : il indiquait lui-même dans sa chapelle, avec le doigt ou avec un bâton, le tour du clerc qui devait chanter, et il donnait à la fin du verset, par un son guttural, le ton de la phrase recommençante (2). Lui-même, d'ailleurs, ne chantait qu'à demi-voix et avec le reste des assistants (3). On sait qu'il demanda au pape quelques chanteurs (4) assez experts pour suivre les modulations de l'orgue, instrument qui commençait à être connu en France,

---

(1) Eginhart., *Vit. Carol. Imper.*, cap. 31.
(2) Monach. Sangall., lib. I, cap. 7.
(3) Eginhart., *Vit. Carol. Imper.*, cap. 26.
(4) Monach. Engolism., ad annum 787.

et dont le moine de Saint-Gall a si bien décrit la construction et les effets. (1)

Mais cette sorte de *renaissance*, produite par le génie d'un seul homme, ne devait pas lui survivre. L'Allemagne et l'Italie, en reprenant leur marche à part, cessèrent de nous entraîner à leur suite. Les invasions normandes, peut-être aussi l'accession en masse de la race franque aux dignités ecclésiastiques, qu'avaient généralement exercées jusque-là les Gaulois, depuis plus longtemps civilisés, suspendirent tous les progrès. Ce n'est pas tout. Vers le milieu du xe siècle, il se répandit dans la plupart des royaumes chrétiens une idée funeste : on se prit à croire, d'après l'Apocalypse, que la fin du monde était proche ; le genre humain ne devait pas survivre à l'an 1000. Un découragement général s'empara des peuples et s'étendit jusqu'aux clercs ; l'entretien des églises, des abbayes, des presbytères, fut négligé. On ne répara ni les palais, ni les chaussées, ni les édifices d'aucune espèce (2). Le clergé, qui recevait d'immenses aumônes, ne donnait aucun emploi à ses trésors ; comme sur un vaisseau qui va couler bas, le silence et la prière avaient remplacé, parmi l'équipage, la manœuvre et le travail.

(1) Monach. Sangall., lib. II, cap. 10.

(2) *Voy.* Glaber. Rodulph., lib. III, cap. 4.—J'expose ici l'opinion généralement admise. Je me réserve de montrer ailleurs qu'elle a été un peu exagérée.

Mais quand le jour prédit fut passé, quand le danger du terrible cataclysme fut évanoui, alors on se remit à l'œuvre; on voulut regagner le temps perdu; une activité sans exemple s'empara de la société chrétienne. C'est du commencement du xie siècle que date chez nous la naissance de la constitution féodale qui subsista deux siècles, et dont l'établissement fut un progrès sociale, en amenant la conversion de l'esclavage en servage. Pendant cette période, l'art devint de plus en plus sacerdotal, jusqu'à la fin du xiie siècle, qui est à-la-fois le terme et l'apogée de l'époque hiératique.

Cependant, le délabrement des édifices et l'accumulation des richesses entre les mains du clergé ne suffisent pas pour expliquer cette fièvre architecturale qui s'empara de toute l'Europe au xie siècle. A ces causes matérielles, il faut joindre un redoublement d'exaltation religieuse, c'est-à-dire, d'amour de l'art. Cette exaltation multiplia les pélerinages et conduisit tous les clercs, au moins une fois en leur vie, les uns, au-delà des Pyrénées, à Saint-Jacques-de-Compostelle, les autres, plus fervents, dans les pays d'outre-mer, à Bethléem et à Jérusalem. Dans ces voyages, les yeux des pélerins se familiarisaient avec l'élégance des constructions byzantines et mauresques. De ce temps date aussi l'envoi régulier de jeunes clercs à Constantinople, pour y étudier à sa source le goût oriental. Dès la fin du xie siècle, le style architectural en

France s'était déjà fort amélioré. L'élégant et léger
plein-cintre byzantin remplaça les lourdes arcades
et les robustes piliers romains. Cette nouvelle architecture svelte et délicate, comme tout ce que produit la Grèce, chercha à s'acclimater dans notre
occident. On vit cette belle étrangère, venue à la
suite des croisades, traverser nos provinces du midi
et du centre, s'arrêter complaisamment dans les vallons de la Normandie, et se mirer dans les eaux du
Rhin. Si vous voulez admirer quelques-uns de ses
vestiges, hâtez-vous, car chaque jour les ronces les
recouvrent et les grandes herbes les effacent. Bientôt
l'antiquaire ne saura plus lui-même où elle a passé;
cherchez ce qui reste d'elle aux abbayes de Vézelay,
de Jumièges et de Tournus; visitez la nef de Saint-
Germain-des-Prés, l'église de Saint-Trophime, à
Arles, le portail de Coucy-le-Château et celui de l'abbaye de Saint-Denis. C'est en présence de ces chefs-
d'œuvre que vous pourrez prendre une idée de cet
art aux proportions si justes, et admirer la grâce de
cette vierge du Bosphore qui s'est assise un moment
sur notre sol, avec ses fines colonnettes, ses rotondes légères, ses arcades aériennes et ses chapiteaux
ornés des larges plantes de l'Orient.

Mais, tandis qu'à la fin du xii° siècle, l'architecture atteignait un si haut degré de perfection,
la statuaire la suivait d'un pas fort inégal. Tout ce
qui nous reste de sculptures hiératiques, même
du milieu du xii° siècle, offre cette raideur de

pose et ce quelque chose de contraint, de rétréci
et d'immobile qu'on remarque dans les statues
égyptiennes. En examinant ces longues figures de
rois ou de saints, droits et serrés dans leurs niches
comme dans des cercueils de pierre, on voit qu'il
s'agissait surtout alors pour l'artiste de reproduire
certains types dont il ne lui était pas permis de s'é-
carter. Dans la sculpture hiératique, les moindres
détails de maintien, de draperies, de pose, semblent avoir été des articles de foi. Placez-vous en
face du portail latéral nord de l'église de Saint-
Denis, regardez ces six figures de rois, parmi lesquelles voici Louis le Gros; comparez-les entre elles
et dites si elles ne sont pas toutes posées, ajustées,
drapées de la même façon. Comptez les plis si raides de ces tuniques, vous en trouverez partout un
nombre égal; comptez les intersections grossières
de la chevelure qui sont censées représenter les mé-
ches, vous en trouverez un même nombre. Cepen-
dant, si nous nous rapprochons tout-à-fait du XIIIe
siècle, nous rencontrerons quelques morceaux de
sculpture religieuse du style le plus élevé. Au milieu, par exemple, du grand portail de Saint-Denis,
rayonne une admirable image du Christ : c'est encore bien là un type, mais un type qui a atteint la
dernière limite du grandiose et du beau.

Une chose fort singulière, c'est que dans les sujets familiers, les bas-reliefs de l'époque hiératique ne décèlent pas la même contrainte; et cepen-

dant ces scènes de la vie commune, faites pour
attirer et enseigner la foule ignorante devant le
portail des églises, sont également traditionnelles.
Ces petites figures de serfs qu'on voit, au portail
de Saint-Denis, soutenir, comme de monstrueuses
cariatides, le poids du saint édifice avec de si hor-
ribles grimaces, sont de véritables types; la laideur de ces figures était consacrée comme celle des
masques dans les anciennes comédies grecques ou
dans les farces d'Italie; mais on ne s'aperçoit de leur
caractère typique que quand on les a vues invariablement reproduites dans la même attitude, et
toujours à la même place, sur les portails de presque toutes les abbayes des xɪ° et xɪɪ° siècles. Je ne
sais par quelle raison le grotesque semble toujours porter en soi une idée de liberté.

Cependant, à mesure qu'une des branches des
beaux-arts se perfectionnait, elle tendait à s'isoler
du faisceau commun. Il commence à s'établir, dans
le sein de la famille ecclésiastique, quelque chose
d'assez semblable à notre moderne division du travail. Jusque-là toutes les communautés, tous les
monastères s'étaient adonnés sans distinction à la
culture de presque tous les arts; vers la fin du xɪɪ°
siècle, on voit de certaines confréries ne plus
s'occuper que d'un seul. Il s'établit dans le midi de
la France un ordre de frères *pontistes* ou *pontifes*,
qui ne se proposait, comme leur nom l'indique,
que de bâtir des ponts et de rendre les chaussées

praticables (1). Cet ordre, ou, comme on dirait
aujourd'hui, ce corps d'ingénieurs des ponts et
chaussées fut très utile. Il posséda en France un
assez grand nombre de petits chefs-lieux adminis-
tratifs, autrement dits couvents. La mémoire des
services qu'il a rendus s'est conservée dans le nom
de certaines villes, Pont-Audemer, Pont-Gibaud,
Pont-Saint-Esprit, et dans celui de plusieurs abbayes. Il est bon de remarquer qu'au moyen âge,
pontificare, jusqu'au XIIIe siècle, ne signifia que
construire un pont (2), de même que *pontifex* ne se
prit, chez les Romains, selon Varron (3), que dans
le sens propre de *constructeur de ponts,* pendant
toute la durée de l'époque hiératique romaine.

Les *Templiers* formèrent aussi, que l'on nous
passe l'expression, une importante section du corps
des ingénieurs des ponts et chaussées. Outre leurs
nombreuses constructions d'églises et de monastères
en Orient, les Templiers bâtirent en Espagne, comme
les frères pontifes en France, beaucoup de ponts et
d'édifices publics. La plus occidentale des trois routes qui mènent à Compostelle, celle qui passe à Ron-
cevaux, s'appelle encore *le Chemin des Templiers.*

---

(1) *Vie de saint Benezet,* par Jos. de Haïtz; Aix, in-12.—Grégoire,
*Recherches hist. sur les congrégations hospitalières des frères pon-
tifes,* 1818, in-8°. — Millin. *Voy. dans le midi de la France,* t. II,
p. 124 et t. IV, p. 202.

(2) *Voy.* du Cange, *Glossar.*

(3) *De lin. Lat.,* lib. V, § 83, p. 87.

Les contributions nécessaires à l'exécution de ces travaux étaient levées sur la piété des fidèles. On peut voir dans les écrits de Pierre-le-Chantre et dans ceux de Robert de Flamesbourg, pénitencier à l'abbaye de Saint-Victor, à Paris, que les confesseurs étaient autorisés à imposer, comme surcroît de pénitence, une aumône pour l'établissement des ponts et bacs, et pour l'ouverture et l'entretien des routes.

Un peu plus tard, on voit s'établir des couvents où l'on se consacre à la seule transcription des manuscrits. Certains ordres, comme les Hospitaliers, servent de maréchaussée sur les grands chemins. D'une autre part, les laïques commencent à être admis dans les écoles abbatiales et dans les maîtrises des basiliques. L'abbé de Sainte-Geneviève, Étienne de Tournay, divise l'école de ce monastère en deux classes : l'une, pour les novices et les profès, dans l'intérieur; l'autre, à l'entrée, pour les écoliers du dehors. Dès le même temps, les fils de rois viennent recevoir les éléments de la grammaire sur les bancs de l'école épiscopale, ouverte aux laïques dans le cloître de Notre-Dame de Paris. On distribue la science au peuple à la porte des évêchés et des couvents, comme le pain aux pauvres et les médicaments aux malades.

De telles nouveautés annonçaient qu'une révolution très-singulière était proche. En effet, on était à la veille d'un grand changement, d'un déplacement complet de la puissance. L'empire de l'intel-

ligence et le monopole de l'administration allaient
échapper en partie des mains de l'église. L'art , de
purement sacerdotal qu'il était , allait commencer
à devenir national et séculier.

DE L'ART SOUS LES ASSOCIATIONS SÉCULIÈRES.

N'est-ce pas une chose extraordinaire et vraiment
notable, que, vers les premières années du XIIIe
siècle, dans tous les pays de domination franque,
saxonne et germaine, il y ait eu, un peu plus
tôt, un peu plus tard, un jour et une heure, où
toute pierre qui s'éleva du sol prit une route différente de celle qui avait été jusque-là suivie. Plus
de ces arcades cintrées, lourdes ou légères, selon
qu'elles étaient grecques ou romaines ; plus d'élégantes rotondes octogones ; plus de coupoles orientales ; plus de toits en terrasse : tout bâtiment qui
surgit de terre se termine invariablement en cône ,
en flèche , en lancette. Toits et clochers, tout devient aigu, effilé, pyramidal. Les portes, les croisées,
les voûtes suivent ce mouvement ascensionnel. L'o-
give, enfin, qui a sur le cercle l'avantage d'une variété indéfinie de combinaisons, a remplacé partout
le plein-cintre. Et ce n'est pas là un accident, un
hasard géométrique, un caprice éphémère : c'est
un goût général , instinctif, ressenti de tous, et qui
règne trois cents ans sans réclamation ni partage.

Que s'est-il donc passé pour que l'art chrétien occidental ait ainsi brusquement changé ses voies sans transition, sans emprunt connu, de prime vol ? Assurément il s'était vu déjà quelque part des toitures en pointes ; l'ogive avait dû se rencontrer bien des fois dans les mille et un méandres des ornements arabes et persans (1) ; mais, ce qui constitue le prodige, c'est l'accord, l'unanimité, la persistance des trois populations franque, saxonne et germanique, à prendre et à conserver, trois siècles durant, l'ogive, l'ogive seule, comme la base et la génératrice de tout le système architectural.

L'esthétique pourra peut-être éclaircir un jour le symbolisme des sons et des formes, et découvrir les secrets rapports qui lient telle ou telle combinaison plastique ou sonore au génie de tel ou tel peuple. Jusqu'ici la science n'est pas parvenue à trouver le mot de ces mystères ; elle se contente d'étudier et de recueillir les faits, remettant à les interpréter plus tard, s'il est possible. Nous ne risquerons, pour notre compte, aucune explication prématurée. Nous dirons seulement au milieu de quelles circonstances le génie populaire de la société chrétienne, en France, en Angleterre et en Allemagne, se manifesta tout-à-coup dans le merveilleux symbole que nous venons d'indiquer.

(1) *Voyez* Whittington, *An historical survey of ecclesiastical antiquities of France*, 1814, et les *Objections de Milner*, 1813.

3.

Avant cette transfiguration de l'art, une révolution profonde et radicale s'était opérée dans les bases de la société, et, pour ainsi dire, à niveau de terre. De catholique, royale et *servile* qu'elle était, la communauté chrétienne était devenue, après les croisades, royale, catholique et *municipale*. Une famille nouvelle avait pris rang dans l'état. Le *tiers-état* s'était déclaré majeur. Les serfs, transformés en bourgeois, se reconnaissaient la force et la capacité d'administrer eux-mêmes la chose commune. L'église était riche, amollie, moins fervente ; la bourgeoisie jeune, industrieuse, d'une piété ardente. Les communes, qui avaient compté avec le roi et les seigneurs, voulurent, à plus forte raison, compter avec les évêques et les abbés. Depuis quelque temps, la paresse des moines conviait chacun aux usurpations. Les abbés avaient admis quelques laïques au partage de leurs travaux, même à la construction des églises. La plupart des secrets hiératiques avaient été ainsi confiés à des séculiers, ou devinés par eux. Tout, dans la société de cette époque, tendait à la sécularisation et à l'établissement des franchises ; à côté des francs-bourgeois, il était inévitable qu'il s'établît des francs-maçons et des francs-chanteurs. Et, comme au sortir de l'époque hiératique, on ne pouvait concevoir un art sans mystère, sans traditions, sans hiérarchie, on vit des sociétés laïques s'organiser par grandes divisions d'art (maçonnerie, musique, etc.), et se donner des règles

et des statuts, à l'instar des congrégations religieuses. Dorénavant, l'*artiste* devra passer par les degrés d'apprenti, de compagnon, de maître, au lieu
de parcourir ceux de novice, de profès et d'abbé.

Ce sentiment de *franchise*, de liberté communale et de nationalité se montre dans les plus petits
détails de ce nouvel art. Tandis que l'architecture
hiératique avait emprunté à l'Orient ses frises et ses
chapiteaux ornés de plantes grasses, de feuilles d'a-
canthe et de palmier, l'architecture séculière et
communale du XIIIe au XVe siècle n'admet dans
ses ornements les plus capricieux que les plantes
de notre sol, que le feuillage des arbres de nos
forêts. Il reste debout un fort grand nombre d'é-
difices de cette époque; presque toutes nos cathédrales datent de ces trois siècles; eh bien! entrez;
que voyez-vous pour couronne à ces colonnettes?
Des feuilles de chêne et de hêtre. Et qui forme, je
vous prie, le fond de cette ornementation si délicate? Les végétaux les plus vulgaires, des feuilles de
trèfle, de persil, de fraisier. Quand le luxe et la
profusion architectoniques arrivent à leur comble
au XVe siècle, ce qui domine, ce sont les feuilles
de choux frisées, gonflées, arrondies, au point
de ressembler à des têtes de dauphin. Ce nouvel art, qu'une mysticité sublime enlève à tire-
d'aile vers le ciel, affecte, dans ses parties inférieures
et secondaires, un sentiment rustique et populaire
qui sent la glèbe, et atteste qu'il eut pour père et

premier générateur le pauvre serf gaulois, saxon et germain émancipé (1).

L'existence au moyen âge de maçons libres et de francs-chanteurs ne peut être mise en doute. L'Allemagne, et en particulier les bords du Rhin, conservent mille traces de ces confréries d'artisans, auxquelles l'imagination de Hoffman a rendu récemment leur popularité séculaire. Au commencement du XIII° siècle, plusieurs maîtres habiles, notamment ceux qui avaient contribué, avec Erwin de Steinbach, à la construction de la fameuse tour de Strasbourg, se constituèrent en société maçonnique, avant que de se répandre en France et en Allemagne. Ces maçons libres donnèrent à leur réunion le nom de *Hütten*, loges. Ils établirent entre eux plusieurs signes de reconnaissance, et prirent l'habitude de tracer certains emblèmes sur les monuments qu'ils élevaient. M. de Hammer cite plusieurs églises d'Erfurt où il a observé des symboles maçonniques; il rapporte que dans l'église de Prague, bâtie vers 1250, on a remarqué, en 1782, vingt-quatre figures de franc-maçonnerie qui avaient été peintes sur le mur, et recouvertes ensuite d'un enduit de chaux (2).

---

(1) M. L. Vitet, dont les ingénieux opuscules nous ont souvent servi de guides, s'occupe à réunir les matériaux d'une *Histoire de l'art,* où il exposera, avec détails et preuves, toutes ces révolutions curieuses dont nous ne présentons ici qu'une esquisse si incomplète.

(2) De Hammer, *Mysterium Baphometi revelatum.* Viennæ, 1818.

La mollesse toujours croissante des gens d'église, l'abolition du servage et la répugnance des ouvriers libres à se laisser conduire par les moines, forcèrent le clergé à accepter l'assistance des francs-maçons, et à leur confier la construction des églises et des couvents. D'ailleurs, l'esprit du plus parfait catholicisme animait ces artistes séculiers. Si la sève ascendante du génie septentrional les poussait invinciblement dans ce système hardi et national qui contrastait si parfaitement avec l'architecture exotique de l'âge précédent, les maîtres en maçonnerie n'en conservaient pas moins religieusement toutes les dispositions essentielles de la basilique. Ils tenaient autant, et plus peut-être que le clergé, à maintenir tout ce qui, à l'intérieur ou à l'extérieur, avait un sens emblématique ou mystique. Ainsi, ne craignez pas que quelqu'un d'eux s'avisât de changer le nombre impair des portes du portail principal des cathédrales. Aucun n'ignorait que les trois *grandes* portes voulues étaient un hommage à la Trinité (1). Dans la distribution des chapelles, des autels, des rosaces, ils suivaient invariablement les nombres trois, sept ou douze : trois, à raison des trois personnes divines ; sept, à cause des sept jours de la création ; douze, en mémoire des douze apôtres. Ne craignez pas non plus qu'ils élevassent égales en hauteur et en beauté les deux tours des cathédrales ;

(1) Outre ces trois grandes portes. il y en avait encore quelquefois deux plus petites.

ils savaient trop bien que la tour septentrionale est
l'image du pouvoir spirituel, et que la tour méridionale ne figure que le pouvoir temporel. Aussi
ont-ils invariablement commencé par élever la première, et les années venant, et avec elles l'indifférence, il en est résulté, ce que tout le monde a dû
observer, que, dans beaucoup de nos cathédrales,
la tour du midi est demeurée inachevée.

En même temps que l'architecture prenait, sous
la direction des laïques, un vol si indépendant et si
hardi, la sculpture, sous la même influence, se débarrassait de toutes ses entraves. Plus de raideur
égyptienne, plus de draperies à plis comptés et symétriques, plus de chevelures indiquées hiérogly-
phiquement par des espèces de rainures et de gout-
tières. En demeurant fidèle au caractère religieux, la
statuaire, au xiiie siècle, s'affranchit de la routine du
cloître; elle acquit tout-à-coup la pureté du dessin,
la souplesse, le mouvement, la vie. Les monuments
qu'elle a laissés sont aujourd'hui peu connus, quoique fort nombreux dans les églises de cette époque.
Le grand portail de la cathédrale de Reims offre à
lui seul une multitude de ces belles statues du xiii^e
siècle, mais placées malheureusement si haut,
qu'elles ne sont que difficilement visibles. En attendant qu'on en moule quelques-unes, la statue de la
reine Nantechild, que chacun peut aujourd'hui étudier commodément, est à-peu-près le seul échantillon de cette sculpture à-la-fois si gracieuse et si

chrétienne : gracieuse par le maintien, le mouvement, les draperies; chrétienne par l'expression,
par la pensée, et, si on peut le dire, par la chasteté des formes.

Bien que la robe et le manteau ne laissent à nu
que la tête et les mains, mains qui d'ailleurs sont
vivantes, on devine aisément le corps à travers les
vêtements. Il est de proportions parfaites, mais
grêle et comme amoindri par la méditation et la
prière. D'ailleurs, il faut le dire et redire, la beauté
chrétienne n'est pas la beauté païenne. Le développement des épaules et de la poitrine, ces signes caractéristiques de la force dans le sens le plus physique, ne sont pas les attributs de la sainteté. Qui
n'a observé que la statuaire antique n'est pas suffisamment préparée pour comprendre la statuaire du
moyen âge. Dans l'une la forme est tout; dans l'autre il y a la forme et la pensée. A la première vue
nous sommes frappés de la beauté d'une statue
grecque; mais un examen prolongé augmente rarement la vivacité de la première impression. Une
statue chrétienne, au contraire, nous frappe peu
d'abord; mais elle nous charme et nous subjugue
davantage, à mesure que nous la contemplons plus
longtemps. Dans la statuaire antique, les sens par-
lent aux sens; dans la sculpture moderne, c'est un
dialogue, pour ainsi dire, entre les sens et l'esprit.
La statuaire grecque éveille en nous un sentiment
très-pur, le sentiment du beau, mais du beau phy-

sique; la statuaire chrétienne développe à-la-fois le
sentiment du beau physique et du beau moral, et
plutôt le dernier que le premier. L'âme et les pensées de Nantechild, c'est là ce qui nous ravit et ce
qui nous paraît plus beau que ses traits et que sa
personne.

Tout en s'affranchissant des liens hiératiques,
la statuaire, au xiiie siècle, conserva religieusement la pureté des types. Les artistes ne s'étaient
réunis en corporations et soumis à une hiérarchie
sévère et presque cléricale, que pour assurer la
transmission de ce qu'il y avait de véritablement
sacré dans les traditions. Quel sculpteur insensé
eût osé, dans ce temps de foi, altérer l'admirable
type du Christ ou celui de la Vierge? Quel peintre sur verre ou à fresque se fût avisé de s'écarter
du caractère de tête consacré pour chaque apôtre
et pour chaque saint de l'Ancien ou du Nouveau
Testament? Qui même, dans la peinture des églises,
ses, car toute église au moyen âge était peinte et
dorée du haut en bas, et chacune de ses parties
était distinguée par une couleur vive et tranchée,
eût osé intervertir l'ordre canonique des couleurs,
et mêler des nuances profanes à ce bleu, à ce
rouge, à ce blanc, à ce vert, à cet or, qui étaient
hiératiques par excellence? Ce ne fut que lorsque
la foi vint à s'altérer, lorsque Wiclef, Jean Hus et
Luther commencèrent à saper le catholicisme et le
moyen âge, que les traditions s'affaiblirent. La di-

versité des croyances introduisit la désunion dans les
confréries d'artistes. Les maîtrises et les jurandes se
multiplièrent. L'unité fut bannie de l'art comme de
la communauté chrétienne. Alors la moquerie et la
satire s'introduisirent dans la statuaire. Les sept péchés capitaux, sculptés en bas-reliefs, étaient l'ornement obligé de toute cathédrale : ils avaient été
souvent exposés jusque-là avec une naïveté peu
édifiante, mais sérieuse et biblique; au xv° siècle,
ils devinrent malicieusement obscènes. Le serf
difforme avait été le type grotesque de la statuaire
hiératique; par représailles, le moine lubrique devint le type bouffon de la sculpture après Luther.
La foi n'existait plus : l'art qui en était né devait peu ‑
à-peu disparaître.

Une découverte en sens inverse de celle de Christophe Colomb, la découverte du monde ancien, due
surtout à Pétrarque et à Boccace, hâta la mise en
terre de cet art qui, depuis quelque temps, était exposé sur son lit de parade. La renaissance, avec son
Olympe ressuscité, vint nous offrir de nouveaux types, ou plutôt d'anciens types oubliés, qui ne se rat-
tachaient à aucune de nos croyances, à aucun de nos
souvenirs nationaux. Pour quelques adeptes, même
cardinaux et papes, l'antiquité fut un culte, l'art des
Grecs une religion. Leurs musées et leurs galeries
étaient pour eux des chapelles homériques et des al-

côves apuléennes; mais cette religion sans morale
n'est pas, grâce à Dieu, descendue dans les masses:
elle est restée à hauteur de roi et d'érudit, et n'a pu,
par bonheur, devenir populaire. L'art, aux xvi° et
xvii° siècles, s'étant fait païen, antiquaire et courti-
san, n'eut plus que de faibles rapports avec le gros
du pays. Ses productions rares, et plutôt privées
que publiques, ne furent guère que des passe-temps
aristocratiques sans conséquence, auxquels la vraie
nation ne prit que très-peu de part, et qui ne
dépassèrent pas un cercle choisi et fort restreint.
A cet art aristocratique et royal de Fontainebleau,
de Versailles, de l'Hôtel de Rambouillet, de Tria-
non, il n'était pas besoin de ces grandes corporations religieuses ou laïques, dont nous venons d'esquisser l'histoire, et qui, selon Jacques Cœur, n'é-
levèrent pas moins de dix-sept cent mille clochers
en France. Pour asseoir MM. les architectes, peintres et sculpteurs du roi, il suffisait de quelques
fauteuils dans un salon, d'une douzaine de cordons
noirs pour les plus habiles ou les plus obséquieux,
de quelques jetons pour les autres. L'art était arrivé
à la plus pauvre et à la plus vaniteuse de ses conditions; il était parvenu à l'ère des académies.

On me pardonnera de passer légèrement sur cette
phase, d'ailleurs bien connue. Je n'ai pas la prétention d'écrire l'histoire, curieuse à beaucoup d'é-
gards, de l'académie de Saint-Luc, fondée par
François Iᵉʳ, et qui, bientôt envahie par les com-

munautés des maîtres peintres, des maitres menui-
siers et vitriers, fut enfin réorganisée décemment
et convenablement, au xviiᵉ siècle, sur les justes
réclamations de Le Sueur, de Dujardin, de Bourdon
et de Mignard. Je ne veux faire qu'une observation :
c'est qu'il y eut deux instants où l'art de la renaissance jeta un assez vif éclat (un instant sous François Iᵉʳ, et un autre sous Louis XIV), et qu'à ces
deux moments, l'architecture avait repris sur les
autres arts la suprématie et l'ascendant qui lui appartiennent.

Cette unité que, durant les grandes époques,
l'architecture imprima aux arts, comment une
académie, dont les membres ont à peine une idée
qui leur soit commune, prétendrait-elle à l'établir?
Par quel miracle une compagnie, qui ne peut accorder sur la moindre babiole les trente ou qua-
rante têtes distraites et somnolentes qui la composent, pourrait-elle imposer un *credo* et un style aux
artistes et au public? Aussi le corps qui devrait dicter la loi ne dicte-t-il rien, et la république étant
partout et le commandement nulle part, force est
à chaque artiste de se déclarer indépendant.

D'hiératique, de national, d'académique, l'art
est ainsi devenu *individuel*.

L'avantage et l'inconvénient de ce régime (que,
dans tous les cas, nous ne nous sommes pas volon-
tairement donné), c'est que les traditions et l'influence d'une école, bonne ou mauvaise, ne dépas-

sent guère la durée de la vie humaine. Peu de
directeurs de la pensée publique gardent le sceptre
assez longtemps pour arrêter un progrès nécessaire
ou empêcher le retour à de meilleures voies.

Ces époques, où chacun, libre d'entraves et dépourvu d'appui, se jette, à son gré, dans tous les
sentiers de l'intelligence, dans tous les essais, dans
toutes les folies, dans tous les caprices, et sillonne,
en tous sens, les routes de l'imagination et du génie, doivent nécessairement amener de grandes découvertes, de grandes vérités, de grandes beautés
d'art, mais isolées, sans lien, sans un foyer commun
qui les concentre et leur donne sur l'humanité une
puissance égale à leur valeur. De cette triste situation naît la profonde mélancolie qui pâlit le front
de nos artistes.

Sous un tel régime, tout se presse, tout se hâte,
tout s'entrechoque et s'entrenuit. L'art court de
théorie en théorie, d'école en école. Tel système,
dont jadis le développement régulier aurait rempli
un siècle, est à bout et accompli en deux ans. Le
mouvement accéléré de cet art, qui marche à la vapeur, peut bien ne pas gêner la production des
œuvres, dont la gestation n'est pas trop longue. A
la rigueur, une statuette, un tableau de genre, un
opéra-comique, un roman, peuvent encore se
composer, se publier et obtenir six mois de vogue.
Il est possible même que cette grande accélération
de tous les rouages puisse faire franchir à l'intelli-

gence individuelle des espaces inespérés, et que ces
avantages, perdus pour la société, ne le soient pas
pour les progrès futurs du genre humain. Au milieu de ce tourbillon, les arts particuliers croissent
et s'enrichissent de mille essais; les méthodes se
perfectionnent; les procédés s'améliorent; la peinture invente les panoramas et la lithographie; la
musique, une foule d'instruments nouveaux. Il y a
des prodiges d'exécution comme ceux de Paganini.

Mais l'art véritable, le grand art, celui de qui
tous les autres relèvent; l'art qui s'adresse aux générations, qui a besoin de siècles pour se déployer,
et qui survit aux siècles; l'art qui a élevé les pyramides, le Parthénon, l'Alhambra, Sainte-Sophie,
la cathédrale de Reims, où est-il? quand revien-
dra-t-il?

Il reviendra, quand, de cette poussière impal-
pable d'idées qui nous entoure, il se sera formé
quelque chose qui soit une croyance, quelque
chose de consistant, de durable, et qui mérite
d'être exprimé dans cette langue monumentale, la
plus belle que l'imagination ait parlée.

Je suis de ceux qui croient qu'une époque
de décomposition et d'individualisme comme la
nôtre, couve une époque de recomposition et de
croyance.

Je crois que les temps de tourmente intellectuelle,
tels que ceux où nous vivons, sont, pour ainsi dire,
des saisons de labour et de semaille pour l'esprit

humain, et qu'au fond de quelque sillon obscur de
notre terre si remuée et si retournée en tous sens,
est déposé déjà peut-être le germe d'où sortira le
nouvel arbre de vie et de science, de plus en plus
grand, de plus en plus touffu, dont les larges
branches doivent donner un jour du repos et de
l'ombre à l'humanité.

II.

SUR LES MONUMENTS,

LES ARCHIVES ET LES MUSÉES

DES DÉPARTEMENTS DE L'OISE, DE L'AISNE, DE LA MARNE, DU NORD,
ET DU PAS-DE-CALAIS.

RAPPORT A M. LE MINISTRE DE L'INTÉRIEUR,

˙PAR M. L. VITET. ˙

(*National*, 9 juin 1831.)

D'après un relevé exact, fait sur le budget de
1830, nous ne possédons pas, en France, moins de
3,700 inspecteurs de tout grade et de toute espèce (2) ; ce qui n'empêche pas qu'à la manière
dont les choses se passent dans cet excellent pays
si bien inspecté, l'on ne puisse croire fort souvent
que personne n'y est chargé de contrôler les hommes ni les choses. Aussi, quand on créa, il y a six
mois, une place d'inspecteur des monuments historiques, les personnes qui ne connaissaient ni
M. Vitet, ni ses habitudes consciencieuses, purent
croire qu'on venait tout uniment d'ajouter une

(1) In-8°, imprimerie royale.
(2) Voyez une brochure ayant pour titre : *Tableau de tous les trai-*
tements et salaires payés par l'État d'après le budget de 1830, par
un membre de la Société de statistique. In-8°, 2 feuilles.

I.   4

sinécure à tant d'autres sinécures. On se trompait
cependant. A peine nommé, M. Vitet n'a eu rien
plus à cœur que de commencer, à l'aide de son
titre, de sérieux travaux archéologiques. Sa première tournée, dont il vient d'adresser le rapport
au Ministre de l'intérieur et au public, prouve à
la fois l'utilité de sa mission et le soin avec lequel
il l'a remplie.

Les devoirs d'un inspecteur des monuments historiques sont de deux sortes : il doit dresser, pour
ainsi dire, le catalogue de tous les monuments qui
méritent l'attention de l'historien et de l'artiste; il
doit ensuite indiquer au gouvernement les moyens
d'en prévenir ou d'en arrêter la dégradation. Nous
allons exposer les principaux résultats du premier
voyage de M. Vitet, en rangeant ses observations
sous trois chefs : *architecture, sculpture et peinture*.

Architecture.—En parcourant les départements
de l'Oise, de l'Aisne, de la Marne, du Nord et du
Pas-de-Calais, ces contrées qui ont été la demeure
de plusieurs rois de la première race et le refuge
des derniers rois de la seconde, M. Vitet s'était proposé de rechercher s'il n'existe pas, sur ce terrain
tout mérovingien, quelques vestiges de constructions des premiers siècles de la conquête, ou, tout
au moins, antérieures à l'an 1000. Il n'en a trouvé
qu'un très-petit nombre. Ce sont : 1° quelques débris d'une ancienne église de Saint-Martin, à Laon,
sur la place de la cathédrale; 2° deux arcades d'une

église de Saint-Maurice, à Reims, et peut-être la tour dite de Louis d'Outre-Mer, à Laon, que, par parenthèse, le conseil municipal de cette ville projette en ce moment de jeter bas (1). Ainsi dans ces provinces où il semble qu'on dût rencontrer un très-grand nombre d'antiquités mérovingiennes, on ne découvre guère que des vestiges de monuments romains. Il faut conclure de ce fait, que les édifices du temps de la conquête ont été peu nombreux, et qu'ils ne consistaient le plus souvent qu'en constructions de bois, ce qui les a empêchés de résister aux atteintes du temps et des hommes.

Le xi⁰ siècle n'est pas beaucoup plus riche. Le portail de Saint-Maurice, à Reims, quelques cha‑ piteaux de l'église de Vaux-Rezis, l'abside et le portail de l'église de Tracy, près Noyon; quelques pans de l'église de Saint-Remi et le souterrain de Saint-Médard, à Soissons, sont les seules constructions du xi⁰ siècle que M. Vitet ait rencontrées dans le cercle qu'il a parcouru.

Les monuments de la première moitié du xii⁰ siècle sont plus nombreux. Alors commençait, par suite des croisades, à s'acclimater en France le goût de l'architecture orientale. M. Vitet a remarqué à Soissons, derrière une échoppe, deux arcades plein-

(1) La démolition projetée a eu lieu depuis que ces pages ont été écrites (note de 1842).

4.

cintre, reste de l'ancienne église de l'abbaye de
Notre-Dame, et l'un des plus gracieux et des plus
beaux modèles du style byzantin. La petite église
de Saint-Pierre, dont il ne subsiste que le portail et
une partie de la nef, est un autre exemple de cette
architecture à la fois capricieuse et régulière. Les
grandes arcades du chœur de la cathédrale de
Noyon ; la chapelle de Saint-Pierre-à-l'Assaut, à
Soissons ; une grande partie de l'église de Saint-
Martin, à Laon ; le portail de l'église de Coucy-
le-Château, et quelques églises de village près de
Soissons, appartiennent à cette époque. Mais la
véritable richesse architecturale des départements
de l'Aisne, de l'Oise et de la Marne, consiste en
monuments élevés à la fin du xiie siècle et au commencement du xiiie. C'est l'époque de la transition
du plein-cintre à l'ogive. Saint-Remi de Reims ; la
cathédrale de Noyon, avec ses tours noires et sévères ; Saint-Martin de Laon, et la charmante
église de Tracy sont de la fin du xiie siècle, et
offrent le mélange et presque le combat du plein-
cintre et du style ogival. Une partie de Saint-
Jean-des-Vignes, à Soissons ; la façade de la cathédrale de Laon ; la cathédrale de Senlis avec sa
flèche aiguë qui rappelle celles de la Normandie ; la
nef et le chœur de Saint-Jacques, à Compiègne ; l'é-
glise de Saint-Ived, à Braine, célèbre par ses dix
tombes royales ; le chœur de l'ancienne église de
l'abbaye d'Ourscamps, datent du milieu du xiii^e

siècle, et sont entièrement à ogive ; mais ils appartiennent à la *transition* par une certaine physionomie massive et robuste et qui semble tenir encore du plein-cintre.

La fin du XIIIᵉ siècle est l'époque de la perfection du style ogival ; l'intérieur de la cathédrale de Reims offre le modèle le plus accompli en ce genre. L'Allemagne possède des portails et des tours plus admirables ; mais rien ne surpasse l'effet intérieur du vaisseau de Reims ; c'est le Parthénon de notre architecture nationale.

Avec le XIVᵉ siècle commence la décadence du style improprement appelé *gothique*. L'église de Saint-Bertin, à Saint-Omer, est une des créations les plus remarquables de ce goût élégant, mais déjà moins sévère. Malheureusement on est en train de la démolir, pour faire de son sol un marché aux veaux. Le cloître de Saint-Jean-des-Vignes, à Soissons, qui est de la même époque, est également menacé, et l'hôtel de ville de Saint-Omer touche au moment de subir le même sort.

Le caractère de l'architecture au XVᵉ siècle est le luxe indiscret des ornements et la profusion infinie des détails, d'où résulte quelque lourdeur dans l'ensemble. M. Vitet cite pourtant plusieurs édifices de cette époque dont l'exécution est éblouissante, entre autres, le portail latéral de Saint-Remi, construit sous Charles VIII, et l'un des transsepts de la cathédrale de Saint-Quentin, exécuté par ordre de

Louis XI. L'hôtel de ville de Compiègne, ceux de Noyon, de Saint-Quentin, d'Arras et de Douai sont du même temps. Quant à l'architecture de la renaissance, il n'en subsiste presque aucun vestige dans le rayon qu'a parcouru M. Vitet.

Sculpture.—Aux yeux de bien des gens, depuis le règne des Antonins jusqu'à celui de François Ier, il n'y a pas eu de sculpture en Europe. Ce qui a pu faire méconnaître à ce point la grande et belle école plastique du moyen âge, c'est que les productions de la statuaire sont encore plus fragiles et plus exposées à la destruction que celles de l'architecture. Outre les dégâts commis par le protestantisme et la révolution, tous deux iconoclastes, les statues, presque toujours placées en dehors des cathédrales, adossées à leur portail, exposées au vent d'ouest, à la pluie, à la grêle, et rongées, en tous temps, par les mousses et les lichens, ont dû, peu à peu, céder à tant d'attaques et disparaître.

Le plus ancien et, en même temps, le plus grossier débris de sculpture, dont M. Vitet fasse mention, est un baptistère du ixe siècle, qui se voit dans l'ancienne église de Saint-Venant, près Béthune, et sur lequel est sculptée l'histoire entière de la Passion. Un autre baptistère, de la fin du xiie siècle, se remarque dans l'église de Tracy. A Saint-Omer, on trouve par terre, dans la cathédrale, plusieurs dalles où sont figurés des chimères; des sirènes, des fragments de zodiaque,

Dieu créant le monde, des chevaliers, des pèlerins, etc., etc. Un autre bas-relief d'un grand caractère existe encore, en partie, au-dessus de la porte du donjon de Coucy. Il représente, suivant la légende héroïque de cette famille, Enguerrand Ier luttant contre un lion debout. Cet animal rappelle, par la fierté de sa pose, les lions qu'on admire, en Grèce, au-dessus de la porte de Mycènes. A Laon, dans l'église de Saint-Martin, on voit le tombeau et l'effigie colossale de ce même Enguerrand, couché dans son armure. Une tradition curieuse se rattache à ce monument. Les moines de Saint-Martin refusèrent, dit-on, de recevoir dans leur église le corps de ce seigneur, qui les avait fort maltraités de son vivant. La famille plaida durant un siècle, et, pendant cet intervalle, le tombeau demeura devant le portail. Forcés de céder et d'admettre Enguerrand dans le lieu saint, les moines démolirent la façade de leur église, et la rebâtirent quelques toises plus loin, au-delà du mausolée; mais ils ne consacrèrent pas ce nouveau portail, de sorte que leur ennemi, bien que placé au bout de la nef, ne fut pas moins privé de la terre sainte.

Quelques figures du xive siècle décorent la façade de cette église. M. Vitet a remarqué avec chagrin, dans une rue de la même ville, une charmante petite statue de la Vierge du xiiie siècle, toute mutilée, et qui sert à accrocher un réverbère. A

Soissons, dans le triangle qui surmonte le portail
de Saint-Jean-des-Vignes, il a vu une suite de figu-
rines sculptées avec une finesse et une grâce déli-
cieuses. Dans l'église de Saint-Remi, à Reims, six
piliers de la nef portent, en guise de chapiteaux, de
petites statues assises.

Mais c'est en visitant la cathédrale de Reims que
M. Vitet a fait les observations les plus importantes. Le portail, lors de son passage, se trouvant en
réparation, il est monté sur l'échafaudage dressé à
mi-hauteur de la façade, et là, dans les enfonce-
ments des ogives, il a trouvé une multitude de bas-
reliefs et de statues presque invisibles d'en bas, et
d'une admirable exécution. Le costume, aussi bien
que le travail, annoncent le xiii⁰ siècle, âge d'or de
notre sculpture nationale. M. Vitet, dans le louable
désir de réhabiliter les habiles sculpteurs de la cathédrale de Reims et du xiii⁰ siècle, a fait au ministre de l'intérieur une proposition qui, nous l'espérons, sera agréée : il demande qu'on profite de l'é-
chafaudage pour faire mouler les plus belles de ces
statues, et qu'on en dépose des exemplaires au Louvre, à l'École des Beaux-Arts et dans les écoles de
dessin des départements. L'étude de cette sculpture
nationale peut seule, à son avis, tempérer ce que
l'habitude exclusive de ne copier que l'antique
donne à notre statuaire de monotone et de convenu.

Une autre sorte de monuments dont il faut tenir
grand compte, si l'on veut bien connaître l'art au

moyen âge, ce sont les empreintes des cachets qui scellaient les chartes et les diplômes. En étudiant la série chronologique des sceaux des monarques et des seigneurs, on reconnaît, dans le plus ou moins de perfection de la ciselure, les mêmes phases que nous avons signalées dans l'architecture et la sculpture. Jusqu'à la fin du xiie siècle, raideur, symétrie, types consacrés; au xiiie, liberté, pureté de dessin, élégance et sobriété dans les détails; au xive, altération du style, exagération et luxe des accessoires; au xve, raffinement outré, recherche excessive et bizarrerie des ornements. Les collections que M. Vitet a visitées dans les archives et les musées de Laon, de Cambrai, de Lille, d'Arras et de Saint-Omer, l'ont confirmé dans cette opinion de la marche constante de l'art.

Peinture. — On croit encore moins peut-être à la peinture du moyen âge qu'à sa sculpture, et l'on a raison, si l'on entend la peinture telle que nous la pratiquons. Toutefois l'on y préludait alors par un art aujourd'hui perdu, par l'enluminure des manuscrits. C'est sur le vélin des psautiers et des missels qu'il faut chercher les *tableaux* des xie, xiie et xiiie siècles. Mais, à côté de cette industrie minutieuse et patiente, le moyen âge a eu une grande et magnifique peinture. C'est sur les murailles et les voûtes des châteaux et des églises que les peintres d'alors étalaient à grands traits l'or, les arabesques et les figures. Les grands monuments du moyen

âge, comme autrefois ceux de la Grèce, resplendis-
saient , à l'intérieur et à l'extérieur, de vives cou-
leurs et de dorures. Du viie au ixe siècle, cette passion de la couleur avait fait quelques progrès; elle
devint dominante après les croisades. Le jour ne
pénétra plus, même dans les habitations privées,
qu'à travers du rouge, du jaune ou du bleu. De là
ces rosaces et ces vitraux peints qui ne sont plus
aujourd'hui qu'un bizarre et inintelligible accident
au milieu de nos pâles et blanches cathédrales. On
pense bien que M. Vitet a noté jusqu'aux moindres
traces de ces fresques primitives. Voici la liste des
édifices où il a trouvé des parties visiblement colo-
riées : 1° Le portail de la cathédrale de Senlis; 2° le
portail de l'ancienne église des Minimes, à Compiègne ; 3° plusieurs parties de la cathédrale de
Noyon ; 4° les ruines de Saint-Pierre-à-l'Assaut, à
Soissons; 5° une porte, sculptée au xive siècle et
complètement peinte, dans le cloître de Saint-
Jean-des-Vignes, à Soissons; 6° le portail de Saint-
Ived de Braine; plusieurs statuettes dans l'église de
Saint-Remi à Reims ; 8° les ruines de Saint-Bertin,
à Saint-Omer; 9° le portail de Saint-Martin, à
Laon.

Mais c'est dans les ruines de l'admirable château
de Coucy, c'est dans l'intérieur de ses quatre belles
tours, et plus particulièrement dans l'énorme donjon qui s'élève au milieu d'elles, qu'on aperçoit les
plus précieuses reliques de cette peinture architec-

turale. Ici, ce sont des rosaces, là des branchages d'or, puis des guirlandes et des feuillages fantastiques; le tout sur une échelle immense qui permet à ces ornements de produire l'effet le plus grandiose, même sous ces voûtes gigantesques. Cette splendide forteresse du moyen âge a tellement frappé M. Vitet qu'il a formé le dessein d'appliquer à ces débris un genre de travail dont on n'a guère honoré jusqu'à ce jour que les monuments de l'antiquité ; il veut en essayer la restitution. A l'aide de ce qui subsiste et des plans dressés par du Cerceau, il veut essayer de rendre à cet édifice sa forme et ses peintures; il veut retrouver ses distributions, reproduire sa décoration et jusqu'à son ameublement. Nous ne pouvons qu'engager de toutes nos forces M. Vitet à réaliser ce projet d'archéologue et d'artiste.

M. Vitet a retrouvé à Valenciennes, dans les greniers de l'hôtel de ville, un monument d'une autre espèce et qui n'est pas d'un moindre prix ; c'est une des admirables tapisseries qui faisaient la gloire des fabriques de Flandre aux xv° et xvi° siècles. Elle représente un tournoi ; les costumes sont du temps de l'empereur Maximilien. M. Vitet a vu, à Reims, un assez grand nombre d'autres tapisseries exécutées également vers 1500, et qui appartiennent les unes à la cathédrale, les autres à l'église de Saint-Remi. De plus, il a trouvé dans l'hôpital de cette ville de grandes toiles peintes, desti-

nées probablement à servir de modèles aux ouvriers qui fabriquaient les tapisseries. Ces toiles,
au nombre de cinquante ou soixante, sont des
tableaux du plus grand prix et du plus grand mérite. Elles doivent être du milieu du xv⁰ siècle.
Malheureusement M. Vitet est persuadé que si elles
restent encore quelques années dans les lieux
humides et malpropres où on les entasse, il n'en
restera bientôt plus de vestiges : il a donc prié
M. le sous-préfet de Reims de tâcher d'en obtenir
le dépôt à l'hôtel de ville, ou, mieux encore,
dans un musée.

Outre les monuments d'architecture, de sculpture et de peinture, qui sont l'objet principal de
ce rapport, M. Vitet a visité, partout où il est
allé, les bibliothèques et les archives. Il donne de
nombreux renseignements sur les richesses que ces
établissements possèdent; il y joint de très-bons
avis sur les améliorations qu'il serait urgent d'introduire dans quelques-uns, pour qu'ils répondissent
à tout ce que le public est en droit d'en attendre.
Sur cet objet, comme sur tous les autres, le rapport
que nous venons d'examiner est rempli de vues
sages, mesurées et pratiques.

III.

QU'EST-CE QUE L'ESTHÉTIQUE,

ET

QU'EST-CE QU'UNE POÉTIQUE?

A PROPOS D'UN LIVRE DE M. VIOLLET-LEDUC.

(*Globe*, 7 octobre et 11 novembre 1829.)

Le temps n'est pas aux poétiques; cela soit dit sans blesser M. Viollet-Leduc, dont l'excellent petit traité (1) confirmera bientôt notre assertion. Non, le siècle présent n'incline pas à l'obéissance passive; le courant, au contraire, le pousse vers le doute, vers l'examen, vers la critique, disons mieux, vers la poésie. Après s'être établi dans le dogme, dans la philosophie, dans la politique, le principe d'examen et de liberté cherche à s'étendre aux créations de l'esprit et aux arts d'imagination. Toutes les règles poétiques établies depuis Aristote jusqu'à Malherbe, et depuis Malherbe jusqu'à nous, toutes les lois, depuis celles qui déterminaient la forme de l'épopée jusqu'à celles qui fixaient dans le vers la place de la césure, ont été remises en question. De l'oligarchie la plus

(1) *Précis d'un traité de poétique et de versification.* Un volume in-32, faisant partie de l'*Encyclopédie portative*

étroite, les lettres sont arrivées peu à peu à une pleine démocratie, où tout le monde prétend sa part de liberté et même d'autorité législative. Aussi, voyez quel chaos de motions singulières, de théories intimes, de poétiques privées! Quelques personnes discrètes et inclinées à la soumission, se plaignent de cette anarchie qui ébranle toutes les croyances, de cette manie paradoxale qui assourdit les artistes, divise et amoindrit les forces. Nous ne partageons pas ces dégoûts. Loin de là; ce libre mouvement de la pensée nous charme; il nous plaît à la fois comme légitime et comme favorable aux arts. Ces milliers de systèmes rivaux, par cela seul qu'ils sont individuels, n'ont rien de tyrannique. Ils peuvent étourdir, fourvoyer même la médiocrité qui a besoin de guide; mais ils ne gênent en rien le vrai poète. Débarrassé des gros bataillons de préjugés serrés et compacts qui lui barraient la route, le génie ne sera plus, comme naguère, seul contre tous, mais lui contre chacun; et, dans cette lutte du fort contre le faible, il est sûr de l'avantage; il ne peut manquer de rallier, à la longue, toutes les opinions éparses, et de les réunir, tôt ou tard, dans une vive et commune admiration.

Mais ce triomphe probable du génie poétique sera-t-il sans danger pour nos franchises? Cette indépendance où nous nous complaisons, cette démocratie bienheureuse de l'art et de la pensée, ne seront-elles qu'un interrègne? Ravivée par la liberté, une nouvelle poésie n'enfantera-t-elle pas une nouvelle poétique? Sans doute, cette contre-révolution est à craindre. Mais si ce retour au dogmatisme est vraisemblable, au moins n'est-il pas prochain. Notre jeune poésie n'est qu'à son lever; son 18 brumaire est encore loin. Cherchons donc, puisque nous en avons le temps, s'il n'y aurait pas quelques moyens d'échapper à l'idolâtrie, cette mère de la servitude; voyons si nous ne pourrions pas allier une fois l'admiration à l'indépendance. Déjà l'esprit humain s'est corrigé de bien des faiblesses; la science nous a guéris sans retour de plus d'une erreur. La chimie a brisé à jamais les fourneaux des adeptes; l'astronomie a dissipé les visions de l'astrologie judiciaire : pourquoi une science nouvelle, l'esthétique, ne nous préserverait-elle pas, à son tour, de retomber dans nos crises de foi aveugle et dans nos manies de législation littéraire? C'est à élever ce fanal, c'est à fonder cette science, que la critique doit employer aujourd'hui tous ses efforts.

Mais une science, s'écrie-t-on! Quoi! vous vous proclamez les partisans de l'indépendance en matière de goût, vous vous indignez de voir classer les poètes parmi les artisans, ayant leurs *manuels*, et vous prétendez faire de la poésie l'annexe et le corollaire d'une science! Est-ce donc là comprendre les libertés de l'art, et la contradiction n'est-elle pas manifeste? Cette objection demande une réponse et nous'la ferons : Qu'est-ce donc que l'esthétique, et qu'est-ce qu'une poétique ?

Il est périlleux de définir une science qui n'est encore qu'en projet. Cependant, puisque nous y sommes forcé, nous définirons l'esthétique, par rapport à la poésie, la connaissance de tous les phénomènes qu'éprouve l'âme humaine à l'*état poétique*. Reconnaître cet état singulier ; montrer en quoi il diffère de l'état normal ; dire à quelles conditions et dans quelles circonstances les passions et les sentiments passent à l'état poétique ; parcourir l'échelle entière des impressions de cette nature que l'imagination humaine peut éprouver, et déduire de cette connaissance une nouvelle classification des genres (lyrique, tragique, comique, etc.), non plus fondée uniquement sur la différence artificielle de la forme, mais sur la diversité essentielle des cordes intérieures que l'art ou la réalité fait vibrer en nous ; en un mot, étudier notre âme dans l'infinie variété des plaisirs que peut y faire naître la vue poétique de l'homme, de la nature, ou d'elle-même, tels sont, au premier coup-d'œil, les principaux objets que doit embrasser l'esthétique.

La psychologie fût-elle bientôt, comme nous le croyons, en mesure de nous faire ce beau présent, il ne faudrait ni espérer ni craindre pour cela que le génie eût à subir les entraves d'une nouvelle formule. Plus générale, plus compréhen-

sive que tous les systèmes artificiels, l'esthétique ne
ferait que tracer un grand cercle où pourraient se
jouer et se mouvoir à l'aise toutes les combinaisons
individuelles et où trouveraient leur raison scientifique toutes les formes de poésie que l'imagination
a créées ou qu'elle pourra créer dans sa toute-puissance. L'esthétique n'arrêterait pas plus le poète
dans ses conceptions les plus hardies que la loi des
nombres n'arrête le négociant dans ses spéculations,
pas plus que la logique ne borne la pensée du mé-
taphysicien, et que la géométrie n'entrave les découvertes de l'astronome.

Ce qui distingue essentiellement l'*esthétique* de
l'*art poétique* (comme ce qui distingue tout art
d'une science), c'est que la première reconnaît et
décrit tous les faits qui sont compris dans son
domaine, faits nécessaires et naturels, préexistant
à la science, et qui seraient, quand elle ne serait
pas ; tandis que l'autre ne recueille que des notions partielles, des méthodes traditionnelles, des
procédés de facture, tous faits contingents et qui ne
sont que par la volonté de l'artiste. En effet, outre
l'esthétique, dont ils relèvent, même à leur insu,
tous les arts ont pour leur usage des recueils
d'observations techniques tirées de l'examen des
chefs-d'œuvre et de la pratique des écoles. Chaque
maîtrise de cathédrale, chaque atelier de peinture a ses principes, ses procédés propres, qui sont
enseignés, conseillés, mais jamais impérieuse-

ment imposés ni universellement consentis. La
poésie, au contraire, a toujours tendu à n'avoir
qu'un code et qu'un manuel. Cela est venu de ce
que, dans la composition des premières poétiques,
il s'est opéré une confusion fâcheuse de quelques
lois générales de l'esthétique et des remarques
techniques les plus particulières; puis la poétique
ainsi brouillée a été livrée, dans les derniers temps,
aux habitudes dogmatiques et à l'uniformité de l'enseignement universitaire, malheur qui n'est arrivé
aussi complétement ni à la musique ni à la peinture,
et qui a fini par transformer en préceptes absolus
des remarques souvent fines et judicieuses, mais
nullement fondamentales. Voilà comment quelques
observations de détail, quelques bonnes recettes de
pur conseil, réunies en corps et enseignées comme
la géométrie et le catéchisme, sont devenues à la
longue des lois inviolables, des *poétiques*.

On le voit, ce qui importe surtout, c'est d'é-
tablir une prompte et complète séparation entre
l'esthétique et la poétique, entre les conseils et
la science. Plus ceux-là seront puisés à des sources
variées, à des écoles différentes, plus le talent
conservera d'indépendance et restera libre dans
le choix ou la création de sa manière. Vouloir en-
chaîner tous les poètes au procédé d'un seul maître, c'est faire de la poésie un métier; présenter
une certaine poésie comme la seule belle et comme
fondée sur une base inaccessible à l'examen, c'est

faire de cette poésie une religion. En effet, l'impression que la poésie produit sur certaines âmes
est si forte, que, si l'on n'y prend garde, elle
mène droit au fanatisme. On connaît l'intolérance
du *dilettantisme*, et la violence presque théologique
des sectes littéraires. Et notez que, dans les querelles poétiques ou musicales, ce n'est presque jamais
parmi ceux que la nature a doués d'organes délicats
et sensibles et qui connaissent à fond tous les procédés de l'art que se trouvent les fanatiques exclusifs et stationnaires. Presque toujours les entêtés,
les retardataires, sont ces froids et superficiels connaisseurs à tête dure, qui ne sont familiers qu'a-
vec une méthode et n'ont appris à aimer et à
connaître qu'une des formes du beau. En musique,
ces tristes juges sont tôt ou tard entraînés, sub-
jugués par l'enthousiasme instinctif des masses ;
mais en poésie, où le goût naturel est plus rare
et, par suite, le pédantisme plus commun et plus
tenace, les exclusifs conservent bien plus longtemps leur influence ; on dirait un collége de prêtres, à les voir défendre, avec une foi brahma-
nique, les vieux rites, et entretenir, comme ils
disent : *le feu sacré*.

Il en est des poésies comme des religions : un
rayon de la beauté morale, révélé tout-à-coup,
excite un enthousiasme, une exaltation qui se pro-
page et produit l'adoration. Cette vérité, pour se
rendre sensible à tous, revêt une forme, un sym-

bole; puis arrive le dogme qui doit la fixer et la
transmettre, et qui, bientôt infidèle à son but, non-
seulement obscurcit peu-à-peu la vérité primitive,
mais s'oppose encore à la perception de tout autre
aspect de la vérité. Il en est de même des poétiques. Créées dans l'origine pour la transmission et
la conservation de certaines formes qui recèlent un
rayon de la beauté suprême, elles altèrent insensiblement la pureté de leur dépôt; puis, par surcroît, nous dérobent, aussi longtemps qu'il est en
elles, les autres faces de la beauté totale. Enfin on
peut dire que les poétiques, comme les dogmes,
sont d'autant moins superstitieuses et plus fidèles
que vous les prenez à un point plus rapproché de
leur source. Aussi, de toutes les poétiques issues,
plus ou moins directement, du système grec, aucune
n'est-elle plus conforme à sa source et plus belle
que celle d'Aristote. Le seul tort peut-être que l'on
puisse reprocher à ce grand homme est de n'avoir
pas assez nettement dégagé l'esthétique de la poétique. Mais, à ne considérer son ouvrage que
comme un manuel pratique destiné aux Grecs, quel
plus beau livre! Aristote n'avait sous les yeux qu'une
seule poésie, et il en a tiré l'empreinte la plus parfaite et la plus pure. Il ne pouvait prévoir assurément
qu'il se trouverait deux mille ans après lui des gens
qui, fermant les yeux, ne voudraient reconnaître aucune beauté poétique en dehors de ce type unique.
Assurément il serait facile aux critiques mo-

dernes de faire sur les chefs-d'œuvre de Dante, de
Caldéron, de Shakspeare, sur les *Sagas*, les *Ro-
manceros*, les *Niebelungen*, un travail analogue
à celui qui a été fait sur les grands écrivains de l'an
tiquité; il serait facile de tirer le patron de ces
poésies qui ont charmé l'Europe, d'ériger leurs
formes en lois, et d'élever ainsi, à peu de frais, une
poétique romantique, en opposition à celle d'Aristote. Grâce à Dieu! nul critique de la nouvelle école
n'a cédé à cette tentation. On a fait ressortir autant
qu'on a pu les mérites de Shakspeare et de Caldéron, mais sans prétendre imposer leur manière à
notre siècle. Au reste, il n'y a peut-être pas, dans
cette retenue, autant de mérite qu'on le dirait bien.
Toutes belles, amples et naturelles que soient certaines formes de la poésie au moyen âge, ces formes, non plus que celles de la poésie grecque, n'ont
pas été faites pour notre temps; elles blessent, par
conséquent, de plus d'une façon nos habitudes et
nos mœurs. L'admiration que ces chefs-d'œuvre
nous inspirent suppose trop de connaissances et de
sentiments acquis par l'étude, pour pouvoir jamais
devenir populaire. C'est quand une poésie de notre
âge, faite pour nous, née sur notre sol; quand une
poésie telle que la commençait André Chénier, telle
que la continuent, chacun à sa manière, les grands
poëtes du xix⁰ siècle, Byron, Béranger, Goethe,
Lamartine, Victor Hugo, Alfred de Vigny, Sainte-
Beuve; c'est quand cette poésie qui prélude nous

aura enivrés de ses plus puissants concerts, qu'il
faudra voir si notre admiration ne franchira pas
toutes bornes, et si notre enthousiasme ne tour-
nera pas encore une fois à l'adoration et au bigotisme. L'avenir en décidera.

Si donc, pour le présent, la poésie européenne,
ranimée par les secousses galvaniques les plus puissantes (la révolution française et l'Empire), s'est
élancée vers une vie nouvelle; et si, d'autre part,
elle repousse et repoussera longtemps encore la
main du modeleur indiscret qui voudrait dérober
avant le temps l'empreinte de ses formes pleines de
vie et de jeunesse; en d'autres termes, si nous arrivons
trop tard pour nous soumettre à l'ancienne poétique, et trop tôt pour en promulguer une nouvelle,
la tâche que M. Viollet-Leduc s'est imposée offrait,
ce nous semble, une difficulté insurmontable.

Il s'en est tiré cependant et même avec succès.
Homme d'esprit et de savoir, M. Leduc a senti que
de nos jours, et jusqu'à nouvel ordre, l'absolutisme
en littérature était impossible. Il confesse spiri-
tuellement, dès les premières lignes de son livre,
que « pour se décider par le temps qui court à
écrire une poétique, il faut avoir une forte dose de
présomption ou une extrême modestie. » Et comme
cette présomption aurait consisté à cueillir un fruit
vert et cette modestie à en ramasser un flétri, ce
n'est pas une poétique, dans l'acception étroite et
dogmatique du mot, que M. Viollet-Leduc a entre-

pris de nous donner. Il a fait une chose beaucoup
plus en harmonie avec les idées de notre temps; il
a tracé, autant que l'exiguïté de son cadre le lui a
permis, une revue et comme une histoire des poétiques. Cette idée seule recommanderait un livre;
elle est d'un esprit juste et plein de sens.

L'auteur ne s'est écarté de cette excellente
méthode que dans la troisième partie de son
ouvrage, où il traite de notre versification. En
écrivant les deux premières parties de son ouvrage,
il a très habilement échappé au dogmatisme; il a
judicieusement reconnu qu'aujourd'hui l'absolutisme littéraire est impossible. Aussi, dans cette
portion de son livre, nulle règle absolue de composition, nulle forme expresse et restrictive n'est-
elle imposée par lui arbitrairement et comme de
droit divin: il expose, il compare les procédés
des diverses écoles, sans montrer pour aucun
système ni préventions hostiles ni engouement.
Mais arrivé à ce qui concerne notre prosodie,
M. Leduc paraît changer de méthode. Il n'expose pas, il ne discute pas les variations que notre versification a éprouvées; il en pose les lois.
D'où vient cela? Lui-même nous l'apprend: « La
« langue poétique a sa grammaire, dit-il, et si les
« règles qui doivent diriger la pensée sont incer-
« taines, celles qui déterminent son expression sont
« positives. » — Positives, soit; mais sont-elles encore irrévocables, éternelles, inamendables? Pour-

quoi, je vous prie, l'examen et la raison, que
l'on ne récuse pas en ce qui touche aux formes de
la composition , ne s'appliqueraient-ils pas au
choix du rhythme et aux procédés de la facture?
Pourquoi le code de Malherbe si vivement attaqué
à sa naissance, serait-il aujourd'hui plus sacré,
plus inviolable que celui d'Aristote? Quelles sont ,
pour mériter un tel respect, l'origine, la nature ,
la sanction des lois prosodiques? Cette question
nous paraît curieuse ; et il nous semble d'autant
plus à propos de la poser, que c'est, depuis quelque
temps, vers le mètre et le vers que la réforme tend
à se porter.

La prosodie, comme son nom l'indique, est une
musique affaiblie. Toute musique a pour objet le
plaisir de l'oreille ; la légitimité des lois prosodiques réside donc dans la satisfaction plus ou moins
complète de ce besoin mélodique et rhythmique qui
est si naturel à l'homme. D'où il suit que l'oreille est
le juge de toute prosodie, et que, dans tous les cas
de réforme ou d'innovation, c'est à l'oreille qu'il
appartient de prononcer. Mais entre la rigueur des
lois prosodiques et celle des lois musicales, il y a
une notable différence. Chez tous les peuples, la
prosodie, arrivée, après beaucoup d'essais, à un
certain degré de perfection, demeure ordinairement
stationnaire, tandis que les combinaisons musicales
se perfectionnent sans cesse et se prêtent indéfiniment à la fantaisie créatrice du musicien. Sans doute

la musique a son code et ses lois ; nous ne prétendons pas nier la science du contre-point ; mais tout compositeur de génie n'invente pas moins de nouvelles combinaisons, ne recherche pas moins de nouveaux accords. Si l'oreille de l'auditoire est satisfaite, c'est assez, nulle voix ne réclame. Il en est tout autrement de la poésie. Depuis Malherbe jusqu'à André Chénier, c'est-à-dire pendant près de deux siècles, aucun essai prosodique de quelque importance n'a été tenté : les lois de Malherbe, adoptées par tous nos grands poètes, La Fontaine et Molière exceptés, et entrées par les soins de MM. de Port-Royal (1) dans l'enseignement de nos collèges, ont régné sans opposition et sans peut-être que l'on ait songé une seule fois à consulter de nouveau l'oreille sur leur légitimité. Prenons un exemple : l'hiatus a été proscrit par Malherbe, comme produisant une cacophonie insupportable ; et cette défense du *vieux grammairien en lunettes*, comme lui-même s'appelait dans ses jours de bonne humeur, cette défense judicieuse, dans la plupart des cas, a été répétée par tous les arts *poétiques*. Cependant il y a des concours de voyelles très doux et singulièrement harmonieux. On sait que les anciens trouvaient un charme infini dans certains noms où les voyelles se heurtent, *Chloé, Danaé, Laïs, Leucothoé, Saül, Israël ;* nous-mêmes ne trouvons rien de dur dans

(1) Dans la *Poétique française* de MM. de Port-Royal, les règles de Malherbe sont données sous le titre de : *Règles nouvelles.*

Léon, *Héloise*, *Maria*, non plus que dans nos mots *déesse*, *liesse*, *diamant*, etc. Rien ne blesse moins l'oreille que *çà et là*, *il y a*, *peu-à-peu*. De bonne foi, dans la strophe suivante de Ronsard, l'oreille est-elle blessée de l'hiatus du premier vers :

> Hélas! où est ce doux parler,
> Ce voir, cet ouyr, cet aller,
> Ce ris, qui me faisait apprendre
> Que c'est qu'amour? Ah! doux refus,
> Ah! doux dédains, vous n'êtes plus,
> Vous n'êtes plus qu'un peu de cendre!
>
> RONSARD, *Imitation d'Anacréon.*

Cependant l'hiatus est impérativement défendu, et s'il venait un poète assez hardi pour transgresser la règle, il ne manquerait pas d'écoliers jeunes ou vieux pour noter la faute. Que Mozart, au contraire, que Beethoven ou Rossini, risquent une dissonance heureuse, ils sont applaudis des connaisseurs et n'ont pas à craindre les sifflets des demi-savants. Pourquoi? c'est que ceux-ci n'aperçoivent guère la prétendue faute; c'est qu'il faut avoir l'oreille assez exercée ou fort délicate pour saisir au passage une innovation musicale; tandis que, pour souligner un hiatus, il ne faut qu'avoir appris au collège une règle très-facile et voir clair. En effet, c'est là le point véritable; l'œil, en fait de prosodie, a une malheureuse aptitude à se substituer à l'oreille, tandis que les combinaisons musicales ont l'avantage de rester presque toujours sous la juridiction de l'oreille, la seule qui en soit la juste appréciatrice et le véritable juge.

La réforme introduite par Malherbe et continuée par ses élèves, Racan, Maynard, etc., fut d'abord un progrès. Son tort est d'avoir été définitive et de n'avoir pas été étendue et réformée à son tour. Elle a eu pour résultat de donner à la langue plus de clarté, à l'alexandrin plus de vigueur, aux stances une cadence plus marquée. Elle compta pour mortels adversaires toute la vieille école fanatique de Ronsard et de des Portes, Hardi, d'Urfé, des Yvetaux, Richelet. On connaît les vers que le satirique Régnier, neveu de des Portes, fit contre Malherbe :

Or Rapin, quant à moy, je n'ay point tant d'esprit ;
Je vay le grand chemin que mon oncle m'apprit ;
Laissant là ces docteurs que les muses instruisent
En des arts tout nouveaux. . . . .

. . . .
Cependant leur sçavoir ne s'étend seulement
Qu'à regratter un mot douteux au jugement,
Prendre garde qu'un *qui* ne heurte une diphthongue,
Espier si du vers la rime est brève ou longue,
Ou bien si la voyelle à l'autre s'unissant
Ne rend point à l'oreille un vers trop languissant ;
Et laissent sur le verd le noble de l'ouvrage (1)!

Quant à mademoiselle de Gournay, qui admirait Ronsard à l'égal de Montaigne, cette savante fille s'exprime avec encore plus de chaleur et surtout

(1) Satire IX, intitulée *le Critique outré*.

avec plus de connaissance de la matière dans son
Traité des rimes, dans sa *Défense de la poésie* et
dans le *Traité des métaphores*. Elle découvrit
avec une sagacité remarquable le côté faible, étroit
et mesquin du nouveau système. Mais en dépit de
ces résistances, la réforme de Malherbe triompha,
comme toutes les réformes, par ce qu'elle avait de
bon. Ségrais, Pélisson, Mairet, et enfin Corneille,
s'empressèrent d'adopter cet alexandrin nerveux,
concentré, qui lance la pensée comme une fronde
ou comme l'ïambe des anciens. Quant aux lois gê-
nantes imposées aux stances et à l'ode, les lyriques,
successeurs de Malherbe, eurent assez peu de peine,
dépourvus qu'ils étaient la plupart de souffle et de
verve, à les recevoir et à renfermer dans la strophe
leurs idées si peu abondantes. Cette digue, qui arrête et brise la course du fleuve lyrique, en déguise
assez bien la sécheresse; sa puissance artificielle
fait jaillir la pensée faible ou commune en d'assez
vigoureux jets d'eau. Aussi personne ne réclama-
t-il. Il n'en fut pas de même de l'alexandrin à césure
mobile : Molière, et, après lui, presque tous nos
comiques le retinrent. La Fontaine, né conteur,
maintint aussi les libres enjambements de la bonne
vieille poésie de Marot et de Régnier, sentant par
expérience que le nouveau vers à césure fixe tournait à la description et se refusait au simple narrer.
Emportée vers le théâtre, et vers un théâtre d'apparat, par le goût fastueux de Richelieu, de Mazarin

et de Louis XIV, notre poésie dramatique, au
xviiᵉ siècle, trouva dans le vers de Malherbe un
instrument convenable. Le xviiiᵉ siècle continua,
comme par habitude, le mouvement théâtral, et fit
quelques incursions heureuses dans la poésie didac-
tique et descriptive, dans la satire et l'épître philosophique, tous genres qui s'accommodent assez
bien du vers symétrique. Mais il est remarquable
que tous les essais tentés, pendant le cours de ces
deux siècles, dans l'épopée et dans l'ode, succom-
bèrent sous ce mètre anti-lyrique et anti-épique.
Sans doute le génie manqua : car, s'il eût existé, il
eût créé le mètre qui lui convenait. Peut-être Voltaire dans *la Henriade*, J.-B. Rousseau et Lebrun
dans une trentaine d'odes, se sont-ils élevés aussi
haut qu'il était possible avec un vers qui ne peut
narrer et des strophes forcées de tomber une à une.
Enfin, vers la fin du siècle, l'épuisement total du
drame philosophique et de la tragédie de cour ayant
tourné les esprits vers d'autres genres, on sentit que
l'obstacle était en partie dans le vers, et l'on essaya de
l'assouplir. Roucher et l'abbé Delille commencèrent. Mais un talent plus franc, un génie vraiment
épique et élégiaque fit subir au mètre une complète
refonte. Sans avoir vraisemblablement jamais étudié
les poètes du xviᵉ siècle, André Chénier revint au
vers de Baïf et de Dubellay par un procédé analogue
au leur, c'est-à-dire, par le sentiment et l'amour du
vers antique. Son alexandrin ne ressemble pas,

comme celui de Malherbe et de Corneille, à l'ancien ïambe; il se déploie plutôt librement, comme l'hexamètre des anciens épiques. Relisez ces vers inachevés où, dans le désordre et les lacunes d'une première composition, on aperçoit à nu les secrets de la facture :

LE MENDIANT.

C'était quand le printemps a reverdi les prés.
La fille de Lycas, vierge aux cheveux dorés,
Sous les monts Achéens, non loin de Cerynée,

. . . .

. . . .

Errait à l'ombre, au bord du frais et pur Crathès :
Car les eaux du Crathès, sous des berceaux de frêne,
Entouraient de Lycas le fertile domaine.
. . . . Soudain, à l'autre bord,
Du fond d'un bois épais un noir fantôme sort
Tout pâle, demi nu, la barbe hérissée :
Il remuait à peine une lèvre glacée,
Des hommes et des dieux implorait le secours,
Et dans la forêt sombre errait depuis deux jours.
Il se traîne, il n'attend qu'une mort douloureuse ;
Il succombe. L'enfant, interdite et peureuse,
A ce hideux aspect sorti du fond du bois,
Veut fuir ; mais elle entend sa lamentable voix.
Il tend les bras ; il tombe à genoux ; il lui crie
Qu'au nom de tous les dieux il la conjure, il prie,
Et qu'il n'est point à craindre, et qu'une ardente faim
L'aiguillonne et le tue, et qu'il expire enfin.

. . . .

Elle reste ; à le voir elle enhardit ses yeux ;
. . . . et d'une voix encore
Tremblante : . . . .

(*Fragments* d'ANDRÉ CHÉNIER.)

N'est-ce pas là le ton, l'harmonie, la souplesse de l'hexamètre antique?

Poussé, comme André Chénier, vers le genre narratif et élégiaque, M. Alfred de Vigny essaya le premier, en 1815, quelques innovations métriques. Presque aussitôt un génie éminemment lyrique, M. Victor Hugo, innova dans le vers et dans les coupes de l'ode; et enfin, il y a quelques jours, M. de Vigny s'est efforcé dans *le More de Venise* d'assouplir l'alexandrin tragique à l'allure plus naturelle et plus variée du drame romantique.

Que ces essais soient tous heureux, tous avoués par le génie de notre langue, c'est ce dont le public et l'avenir décideront; mais toujours est-il que voilà une école jeune, hardie, laborieuse, qui s'élève au milieu de nous, et reprend les travaux prosodiques où les avait laissés, il y a deux siècles, le dernier inventeur en ce genre. Tandis que tant de gens qui se croient poètes jouent imperturbablement le même air, voilà de jeunes artistes qui en essaient enfin de nouveaux. Il y a, ce nous semble, dans ces persévérants et studieux efforts, dans ces ingénieux et hardis essais, dans cette lutte de mélodies inexprimées qui cherchent et souvent trouvent un langage, quelque chose d'assez rare pour mériter l'attention la plus sérieuse de la critique. Examinons donc un ou deux de ces procédés qui blessent le plus la routine et d'abord le grand vers à libre césure.

Quelques personnes ont pensé que ce vers ne diffère pas de celui de Racine. Il suffit de comparer l'un et l'autre pour se convaincre de la différence. J'ouvre Racine au hasard :

> Ma rivale à mes yeux s'est enfin déclarée.
> Voilà sur quelle foi je m'étais assurée !
> Depuis six mois entiers j'ai cru que nuit et jour,
> Ardente, elle veillait au soin de mon amour :
> Et c'est moi qui, du sien ministre trop fidèle,
> Semble depuis six mois ne veiller que pour elle ;
> Qui me suis appliquée à chercher les moyens
> De lui faciliter tant d'heureux entretiens ;
> Et qui même souvent, prévenant son envie,
> Ai hâté les moments les plus doux de sa vie.
> Ce n'est pas tout : il faut maintenant m'éclaircir
> Si dans sa perfidie elle a su réussir ;
> Il faut... Mais que pourrais-je apprendre davantage ?
> Mon malheur n'est-il pas écrit sur son visage ?
>
> (BAJAZET, *Act.* IV, *sc.* 4.)

Certes dans ces vers admirables, accentués par la passion même, la césure est perpétuellement mobile, sans offrir pourtant un déplacement aussi marqué que celui-ci :

> Il tend les bras ; il tombe à genoux ; il lui crie.

De plus, il n'y a nul enjambement, la règle est suivie : *le sens suspendu au premier vers se prolonge jusqu'à la fin du vers suivant.* Ce n'est pas que nous ne trouvions quelques exemples d'enjambement dans Racine ; nous savions, et M. Viollet-Leduc nous le rappelle, que cette coupe devient parfois une beauté, quand elle est motivée par un désordre quelconque du discours, occasionné par la passion ou par une réticence. » Les exemples ne manquent pas :

> Je devrais sur l'autel où ta main sacrifie
> Te... Mais du prix qu'on m'offre il faut me contenter.
>
> (RACINE, *Athalie.*)

Seulement ce sont là des licences, des exceptions, *des beautés*. Les poëtes du xvie siècle, au contraire, Baïf, Dubellay, Ronsard, d'Aubigné, emploient l'enjambement à tout propos, sans autre but que d'arriver à une narration plus souple, plus facile, à une harmonie moins monotone :

> Ce pasteur qu'on nommoit Philippot, tout gaillard
> Chez luy nous festoya jusques au soir bien tard.
> De là vinsmes coucher au gué de Longenrie, ·
> Sous les saules plantez le long d'une prairie;
> Puis, dès le poinct du jour, redoublant le marcher,
> Nous vismes en un bois s'élever le clocher
> De Sainct Cosme, près Tours, où la nopce gentille
> Dans un pré se faisoit au beau milieu de l'isle.
>
> (RONSARD, *Le voyage de Tours.*)

> Reçoy donc mon présent, s'il te plaist, et le garde
> En ta belle maison de Conflans, qui regarde
> Paris, séjour des roys, dont le front spacieux
> Ne void rien de pareil sous la voute des cieux.
>
> (LE MÊME, *Au seigneur de Villeroy.*)

La Fontaine, comme nous l'avons dit, a conservé le vers à libre enjambement :

> Enfin, me voilà vieille, il me laisse en un coin
> Sans herbe : s'il voulait encor me laisser paître !

I. 6

Mais je suis attachée ; et si j'eusse eu pour maître
Un serpent, eût-il su jamais pousser si loin
L'ingratitude? Adieu! j'ai dit ce que je pense.

> (LA FONTAINE, l'*Homme et la Couleuvre*.)

Cependant l'humble toit devient temple, et ses murs
Changent leur frêle enduit en marbres les plus durs.

. . . .

Je ne pleurerais point celle-ci, ni ses yeux
Ne troubleraient non plus de leurs larmes ces lieux.

> (LE MÊME, *Philémon et Baucis*.)

Ce poëte, le seul qui, dans les deux derniers siècles, ait possédé quelque chose du génie épique, est tout rempli de pareils vers. Molière et La Fontaine sont comme les deux anneaux qui lient les poëtes du xvie siècle à ceux du nôtre.

Si de la structure du vers nous passons à celle de la strophe, nous trouvons encore la reprise d'une liberté du xvie siècle. En effet, la belle période lyrique qui se déroule si magnifiquement dans Horace et Pindare, et court, sans s'arrêter, de strophe en strophe, avait produit, avant d'être proscrite par Malherbe, de remarquables beautés dans les poëtes de la *Pléiade*. Je prends au hasard :

III.

J'ay la teste toute estourdie
De trop d'ans et de maladie,
De tous costez le soin me mord ;
Et, soit que j'aille ou que je tarde,
Tousjours après moy je regarde
Si je verray venir la mort,

IV.

Qui doit, ce me semble, à toute heure
Me mener là-bas, où demeure
Je ne sçay quel Pluton, qui tient
Ouvert à tous venans un antre
Où bien facilement on entre,
Mais d'où jamais on ne revient.

(RONSARD, *Imitation d'Anacréon.*)

Il nous faudra franchir un bien long espace pour
rencontrer un effet métrique aussi puissant. André
Chénier, dans la mémorable étude qu'il composa
sur le serment du jeu de paume, a le premier retrouvé dans la violation de la règle de Malherbe
un effet sublime :

XI.

Déraciné dans ses entrailles,
L'enfer de la Bastille à tous les vents jeté
Vole, débris infâme et cendre inanimée ;
Et de ces grands tombeaux la belle liberté,
Altière, étincelante, armée,

XII.

Sort.

M. Alfred de Vigny, dans le poème élégiaque intitulé *la fille de Jephté*, a tiré de la même coupe
un effet d'un tout autre genre :

« Seigneur, vous êtes bien le Dieu de la vengeance ;
En échange du crime il vous faut l'innocence.
C'est la vapeur du sang qui plaît au Dieu jaloux :
Je lui dois une hostie, ô ma fille ! et c'est vous ! »

6.

« Moi? » dit-elle. Et ses yeux se remplirent de larmes.
Elle était jeune et belle, et la vie a des charmes.
Puis elle répondit : Oh ! si votre serment
Dispose de mes jours, permettez seulement

Qu'emmenant avec moi les vierges mes compagnes,
J'aille deux mois entiers sur le haut des montagnes,
Pour la dernière fois, errante en liberté,
Pleurer sur ma jeunesse et ma virginité. »

Permettez seulement... N'entend-on pas un soupir entre les deux strophes?

Enfin, M. Victor Hugo a repris cette liberté pindarique; il épanche dans toute sa plénitude l'urne des lyriques anciens. On trouve une foule de ces heureuses suspensions et de ces riches débordements de pensées à toutes les pages des *Orientales*, dans *Mazeppa*, dans *Navarin*, dans *la Douleur d'un pacha*. Nous n'en citerons qu'un exemple où le sens, continué pendant plusieurs strophes, coule, à flots pressés sous un refrain , comme un fleuve impétueux sous une arche immobile; c'est dans *la Marche turque:*

Ma dague d'un sang noir à mon côté ruisselle,
Et ma hache est pendue à l'arçon de ma selle.

J'aime le vrai soldat, effroi de Bélial :
Son turban évasé rend son front plus sévère ;
Il baise avec respect la barbe de son père,
Il voue à son vieux sabre un amour filial,
Et porte un doliman percé dans les mêlées
De plus de coups que n'a de taches étoilées
        La peau du tigre impérial;

Ma dague d'un sang noir, etc.

.   .   .   .

J'aime, s'il est vainqueur, quand s'est tu le tambour,
Qu'il ait sa belle esclave aux paupières arquées,
Et, laissant les imans qui prêchent aux mosquées
Boire du vin la nuit, qu'il en boive au grand jour !
J'aime après le combat que sa voix enjouée
Rie, et des cris de guerre encor tout enrouée
  Chante les houris et l'amour;

Ma dague d'un sang noir, etc.

Qu'il soit grave, et rapide à venger un affront;
Qu'il aime mieux savoir le jeu du cimeterre
Que tout ce qu'à vieillir on apprend sur la terre;
Qu'il ignore quel jour les soleils s'éteindront,
Quand rouleront les mers sur les sables arides ;
Mais qu'il soit brave et jeune, et préfère à des rides
  Des cicatrices sur son front.

Ma dague d'un sang noir, etc.

Tel est, Comparadgis, Spahis, Timariots,
Le vrai guerrier croyant ! Mais celui qui se vante,
Et qui tremble au moment de semer l'épouvante;
Qui le dernier arrive aux camps impériaux;
Qui, lorsque d'une ville on a forcé la porte,
Ne fait pas, sous le poids d'un butin qu'il rapporte,
  Plier l'essieu des chariots;

Ma dague d'un sang noir, etc.

Celui qui d'une femme aime les entretiens;
Celui qui ne sait pas dire dans une orgie
Quelle est d'un beau cheval la généalogie;
Qui cherche ailleurs qu'en soi force, amis et soutiens;
Sur de soyeux divans se couche avec mollesse,
Craint le soleil, sait lire, et, par scrupule, laisse
  Tout le vin de Chypre aux chrétiens;

Ma dague d'un sang noir, etc.

Celui-là, c'est un lâche, et non pas un guerrier.
Ce n'est pas lui qu'on voit dans la bataille ardente
Pousser un fier cheval, à la housse pendante,
Le sabre en main, debout sur le large étrier :
Il n'est bon qu'à presser des talons une mule,
En murmurant tout bas quelque vieille formule,
Comme un prêtre qui va prier.

Ma dague d'un sang noir, etc.

Nous croyons pouvoir conclure de ces exemples, qu'il nous serait facile de multiplier, si nous n'avions pas déjà trop abusé des citations, que la défense de prolonger le sens d'une strophe à l'autre est présentement abrogée. La difficulté était de marquer la cadence de la strophe, sans interrompre le mouvement de la pensée. Ce problème nous semble heureusement résolu.

Résumons-nous. On vient de voir que le vers à césure mobile n'est pas le vers de Racine. Est-il davantage celui de Ronsard? Non. La réforme métrique actuelle ne mériterait pas ce nom, si elle n'était qu'un simple retour à une forme abandonnée. Toute réforme doit être un progrès. Malherbe fit adopter la sienne en montrant aux oreilles délicates que le sentiment du rhythme se perdait trop souvent dans la liberté de la césure et dans les sinuosités de l'enjambement. Il frappa donc le vers d'un double repos, l'un à l'hémistiche, l'autre à la fin du vers, et détermina la cadence de la strophe par la clôture de la pensée. La nouvelle école,

en reprenant les libertés que le vieux Malherbe
avait proscrites, dut chercher un moyen de faire
sentir le rhythme et d'obvier au défaut réel que
Malherbe avait signalé. A la fin de la strophe, une
légère suspension; puis l'éclatante fanfare de la
rime, qui, mieux qu'un repos, sonne la fin du
vers: tels sont les contre-poids que la nouvelle
école a mis aux libertés qu'elle revendique. C'est
en cela surtout que le vers d'André Chénier diffère
de celui de l'abbé Delille. Sans doute, malgré
ces précautions, la mesure est moins sensible·
ment battue dans le nouvel alexandrin que dans
celui de Boileau ; mais elle l'est assez , selon
nous, pour être appréciée de toute oreille délicate.
La forte mesure à deux temps pesamment frappée ne ressemble pas mal à cet ancien bâton du
chef d'orchestre de l'Opéra , lequel désespérait
J.-J. Rousseau, et que le *petit prophète* comparait
à la cognée d'un bûcheron. Un parterre à oreille
dure hoche la tête à chaque temps; moins il sent le
rhythme, plus il cherche à le rattraper à force de
mouvements des pieds et des mains. Au contraire ,
selon l'observation très juste de J.-J. Rousseau, un
parterre italien ou allemand sent en soi la mesure,
sans presque la marquer. Il en est de même de la
nouvelle métrique: elle demande des auditeurs à
oreilles plus fines et plus savantes. C'est ce qui
arrive à tout art qui se perfectionne: il a besoin
d'un public plus exercé.

Que dans ce nouveau système, comme en tout, l'abus soit voisin de l'usage, personne n'en doute: distinguer l'un de l'autre est le devoir de la critique; nous saurons le remplir à l'occasion. Aujourd'hui nous nous sommes proposé beaucoup moins de juger ces innovations que de les exposer.

IV.

AHASVÉRUS,

MYSTÈRE,

PAR M. EDGAR QUINET,

ET

DE LA NATURE DU GÉNIE POÉTIQUE.

(Revue des Deux-Mondes, 1er décembre 1833.)

Toutes les fois que le génie vient à réaliser dans l'art une conception longtemps rêvée, toutes les fois qu'il revêt d'une forme sensible et saisissable une fantaisie jusque-là invisible et flottante dans la pensée humaine (que cette forme soit pittoresque, poétique ou musicale; que l'œuvre soit une partition de Mozart, un poème de Dante Alighieri, ou une figure sculptée par Michel-Ange), dès que cette idée est passée du monde de l'esprit dans celui de l'art et des formes, on peut dire d'elle et de l'ouvrier ce que l'Écriture a dit de l'artiste par excellence, du poète éternel, après qu'il eut lancé dans l'espace son sublime et incompréhensible ouvrage : *tradidit mundum disputationi* (1). C'est le propre du beau dans l'art, comme du vrai dans la science, de soulever, à sa naissance, les plus vives oppositions,

(1) *Ecclesiaste*, cap. III, XI.

et de ne s'établir dans l'admiration humaine,
comme la vérité dans la croyance, qu'après une lutte
opiniâtre et prolongée. Et, ce qui n'est pas moins
remarquable, c'est que dans ce conflit de l'enthousiasme et de la routine, de la prose et de la poésie, la
violence de la lutte est en raison de l'excellence de
l'œuvre qui la provoque. On n'a pas oublié la longue querelle qui s'éleva, vers la fin du xviie siècle,
à Paris et à Londres, au sujet des poèmes homériques. Pindare, Eschyle, Aristophane, Platon, Hérodote n'ont guère été jugés d'une manière plus
calme et plus unanime. Nous avons vu la poésie biblique traitée, dans un même siècle, de sublime et
de ridicule. On sait quels jugements ineptes le *Cid*
eut à subir, quelles risées dédaigneuses ont insulté
Athalie; Ossian fut, sous le Directoire, un objet de
division et presque une cocarde de parti; Shakpeare
et Schiller ont allumé, sous la Restauration, des
animosités violentes. Grimm et Rousseau ont rendu
immortelles les querelles musicales du dernier siècle. Dans les arts du dessin, les dissidences de systèmes et d'écoles ne sont, de nos jours, guère
moins passionnées. C'est un malheur peut-être;
mais l'esprit humain est ainsi fait. Il y a plus :
toute chose dont on ne dispute pas, toute œuvre
à qui le temps et la discussion ne font pas péniblement sa renommée, toute création qui ne conquiert
pas, un à un, ses admirateurs, comme *Atala, René,*
les *Méditations* de M. de Lamartine (pour ne parler

ici que des résistances surmontées), toute composition qu'on envisage, à la première vue, de sang-
froid, sans frémissements d'impatience, sans cris
de surprise, sans vertige de la pensée, peut bien
être une œuvre raisonnable, de bon sens, de talent
même; mais elle est assurément dénuée de poésie,
sans durée probable, sans action possible sur l'avenir. Comme saint Paul, nous n'adorons guère que
ce que nous avons blasphémé.

Nous sommes bien trompé, ou ce gage de lon-
gévité que donne aux productions de l'art la vivacité
même des attaques dont elles sont l'objet, ne manquera pas à la grande fresque épique que vient de
terminer M. Quinet. Nous n'avons pas la prétention
de prophétiser ici la mesure du succès qui lui est
réservé; nous ignorons absolument quelle part de la
faveur publique *Ahasvérus* doit obtenir. Un mouvement du télégraphe, un franc de hausse ou de
baisse à la Bourse, le succès d'un vaudeville, peuvent absorber, pour le moment, tout ce qu'il y a
chez nous d'attention disponible; mais, à en juger
d'après l'impression produite par les fragments que
la *Revue des Deux-Mondes* a publiés (1), nous sommes persuadé qu'*Ahasvérus* ne peut manquer de
faire, un peu plus tôt ou un peu plus tard, une
sensation profonde, et de rouvrir, au moins pour
quelque temps et pour quelques-uns, le champ

(1) Livraison du 1er octobre 1833.

fermé, depuis trois ans, des discussions théoriques.

Il y a, en effet, dans cette œuvre si inattendue, si poétique, et, par cela même, si propre à désorienter la routine, tout ce qui peut exciter l'admiration et aiguiser le sarcasme. Le fond et la forme, la pensée et la langue, le corps et le vêtement, tout, dans cet ouvrage, est empreint de force et éblouissant de nouveauté. Mais, il faut le dire, il y a excès de couleurs, abus de l'effet, dédain trop prononcé des demi-teintes et des ombres. Tout se presse, tout scintille et bouillonne. Au bruit de ce torrent lyrique, au fracas de cette cataracte d'écumante poésie, la pensée, même accoutumée aux jets les plus hardis de l'imagination, hésite à traverser ce tourbillon, et se cabre devant ces vagues. Ce n'est point ici de la poésie contenue, reposée, qui coule majestueusement entre ses rives; c'est de la poésie enivrée, débordée, ruisselante, qui dévore son lit, et nous porte, avec la rapidité de l'éclair, aux dernières limites du connu. Dans ce voyage par-delà les temps et les mondes, bien peu d'entre nous ont la vue assez ferme pour ne pas se troubler, ou pour jouir, à travers cette course, de leur propre vertige. Et ne cherchez dans l'art contemporain rien qui nous prépare à ces impressions. Byron, Goethe, M. Victor Hugo, qui ont creusé si profondément dans l'âme humaine, n'ont guère atteint l'infini au-delà du cœur et du cerveau de l'homme. M. Edgar Quinet cherche surtout l'infini dans la nature; c'est

le secret de la création qu'il poursuit. Sans doute
Goethe, Byron, MM. de Chateaubriand et de Lamartine, sont habiles à saisir les reflets de l'âme humaine dans les grands phénomènes naturels ȩet à
retrouver dans le cœur humain l'image des grands
spectacles de la création; mais ce sont toujours
de nouveaux aspects de l'homme qu'ils cherchent
dans la nature. Le point de vue de M. Quinet est
moins exclusivement humain. Son spiritualisme ne
s'arrête à aucun échelon dans la série des êtres. Il
interroge l'âme de l'Océan, la pensée des étoiles, le
chant des fleurs, le silence du désert, avec autant
d'amour que l'esprit des races, la voix des âges, les
murmures de la foule, la pensée des cathédrales.
Sa vocation est de déchiffrer les grands caractères
que le doigt de l'Éternel a imprimés sur toutes
choses, et de traduire en vibrations poétiques la secrète musique que le monde exhale du sein de tous
les éléments et de toutes les créatures. Prédisposé
par une organisation contemplative, préparé par de
fortes études, par de nombreux voyages (1), exercé
par une longue fréquentation du génie de Herder,
dont il a traduit un des chefs-d'œuvre (2), M. Quinet
s'est fait une manière à part, où l'instinct, que j'ap-
pellerai *cosmogonique*, est le fait dominant. Il n'a

(1) Voyez *De la Grèce moderne et de ses rapports avec l'antiquité*, par M. Ed. Quinet, 4 vol. in-8°.
(2) *Idées sur la philosophie de l'histoire de l'humanité*, 3 vol.
in-8°.

de commun avec les écrivains célèbres de notre époque que le talent d'agir puissamment sur l'imagination.

Et, à ce propos, félicitons l'art actuel d'avoir compris, enfin, que les ouvrages dits, fort improprement jusqu'à cette heure, d'*imagination*, doivent être composés dans la vue de plaire à l'imagination. Cet heureux changement dans l'art date des premières années du xixᵉ siècle. A la suite des grandes commotions sociales qui ont ébranlé l'Europe, de 1792 à 1816, nous avons fini par nous apercevoir que l'homme, même sous notre ciel tempéré, n'est pas seulement doué de raison et de sensibilité; qu'il y a encore en lui une autre faculté tout-à-fait distincte de ses deux compagnes, une faculté dont l'analyse a été à-peu-près oubliée par la philosophie écossaise et kantienne; faculté plus énergique assurément et plus exigeante sous d'autres climats, mais qui, même sous le nôtre, a besoin d'exercice et d'aliments. Toute l'école poétique actuelle, dont M. de Chateaubriand est le chef et le père, reconnaît pour premier dogme que l'imagination est la source de toute poésie. Pour elle, une des plus importantes lois de l'art est que l'imagination doit teindre de ses couleurs la raison elle-même et la sensibilité. Le xviiiᵉ siècle, au contraire, avait poussé si loin le culte du rationalisme et la manie de la sentimentalité, qu'il n'avait pas laissé la moindre place à la poésie. Aussi, qu'a produit l'art de cette époque?

Des tragédies philosophiques, des romans décla-
matoires, des odes morales et des drames bourgeois. Dans tout cela, il y a peu de chose pour la
poésie et l'art; car l'art et la poésie, tels que nous
les comprenons, n'ont pas à agir directement
sur la sensibilité ni sur la raison, comme l'éloquence et la philosophie; mais doivent s'adresser
à l'imagination et n'agir sur la raison et la sensibilité que secondairement et par contre-coup.
Le xviii° siècle avait une si grande aversion de
la fantaisie, qu'il l'avait bannie, même d'un art
qui n'existe que par et pour elle. Il avait réduit
la musique à n'être qu'une déclamation un peu
plus sonore, un peu plus accentuée, mais presque aussi restreinte dans ses effets que la voix parlée. Aussi, supposez qu'un auditoire de 1770, accoutumé à trouver dans le principe de l'imitation
vocale les motifs de tous les chants d'un opéra, eût
été, par impossible, transporté brusquement, et
sans transition, devant une de ces partitions
vraiment musicales, dans lesquelles le compositeur charme d'abord l'oreille et enivre l'imagination, pour arriver plus sûrement à toucher
le cœur, un tel auditoire se serait perdu dans cette
route détournée; il n'aurait rien compris à cette
manière indirecte, mais infaillible, de frapper
l'âme; il eût déclaré les mélodies de Weber et de
Rossini extravagantes, et eût accusé de folie le
compositeur et les chanteurs. Dans ces fantaisies

enivrantes, il n'eût pas reconnu la voix humaine;
il aurait cru entendre le bruissement des vagues ou
des chants d'oiseaux.

L'esprit seul, l'*humour*, comme disent les An-
glais, porté, au xviiie siècle, jusqu'à la hauteur de
la poésie dans Voltaire et dans Beaumarchais, produisit alors sur les masses cet ébranlement de la pensée, cette exaltation cérébrale, ce plaisir désintéressé que nous causent, dans l'ordre poétique, un
conte arabe, une comédie d'Aristophane, une ballade de Burger, un chœur d'Eschyle. Cette faculté
lyrique, ce pouvoir d'ébranler l'imagination qui a
trop manqué à notre poésie jusqu'à ces derniers
temps, les Grecs l'ont possédé au suprême degré.
Ils regardaient le génie dithyrambique comme la
poésie élevée à sa plus haute puissance. Chez eux,
les facultés de l'imagination étaient l'objet d'un
culte; ses dons étaient réputés divins. Ils laissèrent
même pénétrer indûment l'imagination dans des
genres où elle ne doit avoir que peu ou point d'accès, dans l'histoire et dans la critique, par exemple.
Chez nous, au contraire, l'imagination, ce pouvoir
créateur, cet instinct investigateur souvent si merveilleux et si sûr, a été longtemps subordonné à la
plus restrictive de nos facultés. On croyait, dans le
dernier siècle, être suffisamment poli envers l'imagination en l'appelant, avec Malebranche, la *Folle du
logis;* on ne lui permettait que le conte de fée. Mais
ce dédain ne pouvait durer; la nature ne perd pas

ainsi ses droits : l'homme ne possède pas aujour-
d'hui une faculté de moins qu'il y a mille ans. Au
bruit du canon des Pyramides, de Marengo, de la
Moskowa, nos imaginations, quelque temps en-
gourdies, se sont réveillées. Nous n'avons pas touché vainement le sol de l'Égypte et battu des mains
à la vue des murs de Thèbes ; nous ne nous sommes
pas assis impunément au foyer de l'Allemagne,
cette terre de la rêverie ; nous n'avons pas bivoua-
qué en aveugles sous les créneaux moresques de
l'Alhambra ; Napoléon n'a pas fait inutilement appel à cette faculté qui enfante des miracles. Après
le grand drame de l'Empire et de Sainte-Hélène, la
France eût été la plus idiote des nations si elle se
fût rendormie platement dans la poésie du xviiie siècle. Une ère nouvelle d'enthousiasme devait s'ouvrir, et elle s'est ouverte. Dans tout ce qui est art,
la *Folle du logis* est redevenue reine et maîtresse.
Maintenons-la dans sa royauté ; empêchons seulement qu'elle ne s'élance hors de ses frontières. Ne
la laissons pas rentrer dans les positions qu'elle a
justement perdues, dans l'histoire, dans la philosophie, dans la critique ; sa part est assez belle pour
qu'elle s'y tienne. Tout ce que la science n'a pas
éclairé, voilà son empire. Tout le côté inexploré
de l'intelligence, tous les siècles obscurs de l'histoire lui appartiennent. Jamais circonscriptions ne
furent mieux établies ; jamais hémisphères n'ont été
plus nettement séparés. Géographes de l'intelli-

7

gence, écrivez sur la carte de l'esprit humain : à ce
pôle, la science; à cet autre pôle, la poésie.

Il ne fallait pas moins que la révolution intellectuelle qui a réintégré l'imagination dans tous
ses droits, pour qu'on pût songer à demander un
ouvrage sérieux et poétique à la fable populaire
du *Juif errant*. Avant la chanson de Béranger,
cette légende n'avait inspiré chez nous que quelques romans critiques qui n'ont obtenu aucun
succès. En Allemagne, au contraire, pays de foi,
de récits merveilleux, d'histoires surnaturelles, ce
sujet a tenté le génie des plus grands poètes. Aucun d'eux, il est vrai, n'a pu terminer l'œuvre ;
mais plusieurs, comme nous le verrons, l'ont ébauchée. En France, et à Paris surtout, où l'on est
assez peu soucieux de la littérature ambulante que
les porte-balles de nos campagnes colportent dans
les hameaux, c'est à peine si les plus curieux d'entre nous ont jamais lu *l'Admirable histoire du Juif
errant, qui, depuis l'an* 33 *jusqu'à l'heure présente, ne fait que marcher*. Tel est pourtant le titre
d'un opuscule de quinze à vingt pages, imprimé
sur papier gris et réimprimé tous les ans, suivi
d'une complainte, et précédé d'une image gravée
sur bois, petit livret qui peut bien ne pas se rencontrer dans nos bibliothèques savantes, mais qui
ne manque, croyez-moi, dans l'armoire de noyer
d'aucun villageois. L'étrange aventure qu'il contient
n'est rapportée ni dans les évangiles approuvés, ni

dans les évangiles apocryphes, ni dans les Actes des Apôtres, ni dans les œuvres d'aucun des anciens pères de l'Église. Quelle est donc l'origine et la date de cette légende? Je la crois, comme celle du voile de sainte Véronique et généralement comme toutes les histoires relatives à la Passion, née vers le ɪvᵉ siècle, à Constantinople, et contemporaine de sainte Hélène et de la découverte de la vraie croix. Mais ces traditions sont restées longtemps orales. Marianus Scotus, au xɪᵉ siècle, est le premier écrivain qui donne le récit du voile de sainte Véronique, d'après un certain Methodius, qui le lui avait communiqué (1). Au xɪɪɪᵉ siècle, Matthieu Paris, moine de Saint-Albans, a le premier, je crois, mentionné dans sa grande histoire d'Angleterre, une des versions relatives au Juif errant : je dis une, car il existe de ce récit deux versions au moins et fort différentes. Celle que nous a conservée Matthieu Paris avait cours en Orient. La voici, un peu abrégée.

« Cette année (1229), un archevêque de la Grande-Arménie vint en Angleterre visiter les reliques des saints et les lieux vénérables, comme il avait fait en d'autres contrées. Il était porteur de lettres de recommandation du seigneur pape pour les hommes religieux et les prélats de ce royaume. S'étant rendu à Saint-Albans pour adresser ses prières au proto-martyr de l'Angleterre, il fut reçu avec honneur par

(1) Voyez Zedler, Universal Lexicon.

l'abbé et par le couvent. Pendant son séjour en ce
lieu, il fit à ses hôtes plusieurs questions relatives
aux rites et aux usages de l'Angleterre, et, en revanche, leur raconta plusieurs particularités de son
pays. On l'interrogea, entre autres choses, sur ce fameux Joseph dont il est si souvent question parmi les
hommes; sur ce Joseph qui fut présent à la Passion
du Christ, et qui existe encore comme une preuve
vivante de la foi chrétienne. On lui demanda s'il ne
l'avait jamais vu, ou s'il n'en avait pas entendu
parler. Un officier de la suite de l'archevêque, natif
d'Antioche, qui lui servait d'interprète, et qui
était connu de Henri Spigurnel, un des domestiques du seigneur abbé, répondit dans la langue
qu'on parle en France (*Gallicana lingua*), que
son maître connaissait parfaitement cet homme, et
que même un peu avant son départ pour l'Occident, il l'avait reçu à sa table. Quant à ce qui s'était
passé entre ce Joseph et Jésus-Christ, voici le récit
de l'Arménien : Lorsque Jésus fut entraîné par les
Juifs hors du prétoire pour être crucifié, Cartaphi-
philus, portier de Ponce-Pilate, le poussa par derrière avec le poing, en lui disant d'un ton de mépris : Jésus, marche plus vite : pourquoi t'arrêtes-tu?
Alors le Christ, arrêtant sur cet homme un regard
triste et sévère, lui répondit : Je marche comme il
est écrit, et je me reposerai bientôt; mais toi, tu
marcheras jusqu'à ma venue. Au moment de la Passion, Cartaphilus avait environ trente ans; toutes

les fois qu'il atteint sa centième année il tombe
dans une sorte d'extase d'où il sort rajeuni et revenu
à l'âge qu'il avait au jour de son arrêt. Cartaphilus
se convertit à la foi chrétienne; il fut baptisé par
Ananias, le même qui baptisa saint Paul, et fut
appelé Joseph. Il habite ordinairement dans l'une
et l'autre Arménie; c'est un homme pieux et de
conversation édifiante; il vit surtout avec les évêques; il parle peu, et seulement quand il en est re-
quis par de hauts dignitaires de l'église ou par de
saints personnages; alors il donne de curieux détails
sur la Passion et la résurrection du Christ, sur le
symbole, la dispersion et la prédication des apôtres,
et cela *sine risu et omni levitate verborum.* Enfin, le
digne archevêque, ajoute Matthieu Paris, *narra-
tionem sigillo rationis confirmavit,* de sorte qu'il
n'y a pas à douter de la moindre partie de cette relation; le tout étant, d'ailleurs, attesté par un brave
chevalier, Richard d'Argenton (1), qui visita l'O-
rient, et qui mourut ensuite évêque (2).

Ce récit diffère, sur plusieurs points, de la tradition occidentale. L'archevêque arménien nomme le
juif coupable Cartaphilus, et le suppose portier du
prétoire, tandis que l'autre légende le nomme Ahasvérus, et après son baptême Buttadæus, et le fait cordonnier à Jérusalem. Je crois cette tradition beau-

(1) *Richardus de Argentomio.* Peut-être d'Argentan.
(2) *Matthæi Paris major historia Anglorum*; Londini, 1571,
p 470, sqq.

coup plus ancienne en Europe que celle que rapporte
Matthieu Paris, qui n'a, je pense, enregistré *in ex-
tenso* la narration de l'archevêque arménien , que
parce qu'elle différait du récit reçu dans les contrées
soumises à l'église latine. Cependant, je ne vois pas
le nom d'Ahasvérus mentionné avant l'année 1547.
Voici le plus ancien document que j'aie rencontré
où soit nommé ce personnage : c'est une lettre que
Chrysostomus Dudulæus de Westphalie, écrivait
en 1618, à un de ses amis , habitant de Reffel (1) :

« En l'année 1547, M. Paulus de Eitzen , docteur de la Sainte-Écriture, et évêque de Schlesswig,
a vu dans une église de Hambourg, un dimanche,
en hiver, très-mal chaussé et très-mal vêtu, le vieux
Juif qui erre dans le monde depuis la Passion du
Christ. Il lui parut d'une taille élevée , d'environ
cinquante ans , ayant les cheveux longs et pendans
sur les épaules. Il assistait au sermon, et l'écoutait
avec beaucoup de piété. En sortant de l'église, le
docteur entra en conversation avec cet homme; le
Juif dit avec modestie qu'il était né à Jérusalem, où
il exerçait l'état de cordonnier ; qu'il se nommait
Ahasvérus, et avait assisté au crucifiement de Jésus-
Christ. Ensuite il parla des apôtres. Puis, il ajouta
que le Christ ayant voulu se reposer du poids de
sa croix en s'appuyant contre le mur de sa maison,
il l'avait repoussé, et lui avait dit durement de

(1) Cette lettre , écrite en allemand , est citée par Martin Zeiller
dans son *Recueil de lettres, pars II, epist.* 507, *p.* 700, *seq.*

passer son chemin; à quoi le Christ lui avait fait
la réponse qui est si connue. Ce Juif avait le maintien très-posé et très-discret. S'il venait à entendre
quelqu'un blasphémer, il disait, avec un soupir et
dans une horrible angoisse : O malheureux homme!
malheureuse créature! faut-il que tu abuses ainsi
du nom de Dieu et de son cruel martyre? Si tu
avais vu, comme moi, combien l'agonie fut pesante
et amère au Christ, tu aimerais mieux pour l'a-
mour de toi et de moi, souffrir les plus grands
maux que de blasphémer son nom! Quand on lui
offrait de l'argent, jamais il ne prenait plus de
deux schellings, et encore en distribuait-il sur-le-
champ une partie aux pauvres, déclarant que Dieu
pourvoirait bien lui-même à ses besoins. Jamais
on ne l'a vu rire. Dans quelque lieu qu'il allât,
il parlait toujours la langue du pays; c'est ainsi
qu'à cette époque il s'exprimait en très-bon saxon.
Il y a beaucoup de gens de qualité qui ont vu ce
Juif en Angleterre, en France, en Italie, en Hongrie, en Perse, en Pologne, en Suède, en Dane-
mark, en Écosse et en d'autres contrées; comme
aussi en Allemagne, à Rostock, à Weimar, à Dant-
zig, à Kœnigsberg. En l'année 1575 (1), deux am-

(1) Rodolphe Bouthrays, *Botereius, regis historiographus latinus,*
avocat au parlement de Paris, qui écrivit, en 1610, un ouvrage intitulé : *De rebus in Gallia et pene toto orbe gestis,* rapporte, libr. XI,
p. 172, avec une très-légère nuance d'incrédulité, l'histoire du Juif
errant, et signale notamment son passage à Hambourg en 1564.

bassadeurs du Holstein, et particulièrement le *se-cretarius* Christophe Krauss, l'ont rencontré à Madrid, toujours le même de figure, d'âge, de manières et de costume. En l'année 1599, il se trouvait à Vienne, et en 1601, à Lubeck. Il a été rencontré, l'an 1616, en Livonie, à Cracovie et à Moscou, par beaucoup de personnes qui se sont même entretenues avec lui. »

Ces témoignages datés de la fin du XVIᵉ siècle et du commencement du XVIIᵉ, ces certificats de présence, signés par des hommes graves, tels que le *secretarius* Christophe Krauss et le docteur Paulus de Eitzen, sont infiniment plus extraordinaires et plus curieux, vu leur date récente, que ceux que nous trouvons au XIIIᵉ siècle dans Matthieu Paris. Il fallait que cette légende singulière eût jeté de bien profondes racines au moyen âge, pour avoir ainsi survécu, en Allemagne, à la réforme de Luther, et être restée admise presque comme une vérité de dogme, même par les communions dissidentes.

Plus près de nous encore, nous trouvons des traces de cette croyance. En 1641, un baron autrichien, et, en 1643, un médecin qui revenait de la Palestine, ont raconté qu'un capitaine turc avait montré Joseph à un noble Vénitien nommé Bianchi. Le pauvre Juif était alors retenu sous bonne garde au fond d'une crypte à Jérusalem; il était vêtu de son ancien costume romain, exactement comme au temps du Christ. Il n'avait pas d'autre occupation que de marcher dans la salle sans rien dire ; de frapper de sa main contre le mur et quelquefois contre sa poitrine, pour témoigner son regret d'avoir frappé la sainte face du Seigneur. Je trouve ces détails dans un ouvrage anonyme publié en allemand au milieu du xviie siècle, sous le titre singulier de *Relation*, ou *bref récit de deux témoins vivans de la passion de notre Sauveur*.

L'idée bizarre de faire servir l'existence du Juif errant à la démonstration des vérités évangéliques, s'aperçoit déjà dans la narration de Matthieu Paris, qui se sert, en parlant de Cartaphilus, de ces mots remarquables : *Argumentum christianæ fidei*. Mais, ce qui est bien plus extraordinaire, et ce qui prouve la vitalité indestructible de cette tradition, c'est une dissertation théologique imprimée à Jéna en 1668. L'auteur de cette thèse (1), Martin Dröscher, comme celui de l'opuscule anonyme, profite de la double tradition relative au Juif errant, pour tâcher de produire *deux* témoins au lieu d'un, de la passion du Christ. La majeure partie de cet opuscule est employée à établir la dualité du Juif et à prouver que Cartaphilus et Ahasvérus sont bien deux personnages différents. Quant à la vérité du fait lui-même, il la met à peine en question.

(1) Cette pièce singulière est intitulée : *Dissertatio theologica de duobus testibus vivis passionis dominicæ, quam auxiliante Jesu Nazareno crucifixo, sub umbone Domini Sebastiani*

Cette légende, créée d'abord, comme toutes les légendes, par l'imagination populaire, laborieuse ouvrière qui tisse incessamment sa trame poétique, accaparée peu après par la scolastique, et employée aux besoins de la controverse, devait finir par rentrer dans le domaine de l'art, auquel surtout elle appartient. Un homme aujourd'hui vivant, et qui a été contemporain du Christ, un homme qui a conversé avec les premiers martyrs, qui a vu de ses yeux la chute du colosse romain, l'invasion des barbares, le moyen âge, avec ses arts, ses croyances, ses monuments; un homme rassasié de jours et qui ne peut mourir; un homme condamné à disparaître le dernier de la création, dont les mains doivent fermer les paupières de l'humanité et ensevelir le monde dans le linceul du néant; une fiction à la fois si grandiose et si populaire, devait finir par passer du répertoire des ménétriers de village sur les lyres des plus grands poètes. Gœthe, dans sa jeunesse et dans la pleine vigueur de son génie (en 1774, l'année même de la publication de *Werther*), eut l'idée de prendre cette histoire pour le sujet d'une épopée.

« A cette époque, dit-il dans le xve livre de ses

Niemanni S. S. Th. D. in inclyta propter Salam academia publico eruditorum examini subjicit Martinus Dröscher ad diem xiij octobris. Jéna, 1668, in-8°. — Le savant Schudt, qui cite cette pièce dans son *Compendium historiæ Judaïcæ*, l'attribue, par une bien singulière distraction, à Sébast. Niemann.

Mémoires, toutes les pensées dont je m'occupais
avec amour formaient aussitôt une sorte de cristal-
lisation poétique. Comme j'étudiais alors les opinions des Frères Moraves, je conçus l'idée singulière de prendre pour sujet d'un poème épique
l'histoire du Juif éternel, gravée depuis longtemps
dans ma mémoire par la lecture des livres populaires. Je voulais me servir de cette légende comme
d'un fil conducteur pour représenter toute la suite
de la religion et des révolutions de l'Eglise. Voici
comment je disposais la fable de ce poème et le
sens que j'y attachais : Il existait à Jérusalem un
cordonnier nommé Ahasvérus. Mon cordonnier
de Dresde me fournissait les principaux traits de
la physionomie de ce personnage. Je lui donnais la
bonne humeur et l'esprit jovial d'un artisan tel
que Hans Sasche, et j'ennoblissais son caractère par
l'inclination que je lui prêtais pour le Christ. En
travaillant dans sa boutique, Ahasvérus aimait à causer avec les passants : il les raillait et parlait à tous
leur langage, à la manière de Socrate. Ses voisins
et d'autres gens du peuple s'arrêtaient volontiers à
l'écouter; des pharisiens, des sadducéens, venaient
le voir, et le Sauveur lui-même, avec ses disciples,
le visitait quelquefois. Cet artisan, qui n'exerçait
son esprit que sur les intérêts de ce monde, se
sentait cependant une affection décidée pour notre
Seigneur, et le meilleur moyen qu'il trouvât pour
prouver son attachement à l'être supérieur dont il

ne comprenait pas les intentions, était de tâcher de
l'amener à sa manière de voir et d'agir. Il pressait
le Christ de renoncer à sa vie contemplative, de
cesser d'errer par les chemins au milieu d'une
foule oisive, et de ne plus détourner le peuple du
travail pour l'emmener au désert. Un peuple rassemblé, lui disait-il, est bien près d'être un peuple
révolté, et il n'y a rien de bon à en attendre.

« Le Seigneur, au contraire, tâchait de lui faire
comprendre par des paraboles son but et ses vues
élevées ; mais ces paroles ne pouvaient porter de
fruits dans cet esprit grossier. Lorsque le rôle de
Jésus-Christ, de plus en plus éclatant, lui eut donné
l'importance d'un personnage public, le bon artisan insistait plus vivement. Il représentait à Jésus
qu'il s'ensuivrait des troubles et des séditions ;
bientôt il serait contraint à se déclarer chef de parti,
et ce ne pouvait être son intention. Or, l'événement arriva comme on le sait. Jésus fut pris et condamné : l'irritation d'Ahasvérus ne fit qu'augmenter
quand il vit entrer chez lui Judas, traître en apparence envers le Seigneur, et qui lui raconta, dans
son désespoir, ce qu'il avait fait, et le mauvais
succès de son action. Ce disciple s'était persuadé,
comme beaucoup d'autres partisans très-habiles
de Jésus, que le Christ finirait par se déclarer
chef du peuple. Il avait voulu, par un moyen dés-
espéré, pousser vers ce dénoûment les temporisa-
tions jusque-là invincibles de son maître. Dans ce

but, il avait excité les prêtres à prendre des mesures
violentes, devant lesquelles ils avaient jusqu'alors
reculé. De leur côté, les disciples s'étaient pourvus
d'armes ; et le succès n'eût pas été douteux, si le
Seigneur ne s'était livré lui-même et n'eût empêché
leur résistance. Ahasvérus, loin de montrer de
l'indulgence à Judas, augmenta le désespoir de
l'ex-disciple, qui jugea n'avoir plus rien à faire que
de s'aller pendre aussitôt.

    « Cependant Jésus, conduit à la mort, passe
devant la boutique du cordonnier. C'est alors que
s'ouvre la scène que l'on connaît (1). Le Sauveur
succombe sous le fardeau de la croix, et Simon le
Cyrénéen est contraint de la porter ; Ahasvérus
s'avance alors avec la dure opiniâtreté d'un pédagogue qui, voyant un homme malheureux par sa
faute, loin d'en avoir compassion, augmente son
malheur par des reproches déplacés ; il sort de sa
maison, rappelle au Christ tous ses précédents
avis, les transforme en autant d'accusations véhé-
mentes, auxquelles il se croit autorisé par son affection pour le patient. Jésus garde le silence ; mais
à ce moment la pieuse Véronique couvre d'un

---

(1) Le traducteur des *Mémoires* de Gœthe intercale en cet endroit
trois mots singulièrement malencontreux : « Ici, dit-il, s'ouvre la
scène du *Nouveau Testament.* » Ce qui pourrait faire croire qu'il
est question d'Ahasvérus dans l'Écriture Sainte. Cette méprise
devrait bien corriger messieurs les traducteurs de l'habitude qu'ils
ont contractée d'ajouter au texte des mots parasites.

voile la figure du Sauveur, et comme elle le retire et l'élève, la face du Christ apparaît à Ahasvérus, non pas avec l'empreinte de la douleur présente, mais transfigurée et rayonnant de la gloire céleste. Ebloui de cette apparition, Ahasvérus détourne les yeux et entend résonner ces paroles : « Tu marcheras sur la terre, jusqu'à ce que je t'apparaisse dans le même éclat. » Lorsqu'il revint de sa stupeur, la foule s'était déjà précipitée vers le lieu du supplice ; les rues de Jérusalem étaient désertes ; cédant alors à un aiguillon intérieur, Ahasvérus commence son éternel voyage.

« Peut-être, ajoute Gœthe, aurai-je occasion de parler de ces courses et de l'événement par lequel je terminais ce poème, quoiqu'il ne fût pas achevé. Je n'en avais écrit que le début, quelques fragments et la fin. Je manquais alors du recueillement et du temps nécessaires pour me livrer aux études sans lesquelles je ne pouvais donner à cette figure une physionomie telle que je la concevais.... »

On voit que la portion de cette histoire que Gœthe a le plus négligé de féconder, le côté dont il ajourne le développement, est précisément celui où résident le plus vif attrait et la plus grande difficulté du sujet, l'éternel voyage de l'homme qui, *depuis l'an* 33 *jusqu'à l'heure présente, ne fait que marcher.* J'ignore si, dans quelques parties de ses œuvres posthumes, Gœthe aura laissé l'indication de la catastrophe par laquelle il terminait son poème. Une confidence expresse pourrait seule nous révéler le sens qu'il attachait à cette légende; car, malgré la promesse placée à la tête du morceau précédent, sa pensée à cet égard est restée pour nous fort obscure. Le plan des premières scènes, tel qu'il l'a esquissé, nous offre moins les linéaments d'une vaste évolution épique, que des matériaux condensés, propres à composer une tragédie, ou une tragi-comédie; car le caractère d'Ahasvérus, voulant ramener Jésus à son étroite manière de voir, est surtout une conception comique. En faisant figurer dans la scène du Calvaire le voile de sainte Véronique, sur lequel Ahasvérus lit son arrêt, Gœthe a montré un sentiment profond de ces deux légendes; mais, d'une autre part, c'est avoir méconnu bien malheureusement l'esprit de la tradition, que d'avoir voulu faire d'Ahasvérus, prédestiné à une vie et à une douleur éternelles, une espèce de joyeux compagnon à la manière de Hans Sasche. Il est probable que, même après la catastrophe, le poète nous eût montré son sardonique voyageur raillant éternellement le monde de son éternelle folie. Mais cette humeur joviale est le contre-pied de la tradition. *On ne l'a jamais vu rire*, disent les relations qui, sur ce point, sont unanimes. Enfin, si l'on veut savoir toute notre pensée sur ce canevas, il nous semble que l'auteur de *Faust* est infiniment éloigné d'avoir compris la haute portée de ce sujet. Son plan est spirituel et ingénieux à la manière moderne, mais peu poétique et nullement religieux. Aussi est-il resté dans le portefeuille du grand artiste, qui paraît en avoir jugé comme nous.

Un autre célèbre poète allemand, Schubart, a entrepris aussi cette épopée, mais sans pouvoir non plus la mener à bien. On trouve, dans ses œuvres, un fragment lyrique, *Eine lyrische Rhapsodie,* sur le Juif éternel. Ce fragment, composé d'une centaine de fort beaux vers, est resté dans la mémoire de tous les Allemands instruits. C'est un morceau d'une très-éclatante et très-harmonieuse poésie, et qui perdrait la meilleure partie de son mérite à être traduit. Le poète décrit dans cette pièce, avec la plus grande énergie, les continuels et inutiles efforts que fait Ahasvérus pour sortir de la vie. Ce malheureux s'expose à toutes les tortures de la mort, et ne peut mourir. Il se précipite dans le gouffre de l'Etna, et il en est rejeté vivant; il marche au devant de la mitraille, et il ne peut mourir! Il cherche la rencontre des animaux féroces, la hache des bourreaux, la colère des tyrans, et il ne peut mourir! Enfin, après avoir, dans un monologue beaucoup trop déclamatoire, à mon gré, exhalé sa rage d'anéantissement, il est porté par l'ange qui lui avait annoncé son arrêt, sur une des cimes du mont Carmel; là il apprend que Dieu lui a pardonné, et il s'endort dans un doux sommeil; dénoûment

ment bien simple et bien paisible, ce nous semble,
pour clore une aussi singulière légende.

Cependant, s'il faut en croire les biographes de
Schubart, ce poète avait entrevu une partie de la
grandeur de ce sujet. Le morceau imprimé dans
ses œuvres n'est qu'un fragment détaché d'un plus
vaste ensemble. Schubart, au rapport de Jördens (1),
voulait placer sur un mont élevé le Juif éternel de
son imagination, et là, lui remettant sous les yeux
l'océan infini des choses qu'il a vues, lui faire composer, dans une suite de descriptions, une grande
peinture épique de toutes les merveilles et de toutes
les révolutions de la nature et des empires auxquelles il a assisté.

« C'était un bonheur, dit Louis Schubart, dans
la vie de son père, de l'entendre à table, devant son
grand verre, parler de cette idée favorite. Il animait
un être surnaturel et qui n'a pas son semblable
dans tout le monde réel ou fabuleux, un être élevé
au-dessus de l'espace et du temps, et qui portait
cependant tous les traits de l'humanité. Cet homme
avait assisté à toutes les révolutions de la nature,
à la naissance et à la chute de tous les royaumes ;
il avait assisté à l'immense épopée des Gaules, de
l'Angleterre, de l'Espagne, de l'Allemagne; il avait
vu tous les grands hommes qui, comme des colonnes de feu, ont brillé dans la nuit, et les œuvres

(1) *Lexicon deutscher Dichter und Prosaisten*, t. IV, p. 639, sqq.

du génie, et les découvertes des sciences, et les monuments des arts ; en un mot, toutes les hauteurs, toutes les profondeurs de l'humanité, pendant un espace de près de deux mille ans ; toute cette infinité d'objets qui donne le vertige, il avait tout vu ; il avait visité les diverses parties du monde, et à cette expérience étaient proportionnés ses souvenirs et ses jugements; Ahasvérus était ainsi parvenu à envisager toutes choses d'un point de vue où n'atteignit jamais aucun fils d'Adam... (1)»

Schubart avait donc entrevu, comme Gœthe, et même plus clairement que Gœthe, ce que cette fiction contenait de grandeur et de poésie. Il avait bien senti que l'histoire de l'humanité tout entière se trouvait au fond de l'histoire du Juif errant. Mais ni lui ni Gœthe n'avaient pu dégager l'idée de la légende et tirer de cette fable une véritable individualité poétique. Ils voulaient, l'un et l'autre, représenter le Juif éternel comme le témoin et le spectateur de l'humanité depuis dix-huit siècles; ils n'avaient pas songé à nous montrer Ahasvérus comme étant l'humanité elle-même, le symbole incarné de la vie moderne, la personnification du genre humain depuis l'ère chrétienne. M. Edgar Quinet a franchi ce pas immense; son Ahasvérus est la vie turbulente et voyageuse de l'humanité. Cette idée est bien vraiment celle de la légende ; et

(1) Jördens a cité ce passage dans l'article qu'il a consacré à Christ. Fred. Dan. Schubart.

c'est pour l'y avoir vue distinctement le premier,
et pour avoir su l'en dégager, que M. Quinet a
fait une œuvre vraiment originale et grandiose.

Une autre difficulté, qui avait brisé les ailes de
Gœthe et de Schubart, c'était l'incertitude de la
forme à donner à ces pages d'histoire successive.
Comment lier entre elles toutes ces épopées diverses? Comment établir l'unité poétique dans ce chaos
d'épisodes? L'embarras des deux poètes devant ce
problème fut si grand, que Gœthe n'esquissa que la
partie du drame dont la scène se passe à Jérusalem;
et, quant à Schubart, il n'avait, comme on a vu ,
imaginé rien de mieux qu'une vision sur le sommet d'une montagne, triste réminiscence d'une
assez triste fiction du *Paradis perdu.* La forme épique et purement narrative était, par elle-même ,
trop diffuse et trop peu concentrique pour rallier et
condenser ce sujet qui tendait naturellement à s'é-
pandre. Aussi M. Quinet jugea-t-il , avec raison ,
qu'il fallait le contenir dans une espèce de cadre
dramatique; mais dans un cadre assez souple pour
admettre à-la-fois l'épopée, l'ode et le drame.
Il adopta donc la forme de nos anciens Mystères , cette forme si malhabilement essayée par
Byron, et qui n'a pas encore produit, à beaucoup
près, tout ce qu'on a droit d'en attendre; forme si
flexible, si universelle, si catholique, pour ainsi
dire; dont l'anachronisme est la loi, et qui offre
avec la tradition d'Ahasvérus tant de points d'a-

nalogie et de ressemblance, qu'elle et la légende semblent avoir été faites l'une pour l'autre. En effet, comme Ahasvérus, la poésie de nos anciens Mystères est née du christianisme ; comme Ahasvérus, elle marche à travers le temps et l'espace ; comme lui voyageuse, elle enjambe les vallées, les mers et les siècles.

Une fois la figure principale et le procédé plastique arrêtés, l'exécution devenait possible. Le point d'Archimède était trouvé ; le poète pouvait essayer de soulever le monde.

M. Quinet a divisé son drame en quatre journées qu'il a coupées par trois intermèdes, et encadrées dans un prologue et un épilogue. Nous allons exposer la série des idées qui se déroulent dans cet ouvrage.

Le prologue d'*Ahasvérus*, comme celui de presque tous les Mystères, se passe dans le ciel. Notre planète a cessé d'exister. Depuis trois mille ans et plus, la trompette du jugement a retenti dans la vallée de Josaphat. Le dernier monde était mauvais ; Dieu veut que celui qui va sortir de ses mains soit meilleur. Il annonce aux saints de la loi nouvelle, à saint Thomas, à saint Bonaventure, à saint Hubert, que c'est à leur garde qu'il confiera le nouvel univers. Mais, avant de se remettre à l'œuvre, il ordonne à ses archanges de représenter devant les saints, en figures éternelles, le vieux monde et les temps écoulés : il veut que ses séra-

phins retracent cette histoire d'environ six mille
ans, et jouent devant son trône la grande comédie
du passé. Chaque époque, chaque siècle parlera
son propre langage; les lacs, les rochers, les fleurs
trouveront une voix pour révéler les secrets qu'ils
recèlent sous leurs eaux, dans les joncs de leurs
grottes, et au fond de leurs calices. A la voix du
Père Éternel, l'assemblée des élus se tait et le spectacle commence.

La première journée, intitulée *la Création*, s'é-
tend bien au-delà de ce que le titre annonce. C'est
à-la-fois la création et la jeunesse du monde; c'est
comme un second prologue qui nous mène jusqu'à
la venue de Jésus-Christ.

Créé avant toutes choses, l'Océan solitaire se
plaint au Seigneur de ne voir que lui seul dans son
immensité: ses abîmes appellent à grands cris de
nouveaux êtres. Bientôt le Léviathan, l'oiseau Vi-
nateyna, le Serpent, le poisson Macar, peuplent
les eaux, la terre et les airs. Ces nouveaux hôtes
de l'univers, à peine sortis du néant, examinent cu-
rieusement leur demeure. S'y voyant seuls, ils s'en
proclament les maîtres; et dans leur orgueil, dont
se rit le vieil Océan, ils s'écrient en chœur: C'est
nous qui sommes Dieu! Mais bientôt sortent des cavernes les Géants et les Titans, fragments de montagnes, pour ainsi dire, réveillés d'un long sommeil,
et animés d'un souffle de vie. Ces fils de la terre se
mettent aussitôt à l'œuvre, écrasent sous leurs pieds

les crocodiles, broient de leurs mains les pierres et
le limon, élèvent des murs gigantesques, dressent
en aiguille les rochers qu'ils chargent de runes et
d'hiéroglyphes. Cette race ouvrière ne voit rien au-
delà de la terre et du firmament. Irrité, le Père
Éternel envoie son fidèle Océan effacer sous ses
flots cette ébauche de vie dont il est mécontent.
L'Océan noie la terre dans le déluge.

Sur le sol à peine étanché, s'agitent de nouvelles
tribus moins grossières et moins terrestres. Elles
cherchent en tous lieux les pas du Créateur ; elles
le demandent à toute la nature ; inquiètes, pour le
trouver, elles se mettent en route, comme les oiseaux voyageurs quand l'heure du départ est venue. Une de ces tribus descend le long des rives
du Gange, ombragées de figuiers et de pample-
mousses ; l'autre prend le griffon pour guide jusqu'au pays d'Iran ; la troisième suit le vol silencieux
de l'ibis qui s'abat dans les plaines où les sphinx
de pierre se creusent un lit dans le sable. Ainsi commencent les longues migrations de l'humanité.

Dans une claire nuit d'Orient, la lune, une étoile,
une fleur du désert et les flots de l'Euphrate qui
murmurent sous les saules, nous révèlent les déli-
cieux mystères de la nature orientale, doux concert
que viennent attrister un soupir d'esclave, une parole de roi, un chœur de prêtres. L'histoire des siècles qui n'ont pas d'annales nous est racontée par la
bouche des sphinx. A ce chant bizarre viennent se

mêler les voix de Thèbes, de Ninive, de Persépolis,
de Palmyre. Tout-à-coup, Babylone, l'aînée de ces
villes, propose de ne faire qu'un seul dieu de tous
leurs dieux. Que chacune jette en un même creuset
ses amulettes et ses images sacrées; et qu'il sorte de
la fournaise une idole immense, aussi grande que
l'univers. On se met à l'œuvre; mais, avant la fin
du travail, Jérusalem accourt en messagère; elle
n'apporte pas d'idoles, mais une nouvelle : cette
nuit, avant le jour, ses prophètes lui ont montré
dans Bethléem un Dieu né dans une étable. Une
étoile brille au firmament; trois rois Mages, dépu-
tés de l'Orient, viennent adorer le Dieu nouveau-
né. Dans sa chaumière, au-dessus de laquelle chantent les petits oiseaux et les rossignols, le Christ
qui s'éveille reçoit les Mages et les bergers. Les rois
lui offrent un grand calice de vermeil, dans lequel
ont bu tous les rois du monde, et une pesante couronne garnie de clous de rubis. L'enfant s'en effraie;
il préfère les dons innocents des bergers aux dons
des rois, qui s'en retournent en pleurant; et les
chariots et les mules, qui voient que les présents
des Mages ont moins de prix aux yeux de Jésus que
l'offrande des esclaves, refusent de suivre plus longtemps les rois. Le soleil de l'antique Orient décline
s'obscurcit; le jour de l'Occident se lève.

   A cette première journée succède, comme intermède, une danse de démons qui critiquent la création. Belzébut, Lucifer, Astaroth s'égaient au dé-

pens de la céleste comédie; le premier acte leur
paraît ridicule. Ils parodient Dieu, le chœur des
villes d'Asie et les discours de l'Océan. Nous invi-
tons ces trois hypercritiques, à relire comme étude
poétique, dans le *Prométhée* d'Eschyle, les chants
sublimes de ce même Océan, consolant, au bruit
de ses vagues, le Titan cloué sur le rocher.

La seconde journée (*la Passion*) commence par
une lamentation du Désert. Il gémit à la vue du
Christ montant l'âpre sentier qui mène au Golgotha; il s'efforce de combler de ses flots de sable les
rues de Jérusalem, avant que le Christ soit parvenu
au Calvaire; mais sa marche est trop lente. Déjà la
foule, avide de douleurs, suit Jésus chancelant
sous la croix. Ahasvérus, debout devant sa porte,
partage toutes les mauvaises passions de la multitude : « Est-ce toi, Ahasvérus? lui dit le Sauveur.

AHASVÉRUS.

Je ne te connais pas.

LE CHRIST.

J'ai soif; donne-moi un peu d'eau de ta source.

AHASVÉRUS.

Mon puits est vide.

LE CHRIST.

Prends ta coupe, et tu la trouveras pleine.

AHASVÉRUS.

Elle est brisée.

LE CHRIST.

Aide-moi, je te prie, à porter ma croix par ce dur sentier.

AHASVÉRUS.

Je ne suis pas ton porte-croix ; appelle un griffon du désert.

LE CHRIST.

Laisse-moi m'asseoir sur ton banc, à la porte de ta maison.

AHASVÉRUS.

Mon banc est rempli ; il n'y a de place pour personne.

LE CHRIST.

Et sur ton seuil !

AHASVÉRUS.

Il est vide, et la porte est fermée au verrou.

LE CHRIST.

Touche-la de ton doigt, et tu entreras pour prendre un escabeau.

AHASVÉRUS.

Va-t'en par ton chemin !

LE CHRIST.

Si tu voulais, ton banc deviendrait un escabeau d'or à la porte de la maison de mon père.

AHASVÉRUS.

Va blasphémer où tu voudras ! Tu fais déjà sécher sur pied ma vigne et mon figuier. Ne t'appuie pas à la rampe de mon escalier ; il s'écroulerait en t'entendant parler. Veux-tu m'ensorceler ?

LE CHRIST.

J'ai voulu te sauver.

AHASVÉRUS.

Devin, sors de mon ombre. Ton chemin est devant toi ; marche, marche !

LE CHRIST.

Pourquoi l'as-tu dit ? Ahasvérus, c'est toi qui marcheras jusqu'au jugement dernier, pendant plus de mille ans. Va prendre tes sandales et tes habits de voyage ; partout où tu passeras, on t'appellera *le Juif errant*. C'est toi qui ne trouveras ni siége pour t'asseoir, ni source de montagne pour t'y désaltérer. A ma place, tu porteras le fardeau que je vais quitter sur la croix. Pour ta soif, tu boiras ce que j'aurai laissé au fond de mon calice. D'autres prendront ma tunique ; toi, tu hériteras de mon éternelle douleur. L'hysope germera dans ton bâton de voyage, l'absinthe croîtra dans ton outre, le désespoir te serrera les reins dans ta ceinture de cuir. Tu seras l'homme qui ne meurt jamais. Pour te voir passer, les aigles se mettront sur le bord de leur aire ; les petits oiseaux se cacheront à moitié sous la crête des rochers ; l'étoile se penchera sur sa nue pour entendre tes pleurs tomber, goutte à goutte, dans l'abîme. Moi, je vais à Golgotha ; toi, tu marcheras de ruines en ruines, de royaumes en royaumes, sans atteindre jamais ton Calvaire ; tu briseras ton escalier sous tes pas et tu ne pourras plus redescendre. La porte de la ville te dira : Plus loin, mon banc est usé ; et le fleuve où tu voudras t'asseoir te dira : Plus loin, plus loin ; n'êtes-vous pas ce voyageur éternel, qui s'en va de peuples en peuples, de siècles en siècles, en buvant ses larmes dans sa coupe, qui ne dort ni jour ni nuit, ni sur la soie, ni sur la pierre, et qui ne peut pas redescendre par le chemin qu'il a monté ? Les griffons s'assiéront, les sphinx dormiront ; toi, tu n'auras plus ni siége, ni sommeil. C'est toi qui iras me demander de temple en temple, sans jamais me rencontrer. C'est toi qui crieras : Où est-il ? jusqu'à ce que les morts te montrent le chemin vers le jugement dernier. Quand tu me reverras, mes yeux flamboieront ; mon doigt se lèvera sous ma robe pour t'appeler dans la vallée de Josaphat.

UN SOLDAT ROMAIN.

L'avez-vous entendu ? Pendant qu'il parlait, mon épée gémissait dans le fourreau; ma lance suait le sang; mon cheval pleurait. J'ai assez longtemps gardé mon épée et ma lance. En écoutant cette voix, mon cœur s'est usé dans mon sein. Ouvrez-moi la porte, ma femme et mes petits enfans, pour me cacher dans ma hutte de Calabre.

LA FOULE.

Qu'ai-je à faire de monter plus loin jusqu'au Calvaire? S'il était par hasard un dieu d'un pays inconnu, ou bien encore un fils que l'Eternel a oublié dans sa vieillesse? Avant qu'il nous puisse reconnaître, allons nous enfermer dans nos cours. Eteignons nos lampes sur nos tables. Avez-vous vu la main d'airain qui écrivait sur la maison d'Ahasvérus : *Le Juif errant?* Que ce nom ne reste pas sur la pierre! que celui qui le porte soit le bouc de Juda! Quand il passera, Babylone, Thèbes et le pays d'alentour ramasseront une pierre de leurs ruines pour la lui jeter; mais nous, sans plus jamais quitter notre vigne, nous remplirons pour la Pâque nos outres de notre vin du Carmel. (1)

Cependant, Ahasvérus est resté comme frappé du tonnerre; un peu revenu de sa stupeur, il veut rentrer chez lui et demander à sa sœur Marthe de lui chanter un cantique; il espère ainsi chasser la voix d'airain qui résonne à ses oreilles. Mais qu'aperçoit-il, en se retournant, à la porte de sa maison? Un ange de malheur, saint Michel, appuyé debout sur la crinière noire d'un cheval qui sue le sang. C'est le cheval Séméhé, qui errait, nuit et jour, depuis le matin du monde. Il faut le monter, et partir dès que la nuit sera venue. Il obtient de l'ange d'embrasser son père, sa sœur et ses petits frères, et de dire un dernier adieu au banc et au seuil paternels.

(1) *Ahasvérus*, p. 119-124.—Nous nous sommes permis quelques légères suppressions.

Enfin, précédé par les oiseaux de nuit, les émérillons et les vautours, Ahasvérus se met en marche pour l'Occident. Après un premier tour de la terre, les pieds de son cheval frappent les feuilles mortes de la vallée de Josaphat. Au voyageur, fatigué dès le premier pas, cette vallée aride paraît plus belle qu'une ville bruyante avec ses minarets, ses palais et ses caravansérails. Il voudrait s'y reposer sur une pierre, boire une goutte d'eau de sa source limoneuse; mais la vallée impitoyable le repousse : la nature répète contre lui la malédiction prononcée par le Christ. Il n'obtient pour réponse à chacune de ses prières qu'un écho de l'arrêt du Golgotha.

Cependant, pour venger la mort du juste, d'autres voyageurs, éperonnés par Dieu même, franchissent les forêts, les monts et les fleuves sur leurs étalons sauvages. Les Goths, les Huns, les Hérules accourent à l'envi, au lieu où s'est abattue la cavale de Rome que leurs serres vont déchirer. L'Éternel, qui voit passer cette meute de barbares, les lance contre le vieux monde romain, comme jadis il avait lancé contre le jeune monde oriental les eaux du déluge.

Ici survient un second intermède.

Le hennissement des coursiers d'Attila rappelle au poète la France et ses chevaux de bataille, ces bons chevaux qui se souviennent quelle herbe sanglante ils ont rongée à Lodi, à Castiglione, à Marengo, et qui crient encore : Menez-moi paître au

champ de gloire! Quant à nous, leurs maîtres,
qui les conduisons aujourd'hui par la bride dans
un chemin où ne croit que la honte, le poète ne
nous adresse que des paroles rudes et sévères, dans
le goût des âpres conseils qu'Aristophane adressait,
par la voix du chœur, aux Athéniens dégénérés.

Avec la troisième journée, intitulée *la Mort*,
nous entrons dans le moyen âge. La voix mélancolique que nous entendons sortir, à minuit, de
cette tour crénelée, qui se penche sur le Rhin et
qui ressemble à un tombeau, c'est pourtant la voix
d'un monarque, mais d'un monarque chrétien.
Dans ce donjon, le vieux Dagobert s'entretient avec
saint Éloi : ils s'attristent des signes manifestes qui
dénotent l'approche de la fin du monde. La terre a
vieilli; la mort a beaucoup moissonné. Mob, l'im-
placable Mob, éternelle comme Ahasvérus, va commencer à se mesurer de plus près avec l'humanité.
Le drame se complique : la lutte approche. Mob ne
peut rien sur la vie d'Ahasvérus; mais elle peut gla-
cer son cœur, refroidir sa foi, tuer ses illusions; elle
peut mêler son spectre hideux à tout ce qui doit être
la consolation de la vie humaine. Ainsi fait-elle. Un
ange autrefois, aujourd'hui une femme, Rachel
a eu pitié d'Ahasvérus. Au moment où le Christ
l'a maudit, elle a oublié le Dieu souffrant pour
l'homme condamné et malheureux. Bannie du ciel,
Rachel a dû quitter la ville de Dieu, pour venir habiter la maison de Mob; elle est sa servante; mais,

si Rachel déchue n'est plus la foi céleste, elle est
sur la terre l'amour idéal, la foi éternelle, le complément d'Ahasvérus. Celui-ci n'est pas seulement
la vie; il est la matière, le doute, la douleur ; Rachel est l'espoir qui console, l'amour qui guérit : il
fallait ces deux éléments pour compléter l'humanité ; Rachel est une âme d'ange exilée dans un
corps de femme; c'est un de ces êtres tombés tout
exprès d'en haut pour la réhabilitation de l'homme ;
une essence presque divine, qui doit passer par
l'amour humain avant de remonter à son premier
séjour. Mob, l'impitoyable Mob, raille incessamment la pauvre fille sur ses souvenirs d'autrefois.
« Qu'as-tu à faire de regarder toute la journée,
assise sur ta chaise de paille, un coin du ciel, à
travers la vitre de ta fenêtre? Tu n'y rentreras plus
dans ce monde des rêves. » Elle y rentrera pourtant, mais plus tard; elle y rentrera quand elle
aura triomphé de Mob ; après un rêve infini d'a-
mour terrestre, elle se réveillera dans l'infini de
l'amour divin.

La rencontre que fait Ahasvérus de Mob et de
Rachel à Worms change toute sa destinée. Il appro-
chait de cette ville, haletant, épuisé, comme un
autre Mazeppa, et implorant la mort. Son pauvre vieux cheval trop éperonné, trop chargé des
soucis de son maître, a senti le premier le voisinage de Mob; il tombe et meurt à la porte de la
ville. Ahasvérus n'éprouve qu'une défaillance. Il

entre dans la cité où, pour la première fois, les bourgeois le fêtent : il a été à demi reconnu par Rachel, qui conserve de sa vision du Calvaire un indéfinissable souvenir. Il est aimé d'elle; la malédiction du Christ pèse moins lourde sur sa tête : son arrêt même commence à recevoir une exécution moins littérale. Son voyage est fini ; il a trouvé un cœur qui l'aime ; pour lui le reste du monde est vide; il n'y a plus de monde. Où irait-il ? n'a-t-il pas traversé les mers, les lacs, les forêts, les déserts? Il ne lui manquait qu'une place dans un cœur de femme; il l'a trouvée, il sait aujourd'hui où se reposer. Ses courses ne seront plus qu'autour de la cité qu'elle habite; ses yeux ne perdront plus son toit de vue. Ce ne sont plus ses pieds, c'est à présent son cœur et sa pensée qui doivent parcourir ce nouvel univers. Il ne sera pas moins agité; mais ce sera l'agitation intérieure et convulsive d'une âme qui souffre et se tord sur elle-même.

Les progrès de l'amour de Rachel sont peints avec une vérité pleine de grâce. Voyez comme elle est troublée depuis la venue du bel étranger; tout lui répète le mot qu'elle ne peut éviter, son sansonnet, son bouquet de giroflées, sa mandore. Les fées, pendant son sommeil, chantent doucement leurs airs d'amour à son chevet : elle veut prier ; mais, entre chaque verset de sa prière, les fées espiègles jettent mille distractions terrestres. Et dans le jardin de Berthe, ces questions de Rachel

à l'étranger, ces questions et ces réponses, qui toutes sont des demi-souvenirs, comme elles forment
bien un double écho de la terre et du ciel! Et comme
elle est pâle et aride, cette Mob édentée! Elle pé-
nètre de son souffle de glace le cœur d'Ahasvérus,
ce cœur qui voudrait s'ouvrir à la foi et se dilater
dans l'espoir. Il faut lire et relire la longue et belle
scène où Mob se complaît à parcourir toutes les
illusions de la vie, et à verser, goutte à goutte, sur
chacune d'elles le poison mortel de son ironie; il
faut voir avec quelle cruauté de scepticisme elle
met tout au néant, poésie, science, religion, amour.
Puis, quand elle a brisé le cœur d'Ahasvérus, elle
le quitte en ricanant, secoue sa robe, déploie ses
longues ailes noires, prend, à minuit, sa sombre
volée, et plane, au clair de lune, au-dessus des
cités frissonnantes, telle qu'Orcagna l'a si bien
peinte, à Pise, dans les fresques du Campo Santo.

Rachel, qui se dévoue à l'amour d'Ahasvérus avec
un si complet abandon, ne sait pas encore le nom
que porte son bien-aimé; elle ignore qu'il soit maudit. Une fois, il est vrai, au milieu de ses transports,
elle a cru voir briller dans son regard la flamme des
damnés; une autre fois, le crucifix de Rachel a
versé des larmes; mais un serrement de main d'A-
hasvérus lui a rendu toute sa confiance. Mob essaie
vainement de les désunir; il ne lui reste plus à employer qu'un moyen. Elle est scrupuleuse, Mob;
elle aime que les amants recourent à la bénédiction

nuptiale; elle se plaît aux fiançailles et aux noces; surtout elle prend plaisir à se placer entre deux époux dans leur couche nouvelle. « Sus donc, bel épousé; j'entends mon cheval qui piaffe dans la cour; c'est l'heure de la danse des morts; charge ta fiancée sur sa croupe, et tiens-toi ferme avec elle sur les arçons. Adieu Heidelberg et son bosquet fleuri sous le balcon de l'électeur! A Strasbourg! à Strasbourg! La grosse cloche de la cathédrale nous appelle. »

Une cathédrale! c'est le résumé en pierre de la pensée, des arts, des joies, des frayeurs, des espérances du moyen âge. Le long du chœur et de la nef sont écrites en bas-reliefs toutes les histoires de la Bible et des saints. Une cathédrale! c'est le livre toujours ouvert où chacun, seigneur ou serf, vient lire ses devoirs envers Dieu et l'Église. Ici, tout promet ou menace. Ces griffons dont la tête supporte les piliers; ces serpents, ces colombes de marbre, qui pendent des arceaux des voûtes; ces salamandres et ces gorgones, rampantes mosaïques que le peuple foule aux pieds, ces évêques qui prient agenouillés sur leurs tombeaux; ces rois chevelus, immobiles dans leurs niches ou droits sur leurs chevaux de bataille; ici des démons de pierre qui emportent une âme pécheresse; là, presque nue, la mort qui se glisse au chevet d'un pape : toutes ces choses, nous allons les voir, mais animées, mais mouvantes : le marbre hennit, les vitraux frémissent, saint Marc

s'effraie, Jésus-Christ parle sur son vitrail, les évêques se lèvent, les griffons glapissent, les tombeaux
s'entr'ouvrent, les morts quittent les couleuvres de
leurs dalles : Dansez! dansez! rois et reines, enfants
et femmes! Donnez-vous la main; faites une grande
ronde dans la nef; à votre valse vous mêlerez des
chants. Que dites-vous? vous vous lassez d'attendre l'heure prédite; mille ans et plus sont écoulés;
vous niez le Christ qui vous avait annoncé la résurrection. Patience! il n'est pas temps; voyez
Mob, votre reine, qui vient avec deux compagnons.
Et vous, beaux fiancés, approchez; voici le sque-
lette du pape Grégoire qui va vous unir; il ne faut
que dire vos noms. Ahasvérus hésite; c'est Jésus,
du milieu de sa rosace flamboyante, qui le nomme :
un cri de malédiction s'élève, l'anathème du Golgotha est répété par la ronde du genre humain. Le
ciel et l'enfer frappent Ahasvérus; mais, quand
tout l'accable, une femme le soutient, une femme
le bénit : Rachel a fait monter jusqu'au ciel un cri
de miséricorde.

Après cette scène nous avons besoin de relâche.
Un intermède va vous faire changer d'émotions.
Cette fois, c'est de lui-même que le poète nous entretient. Assis, non plus dans la cathédrale d'Erwin
de Steinbach, mais dans la nef de la petite église
de Brou, où Marguerite de Savoie, *la gente damoi-
selle*, dort dans son lit de noce près de son époux,
le poète, le front penché, repasse en lui-même sa

vie si triste et que le chagrin a rendue errante. Ce qu'il murmure comme à regret, ce sont quelques mots à peine articulés d'une douloureuse et chaste histoire ; ce sont quelques souvenirs pleins de larmes, quelques soupirs entrecoupés ; c'est une blessure de poëte, une douleur mâle et contenue. On dirait une des pages les plus tristes et les plus pénétrantes de la *Vita nuova*.

Cet intermède nous conduit jusqu'à la dernière limite u temps présent.

La quatrième journée *(le jugement dernier)* est consacrée tout entière à l'avenir. Déjà le bruit des villes et des hommes s'est affaibli sur les grèves du vieil Océan. Ses vagues commencent à tarir. Le doute impie, qui avait déjà saisi les morts, a glacé les vivants, et a pénétré jusque [dans l'âme de la création. Soleil, fleuves, étoiles, fleurs des prairies ont perdu la foi. Le lion de saint Marc, l'aigle de saint Jean, fatigués du paradis, demandent à leur maître la permission de descendre un moment sur la terre ; bientôt ils reviennent effrayés des symptômes de destruction qu'ils y rencontrent. L'esprit de Mob dissout le monde ; Rachel seule a conservé sa foi. La grotte, le rocher, le flot, la vallée, le firmament, n'ont plus ni voix ni prière ; seule, Rachel prie et aide Ahasvérus à boire le calice de douleur que lui a légué le Christ sur le Calvaire.

Enfin, la dernière heure du monde a sonné. Que l'étoile éteinte, la fleur séchée, le fleuve tari se lè-

vent et accourent ! que les peuples se réveillent !
que les villes sortent de leur tombe et se rendent
dans la vallée de Josaphat ! L'ange du jugement a
répété partout : réveillez-vous ! réveillez-vous !
Déjà Athènes et Rome sont debout ; mais qu'elles
sont lentes les cités de l'Orient ! Babylone, la belle,
voudrait rester couchée sur le coussin de son désert. Les villes de l'Occident sont plus agiles : Paris,
au bruit de la trompette céleste, croit entendre le
clairon des batailles et se lève joyeuse, comme au
matin de Bovines et d'Austerlitz. Et, cependant,
la science humaine retourne sans relâche son insoluble problème. Au fond de son laboratoire,
Albertus Magnus ne s'est pas aperçu que le monde
et sa pensée elle-même finissaient. Depuis hier, il
croit avoir trouvé la méthode : il faut pour l'arra-
cher à sa rêverie que l'ange du jugement vienne lui
toucher l'épaule et ferme pour jamais son livre.

A la voix de la trompette, notre poète soulève
aussi la pierre de son sépulcre. Son cœur le premier a retrouvé sa chaleur ; mais ses yeux sont encore pleins de la terre du cimetière. Ce n'est pas la
voix de l'archange, ce sont des voix de femmes....
que dis-je ? c'est la voix d'une femme qui achève
de le ressusciter.

Cependant, sur le monde en ruine, les destinées
d'Ahasvérus et de Rachel s'accomplissent ; l'amour
les a si étroitement unis qu'ils semblent avoir
changé d'âmes ; Rachel, l'exilée du ciel, ne songe

plus à y remonter ; pour suivre Ahasvérus, elle vivra sur un débris de la terre, sans Dieu, sans Christ, sans soleil. Mais Ahasvérus est las de la terre. Rachel elle-même ne lui suffit plus ; il aspire au ciel ; il veut aller plus loin, toujours plus loin, jusqu'à la source infinie de tout amour. La transfusion de ces deux existences est accomplie. Elles peuvent paraître devant leur juge.

Déjà toute la création, les fleurs, les étoiles, l'Océan, et tous les peuples et toutes les villes, guidés par Mob, ont défilé comme une procession de Pâques devant le Père Éternel ; tous ont confessé leurs fautes, exposé leurs œuvres ; tous ont reçu du Juge une parole douce ou sévère ; tous ont été bénis ou maudits. De tout ce qui fut bon dans l'ancien univers l'Éternel a composé sa cité nouvelle, cette cité des âmes, où tous les royaumes ne feront qu'un royaume, toutes les lois qu'une loi, toutes les langues qu'une langue qu'on appellera *poésie*. Il ne reste plus à juger qu'Ahasvérus et Rachel ; les voici aux pieds du Christ.

LE CHRIST.

« Je t'avais chargé de cueillir après moi ce qui restait de douleur dans le monde. Es-tu bien sûr de l'avoir toute bue ?

AHASVÉRUS.

D'un regard vous aviez rempli mes yeux de larmes éternelles. J'ai versé déjà tous mes pleurs pendant la nuit que j'ai vécu. Vous m'aviez laissé en héritage ma coupe pleine de fiel. Rachel, en en buvant sa part, l'a vidée avec moi ce matin.

LE CHRIST.

Puisque tu as fini ta tâche, veux-tu que je te rende ta maison
en Orient?

AHASVÉRUS.

Non ; je demande la vie et non le repos. Au lieu des degrés de
ma maison du Calvaire, je voudrais, sans m'arrêter, monter jusqu'à vous les degrés de l'univers. Sans prendre haleine, je voudrais
blanchir mes souliers de la poussière des étoiles ; monter, monter
toujours, de mondes en mondes, de cieux en cieux, sans jamais
descendre, pour voir la source d'où vous faites jaillir les siècles et
les années...

LE CHRIST.

Mais qui voudra te suivre?

VOIX DANS L'UNIVERS.

Non pas nous.....

RACHEL.

Moi ! je le suivrai ; mon cœur n'est pas lassé.

LE CHRIST.

Cette voix t'a sauvé, Ahasvérus. Je te bénis le pèlerin des mondes
à venir. Rends-moi le faix des douleurs de la terre. Que ton pied
soit léger ; les cieux te béniront, si la terre t'a maudit..... Tu fraie-
ras le chemin à l'univers qui te suit. L'ange qui t'accompagne ne
te quittera pas. Si tu es fatigué, tu t'assiéras sur mes nuages. Va-
t'en de vie en vie, de monde en monde, d'une cité divine à une
autre cité ; et quand, après l'éternité, tu seras arrivé, de cercle en
cercle, à la cime infinie où s'en vont toutes choses, où gravissent
les âmes, les années, les peuples et les étoiles, tu crieras à l'étoile,
au peuple, à l'univers s'ils veulent s'arrêter : « Monte, monte toujours ; c'est ici. »

Le monde promis par l'Éternel est créé ; le *Mys-*
tère est fini ; on n'entend plus qu'une douce har-

monie de voix et d'instruments qui chantent dans la cité nouvelle. De ce concert ineffable, nous ne citerons que cette strophe :

LA LYRE.

Deux âmes amoureuses qui ont longtemps pleuré, et dont un poète m'a parlé, vivent ici dans un même sein, dans un même cœur, et ne font plus qu'un ange. Comme la couvée d'une hirondelle de printemps, tous deux ils se voient rassemblés en un seul être sous une même aile transparente. Dans une seule poitrine tressaillent deux bonheurs, deux souvenirs, deux mondes. Moitié homme, moitié femme, pour deux vies ils n'ont qu'un souffle. Et, quand ils effleurent mes cordes, ils n'ont tous deux qu'une bouche pour dire : Est-ce ta voix? est-ce la mienne? je n'en sais rien. »

Un mot, un rien sonore, vibre encore là-bas : c'est l'*Épilogue*. La nouvelle cité a longtemps vécu; Marie est morte; tous les anges, l'un après l'autre, ont replié leurs ailes; l'Éternité a clos les yeux du Père; Jésus reste seul au firmament. Un immense ennui l'oppresse; il veut rejoindre son père; il lègue les mondes à l'Éternité, pour les aimer à sa place; mais l'Éternité n'a ni amour, ni haine, ni joie, ni douleur. Impassible, elle reçoit les adieux de Jésus, et lui prédit une nouvelle incarnation, une nouvelle passion, un nouveau champ du potier. Cette fois seulement, tout sera agrandi : le firmament sera sa croix; les étoiles d'or seront les clous de ses pieds; les nuages, en passant, lui donneront leur absinthe; il ne meurt que pour retrouver un plus grand tombeau, un meilleur monde, un nouveau ciel.

LE CHRIST.

Tout est fini : mets-moi dans le sépulcre de mon père ; ainsi soit-il.

L'ÉTERNITÉ.

Au Père et au Fils, j'ai creusé de ma main une fosse dans une étoile glacée qui roule sans compagne et sans lumière. La Nuit, en la voyant si pâle, dira : c'est le tombeau de quelque Dieu. . . . . Et à cette heure, je suis seule, pour la seconde fois. Non, pas encore assez seule ; je m'ennuie de ces mondes qui, chaque jour, me réveillent d'un soupir. Mondes, croulez ! Cachez-vous !

LES MONDES.

En quel endroit ?

L'ÉTERNITÉ.

Là, sous ce pli de ma robe.

LE FIRMAMENT.

Faut-il emporter toutes mes étoiles, comme un faucheur l'herbe fleurie qu'il a semée ?

L'ÉTERNITÉ.

Oui, je les veux toutes cueillir ; c'est leur saison.

LE SPHINX.

Quand vous avez sifflé, pour m'appeler en messager, je vous ai suivie en tous lieux, et j'ai creusé de ma griffe votre noir abîme ; laissez-moi encore me coucher à vos pieds.

· L'ÉTERNITÉ.

Va-t'en comme eux. J'ai déjà jeté dans l'abîme mon serpent qui se mord la queue de désespoir.

LE NÉANT.

Au moins, moi, vous me garderez ; je tiens peu de place.

L'ÉTERNITÉ.

Mais tu fais trop de bruit : ni être ni néant; je ne veux plus que moi.

LE NÉANT.

Qui donc vous gardera dans votre désert?

L'ÉTERNITÉ.

Moi !

LE NÉANT.

Et, si ce n'est moi, qui portera à votre place votre couronne?

L'ÉTERNITÉ.

Moi !

Ce *moi* de l'Éternité solitaire, remplissant les abîmes de l'infini, survivant au monde des idées comme à celui des formes, et s'asseyant seule à la place de tout ce qui fut, même de ce qui fut Dieu, est le dernier mot de cette épopée dithyrambique. Je dis épopée, parce que je trouve empreint dans cet ouvrage le véritable caractère épique. En effet, ce qui distingue l'épopée de toutes les autres sortes de composition, c'est la confluence dans un même lit des trois grandes sources qui alimentent toutes les autres branches de poésie : à savoir, Dieu, la nature et l'homme. Ce n'est pas assez pour l'épopée de faire vibrer, comme la tragédie, les cordes les plus douloureuses du cœur humain, ou de reproduire, comme la muse paysagiste et descriptive, le miroir des lacs, l'azur du ciel, la voix des

montagnes ; au-delà de l'homme et du monde, la
poésie épique cherche Dieu ; elle n'est pas seulement humaine et cosmogonique, elle est surnatu-
relle et divine. Point d'épopée sans merveilleux,
a-t-on dit avec raison ; c'est-à-dire, point d'épopée
si ce n'est à la condition d'apporter ou d'exposer
de nouvelles solutions religieuses. Envisagé de ce
point de vue, qui est le seul vrai, le *Discours* de
Bossuet *sur l'Histoire universelle* est incomparablement plus épique que la *Henriade*. En effet,
une épopée n'est pas seulement une narration métrique, partagée en douze ou en vingt-quatre
chants ; c'est une tentative ou une application plus
ou moins hardie, plus ou moins nouvelle de théo-
dicée.

Ce qui a surtout manqué aux poèmes chrétiens
qui ont suivi celui de Dante, c'est précisément ce
caractère de nouveauté religieuse. Si la *Messiade* et
le *Paradis perdu*, malgré la puissante inspiration
biblique qui les a dictés, n'ont pas produit sur l'i-
magination des peuples le même ébranlement que
la *Divine Comédie*, c'est que ces deux épopées ne
contenaient pas comme cette dernière, de grands
et nouveaux aperçus religieux ; c'est qu'elles n'offraient pour toutes variantes, que les négations
presbytériennes et les restrictions du luthéra-
nisme ; c'est enfin que, sous le rapport de la conception théosophique, elles manquaient sinon de
grandeur, au moins de nouveauté. L'épopée chré-

tienne par excellence, c'est le poème de Dante. La *Divine Comédie* est l'expression poétique du christianisme orthodoxe, du catholicisme plein de jeunesse et de foi. En s'affaiblissant, ou, pour mieux dire, en marchant de nos jours vers un développement plus ou moins panthéistique, le christianisme a soulevé de nouveaux problèmes, ouvert de plus vastes perspectives, et rendu ainsi, de nouveau, la grande poésie, la poésie religieuse, l'épopée possibles. *Ahasvérus* est l'expression de ces croyances encore à l'état de chrysalide et à la veille de déployer leurs ailes. Nous ne voulons pas rendre à M. Quinet le mauvais service de comparer son livre né d'hier à un poème justement admiré depuis cinq siècles. A Dieu ne plaise ! Mais nous devons dire que l'auteur d'*Ahasvérus* a voulu faire l'épopée de nos trente dernières années, de notre christianisme à demi transfiguré, comme, au XIVe siècle, Dante a fait l'épopée du christianisme encore intact, du christianisme de saint Augustin, de saint Thomas et de saint Bernard.

Le tort le plus grave que l'auteur d'*Ahasvérus* ait à nos yeux, est de n'avoir pas imprimé à sa pensée le sceau indestructible du mètre; c'est d'avoir gravé sur bois, pour ainsi dire, ce qui devait être ciselé profondément dans l'airain. Les tables de la loi ne furent pas tracées sur des feuilles de palmier, et Gœthe écrivit en vers les chœurs de *Faust*. On se tromperait cependant beaucoup si on

concluait de cette observation que la forme soit
négligée dans cet ouvrage. La langue de M. Quinet,
à-la-fois savante et populaire, est riche, pure, originale, quoique peut-être moins originale que sa
pensée. Ce qui lui nuira auprès d'un certain nombre
de lecteurs, c'est que sa manière est trop pleine et
trop *feuillue,* comme disait Diderot de *La nouvelle
Héloïse;* c'est qu'il y a partout dans son livre un
luxe trop peu réprimé de pensées et d'images. On
dirait une de ces forêts vierges du Nouveau-Monde,
où la végétation la plus énergique, où les plus beaux
arbres centenaires, où les plus belles fleurs en nombre infini, s'entre-croisent, et, tout en excitant
l'admiration du voyageur, arrêtent ou du moins
retardent sa marche. On voudrait pouvoir élaguer
ces futaies vigoureuses et trop touffues et s'y frayer
sa route en coupant, ici et là, ces lianes qui sont à-
la-fois une parure et un obstacle.

Nous n'insisterons pas sur ces reproches. Quand
un écrivain fait bon marché de l'art et le sacrifie
au succès du moment, la critique doit se montrer
inexorable et sans merci; mais quand le poète, au
contraire, sacrifie l'espoir du succès aux saintes lois
de l'art, le devoir de la critique est de se montrer
bienveillante et sympathique. D'ailleurs, il est peu
à craindre que l'on oublie de signaler les imperfections de cet ouvrage. J'appréhenderais plutôt qu'on
n'en méconnût les beautés. Jamais contre une œuvre grande et forte les petites chicanes n'ont man-

qué. L'auteur n'a pas fait ce qu'on avait fait avant
lui : le délit est patent; les conclusions faciles à
prévoir. Je ne suis pas Œdipe, *Davus sum*, et
pourtant, je gagerais que toutes les critiques que
l'on fera d'*Ahasvérus* pourront se résumer en
deux mots : on accusera ce poème d'être *obscur* et
extravagant au premier chef.

Si cette critique n'atteignait qu'*Ahasvérus*, nous
le laisserions se défendre et gagner son procès lui-
même. Mais la poésie et l'art sont ici en cause. Si ce
n'était ici qu'une question individuelle, nous ne
ferions nulle difficulté de reconnaître que ce *Mystère*, comme l'auteur l'a nommé, laisse parfois sortir de son cratère enflammé quelques tourbillons
de cendre et de fumée mêlés avec la flamme. Mais
savez-vous que cette manière de juger n'irait à
rien moins qu'à rendre toute poésie impossible.
Avec ces deux mots, *obscurité* et *extravagance*, il n'y
aurait pas de poète au monde, depuis Eschyle jusqu'à Dante et depuis Aristophane jusqu'à Rabelais,
qui n'eût pu, à bon droit, être envoyé aux petites-
maisons. Le *Songe d'une nuit d'été* est-il parfaitement clair? La cérémonie du *Bourgeois gentilhomme*
est-elle parfaitement sage? Les fables de La Fontaine elles-mêmes, où la cigale converse avec la
fourmi sa voisine et la traite de *ma commère*, sont-
elles parfaitement raisonnables? C'est avoir une
singulière idée de la poésie, que de la vouloir sage
comme un article du Code civil, et lucide comme

la démonstration du carré de l'hypoténuse. Il est temps de rétablir les principes. Les plaisirs de l'imagination ne sont presque jamais fondés que sur quelque chose d'obscur ou d'inadmissible à la raison, et je me fais fort de prouver que la nature de la poésie, au moment où elle se montre, est d'être folle ou, tout au moins, de le paraître.

Ces deux propositions ne sont point un paradoxe; c'est une théorie fort sérieuse, que je demande la permission de développer en peu de mots.

Remarquez, d'abord, qu'il y a pour un écrivain deux manières fort différentes d'être obscur. On peut obscurcir un sujet naturellement lucide, et alors on commet la faute la plus impardonnable dans laquelle puisse tomber quiconque se sert d'une plume; ou bien, on peut ne pas éclairer de tout le jour désirable un sujet naturellement obscur; ce qui est infiniment plus excusable. C'est même une chose digne d'éloge , que d'apporter dans un sujet couvert de ténèbres une clarté, si faible qu'elle soit. Or, les matières habituellement traitées par la poésie, et en particulier par M. Edgar Quinet, Dieu, la nature et l'homme, ne sont pas, par elles-mêmes, tellement lumineuses, que la poésie soit inexcusable de laisser flotter sur elles quelques-uns de leurs nuages primitifs.

Quelque bizarre que cette assertion puisse paraître, il est de fait qu'un sujet est poétique en raison inverse de sa clarté. Aussi la poésie n'a-t-elle

absolument aucune prise sur les vérités mathématiques ni sur la partie démontrée des sciences physiques et d'observation. Ce qu'elle aime, ce n'est
pas la lucidité de l'analyse et l'évidence de la démonstration, c'est le demi-jour de la conjecture et
l'éclair de la découverte. L'homme, en effet, est
né pour connaître ; c'est un des buts principaux de
sa destinée. Or, pour y parvenir, il lui a été donné
deux instruments, la raison qui poursuit et atteint
la science, et l'imagination qui n'atteint que la poésie qu'on peut appeler la *demi-science*, et, mieux
encore, la *prescience*. L'imagination est l'avant-
courrière de la raison. Elle la devance en éclaireur :
c'est la colonne demi lumineuse et demi obscure
qui nous conduit dans la nuit du désert. Par une
sorte d'instinct divinatoire, que la philosophie n'a
pas assez étudié, l'imagination saisit des rapports
trop fins pour être perçus par d'autres qu'elle. La
poésie jette, à pleines mains, dans le monde des
vérités anticipées, dont la science n'a plus, par la
suite, qu'à trouver la démonstration. Quand rien
n'était science, tout était mystère, obscurité, poésie. Dans les temps mythologiques, Apollon était
à-la-fois le dieu des vers, de la médecine, de l'astronomie, de la musique. Au temps de Solon, les
poètes étaient à-la-fois devins, prêtres, historiens,
législateurs. Au moyen âge, la démonomanie, l'astrologie judiciaire, la transmutation des métaux,
formaient la demi-science ou poésie de cette épo-

que de profond travail intellectuel. Peu-à-peu, la
raison et la science ont empiété sur le domaine de
la poésie. Esculape détrôna son père Apollon; Hip-
pocrate remplaça Esculape; de nos jours, en expli-
quant les phénomènes de l'extase, la médecine a
fait disparaître la sorcellerie; l'astronomie a mis
au néant l'astrologie judiciaire; Lavoisier a éteint
les fourneaux des alchimistes. Nos grands poètes
dramatiques et nos romanciers ont, par leurs chefs-
d'œuvre de psychologie sentimentale, rendu vulgaire et presque scientifique la connaissance des
mouvements de l'âme et des passions. Aussi le
champ de la poésie va-t-il se rétrécissant de siècle
en siècle; la raison et la prose s'avancent, comme
une marée montante, et couvrent peu-à-peu les rivages où se jouait la poésie. Forcée de se retirer
toujours plus avant dans les replis les plus reculés
de la nature et du cœur humain, celle-ci doit s'in-
génier, de plus en plus, pour arriver à ces régions
vierges et inexplorées, les seules où elle se com-
plaise. Aussi, voyez Hoffmann auscultant, à l'aide
d'un nouvel instrument poétique, les plus délicates
et les plus bizarres sensations d'artiste. Voyez-le
exposer dans *Kreisler* les plus singuliers phénomènes du cœur et de l'organisation; voyez-le, dans le
Violon de Crémone, surprendre les plus mystérieux
effets de ce magnétisme intellectuel qui lie des êtres
sensibles à d'autres êtres soi-disant inanimés, et signaler, le premier, ces lois encore inconnues, et,

par cela même si poétiques, qui passeront bientôt
peut-être dans le domaine des vérités d'observation, et deviendront ainsi, un jour, aussi prosaïques que le sont aujourd'hui les lieux communs
de la plus triviale sentimentalité.

Pour exprimer la sensation singulière, et, en
quelque sorte, électrique que nous causent les
créations du genre de celles de Hoffmann, il manquait un mot à notre langue : on a adopté, dans ces
derniers temps, celui d'*œuvre fantastique*. Pour atteindre à cette idée, l'ancien mot, le mot propre,
le mot *poésie*, ne suffisait pas. Il a trop longtemps
servi à désigner des productions qui n'excitent plus
en nous, quoiqu'elles aient excité jadis, ce déli-
cieux ébranlement qu'il est dans la nature de la
poésie de nous causer. Il est certain que nous
avons besoin de deux mots : l'un, pour exprimer
la sensation, en quelque sorte, galvanique, que la
poésie présente produit sur nous; l'autre, pour exprimer l'impression que nous recevons de la poésie
passée, de la poésie d'hier, de celle où la surprise
et la nouveauté n'ont plus de part. Au reste, qu'on
ne s'y trompe pas; tout grand poète, Virgile ou
Racine, par exemple, a produit sur ses contemporains, et produit encore sur nous, quand nous
savons nous mettre à son point de vue, la même
commotion fantastique que Gœthe, Hoffmann,
M. Victor Hugo nous ont fait successivement éprouver. Certes, le premier qui imagina de faire devi-

ser un loup et un agneau, dut paraître fou à tous
les gens sensés de son voisinage, et charmer, en
même temps, tous les hommes d'imagination. En
France, où nous craignons tant le ridicule, et où
nous fuyons si soigneusement l'inaccoutumé, nous
n'avons guère abordé dans la poésie que les genres
les moins poétiques, la satire et le drame, entre
autres. Eh bien! même dans le drame, quand la
poésie s'est montrée un peu plus à nu que d'ordinaire, elle a produit, au premier aspect, son effet
habituel; elle a paru déraisonnable aux esprits
exacts. Racine lui-même, Racine, avant que ses
hardiesses admirables fussent devenues, avec le
temps, la langue de la raison, passa pour extravagant aux esprits prosaïques, et fit jeter les
hauts cris à tout ce qui se piquait de bon goût et de
jugement. Certes, le style de la *Phèdre* de Pradon
est infiniment plus sage et moins métaphorique que
celui de la *Phèdre* de Racine, et, pour cela même,
il suscita moins de clameurs et de parodies. Enfin,
quand Racine s'éleva, dans *Athalie*, à la hauteur
de la vraie poésie lyrique; quand il écrivit la prophétie de Joad :

Comment en un plomb vil l'or pur s'est-il changé?

. . . .

    Quelle Jérusalem nouvelle
Sort du fond du désert brillante de clarté? . . . .

son œuvre, à peine comprise, fut conspuée par les
beaux-esprits du temps; il fallut qu'*Athalie* atten-

dît près d'un demi-siècle que le peuple lui rendît, comme au *Cid*, son rang parmi les chefs-d'œuvre. L'imagination a beau parler un langage parfaitement clair et lucide pour l'imagination, elle ne peut se faire entendre que de l'imagination; toutes les fois que la raison seule s'avise de vouloir juger l'œuvre du poète, celle-ci doit être sûre d'être déclarée folle et fantasque.

Mais, dira-t-on peut-être : De même que toute poésie paraît d'abord nécessairement folle, toute folie paraît-elle aussi nécessairement poétique? suffit-il d'avoir le transport au cerveau pour obtenir un brevet de poète? Si cette question m'était adressée sérieusement, je répondrais que la poésie ne paraît folle qu'aux hommes privés d'imagination, et que la folie proprement dite paraît folle à tout le monde, même aux autres fous. Si la raison vulgaire ne comprend pas la poésie, la raison supérieure, l'intelligence complète, dont l'imagination fait partie, la comprend et l'admire. Il peut arriver que la disproportion soit trop grande entre le génie du poète et l'imagination de tel ou tel individu, de telle ou telle classe même de lecteurs, qui le jugent pourtant et le jugent mal; mais nul écrivain, fût-ce Dante, n'a plus d'imagination que le public en masse. Voilà pourquoi l'intervention du temps qui accroît le nombre et la compétence des juges, est si nécessaire à la légitimité des arrêts rendus en matière de goût; voilà pourquoi l'heure vient toujours

10.

où il se trouve assez d'imagination dans la société
pour rendre justice aux vrais poètes.

D'ailleurs, on m'aurait mal compris, si l'on concluait de ce qui précède qu'il y a opposition ou dissonance entre la poésie et la raison. Nullement ;
elles ne sonnent pas, il est vrai, à l'unisson ; elles
suivent en cela la loi des accords ; l'intervalle est
plus ou moins hardi, plus ou moins difficile à saisir ; mais il est exact et harmonique : il ne faut que
posséder un sens assez délicat pour le percevoir. Il
existe entre la poésie et la raison une conformité
secrète et finale que le temps révèle ; quelques anneaux de la chaîne qui les unit ont beau n'être pas
visibles, la chaîne existe ; il n'y a aucune solution
de continuité. Le rapport de la science à la poésie
n'est pas un rapport de simultanéité, mais de pré-
cession, pour ainsi dire ; c'est le rapport du jour à
l'aurore, du parfum à la fleur. Ces harmonies délicates peuvent échapper aux sens vulgaires, mais
n'échappent pas au sens poétique ; la science elle-
même, un peu plus tôt ou un peu plus tard, les découvre et les manifeste. Pour être appréciée à sa
valeur, la poésie a besoin d'être jugée par l'imagination d'aujourd'hui et par la science de demain.

Nous avons dit que la philosophie moderne,
qui a fait plusieurs beaux travaux psychologiques,
a trop négligé l'étude de l'imagination. Nous trou-
verions, au besoin, la preuve de cette assertion
dans un des morceaux, en petit nombre, où l'é-

cole psychologique actuelle a essayé de déterminer
la nature et les fonctions du génie poétique. On
lit le passage suivant dans une dissertation de
M. Jouffroy, pleine d'ailleurs de vues élevées et
profondes :

« La poésie chante les sentiments de l'époque
sur le beau et le vrai. Elle exprime la pensée confuse des masses d'une manière plus animée, mais
non plus claire, parce qu'elle sent plus vivement
cette pensée, sans la comprendre davantage. La philosophie la comprend. Si la poésie la comprenait,
elle deviendrait la philosophie et disparaîtrait. Voilà
pourquoi Pope et Voltaire sont des philosophes et
non des poètes. Voilà pourquoi la poésie est plus
commune et plus belle dans les siècles les moins
éclairés, plus rare et plus froide dans les siècles de
lumières; voilà pourquoi, dans ceux-ci, elle est le
privilége des ignorants. »

M. Jouffroy a bien vu, comme nous, que toute
vraie poésie est un peu confuse; mais nous diffé-
rons entièrement avec lui sur la cause de cette obscurité. M. Jouffroy regarde la poésie comme aussi
peu intelligente que la pensée des masses; et nous,
nous la croyons très-intelligente. Nous la croyons
plus claire que la pensée des masses; car, en supposant qu'elle fût la même, ce serait cette pensée,
plus une formule. Si elle a quelque obscurité au
moment où elle se montre, c'est que, sans cela,
comme dit très-bien M. Jouffroy, ce serait la philo-

sophie ou la science, et non la demi-science ou
la poésie. Mais si la poésie n'a pas l'évidence
scientifique, ce n'est pas, suivant nous, parce
qu'elle est en arrière, c'est, tout au contraire, parce
qu'elle est en avant de la science. La poésie paraît
obscure, non parce qu'elle ne comprend pas ce
que la philosophie démontre ou cherche à démontrer ; elle paraît obscure parce qu'elle fait rayonner ses *ténèbres visibles* au-delà du point où la
philosophie peut atteindre. Étranges ignorants que
Gœthe, Schiller, Hoffmann et Jean Paul! Certes,
s'ils sont obscurs, ce n'est pas qu'ils ne compren-
nent les problèmes agités par Kant, Schelling ou
Fichte ; c'est qu'ils dépassent ces problèmes et cherchent, par la voie de l'imagination , des solutions
encore inaccessibles à la philosophie, à moins que
celle-ci n'emprunte les procédés poétiques, comme
a presque toujours fait l'ontologie.

M. Jouffroy continue :

« La nature de la poésie la soumet à la loi de
changer avec les sentiments populaires, autrement
elle cesserait d'être vraie. Le poète ne peut sentir
les sentiments d'une autre époque ; s'il les exprime,
il ne peut qu'en copier l'expression : il est classique ; ce qu'il produit n'est pas de la poésie, mais
l'imitation d'une poésie qui n'est plus. Voilà pourquoi la mythologie n'est plus poétique ; voilà pourquoi le christianisme ne l'est plus guère ; voilà pourquoi la liberté le serait tant, si nous la comprenions

moins. Les vrais poètes expriment les sentiments
de leur époque... »

Si M. Jouffroy voulait dire seulement que jamais
un siècle ne doit se servir des formules poétiques
d'un autre siècle, et que, pour produire l'impression fantastique dont je parlais tout-à-l'heure, chaque siècle doit trouver une nouvelle langue et de
nouveaux symboles, je serais entièrement de son
avis; mais ce n'est pas là seulement l'idée qu'il a
émise. M. Jouffroy pense que la poésie d'une époque ne peut exprimer que les sentiments de cette
époque. Le vrai poète, à son avis, ne saurait être
que le chantre de son propre temps. C'est ne com-
dre que la poésie personnelle, c'est anéantir la poésie d'imagination.

L'imagination (et par conséquent la poésie) ne
se plaît nulle part aussi peu que dans le temps présent; sans cesse elle se retourne vers le passé ou s'é-
lance vers l'avenir. La double face de Janus serait
son plus juste emblème. Ce que les poètes aiment
surtout, c'est de reconstruire le monde païen, ou
demi-païen, comme Gœthe dans la *Fiancée de Co-
rinthe;* c'est de réfléchir la nature lointaine et les
mœurs étrangères, comme Byron dans le *Giaour;*
c'est de réveiller les tournois, les pas d'armes, et
de s'asseoir au foyer des vieux manoirs écossais ou
saxons, comme Walter-Scott dans *Ivanhoe,* ou dans
les *Puritains.* La mythologie grecque peut même
encore être poétique; car dans le système qui, à son

déclin, créa Psyché, il reste place encore pour bien
des ravissantes créations. Le christianisme est encore pour bien longtemps poétique, car les plus belles époques chrétiennes du moyen âge sont encore
couvertes de mystères. Partout où la science n'a pas
terminé son œuvre, il y a place pour la conjecture,
pour le rêve, pour la poésie. Sans doute, les vrais
artistes sont toujours de leur temps, en ce sens que
c'est toujours du point de vue actuel qu'ils se retournent vers le passé, ou plongent leurs regards
dans l'avenir ; mais le présent n'est pas leur point de
mire ; il n'est tout au plus que le point d'appui de
leur télescope, le lieu d'où ils observent et où ils rapportent leurs observations ; ce qu'ils sont le moins
aptes à reproduire poétiquement, c'est le temps où
ils vivent. Le lointain est nécessaire à la poésie. La
plus grande figure des temps modernes, la figure de
Napoléon, n'apparut poétique, même à Béranger,
que posée sur le piédestal de Sainte-Hélène. L'œil
de l'imagination ne sait voir qu'à distance, comme
les yeux du corps qui, placés trop près d'une co-
lonnade ou d'une pyramide, n'en distingueraient
ni les proportions ni la hauteur. La critique
de tous les temps a commis la faute immense
de confondre l'impression du beau avec l'impression poétique. Il n'existe pas, à proprement parler,
d'objets poétiques : il y a des objets qui paraissent
instantanément grands, beaux ou sublimes ; il n'y
a pas d'objets qui paraissent instantanément poé-

tiques. L'impression du beau, pour se transformer en impression poétique, a besoin de la magie de la distance, et cette magie peut rendre poétique le laid lui-même. Aussi rien n'est-il plus faux que le fameux axiome, *ut pictura poesis*, surtout avec les conséquences qu'on en a déduites. Les arts plastiques ont seuls pour mission de nous donner l'impression du beau ; la sculpture, en particulier, limitée, comme elle l'est, aux formes humaines, reconnaît la beauté pour règle unique. La peinture, qui reproduit les couleurs aussi bien que les formes, et qui réfléchit le ciel, la terre et les eaux, admet déjà dans la beauté plus d'éléments et de combinaisons ; enfin, l'architecture plus compréhensive encore, plus indépendante du principe d'imitation, l'architecture, qui est comme l'épopée des arts plastiques, développe peut-être encore plus sûrement le sentiment poétique que le sentiment du beau.

Mais, dira-t-on, qu'est-ce que le sentiment poétique ?

Je ne pense pas qu'il y ait un seul homme assez dépourvu d'imagination pour n'avoir pas éprouvé, au moins une fois en sa vie, cette surexcitation de l'intelligence, ce vertige momentané du cœur et de la pensée que j'appelle *état poétique*. Ce phénomène est un des faits psychologiques les moins étudiés, quoique assurément des plus dignes de l'être. J'ai dit, tout-à-l'heure, qu'aucun objet, soit dans l'art, soit dans la nature, ne nous cause

immédiatement l'impression poétique. On m'objec-
tera que la vue d'un beau ciel, le bruit de la mer qui
bat ses rivages, les sons d'une symphonie de Beethoven, le silence d'une cathédrale gothique, passent généralement pour produire ce que je viens d'appeler
l'*état poétique*. J'en conviens; mais il faut bien remarquer que ni la vue du ciel, ni le bruissement de
la mer, ni le silence de la cathédrale ne nous donnent l'idée poétique de la mer, du ciel, de la cathédrale. Si, devant ces objets, nous rêvons poétiquement, nous rêvons à ce qui n'est pas eux. Ce qui
nous émeut poétiquement ce n'est pas la sensation
directe, c'est une sensation occasionnelle, oblique,
en quelque sorte, engendrée par de secrètes affinités
que notre imagination découvre. Vous êtes assis au
bord de la mer : est-ce aux flots blanchissants et mur-
murants, est-ce aux oiseaux de mer qui rasent les
vagues, que vous pensez là pendant des heures ?
Non ; vous songez probablement aux premiers jours
de votre jeunesse, à vos années écoulées, à l'incertitude de l'avenir, à Dieu peut-être, ou aux hommes.
Il en est de même de l'impression causée par une
œuvre d'art. L'impression poétique que nous en
recevons n'est pas l'impression de cet objet. Vous
voilà sous les arceaux gothiques de la cathédrale de
Reims ou de Notre-Dame de Paris ; si vous exami-
nez ces deux édifices en artiste attentif, vous éprou-
verez le sentiment du beau et du grand ; mais si,
cessant de penser à l'œuvre, vous vous abandonnez

à l'impression poétique qu'elle fait naître, l'idée de la cathédrale disparaîtra ; vous penserez à Dieu, à la faiblesse de l'homme, que sais-je ? à la Marguerite de Gœthe, ou bien au cercueil de toutes les jeunes filles qui ont passé, avant le temps, sous l'ogive de ce portail ; et votre âme, selon son rêve de la veille, suivant l'heure du jour, la couleur du ciel, la clarté des vitraux, tombera dans une rêverie, véritable *état poétique*, vision et musique intérieures, que vous pourrez traduire par des chants ou des vers, si vous êtes poète ou musicien, par des lignes ou de la couleur, si vous êtes peintre ou statuaire. Eh bien ! cette même cathédrale que vous oubliez quand vous y êtes, un jour, lorsque vous serez loin d'elle, un chant d'église, entendu en traversant un village, vous la rappellera tout-à-coup. Vous la verrez alors des yeux de l'imagination, dans toute sa hardiesse poétique ; vous suivrez dans le ciel son clocher merveilleux, vous reverrez sa nef et ses chapelles, vous entendrez la voix de son orgue et l'appel de son bourdon, vous découvrirez son génie intime et ses rapports avec votre âme ; et, si vous êtes Schiller, vous ferez la *Cloche*, et, si vous êtes Victor Hugo, vous écrirez *Notre-Dame de Paris*.

Ce que la poésie a le pouvoir d'exprimer, ce n'est donc pas la sensation immédiate que nous recevons des objets, mais le sentiment intérieur qui se forme en nous à l'occasion de ces objets : ce

qu'elle est apte à exprimer, ce sont des rapports.
Si la poésie n'avait qu'à transcrire la sensation présente, il faudrait que le poète, au milieu de la tempête, saisit son carnet pour y décrire la tempête;
qu'au milieu d'une nuit de délices, il prît son
album pour y déposer la confidence de son bonheur. Rien de cela n'arrive. Les belles tempêtes de
Camoens n'ont pas été décrites au milieu de la tourmente, mais quand il était rentré dans le port; ce
qu'il chantait sous le ciel brûlant des tropiques, ce
n'était pas cette belle nature grandiose qui s'étalait
sous ses yeux, c'étaient les fleuves de sa patrie ab-
sente et le *ninho paterno,* comme il l'appelle.

L'éloquence peut s'inspirer de la sensation immédiate; la poésie ne peut guère que la mettre en
réserve pour un autre temps. La femme que vous
adorez vous a trahi; vous souffrez l'agonie du désespoir; vous lui reprochez sa perfidie; vous pou-
vez être éloquent, vous êtes passionné; vous parlez,
sous l'inspiration d'une douleur véritable. Mais
est-ce assez pour être poète? Non. La langue poétique a beau vous être familière, l'inspiration
poétique est exclusive de toute sensation violente.
Demain, quand vous souffrirez moins, ou que
vous souffrirez autrement, quand votre plaie
toujours vive sera moins saignante, quand vous
pourrez regarder votre peine à distance, alors vous
la sentirez peut-être se changer en émotion poétique; alors vous pourrez rencontrer la poésie de la

douleur. Trop agitée par la sensation présente, trop émue par la passion actuelle, il faut à la poésie le souvenir de la sensation, et rien que le souvenir. L'éloignement est indispensable pour trouver dans l'expression poétique une jouissance et non une distraction au bonheur, et, dans la peine, une consolation plutôt qu'un redoublement de la souffrance. Si l'éloquence est la traduction, et, en quelque sorte, la voix de la sensation, il n'en est pas ainsi de la poésie. Celle-ci ne reflète pas seulement les images ou les sensations reçues; elle en crée qui sont à elle, c'est-à-dire que des rapports qu'elle découvre entre deux images ou entre deux idées, elle tire une troisième image ou une troisième idée, expression de ce rapport, et qui est son propre ouvrage. C'est en ce sens que la poésie est créatrice. Remarquons que ce phénomène qui se produit dans l'imagination, et qui constitue le génie poétique, a son analogue dans l'intelligence ou la raison. Entre deux idées, résultats de la sensation, la raison intervient, et le produit de cet acte libre de l'intelligence est ce qu'on appelle un jugement, qui ne résulte pas immédiatement de la sensation, mais de l'activité intellectuelle et qui est à ce titre l'œuvre de la raison.

La nature, qui n'est pas moins attentive à protéger la génération dans l'ordre intellectuel que dans l'ordre physique, a attaché à la formation des idées ainsi qu'à celle des êtres, une volupté qui nous y

invite. A côté de la raison, dont les actes sont ré-
fléchis et volontaires, elle a, dans sa prévoyance
infinie, donné à l'intelligence un autre instrument
générateur qui agit spontanément et sans attendre
l'ordre de la volonté. L'imagination est cet agent,
et l'on peut juger de sa puissance, en étudiant les
littératures populaires. On peut encore se faire une
idée de son énergie, en voyant comment l'imagination fait et défait les langues. La raison, il est
vrai, les perfectionne et les règle ; mais c'est l'imagination qui les invente, qui les entretient, et,
quand il en est temps, qui les brise et les renouvelle. Une langue ne meurt que quand elle n'offre
plus rien à faire à l'imagination. Est-ce ici un emblème et un symbole ? En sera-t-il ainsi de tout le
reste ? Pour mon compte, je le crois. Le jour où la
poésie aura accompli sa tâche ; le jour où l'imagination, après avoir épuisé toute la série possible des
rapports qui lient Dieu, la nature et l'homme,
n'aura plus rien à faire dans le monde ; le jour où
la science aura trouvé et proclamé le mot qu'elle
cherche et dont elle a aujourd'hui à peine épelé
quelques syllabes, l'ensemble des phénomènes actuels que l'on nomme *Univers* devra se présenter
à nous sous un nouvel aspect. Quand l'homme et
le monde se seront compris, l'un ou l'autre devra
disparaître, comme une langue usée disparaît pour
faire place à un idiome plus compréhensif, à un
autre Verbe.

V.

SUR LES OEUVRES

DE M. LUCE DE LANCIVAL [1]

ET LE CARACTÈRE

DE LA LITTÉRATURE SOUS L'EMPIRE.

(*Globe*, 16 septembre et 6 octobre 1826.)

Une édition complète, quand elle n'est pas publiée, par précaution, du vivant de l'auteur et par
lui-même, est, pour l'écrivain qui en obtient les
honneurs, comme un premier suffrage de la postérité. C'est, d'ailleurs, un appel fait à une seconde
génération de lecteurs, et une occasion naturelle
de révision pour la critique. C'est devant ce nouveau tribunal, dont rien ne gène plus la franchise, que comparaissent aujourd'hui les œuvres
de M. Luce, privées de ce cortége de qualités ai-
mables qui avaient protégé leur naissance. Cependant, en avocat habile, M. Collin de Plancy évoque
devant ses juges les souvenirs d'amabilité laissés
par son client. Il veut que nous admirions M. Luce
avec le cœur, comme nous admirons les poètes
classiques avec l'esprit et le jugement; il met la

(1) Précédées d'une notice par M. Collin de Plancy ; 2 vol. in-8°.

collection de ses œuvres sous la protection de ses
anciens élèves et des dames, *qu'il aima trop peut-
être*. Nous ne savons pas si les anciens élèves de
M. Luce, encore moins si les *dames*, et surtout
les dames qu'il aima trop, liront bien religieusement ce recueil. Quant à nous, qui ne sommes
point élèves de M. Luce, et qui, ne l'ayant pas
connu, ne pouvons l'admirer par souvenir, nous
demandons la permission de le juger tout simplement *sur ses œuvres*, à-la-fois comme homme et
comme écrivain.

On n'est pas médiocrement surpris, après avoir
lu ces deux volumes si vides d'idées, quoique si
pleins de prose et de vers, de la haute réputation
qu'obtint il y a quinze ans cet écrivain, un des co-
ryphées de l'université impériale et un des principaux représentants de la littérature sous l'Empire.
On se demande les motifs des nombreux encouragements et de la protection toute spéciale dont
l'honora l'Empereur. Mais un moment de réflexion
suffit pour faire cesser la surprise. En sa qualité de
despote, Bonaparte haïssait la pensée à l'égal de
l'insurrection. Il voulait en conserver le monopole
pour ses bulletins, ses proclamations et son *Moni-
teur*. Dans la nation, dans les corps constitués par
lui, dans la chaire même, il ne souffrait pas que
la parole fût autre chose qu'un vain bruit, et tout
au plus, dans les grands jours, une des fanfares
de la victoire. La phraséologie sonore et vide de

M. Luce de Lancival convenait merveilleusement à
ses vues. Voilà comme il aimait la parole; assez
élégante pour n'être pas sans quelque charme,
trop dépourvue de portée pour être jamais une
puissance. N'ayant pas trouvé dans M. Luce un
instrument d'assez de valeur pour devenir, comme
M. de Fontanes, le traducteur officiel de ses volontés et un des organes destinés à les transmettre à
l'Europe, il le laissa dans l'enseignement public,
pour y perpétuer la tradition de cette éloquence
innocente et nulle, vrai trésor, au sortir de ces
temps où la force de l'intelligence et de la parole avait renouvelé la face de notre France. Ses
désirs furent accomplis. La manière de M. Luce fit
école; et à l'exception de deux ou trois écrivains,
penseurs éloquents, dont les pages échappèrent au
pilon de la police, on vit se former une littérature
niaisement solennelle ou mesquinement dénigrante;
l'une et l'autre sans nerf, sans vues, sans idées,
littérature toute de feuilleton ou de parade, qui
devait tomber au rang qu'elle mérite devant les tri-
bunes que nous a données la Restauration et les
hommes que grandit chaque jour l'usage de la liberté.

Prose et vers de M. Luce portent également l'empreinte de cette élégante nullité. On la retrouve
jusque dans son chef-d'œuvre, dans cette tragédie
d'*Hector*, où pas la moindre trace d'originalité
n'apparaît au milieu de son emphase épique. Privé

I.   14

du génie qui crée, M. Luce a eu constamment besoin de s'appuyer sur un guide. Ses ouvrages pourraient même se classer d'après le plus ou moins
de mérite des modèles qu'il a choisis. Dans *Hector*,
beaucoup de passages assez élégamment imités
d'Homère ont déposé plus de substance et plus
de sève qu'on n'en remarque dans ses autres écrits.
Ce n'est pas que ce fût une heureuse idée de presser l'Iliade et de la réduire aux dimensions tragiques, sans pouvoir, d'ailleurs, lui donner un
nœud ni un vif intérêt dramatique. Un de nos plus
habiles critiques, fort jeune alors, il est vrai, a jugé
cette pièce une œuvre homérique, et la regarde
comme reproduisant la couleur antique avec une
grande exactitude. Nous regrettons de ne pouvoir
partager cette opinion; nous sommes même tentés
de croire que ce sentiment de M. Villemain est une
honorable prévention, ou, si l'on veut, un jugement de respectueuse courtoisie pour un poète qui
a été son maître. Sans doute, la tragédie d'*Hector*
offre de nombreux fragments de l'Iliade; mais rien
ne nous paraît moins homérique que cet ouvrage
dans son ensemble et dans ses détails. Un des principaux caractères d'Homère est l'heureux mélange
des tons et ce grandiose qui n'exclut pas le naïf.
Rien de pareil dans l'*Hector* français. C'est une
tragédie tendue, froide, brillante. La rhétorique y
domine. Dans le temps où les élèves des collèges
d'Harcourt et de Louis le Grand terminaient leurs

exercices scolastiques par la représentation de drames que composaient leurs régents, la tragédie
d'*Hector* aurait eu le pas sur celles du père du
Cerceau et du père Porée; je ne puis voir dans cette
pièce que le chef-d'œuvre des tragédies de collège.

Le second ouvrage qui forme avec *Hector* la
couronne poétique de M. Luce, est le poème
d'*Achille à Scyros*. C'est encore une imitation;
mais ici le guide est moins sûr : il y a loin de
Stace à Homère. Ce n'est pas que nous adoptions
en rien le jugement de M. de la Harpe sur Stace,
jugement tranchant et tellement incomplet qu'on
peut douter que M. de la Harpe eût pris la peine de
relire ce poète depuis sa sortie du collège. Nous ne
pourrions, sans digression, discuter ici le mérite de
la *Thébaïde*. Quant aux deux livres qui subsistent
de l'*Achilléide*, ils nous paraissent, à part quelques
fautes de goût, pleins de charme et de poésie. Nous
ne saurions dire ce qu'eût été l'ensemble qui, à en
juger par l'exorde, promettait plutôt une biographie d'Achille, qu'une épopée; mais il vaut mieux
jouir de ce qui nous reste que critiquer ce que nous
n'avons pas. L'éducation d'Achille et ses amours à
Scyros, gracieuse introduction de ce grand ouvrage,
pouvaient fort bien former un poème à eux seuls.
Cette modification, apportée par M. Luce à la conception de Stace, en nécessitait d'autres dans les
détails. L'auteur français a retranché, changé,
surtout ajouté; des deux chants de l'original il en a

11.

fait six. Plusieurs de ces changements sont ingénieux ; quelquefois pourtant M. Luce gâte son modèle, et le plus souvent il en exagère les défauts
par une sorte de verve déclamatoire, qui, trop
souvent chez lui, l'emporte sur la réflexion et le
goût. Par exemple, après avoir supposé assez heureusement que Thétis, inquiète de son fils, se rend
auprès de Chiron, à qui elle l'a confié et s'in-
forme

> . . . . . Par quels soins, son gouverneur austère
> Instruit ses premiers ans, *forme son caractère....*

il met dans la bouche d'Achille l'exposition de son
éducation. Certes, le jeune Achille, habitué par
Chiron aux plus rudes travaux, ne devait pas regarder ses occupations de tous les jours comme
des prodiges ; il devait les raconter tout simplement, comme un enfant ordinaire raconte ses
jeux : le lecteur eût ajouté les épithètes. Stace, qui
a placé ce morceau d'une manière moins dramatique, et qui délaie dans son long récit une courte
et magnifique strophe de Pindare (1), déclame un
peu à contre-temps. L'occasion était trop belle
pour que M. Luce de Lancival ne dépassât pas
son devancier dans cette carrière :

> . . . . Des lions, des ours mes lèvres dévorantes
> Suçaient le sang, pressaient les chairs encor vivantes;
> *Et ce repas sauvage, il fallait l'acheter!*

(1) Voy. *Néméennes,* III.

Sur les pas du Centaure, il fallait affronter
D'une mer en courroux l'*effrayante* menace,

Achille enfant effrayé !....

Le fracas du torrent qui, sur des monts de glace,
De rochers en rochers tombe, écume et mugit;
Rire au tigre qui gronde, au lion qui rugit,
Ou seul, d'une forêt profonde, spacieuse,
Contempler sans pâlir l'horreur silencieuse.

. . . .

Il fallait braver l'ours à la forme *effrayante.*

Encore !

Le sanglier armé de sa dent foudroyante,
D'un carnage récent le tigre ensanglanté;
Pour obtenir le *prix* de l'intrépidité,
Il fallait terrasser une lionne mère,
De son corps hérissé défendant son repaire;
Roulant d'un air affreux ses regards menaçants,
Épouvantant l'écho de ses mugissements, etc., etc...

Voilà ce que romantiques et classiques s'accorderont, je pense, à regarder comme la déclamation la plus fausse et la plus froide.

Malgré un bon nombre de taches semblables, le poème d'*Achille à Scyros* est loin d'être sans mérite. On sent que l'auteur l'a travaillé avec soin, et, pour ainsi dire, avec amour. Les tableaux de Stace, plus ordinairement voluptueux qu'héroïques, rappellent, par le déguisement féminin du héros, le genre de beauté que l'on remarque dans la statue de l'hermaphrodite. Cette sorte de grâce ambiguë convenait particulièrement aux temps où Stace et M. Luce écrivaient, et a dû contribuer à leur succès. Il n'y a pas jusqu'à la vogue du héros de Louvet qui n'atteste le goût d'alors pour ces équivoques conceptions d'une fantaisie blasée. Gazé par la mythologie, qui a le privilège de rester décente, le *Faublas* poétique de M. Luce devint un livre de boudoir et le canevas d'un ballet riche en gracieux tableaux. Le sujet d'*Achille à Scyros* avait déjà été traité par Métastase; mais on assure, dit M. Collin de Plancy dans sa notice, que M. Luce n'avait pas lu l'ouvrage italien. Comment M. Collin n'a-t-il pas lu lui-même dans la préface du poème qu'il a imprimé, la critique que M. Luce fait de l'*Achille in Sciro* de Métastase, critique qu'il n'eût point hasardée, sans doute, s'il n'avait pas lu le poète italien.

C'est encore appuyé sur un modèle qu'il composa la tragédie de *Mucius Scevola*. Mais de cet ouvrage aux précédents, il y a toute la distance qui sépare du Ryer d'Homère et même de Stace. M. Luce a rajeuni, mais fort énervé son modèle. Son travail s'est borné à effacer, non pas le froid et invraisemblable amour de Scevola pour Junie, fille de Junius Brutus, mais la passion non moins romanesque du fils de Tarquin pour cette même Junie, suppression qui raccourcit de deux actes la pièce de du Ryer. Au reste, M. Luce a transcrit avec de légères variantes, une foule de vers du vieux poète. Nous pourrions en citer plus de cent,

rien que dans le premier acte. Il a, d'ailleurs, dans
sa préface reconnu très-loyalement ces emprunts,
et nous ne pouvons pas comprendre pourquoi
son éditeur veut qu'il ne doive pas à du Ryer *autant qu'on l'a bien voulu dire*. M. de Plancy ajoute,
cependant, qu'il est *probable* que M. Luce a connu
la tragédie de du Ryer. Il ne tenait qu'à lui de voir
dans la préface de M. Luce que ce fait est plus
que *probable*. Dans tous les cas, il nous paraît
très-probable que M. de Plancy s'est dispensé de
comparer les deux pièces.

C'est surtout dans les ouvrages où M. Luce de
Lancival a eu la prétention de marcher seul, que
toute son indigence et sa faiblesse paraissent à découvert. Ses deux tragédies, *Hormisdas* et *Périandre*, représentées sans succès, sont complétement
ignorées; ajoutons qu'elles méritent de l'être, malgré les éloges que M. de Plancy donne à *Hormisdas*,
éloges dont *Périandre*, moins bien traité par cet
Aristarque, a droit d'être jaloux; car, en vérité,
Hormisdas et *Périandre* sont de la même force.

A ces compositions épiques et dramatiques,
M. Collin de Plancy a cru devoir joindre un assez
grand nombre de poésies dites légères. Un petit
poème sur *le Globe* (à propos de l'invention des
aérostats), qu'il composa à dix-huit ans, annonçait
une heureuse facilité. L'*Epître à Clarisse* sur les
dangers de la coquetterie et l'*Ombre de Caroline*
sont, sans comparaison, les meilleures de ces piè-

ces fugitives. Jointes à *Hector* et au poème d'*A-chille à Scyros*, elle auraient pu former un volume d'œuvres choisies assez agréable. Mais puisque M. Collin ne voulait pas se borner à un choix, et qu'il ne nous fait grâce d'aucun des plus fades quatrains mythologiques destinés à déifier Madame Dubois-Loyseau, il devait alors, ce nous semble, faire plus d'efforts pour nous donner des œuvres complètes. Nous n'avons trouvé dans ces deux volumes ni la tragédie d'*Archibald* ni celle de *Fernandez*, qui, quelque insipides qu'on les suppose, auraient toujours bien eu autant d'intérêt que le *Couplet à Clarisse qui lui servait de la bière*, et que cette *églogue* où il met en scène *Damon*, élève de l'ancienne Université, et *Tircis*, élève de l'institution de M. Dubois-Loyseau, espèce de *prospectus* dialogué, qui n'aurait jamais dû sortir de l'enceinte de cette pension. Sous une allégorie, usée déjà du temps de madame Deshoulières, *Tircis* peint les élèves de M. Dubois-Loyseau comme des *troupeaux* errant dans les meilleurs pâturages...

> . . . . Tu les vois, frais comme le printemps,
> Beaux de santé, de joie; ils suivent triomphants
> La mère de Daphnis, *la leur*, dont la tendresse
> Tour-à-tour les nourrit, les pare et les caresse . . . . .

puis oubliant la métaphore, il nous montre *ces brebis* se livrant à l'étude de l'histoire, de la géographie, de la physique, de la langue latine, etc., etc. Un peu plus bas, il se demande

> . . . . Quel objet, enchantant nos hameaux,
> Donne aux fleurs leur parfum, leur ramage aux oiseaux?
> C'est que Vénus (au moins on prétend que c'est elle),
> Sous les traits ingénus d'une simple mortelle,
> *Partage nos travaux et se mêle à nos jeux....*

Et une note nous apprend que cette *Vénus aux traits ingénus*, n'est autre que madame Dubois-Loyseau.

Nous étions tentés de blâmer M. Collin de Plancy d'avoir imprimé cette singulière églogue. Il convient plutôt de l'en remercier. Elle peint les mœurs du temps et l'état de l'instruction publique sous le directoire. Cette galanterie d'un ex-grand-vicaire (1), professeur de belles-lettres, qui se produit gauchement dans une distribution de prix, au milieu de ses regrets pour la ci-devant Université, dit tout sur cette bizarre époque. On voit dans ces retours vers l'ancien régime, mêlés à tout le relâchement du régime nouveau, la cause du succès ajourné d'une révolution que des vertus seules pouvaient soutenir. Une pièce d'une nature encore plus fâcheuse, c'est (nous regrettons d'avoir à tracer ici ce titre), une ode sur le *rob anti-syphilitique* de M. Laffecteur. Une *ode !*... L'indulgent

---

(1) M. Luce suivit en cette qualité M. de Noé dans son diocèse de Lescar; on vante beaucoup les sermons qu'il prêcha de 1787 à 1790; ils n'ont pas été publiés.

éditeur veut nous faire admirer dans cet aveu poétique une preuve de la courageuse franchise de
M. Luce. C'est assurément porter le courage et la
gratitude jusqu'à l'oubli des convenances et du
respect de soi-même. Les notes qui accompagnent
cette confidence peu anacréontique ne sont pas
moins curieuses que le texte; on croirait lire une de
ces annonces qu'on distribue gratis sur le Pont-
Neuf; rien n'y manque, pas même l'adresse de l'Esculape. Il y a là, il faut le dire, quelque chose du cynisme des corps de garde impériaux. Du moins, les
vers que M. Luce adressait à M. Breton, le jour
anniversaire de l'amputation de sa jambe, les cou-
plets sur le *Jeu de qui perd gagne*, le reçu en
vers à M. Legros, mécanicien orthopédiste, qui lui
avait fait une jambe aux frais du gouvernement, ne
nous rappellent qu'un malheur, et nous le rappellent avec quelque esprit et quelque grâce. Si l'on
trouvait que nous jugeons avec une sévérité trop
puritaine quelques poésies sans conséquence, nous
répondrions qu'avec son rob et ses madrigaux pé-
dantesques, M. Luce de Lancival fut un des plus
ardents, sinon un des plus habiles fauteurs de la
réaction monarchique et religieuse qui suivit le
18 brumaire. Ce sont là les commencements de
cette faction éminemment morale dont nous subis-
sons aujourd'hui les héritiers. Le cœur se soulève
de dégoût en voyant de tels hommes calomnier les
mœurs nouvelles que la liberté nous a faites, s'en-

régimenter, se croiser pour le retour des bons principes et se répandre en élégies sur la pureté du siècle
de madame du Barry, bien digne, au reste, d'être
leur patronne.

Nous nous estimions heureux d'avoir fini la revue des vers de M. Luce, et voilà que nous retrou-
vons un poème en quatre chants, rempli d'amères
personnalités, et plein d'un fiel satirique qui fait
un contraste étrange avec cette aménité de caractère qu'on attribue généralement à l'auteur d'*Hector*. Pour comble de singularité, cette violente dia-
tribe est dirigée contre un des rédacteurs, ou plutôt
contre tous les rédacteurs d'une feuille qui soute-
nait alors les mêmes opinions anti-philosophiques
que professait M. Luce. Dans sa notice, M. Collin
de Plancy a jeté un voile officieux sur cette phase
de la vie littéraire de son héros. Il devait pourtant,
en sa double qualité d'historien et d'éditeur, nous
apprendre les causes secrètes de cette petite guerre
civile, *Quo numine læso, quidve dolens ?...* Faute
de renseignements positifs, nous sommes réduits à
supposer que ce poème est une réponse à quelques
critiques peu indulgentes de l'Aristarque du feuilleton. Il n'y a guère, en effet, qu'un ressentiment
paternel qui ait pu pousser M. Luce, allié fidèle
des écrivains anti-philosophes, à prendre tout-à-
coup parti pour l'abbé Morellet, à fraterniser avec
les rédacteurs de la *Décade*, et à se déchaîner
contre tout l'alphabet du *Journal des Débats*. Par

malheur, le plaisir de la surprise est à-peu-près le seul que puisse procurer cette lecture. Point d'invention, point de gaîté, point de poésie : des injures, puis des injures, et encore des injures ; le tout dans le style le plus flasque et le plus prosaïque. C'est surtout dans ces sortes d'ouvrages, dont la passion est la cause et l'excuse, qu'il est besoin d'une verve de malice et d'une fécondité de sarcasmes inépuisables ; et malheureusement M. Luce, en ce genre, comme en plusieurs autres, n'avait guère que la bonne volonté. La satire, d'ailleurs, qui ne présente qu'un seul côté des objets, et qui, par cela seul, nous paraît un genre aussi fatigant et aussi faux que le panégyrique, ne supporte point un si vaste cadre. Le défaut de vérité, qu'on pardonne dans les satires de Juvénal et de Gilbert à la vivacité d'une boutade éloquente, devient intolérable dans un poème en plusieurs chants. Tout l'esprit de Voltaire, tout l'art de Pope, n'ont pu, comme on sait, triompher des défauts de ce genre de poésie, et la pâle imitation française que Palissot a risquée de la *Dunciade* est peut-être, malgré quelques ingénieux détails, encore plus froide que les plus froides productions qu'elle prétend railler. M. Luce s'est montré dans son *Folliculus* beaucoup au-dessous même de Palissot. La fable de cette petite épopée est aussi vieille que les détails en sont peu piquants. C'est, comme de coutume, la *Sottise* et la *Barbarie* qui guerroyent contre la

Raison. Pour terminer le différend, le poète a recours à une machine, malgré le précepte de l'*Art poétique* : *Nec Deus intersit*, que plus que personne M. Luce devait respecter. Le dieu que le poète fait intervenir n'est autre que Napoléon. La *Raison* présente au héros une humble supplique dans son camp de Varsovie :

> Du récit de nos maux troublant sa solitude,
> Elle lui dénonçait la triste servitude
> Qui, dans la France *libre*, accablait les beaux-arts.
> « *Mon fils*, lui disait-elle, au milieu des hasards,
> « Quand tu cours assurer le bonheur de la France
> « Des pédants, dont l'orgueil surpasse l'ignorance,
> « Osent sur la pensée usurper un pouvoir
> « Que toi-même n'as point, que tu ne peux avoir. . . . »

Le fils de la Raison avait, cependant, alors un assez large pouvoir sur les productions de la pensée et une assez belle armée de censeurs. Mais ce n'est pas de la censure que se plaint M. Luce : il ne se plaint que des journaux libres. Cette supplique, assez peu raisonnable est pourtant fort bien accueillie :

> . . . . A ce bruit, le *noir sénat* s'assemble.

C'est le sénat des *Débats*, et non le Sénat conservateur :

> Il voit Napoléon, nous rapportant la paix,
> S'indigner que l'on *ait* corrompu ses bienfaits ;
> Qu'aux bords du Niémen lorsqu'il domptait le Scythe,

Au sein de Paris même une secte hypocrite,
Lui ravissant le prix de ses travaux brillants,
Ait proscrit la science, outragé les talents,
Et qu'il lui reste encor des barbares à vaincre.
L'intérêt aisément parvint à *les* convaincre
Qu'il fallait ou changer de système et de ton,
Ou voir en d'autres mains passer le feuilleton.

Aucune date ne nous indique si ces vers ont suivi ou précédé la confiscation du *Journal de l'Empire*; mais, soit qu'ils aient célébré ou provoqué cette odieuse spoliation, ils montrent jusqu'où la passion, jointe à l'ignorance ou à l'oubli de tous les principes, peut faire descendre un écrivain, même honnête homme.

Ce ne fut pas la volonté, mais le talent qui manqua à M. Luce pour prendre rang à côté des hommes qui, tout en combattant pour une cause rétrograde, firent cependant avancer d'un pas l'esprit humain, par l'impulsion que la discussion lui imprima. Borné par la nature de ses études et de son esprit aux considérations purement littéraires, M. Luce resserra encore ce cercle, et se renferma dans la question de l'enseignement. Au lieu de défendre, comme il le devait peut-être, le système des écoles centrales alors en vigueur, système dû à la Convention nationale et à son immortel comité d'instruction publique, il se constitua en toute occurrence le champion de la ci-devant Université. On eût dit qu'il avait mission de préparer les esprits à voir bientôt renaître de sa

poussière cette ruine, appui d'autres ruines. A la
vérité, les arguments qu'il produisit en sa faveur
ne sont pas fort concluants; il suppose toujours
que les écoles publiques n'ont que des gens de
lettres à former, ce qui n'est pas. Mais s'il brille
peu par la logique, il se relève par le sentiment; il
épuise, à propos de l'*alma parens*, toutes les variantes de la maternité et tous les lieux communs
de la tendresse filiale. Il est impossible de se montrer plus complétement homme de collège et d'é-
glise. Un vain luxe de mots, une grande rondeur
de périodes, quelquefois une raillerie sans finesse
et sans portée, tels sont les assaisonnements de ces
discours d'apparat, où M. Luce se traîne dans l'or-
nière frayée avec bien plus de talent par les écrivains du *Mercure*. Cependant, ces harangues, chau-
dement applaudies de ses collègues, lui fondèrent
dans le corps enseignant une réputation colossale,
et la plupart des discours du même genre se mode-
lèrent longtemps sur les siens. Trois seulement
de ces morceaux sont réimprimés dans l'édition
qui nous occupe. Le premier, composé pour
l'institution de M. Dubois-Loyseau, n'est qu'un
exposé des diverses branches d'études enseignées
dans ce pensionnat. Le second, prononcé au Lycée
impérial en 1806, a une grande prétention à l'originalité. C'est un *Éloge de la sévérité dans l'enseignement*. L'orateur semblait d'abord avoir eu l'envie de réfuter Montaigne et J.-J. Rousseau; mais

comme, de son propre aveu, les châtiments cor-
porels et les punitions serviles qui avaient tant
révolté ces deux philosophes avaient été très-juste-
ment abolis; sa polémique devient sans objet, et
il ne reste plus qu'un lieu commun dont il serait
difficile de comprendre les motifs, si plusieurs
allusions à la *sévérité politique* ne trahissaient
suffisamment le but et l'à-propos du discours. Le
troisième, prononcé au Prytanée, roule sur l'utilité de l'étude des langues anciennes.

Nous ne savons pas pourquoi M. Collin de
Plancy a écarté de son recueil deux autres morceaux du même genre que nous avons sous les
yeux, et qui sont assurément les plus importants
qu'ait composés M. Luce. L'un, prononcé au
Prytanée en l'an ix, a pour texte la *dignité de
l'homme de lettres*. L'absence de l'autre est d'autant plus remarquable qu'il fit partie de la pom-
peuse solennité du concours général, qui eut lieu
dans la nef du Panthéon, en l'an xiii, première
année de son rétablissement. Le sujet de ce discours
est *l'indépendance de l'homme de lettres*. C'était
comme le complément du discours précédent. Cependant, le choix de ce texte était de circonstance :
il avait été provoqué par le programme du prix de
poésie proposé, cette année, par la deuxième classe
de l'Institut. M. Collin de Plancy a eu grand tort,
suivant moi, de ne pas mettre ses lecteurs à même
de comparer la prose de M. Luce avec les vers de

Millevoie. Ce discours est d'ailleurs curieux à plus d'un titre; il nous apprend, entre autres choses, combien intempestif et téméraire parut alors à l'autorité le sujet proposé par l'Institut : « Le seul mot d'*indépendance*, dit M. Luce, a déjà effarouché quelques esprits inquiets, que les souvenirs trop récents de nos malheurs tiennent en garde contre tout ce qui peut réveiller des idées libérales, dont il faut convenir qu'on a cruellement abusé. Leur zèle ombrageux va jusqu'à *suspecter et dénoncer* les expressions les moins équivoques. Avec un peu de réflexion, cependant, on aurait senti que l'Académie proposait pour sujet de prix l'*indépendance des gens de lettres*, précisément pour qu'une définition claire et juste, première obligation imposée, sans doute, à ceux qui traiteront cette matière, ôtât toute incertitude sur l'interprétation du mot et toute inquiétude sur son application. »

Puis M. Luce, en définissant lui-même ce qu'on doit entendre par indépendance, donne, en passant, une petite leçon monarchique à la seconde classe de l'Institut et des conseils de prudence aux concurrents. On va voir que sa définition dut dissiper les scrupules les plus ombrageux, et satisfaire les esprits même les plus difficiles en fait d'obéissance passive et de soumission :

« On devait, d'ailleurs, se rassurer, continue bénignement l'orateur, en pensant que c'est sur-

I.   12

tout aux lettres que l'anarchie est fatale ; que
c'est à l'ombre de la paix et sous l'abri tutélaire
de l'autorité légitime qu'elles respirent, se plaisent et prospèrent ; en se rappelant, enfin, que
c'est sous la domination absolue, mais protec-
trice, des Auguste et des Louis XIV, qu'ont
brillé les plus grands hommes de la littérature ;
et que si les véritables gens de lettres ont constamment réclamé la *liberté illimitée de penser*,
ils ont toujours reconnu des bornes à la liberté
de parler et d'écrire. »

Ainsi, c'est à la liberté illimitée de penser que
M. Luce réduit l'indépendance des gens de lettres !
Cette étrange et admirable naïveté, prononcée alors
sans scandale et sans risée devant les premières au-
torités et au sein de l'assemblée la plus éclairée, a
été répétée de nos jours et sifflée comme elle le
méritait. Eh ! monsieur le professeur, comment le
despote, même le plus absolu, mettrait-il des limites à la faculté de penser ? Force est bien à lui
de nous en concéder l'usage, tant que sa gracieuse
volonté ne fait pas tomber nos têtes.

A ces discours universitaires, qui n'offrent
qu'une critique vague, routinière, et, comme on
voit, une déplorable servilité, nous préférons de
beaucoup quelques-unes de ses préfaces, entre autres, celle de son poème d'*Achille à Scyros*, et surtout son *Eloge de M. de Noé*, ancien évêque de
Lescar, éloge qui fut couronné par le Musée de

l'Yonne, en 1804. Dans cet adieu funèbre à un prélat vertueux qui avait été le protecteur de sa jeunesse, un sentiment plus vrai que de coutume semble guider la plume de M. Luce. On retrouve bien encore dans ce discours quelques traces de ses défauts habituels; mais la déclamation s'y montre moins, et ce morceau nous paraît le plus naturel et de beaucoup le mieux pensé de ses écrits en prose.

« C'est peut-être une destinée assez frappante, a remarqué M. Villemain (1), que les premiers essais et les derniers efforts de Luce aient été consacrés à l'éloge de deux princesses du même sang et du même nom; qu'il ait commencé sa brillante carrière en pleurant la mort de Marie Thérèse, et qu'il ait terminé sa vie en célébrant la gloire et le bonheur de Marie Louise. » Ce qui ajoute à cette singularité, c'est qu'aux deux extrémités de sa vie littéraire, M. Luce écrivit en latin ces deux éloges, et fut récompensé de l'un par le grand Frédéric et de l'autre par Napoléon.

Ce dernier rapprochement, que nous empruntons à la notice de M. Collin de Plancy, aurait dû, suivant nous, engager l'éditeur à publier ces deux pièces. Ce n'est pas que nous attachions un grand prix à des ouvrages de pure littérature écrits en latin moderne. Mais, quelque puéril que soit ce genre de composition, dès que M. Collin

(1) *Magasin encyclopédique*, an 1810, tom. V.

12.

de Plancy croyait devoir grossir son recueil des hexamètres et des distiques composés à l'occasion de la mort de M. Luce, nous croyons qu'il eût été plus convenable de nous donner le poëme sur Marie Thérèse, et surtout le discours sur l'impératrice Marie Louise, lequel, à défaut de tout autre intérêt, rappelle au moins d'une manière touchante le dernier triomphe de son auteur, et cette couronne qui, comme celle du Tasse, ne put être déposée que sur un cercueil.

VI.

PHILIPPE AUGUSTE,

POÈME HÉROÏQUE EN DOUZE CHANTS,

PAR M. PARSEVAL-GRANDMAISON.

(*Globe*, 4 février 1826.)

A peine ce poëme, commencé depuis près d'un quart de siècle, a-t-il paru à la lumière, que l'artillerie classique et romantique a célébré à grand bruit sa naissance. On n'a pas tous les jours à saluer une épopée. Il ne nous semble pas, toutefois, que M. Parseval ait lieu d'être bien reconnaissant des indiscrètes ovations qu'on lui décerne. Passer le but n'est pas une marque d'adresse, et il ne faut rien moins que tout le mérite de M. Grandmaison pour échapper au ridicule, quand on a le malheur, par exemple, d'être l'objet des vers suivants :

> Sans le Tasse, qui, sur la terre,
> Saurait Godefroy de Bouillon?
> Henri doit sa gloire à Voltaire,
> Philippe Auguste à Grandmaison.

Il est donc de l'intérêt même de l'auteur, qu'une appréciation sincère et franche succède à ces félicitations qui ont toute la fadeur d'une fête de famille. Lui-même doit-être impatient de recevoir du public sa part méritée de critique et d'é-

loges. Nous croirions manquer au talent et surtout
au caractère de M. Parseval, en nous associant à
ce complot de l'amitié. La gloire n'est pas un ho-
chet, ni l'admiration un devoir de politesse.

Ce n'est pas que nous ne trouvions beaucoup à
louer dans *Philippe Auguste*. Cet ouvrage tient,
selon nous, tout ce qu'avaient promis les *Amours
épiques*. M. Parseval se montre dans ce nouveau
poème, comme dans le précédent, écrivain exercé,
versificateur habile, imitateur harmonieux de
Virgile, de Dante, de Milton. Son style, doué
d'une remarquable flexibilité, étend avec bonheur le domaine de notre langue poétique, et en-
richit son trop dédaigneux vocabulaire. Quelques
épisodes, notamment, celui de la mort d'Isabelle, sont d'un effet assez dramatique. Le neuvième chant, celui des *deux reines*, est, à lui
seul, un bel ouvrage. Nous avons donc retrouvé
M. Parseval ce qu'il était, il y a vingt ans, un des
plus heureux successeurs de Saint-Lambert et de
Roucher. Mais il porte ses vues plus haut; il ne
prétend à rien moins qu'à la succession du Tasse.
L'auteur des *Jardins* et de l'*Imagination* fut plus
modeste et il eut raison.

Qu'on se figure un recueil de descriptions et d'é-
pisodes, tirés d'une seule histoire et d'une même
époque; une série de morceaux colorés à la manière, mais non avec le fini de l'abbé Delille, et qui,
au lieu de se montrer sans suite apparente et dans

un désordre plein de coquetterie, comme les brillants tableaux du maître, offrent un tout continu, taillé sur le patron des épopées antiques; et l'on aura une idée exacte de *Philippe Auguste*. Nous aimerions mieux cent fois, pour notre compte, un poème descriptif donné franchement pour tel. Un ouvrage de ce genre, aujourd'hui passé de mode, est un *album* que l'on feuillette, suivant le caprice, et que l'on quitte quand l'ennui vient. Mais une mosaïque descriptive dont les éléments divers sont réunis en un seul bloc! Un poème descriptif jeté dans le vieux moule de l'épopée romaine! quel amalgame! Et que peut-on attendre de poétique et de vivant de la fusion de ces deux genres, dont l'un est dépourvu de toute vérité et l'autre de tout intérêt?

Depuis que les épopées anciennes ont commencé d'être connues parmi nous, le soin d'en copier et recopier les formes a été l'éternel travail de tous nos faiseurs de poèmes. Dernièrement un des correspondants du *Globe* signalait déjà cette manie, devenue plus tard épidémique, dans les poètes latins des xiie et xiiie siècles :

« Après avoir lu bien ou mal les anciens, disait-il, ils se prennent de la manie de les imiter. A chaque pas, vous leur voyez la prétention de donner à leur style la couleur virgilienne, et sous cette couleur s'efface presque entièrement l'esprit des faits qu'ils racontent. Ce leur serait un supplice qu'on ne prît pas leur héros pour

. Grec ou pour Romain..... Guillaume le Breton
est de cette école ; il a voulu , à toute force , faire
de *Philippe Auguste* une sorte de *pius Æneas*,
qui seulement invoque la Vierge et les saints au
lieu de Jupiter et de Neptune. Les grandes harangues, les descriptions à perte de vue, les
comparaisons avec le tigre et le lion furieux,
les invocations à la Muse, toutes ces pauvres richesses d'autrefois, il les emploie sans discrétion
et sans à-propos. »

Il est triste qu'au bout de six siècles, nous en
soyons encore au même point.

On a renoncé dans les sciences aux problèmes
insolubles, à la recherche de la quadrature du cercle, par exemple. Ne serait-il pas temps d'agir de
même en littérature, et de cesser de vouloir reproduire le moyen âge sans s'écarter des formes grecques? Il est résulté de ce malheureux entêtement
une foule de monstruosités historiques et poétiques
plus ou moins étranges. La faute ici n'est point
aux règles. L'épopée a été beaucoup moins tour-
mentée par la législation scolastique que la poésie
dramatique. Le temps, les lieux, l'ordonnance, le
nombre des chants, presque tout, dans le poème
épique, est laissé à la discrétion du poète : et, cependant, nous ne voyons presque personne s'écarter
de la routine ; ce qui semblerait prouver que la
tyrannie des règles n'est pas, dans le genre dramatique lui-même, le plus grand obstacle à l'origina-

lité, et que, si nous ne sortons guère du cercle convenu, c'est que l'instinct imitatif est une des lois constantes et communes de l'esprit humain, tandis que le génie qui innove est une rare et glorieuse exception.

La faculté d'inventer une forme nouvelle pour l'exposition de nos idées paraît être, de toutes les créations dans les arts, la plus difficile et la plus éminente; elle équivaut, dans les sciences, à l'invention d'une méthode. Depuis Homère, l'épopée n'a guère reçu que trois formes diverses : la première lui a été donnée par Dante, la seconde par l'Arioste, et la troisième par l'auteur d'*Ivanhoé*. Cette dernière, quoique privée du rhythme, et peut-être parce qu'elle en est privée, paraît convenir le mieux au goût un peu prosaïque des lecteurs de notre époque. Quand la musique veut produire certains effets, et que les instruments connus s'y refusent, elle en invente de nouveaux: de là le grand nombre et la variété des instruments; si l'on s'était contenté d'un seul, on n'aurait pu exprimer que bien peu d'idées musicales. Mais si de ce seul instrument on se fût obstiné à vouloir tirer les effets que l'on ne pouvait en obtenir, on aurait joué faux, et c'est ce que font presque tous nos poètes. L'auteur des *Puritains* et d'*Ivanhoé*, en artiste de génie, s'est créé un instrument approprié aux impressions nouvelles qu'il voulait produire. L'emprunter et s'en servir, de préférence à l'instrument

grec, pour réveiller les souvenirs du moyen âge,
ne serait pas, sans doute, faire preuve de plus d'invention et d'originalité; ce serait simplement montrer plus de convenance et d'à-propos.

Dans la carrière de l'imitation, l'écrivain qui
connaît le mieux les grands modèles, celui qui a le
plus l'habitude d'écrire, le plus, enfin, de ce
qu'on appelle talent, doit remporter la palme de ce
genre, dont la perfection consiste à approcher le
plus possible d'un certain type de convention, et
à s'éloigner davantage de la nature et de soi-même.
Les admirateurs de M. Parseval auront, sans
doute, été scandalisés tout-à-l'heure de nous entendre comparer la *Philippide* de Guillaume le
Breton au poème de *Philippe Auguste*. Nous convenons, avec eux, qu'il y a dans le dernier ouvrage une supériorité de talent incontestable; c'est
une copie beaucoup mieux exécutée et par une
main incomparablement plus habile. La *Philippide*
n'est qu'une chronique en vers : là, nul système
de merveilleux; seulement une grande attention à
relater tous les prodiges, si communs alors. Point
de grand récit rétrograde; les événements se suc-
cèdent dans le même ordre que dans l'histoire.
A la vérité, Guillaume le Breton imite des poètes
anciens les caractères, les harangues, les fleurs
d'élocution; mais le lourd appareil que nous appelons *machine épique*, il n'a pas songé à le leur
emprunter. Malgré toutes ses prétentions classi-

ques, le bon historiographe du roi Philippe ne
pouvait pas suivre les traces de Virgile d'aussi près
qu'un académicien de nos jours. Au milieu de tous
ses emprunts, il lui reste quelque chose de lui-
même, et c'est par cet endroit qu'il attache. Ses descriptions sont longues; mais elles font avancer
l'action, et ne sont pas de simples hors-d'œuvre
descriptifs. Il est heureusement assez grossier pour
écrire une foule de scènes de la vie commune. Il ne
craint pas de nommer les Juifs et les Côteraux, qui
jouent, dans Rigord et dans les autres historiens du
temps, un si grand et si triste rôle. Les mœurs des
peuples, la situation des lieux, l'aspect des châteaux,
les habitudes des grands vassaux et de leurs hommes
d'armes, sont représentés par Guillaume le Breton
avec une naïveté presque homérique. C'est justement, qu'on nous permette de le dire, cet art de
reproduire le vrai qu'il faut prendre d'Homère, en
lui laissant ses formules que trois mille ans d'imitation ont vieillies. Quelles scènes de guerre que
celles du siége et de la détresse des habitants de
Château-Gaillard, scènes dont nous ne trouvons
aucune trace dans le nouveau poème! Qu'on nous
le pardonne! La bataille de Bovines, décrite par
le vieux chroniqueur, nous paraît bien plus claire,
bien plus vraie, bien plus animée, que celle que
nous a faite M. Parseval. La *Philippide*, d'accord
avec l'histoire, nous montre, après la bataille, le
comte de Boulogne enchaîné à une colonne mobile,

et enfermé dans la tour de fer de Péronne, dénoû-ment de poème fort nouveau et qui caractérise à merveille un siècle demi-barbare. Qu'a fait M. Par-seval? Il suppose le prince félon, tué dans la bataille de la main du roi ; et son motif, il nous l'apprend dans une note : « Le comte de Boulogne ayant été, pendant tout le cours du poème , l'ennemi le plus déclaré de Philippe, il *convenait* qu'il fût tué de la main du roi, comme Turnus par Énée. » Voilà une convenance admirable !

Les notes de M. Parseval ne sont pas toutes aussi naïves. Mais, comme elles exposent le système lit-téraire suivi par l'auteur, elles méritent notre at-tention. A propos du personnage allégorique de Mélusine, démon de la féodalité , que l'auteur in-troduit dans son poème par les vers suivants :

C'est un monstre *échappé* des rives infernales.
Si l'on croit des vieux temps les poudreuses annales,
Mélusine, autrefois transformée en serpent,
Traîna d'un corps hideux le volume rampant ;
Maintenant, fée altière et vampire vorace ,
Le front enorgueilli des grandeurs de sa race ,
Pour combattre Philippe , *échappée* aux enfers ,
Elle aspire à venger les maux qu'elle a soufferts. . . .

Voici la note :

« L'intervention d'un être surnaturel commence à donner au poème la couleur de l'épopée, qui ne doit pas être le récit d'une action purement hu-maine, mais la représentation *d'une scène qui se passe entre le ciel et la terre.* »

Romantiques que l'on accuse d'obscurité, trouvez-vous parfaitement claire cette définition classique de l'épopée?

La note continue:

« Sans cette sublime alliance de l'homme et de la divinité, la poésie épique disparaît, parce qu'elle est privée du merveilleux, qui est son essence. »

Quoi! parce que les récits de l'Iliade et de l'Odyssée, puisés à la source de toutes les traditions helléniques, nous paraissent merveilleux à nous, chrétiens occidentaux, nous avons posé en principe que l'essence de tout récit héroïque en vers, est d'être soumis à l'intervention d'êtres surnaturels! Dans le polythéisme où les héros s'élançaient du champ de bataille vers l'Olympe et redescendaient, à tout instant, de l'Olympe dans les combats, il aurait été plus difficile aux poètes de bannir les dieux de leurs poèmes, qu'il ne l'est à nous d'introduire naturellement dans les nôtres des personnages d'une nature surhumaine. Dans notre système religieux où de rares incarnations remplacent les fréquentes apothéoses d'autrefois, faire consister l'essence du récit héroïque dans les rapports *visibles* de l'homme avec le ciel, c'est confondre les temps et les choses. En Grèce, presque tous les mythes avaient pour but d'expliquer à l'homme l'univers physique. Les dogmes du christianisme, au contraire, sont le symbole de vérités métaphysiques. Dans un siècle

où le véritable génie du christianisme est compris,
prétendre intéresser avec des fictions qu'il repousse
et qui, de jour en jour, s'effacent devant sa lumière,
c'est là encore un de ces problèmes insolubles auxquels il serait temps de renoncer. Il est vrai qu'un
génie d'une force extraordinaire, Milton, l'a tenté.
Peut-être, dans un autre siècle, ses grandes fictions religieuses, telles que le pont jeté sur le
chaos, l'allégorie de la mort et du péché, le com-
pas de l'Éternel, et tant d'autres créations non
moins sublimes, auraient obtenu la popularité des
mythes grecs et orientaux. Mais la rigidité du
dogme chrétien l'a emporté sur le génie du poète; et
le *Paradis perdu*, comme de nos jours la *Messiade*,
est resté un chef-d'œuvre de l'esprit humain, admiré des lettrés et inconnu des peuples.

Ce n'est pas que sous l'empire d'une religion
toute métaphysique le besoin du merveilleux meure
dans le cœur de l'homme. Loin de là ; seulement
ce sentiment prend un autre cours. Alors, l'énigme
de l'univers, celle de notre existence, les secrets
du passé, ceux de l'avenir, l'infini des passions et
de la vertu, fournissent un aliment nouveau à l'i-
magination religieuse, et une nouvelle source de
merveilleux à la poésie. Byron et Scott, dont le
grand mérite est d'avoir les premiers compris leur
siècle, ont montré, chacun à leur manière, le
parti que l'on peut tirer de l'emploi du mystère.
M. Parseval avait donc, pour le merveilleux,

comme pour l'ordonnance de son poème, le
choix entre plusieurs modèles. Malheureusement
il a presque tout imité en ce genre, excepté l'espèce de merveilleux qui a seul quelque prise sur
les esprits actuels. La féerie du Tasse, les sorcières
de Shakespeare, la Vénus de l'Énéide et la Dis-
corde du Lutrin, lui ont servi de types pour les
êtres surnaturels destinés à diriger l'action de son
poème, action qui, à dire la vérité, s'écarte si peu
de l'ordre naturel, qu'elle eût fort bien pu, à notre
avis, se passer de ce cortége fantastique. Nos lecteurs vont en juger.

Après l'invocation sacramentelle, *Muse, chante,*
religieusement conservée par M. Parseval, il est
d'usage qu'un exorde de quelques vers expose le sujet et quelquefois même le dénoûment du poème.
Cette coutume, peu favorable à l'intérêt, a, cependant, un avantage, celui de forcer l'auteur à
bien savoir ce qu'il se propose, de lui faire mettre
en saillie son idée principale, et, qui mieux est,
de l'obliger à en avoir une. Ainsi Homère nous
apprend, dès son début, la grande idée qui va domi-
ner tout son poème; c'est la colère et l'inaction d'un
seul homme, plus fécondes en funérailles que les
efforts réunis de tous les guerriers de Troie. Mais,
de nos jours, les lecteurs goûtent peu ces avertisse-
ments; ils préfèrent qu'on les surprenne, et di-
raient volontiers comme Alceste : *Nous verrons
bien.* M. Parseval, fidèle à l'usage, expose son su-

jet selon le protocole accoutumé : c'est Philippe
Auguste qui *écrase* au dedans *les hydres étouffées*
de la féodalité, et assure au-dehors l'indépendance
de sa couronne par la victoire de Bovines. Il n'y a
là, comme on voit, aucune idée, mais deux faits,
dont le premier est fort loin d'être exact. En effet,
nous ne savons pas pour quelle raison M. Parseval
a voulu faire de son héros le destructeur de la féodalité. Cette vue historiquement fausse et, d'ailleurs, assez peu poétique, produit dans l'ouvrage
une perpétuelle contradiction, car le prétendu destructeur

> Du plus grand des fléaux qu'ait enfantés le monde

s'appuie sans cesse sur ses grands vassaux; et, en
dépit de l'exorde, les honneurs du poème sont pour
des gloires toutes féodales.

Après ces premiers tributs payés à l'imitation,
M. Parseval s'écarte tout-à-coup de ses modèles.
On se rappelle combien vives et dramatiques sont
d'ordinaire les premières scènes des épopées classiques. Le nouveau poème s'ouvre, au contraire, par
un morceau d'un caractère fort reposé, par un *Te
Deum* chanté, à Paris, dans l'église de Sainte-Geneviève. La sainte, qui, dans le ciel, entend ce chant
triomphal, prévoit tous les malheurs dont la
France n'est pas encore menacée; elle intercède
auprès du Très-Haut, qui la rassure par une ré-

ponse dont la rédaction aurait pu, ce nous semble,
être plus soignée :

> Ton roi triomphera ; mais *le ciel* irrité
> Veut retarder le cours de sa prospérité,
> Et châtier en lui l'injustice et *la force*
> Qui dépouilla du trône et flétrit d'un divorce
> Isembure, jadis l'épouse de son choix. . . .

Mélusine, démon de la féodalité, agent du courroux céleste, évoque les fées qui relèvent de son
empire, et qui ne sont autres que les vices person-
nifiés. Elle leur fait jurer dans une grotte, au pied
des Alpes, de l'aider à former contre la France une
ligue composée du roi d'Angleterre, de l'Empereur,
du comte de Flandre et de quelques-uns des grands
vassaux de Philippe. Ce prince, instruit de cette
coalition, passe la revue de son armée. Au premier
rang, nous voyons l'*ardent* Montmorency, l'A-
chille du nouveau poème, l'*intrépide* Saint-Pol,
le *brillant* de Blois,

> Thibaut, que la Champagne au rang de comte élève,
> Pareil à l'arbrisseau plein d'une tendre sève,
> Beau, jeune ; . . . .
> Louis, fils du héros, Ponthieu, fils de sa sœur,
> Dreux, son frère chéri, prélat, guerrier, chasseur. . . .

Ce n'est pas par d'aussi froides litanies que l'auteur des *Puritains* introduit dans son récit ses principaux personnages. Vient ensuite une visite à un
hôpital militaire, puis une promotion de chevaliers, cérémonie dont l'auteur rime soigneusement
tous les détails, d'après Vulson de la Colombière

1.   13

et la Curne de Sainte-Palaie. A ces descriptions du
premier chant, succède, dans le second, une nouvelle série de morceaux descriptifs. C'est la peinture des fêtes, des illuminations, du tournoi,
célébrés en l'honneur des dernières victoires de
Philippe :

> La flamme, en ses jardins que la verdure embaume,
> Ici monte en colonne, et là se courbe en dôme,
> En rubans colorés se déroule *en tout lieu*,
> En guirlande s'étend, court en lettres de feu
> Retracer les hauts faits et *la grande victoire*
> Des héros illustrés sur les bords de la Loire.
>
> . . . .
>
> La longue perspective en lointains se déploie,
> Et montre, en des bosquets parés de cent couleurs,
> Des berceaux de lumière et des tentes de fleurs.
> Décorant les palais d'ingénieux emblèmes,
> Des chiffres, des festons, des nœuds, des diadèmes,
> Rayonnent suspendus à *leurs* fronts radieux,
> Dont la splendeur *éteint* tous les astres des cieux ;
> Tandis que dans son sein la Seine étincelante
> Répète en réseaux d'or *leur* image tremblante ;
> On entend retentir les temples, dont l'airain
> Applaudit aux succès du héros souverain . . .

Ce tableau, un peu confus et peu correct, mais
d'un assez vif éclat, ne rappelle-t-il pas les fêtes de
l'Empire ou celles de la Restauration ? Il n'y manque
que le feu d'artifice et les distributions de comesti-
bles : encore, pour remplir ce vide, trouverons-nous
bientôt les détails du festin donné aux grands du
royaume ; et, pour que la ressemblance soit aussi
complète que le permet le genre, le paon féodal

remplace un volatile plus populaire. Eh bien, ce n'est pas encore assez de tous ces hors-d'œuvre : avant que le moindre intérêt se soit emparé du lecteur, il lui faut suivre M. Parseval à travers tous les détours d'une chasse féodale. « J'ai saisi, dit l'auteur dans une note, cette seule *occasion* que j'ai eue d'en esquisser le tableau. » On conviendra, au moins, que l'occasion n'était pas pressante.

C'est dans cette chasse que nous apprenons l'amour de Thibaut pour la jeune Blanche, femme de l'héritier du trône, qu'il sauve de la fureur d'un sanglier. Cet amour, *épuré par un profond respect*, offre des symptômes assez étranges :

> Dans les bois, dans les champs, dans l'air il la retrouve ;
> Lui rend un culte plein d'une ardente ferveur,
> Et consume ses jours en un plaisir rêveur.

Jusqu'ici nous n'avons vu dans M. Parseval que le disciple, quelquefois heureux, de l'abbé Delille. Avec le troisième chant, commence à se montrer l'imitateur de Virgile. Le *récit* est, comme on sait, une des pièces obligées d'une épopée. Virgile, après Homère, n'a pas trouvé de plus ingénieux moyen de nous découvrir la magnifique avant-scène de son sujet. On conçoit que Voltaire eût regardé son poème de la *Ligue* comme incomplet, s'il n'avait pu y placer le tableau de la Saint-Barthélemy. D'ailleurs, un aussi long monologue a l'avantage de fixer l'attention et l'intérêt des lecteurs sur le héros. Qu'a fait M. Parseval? Il lui fallait un récit;

13.

mais Philippe n'avait personne en son royaume à qui le faire. Le poète innove donc : au lieu de Philippe, ce sera Thibaut qui le fera ; mais à qui ? Les souvenirs de la *Henriade* viennent aider à l'innovation : comme Henri IV, Thibaut se rend en négociateur à la cour de Londres ; il y trouve la jeune Isabelle d'Angoulême, fiancée au roi Jean-sans-Terre. Il lui *chante* (ceci est une véritable innovation) les victoires de Philippe sur les Anglais, le meurtre d'Arthur commis par le roi Jean ; l'Anjou, le Maine, le Poitou, la Touraine et la Normandie reconquis sur les Anglais. A ce tableau, d'une exquise convenance, des crimes et des défaites du prince auquel Isabelle est fiancée, Thibaut mêle, avec une indiscrétion heureusement sans conséquence, la confidence de son amour pour Blanche; et, comme il faut que les trois chants du *récit* soient suivis du *chant de l'amour*, l'auteur ne tarde pas à nous apprendre qu'Isabelle est sensible à la beauté du charmant troubadour. De son côté, le volage amant de Blanche est bientôt subjugué par les charmes d'Isabelle, qui, d'ailleurs, ne combattent pas seuls contre sa vertu :

> . . . Quel démon cruel, guidé par Mélusine,
> Vient du beau troubadour *préparer la ruine ?*
> C'est de la volupté la fée *aux ailes d'or.* . . . . .

Il est fâcheux que le poète ait eu à placer *Windsor* à la fin du vers suivant ; la nécessité de rimer lui a

fait donner à la volupté des ailes que nous craignons bien qu'elle ne garde pas. *L'insidieuse fée
irrite* de plus en plus l'amour d'Isabelle : elle ne
rêve plus que Thibaut :

Entend-elle un vent doux? c'est Thibaut qui soupire (1).

La fin de ce chant, que nous n'analyserons pas,
n'a que trop peu de cet éclat d'imagination qui
sert de parure et d'excuse aux scènes analogues
d'Alcine et surtout d'Armide. Subjugué par la volupté, Thibaut se lie, par un traité secret, au roi
Jean-Sans-Terre. Enfin, ce chant, composé presque
tout entier de souvenirs, finit par une imitation.
Louis, époux de Blanche, arrive à Windsor, comme
les deux chevaliers du Tasse, ou comme le Mornay
de la *Henriade*, et arrache aux séductions d'Isabelle l'amant ou plutôt le sigisbé de sa femme.
Isabelle, abandonnée, se livre au désespoir, et se
répand en plaintes qui n'ont pas dû coûter de
grands frais d'invention au traducteur des *Amours
épiques*.

Cependant, Jean-sans-Terre a fait abandon de
ses états au Saint-siége, et se déclare le vassal de la
cour de Rome. Au moment où Philippe harangue
ses barons prêts à marcher contre l'Anglais, le légat
du pape se lève, et leur défend de combattre le feu-
dataire de Rome. Il reproche hautement à Philippe

(1) Ce vers ridicule a été changé, ainsi que plusieurs autres,
dans une seconde édition. (*Note de 1842.*)

son mariage avec Agnès de Méranie; il prétend

> . . . . Qu'un concile, assemblé par sa voix,
> D'Agnès et d'Isembure examine les droits.

Philippe, irrité de tant d'audace, ordonne au légat de porter ses refus au pape. Avant de partir, le légat furieux lance un interdit sur la France. Cette scène et les suites de l'interdit sont tracées avec force, et empreintes d'une couleur philosophique qui a valu de nombreux éloges à ce chant, et lui a donné, selon l'expression de l'auteur, une sorte de célébrité : est-ce avec raison? On se rappelle la réponse que l'Éternel a faite à Geneviève, dans le premier chant :

> Ton roi triomphera ; mais le ciel irrité
> Veut retarder le cours de sa prospérité.

le ciel, comme on voit, désapprouve le divorce de Philippe et d'Isembure. Cela posé, le pape et son légat ne sont que les organes de la désapprobation céleste. Pourquoi donc peindre l'action du légat avec des couleurs si odieuses? N'y a-t-il pas contradiction? et le poète doit-il ainsi se montrer tantôt chrétien, tantôt philosophe?

Mélusine, devenue l'alliée du pape, va réclamer l'assistance du démon des volcans, et l'engage à détruire, par une éruption sous-marine, la flotte du roi de France. Philippe, déjà embarqué, n'échappe à ce péril que par un miracle. Bientôt il tombe dans un autre danger, auquel, du moins, l'enfer

n'a point de part : *la fièvre au pouls ardent* le saisit ;
et déjà il est au bord du tombeau. Il se fait amener
son petit-fils, et, nouveau Joad, il lui adresse les
conseils suivants :

> Quand mon bandeau royal ceindra ton front auguste,
> Ainsi que le Très-Haut, toujours bon, *toujours juste*,
> Donne aux puissants des lois, aux faibles des secours ;
> Redoute les flatteurs, ces reptiles des cours :
> Il n'est rien qu'un flatteur n'immole au soin de plaire ·
> Baigne-toi dans le sang, dit-il à la colère ;
> Au cœur voluptueux, il dit : jouis *partout ;*
> A l'avare, accumule ; au soupçonneux, crains tout.
> Il te dira souvent que sous tes mains puissantes
> Tu dois *faire fléchir* les lois obéissantes,
> A ton ambition ne donner aucun frein,
> Et déployer *partout* ton pouvoir souverain.
> Crains ses affreux conseils

Il faut être vraiment obsédé du génie de l'imitation
pour céder ainsi à la tentation de gâter les plus
beaux vers de Racine.

Le neuvième chant, consacré à l'entrevue touchante des deux reines, au combat en champ clos
de Montmorency et du comte de Boulogne, qui,
vaincu, rend témoignage de l'innocence d'Isembure qu'il avait calomniée, et enfin à la mort d'A-
gnès, passe, avec raison, pour le plus intéressant du
poème. Il est à regretter seulement que les deux
reines, dont la querelle remplit tout ce chant,
soient si peu connues du lecteur, surtout Isembure,
et que le héros du poème, Philippe, joue entre ses
deux femmes un si triste rôle.

Le lecteur est surpris peut-être de n'avoir rencontré jusqu'ici aucune de ces fictions destinées à faire passer toute l'histoire du pays sous les yeux du héros et sous les nôtres : qu'il se rassure. Philippe, en allant prendre l'oriflamme à Saint-Denis, rencontre l'*ombre* de Suger, qui lui prédit la gloire de ses successeurs et lui montre le tableau de leurs règnes depuis saint Louis jusqu'à nos jours. Quelques personnes se sont étonnées que le bon abbé de Saint-Denis prédise à Philippe que Louis XI, *toujours armé du stratagème,* aura pour successeur et *pour fils* Louis XII, *le père du peuple.* Mais, après tout, dans une vision, et dans une vision produite par l'entremise d'une *ombre,* un peu de confusion et de désordre peut bien n'être qu'un effet de l'art, pour ajouter à la vraisemblance (1).

Philippe s'enfonce avec son guide dans les caveaux de Saint-Denis. Là, lui apparaissent les ombres de ses plus illustres devanciers ; là, nous apprenons que Clovis est damné, ce qui nous surprendrait peu, si ce monarque n'avait été traité moins rigoureusement dans le premier chant, qui apparemment n'a pas été composé dans la même année que le onzième.

L'apparition des ombres mélancoliques de Childéric et de Bazine est une imitation de l'épisode de Françoise de Rimini, épisode que son extrême po-

---

(1) L'auteur a réparé cette inadvertance un peu forte dans une seconde édition. (*Note de 1842.*)

pularité aurait dû peut-être préserver de l'imitation.
Au lieu du roman de Lancelot qui, dans l'*Enfer*
de Dante, est si funeste aux deux amants, le poète
français suppose que Childéric et Bazine lisaient le
Cantique des cantiques. Le choix de cette lecture est,
sans doute, une assez spirituelle épigramme contre
la poésie érotique du roi Salomon ; mais des lecteurs
sévères pourront trouver cette fiction peu édifiante.

On sait qu'Énée rencontre Didon aux enfers ;
il *convenait* donc que Philippe aperçût dans les
caveaux de Saint-Denis l'ombre de sa chère Agnès
qu'il vient de perdre. Pour le distraire de l'émotion
pénible que lui cause cette apparition, l'ombre de
Suger transporte le roi sur une des tours de l'abbaye et lui explique le spectacle du ciel, ce qui n'est
plus imité de Virgile, mais de Milton. Enfin, armé
d'une oriflamme céleste, que sainte Geneviève a substituée à l'oriflamme de Saint-Denis, Philippe court
chercher la victoire dans les plaines de Bovines.

Cette bataille, qui termine le poème, est précédée
du dénombrement des deux armées. On sait que
les *dénombrements* sont un des accessoires obligés
de l'épopée. M. Parseval les a peut-être un peu trop
prodigués ; on en compte trois dans son poème. On
lit dans l'un d'eux les vers suivants :

Othon voit ces guerriers enfants de la Bohême,
De Prague, de l'Istrie et des bords sablonneux
Que l'hydre électorale enveloppe en ses nœuds ;
Il voit se déployer leurs aigles, dont les serres
A *l'aigle de l'Autriche* ont soumis leurs tonnerres.

Si , par cette expression poétique, l'auteur a prétendu ranger Othon IV parmi les empereurs de la maison d'Autriche, c'est une inadvertance qui a lieu de surprendre dans un travail qui n'a pas été précipité.

Tel est ce poème.

Nous ne voudrions pas qu'on inférât de quelques-unes des observations qu'il nous a suggérées, que nous désirons voir descendre l'épopée et la tragédie au niveau de l'histoire. A Dieu ne plaise; nous croyons, au contraire, que, si le poète, comme l'historien, doit faire revivre le passé, il ne doit pas se borner à nous en faire suivre le mouvement extérieur et, pour ainsi dire, officiel. La tâche du poète est de reconstruire par l'imagination la vie intérieure, les mœurs, les croyances, les passions de nos pères. Se montrer *humaine* et vraie n'est pour la poésie que la moitié de sa mission; à ce mérite, elle doit joindre une dose d'invention et d'idéal dont la critique ne saurait fixer la mesure et qui est le secret du génie. Quand il nous arrive d'opposer les simples faits historiques aux créations de nos poètes, nous ne leur conseillons pas, par là, de renoncer à toutes fictions; nous leur disons seulement : Voyez combien vous êtes loin du but. Vous voulez embellir telle époque ou telle grande figure des temps passés; et pour ne l'avoir pas assez étudiée ou pour avoir voulu la ramener à un certain type de convention, vous n'avez réussi qu'à la dénaturer et à l'amoindrir. Les faits tout simples, la vérité toute

nue, eussent été plus intéressants que vos fictions
malheureuses. Une page des chroniques contemporaines vaut mieux que tous vos vers. Est-ce à dire
que nous préférons d'informes chroniques à des
scènes qui seraient vraiment intéressantes et poétiques? Non, sans doute; mais nous aimons mieux
un peu de vérité sans poésie, que des réminiscences
soi-disant poétiques sans vérité. Pour revenir à
Philippe Auguste, M. Parseval, au lieu de tracer
en quelques vers un tableau assez judicieux de la
féodalité, d'après Robertson, ne devait-il pas plutôt
nous conduire et, pour ainsi dire, nous faire habiter dans ces châteaux gothiques? Ne devait-il pas
nous montrer, dans le détail, l'orgueil et la misère
de ces roitelets, souverains de quelques hameaux?
n'aurions-nous pas pris plaisir à voir l'ambition des
arrière-vassaux s'agitant autour de ces monarques
subalternes? n'était-ce pas une nécessité d'esquisser
au moins une de ces figures de prêtres s'élançant de
la glèbe aux premières dignités de l'Église et de l'É-
tat? surtout le poète devait-il oublier cette sorte d'esclaves marrons qui, échappés au fouet de la féodalité, parcouraient et dévastaient les provinces, sous
le nom de *Côteraux?* Ces traits caractéristiques
d'une époque sont le germe que doit féconder le
poète; c'est la matière première. Parmi ces Côteraux,
que l'on chassait comme des bêtes fauves, n'y avait-
il ni jeunes gens aussi beaux qu'Euryale, ni jeune
fille aussi pure que Virginie? Idéalisez, c'est votre

devoir; mais conservez la ressemblance; mais surtout que sous vos formes épurées il y ait du sang et
de la vie. C'est là précisément ce qui manque aux
personnages du nouveau poème; et sans cette condition, pourtant, point d'intérêt possible ni de
sympathie. Cès figures du xiie siècle sont à-peu-près
vêtues des habits de l'époque; seulement elles sont
glacées et immobiles, comme les statues de pierre
agenouillées sur les tombeaux. Lequel des trois principaux personnages du poème, Philippe, Thibaut,
Montmorency, l'auteur a-t-il placé un seul instant
dans une situation intéressante? L'action, les caractères, le merveilleux de ce poème nous paraissent
donc fort éloignés de remplir aucune des véritables
conditions épiques. Reste le style auquel nous nous
plaisons à rendre justice. Il est presque partout pittoresque et poétique, et il assure à M. Parseval un
rang distingué parmi les poètes de l'empire. Il fera
vivre quelques parties de cet ouvrage; et, bien que
cette manière d'écrire ne soit pas celle du genre; bien
que le vers de l'habile académicien décrive toujours
et ne narre jamais; bien que son œuvre soit déparée
çà et là par quelques taches, peut-être inévitables
dans une composition aussi longue; néanmoins, le
mérite d'une diction harmonieuse et flexible assure
une juste considération à l'auteur, et placera *Philippe Auguste* à la suite de la *Henriade*, à une distance fort grande, sans doute, mais cependant
encore très honorable.

VII.

VIE, POÉSIES ET PENSÉES

DE JOSEPH DELORME.

(*Globe*, 26 mars 1829.)

Voilà, sous un titre bien modeste, un livre qui fera
bruit dans peu de jours parmi le petit nombre de
personnes qui prennent, comme nous, un sérieux
intérêt à la publication d'un nouveau recueil de vers
et se passionnent pour ou contre les hardies tentatives de la nouvelle école. Ces poésies paraîtront vers
la fin de la semaine. Elles sont précédées, comme le
titre l'annonce, d'une notice destinée à nous apprendre quelque chose de ce bon Joseph Delorme,
que peu de gens ont connu, et qui, au rapport de
son biographe, est mort tout jeune l'automne dernier. Nous devons à l'amitié qui nous lie à l'éditeur
de ses œuvres posthumes, d'en pouvoir donner dès
aujourd'hui un échantillon. Elles nous paraissent
devoir prendre place à côté des productions les
plus vraies, les plus profondément senties, les plus
franches d'expression et, en même temps, les plus
sévères de forme, qui aient paru depuis longtemps.
A la perfection de la facture et, il faut le dire, à
quelques bizarreries extérieures, sorte de cocarde,

arborée, on ne sait pourquoi, par le chef de l'école
dite romantique, il est aisé de voir que Joseph
Delorme a subi, comme M. Émile Deschamps,
d'ailleurs si spirituel et si original, l'influence de
M. Victor Hugo, dans ce qu'elle a d'excellent et
d'inspirateur, comme un peu aussi dans ce qu'elle
a de puéril. Ici au reste, nulle imitation de sentiment, de pensées, d'allure. Il ne se peut rien voir
de plus vrai, de plus intime, de plus individuel que
le fond de ces poésies. Joseph Delorme est un esprit rêveur de la famille de René, de Werther,
d'Obermann ; une de ces âmes dépareillées qui ne
peuvent s'ébattre ni se reposer nulle part en ce
monde ; un de ces êtres que la voix de l'infini, trop
passionnément et trop solitairement écoutée, plonge
dans une extase maladive, qui leur rend toute jouissance amère et toute occupation à charge. Jamais,
je crois, dans notre langue, ce malaise, qui a dicté
de si belles et de si douloureuses pages aux auteurs
de *René*, de *Delphine*, d'*Adolphe* et d'*Edouard*,
n'avait encore inspiré un poète. Ces défaillances de
la raison, ces vertiges de l'âme, ces cris d'effroi de
l'homme perdu dans le vide du monde, cette poi-
gnante ironie qui a l'air de se reprendre à la terre,
et, au bord de l'abîme, cette effrayante volupté du
désespoir, n'étaient pas encore entrés dans l'élégie.
Voilà donc une nouvelle source où n'avaient guère
encore puisé que quelques poètes anglais, qui s'ouvre à notre poésie. En un mot, si la séduction

d'une première lecture ne nous a point abusé, nous allons posséder, non pas un imitateur, mais un rival de Kirke White. Jamais, non plus, ce nous semble, nous n'avions vu se montrer dans des vers tant de mots bas ou tombés en roture, redevenus poétiques et nobles, comme on dit, par la seule magie du rhythme. En attendant qu'un examen plus attentif nous permette de motiver nos éloges, et nous rende la triste clairvoyance de la critique, nous citerons quelques fragments où, à des taches que l'on pourrait croire volontaires, se joignent des beautés originales. La seconde pièce surtout, *le Creux de la Vallée,* dans laquelle le poète caresse si passionnément et, pour ainsi dire, si amoureusement l'idée du suicide , nous paraît résumer tout le recueil; c'est le mot que le poète est toujours près de dire, dont il lui échappe partout quelque chose, et qu'il ne prononce tout entier que là.

CAUSERIE AU BAL.

A Madame ***

Et je vous ai revue, et d'espérance avide
J'ai rougi ; près de vous un fauteuil était vide ;
Et votre œil sans courroux sur moi s'est reposé ,
Et je me suis assis, et nous avons causé :
« — Que le bal est brillant, et qu'une beauté blonde,
« Nonchalamment bercée au tournant d'une ronde ,
« Me plaît ! sa tête penche ; elle traîne ses pas.
« — Vous, madame, ce soir, vous ne dansez donc pas?
« — Oui, j'aime qu'en valsant une tête s'incline ;

« J'aime sur un cou blanc la rouge cornaline,
« Des boutons d'oranger dans des cheveux tout noirs,
« Les airs napolitains qu'on danse ici, les soirs ;
« Surtout j'aime ces deux dernières barcaroles ;
« Hier on me les chantait, et j'en sais les paroles.
« — Qu'un enfant de quatre ans, n'est-ce pas ? dans un bal
« Est charmant, quand, tout fier, et d'un pas inégal,
« Il suit une beauté qui par la main le guide,
« Et qui le baise après, rayonnant et timide.
« — Au milieu de ce bruit, comme votre enfant dort,
« Madame ! Ses cheveux sont au soir d'un blond d'or.
« Il sourit ; en rêvant lui passe une chimère ;
« Il entr'ouvre un œil bleu ; c'est bien l'œil de sa mère. »
— Et mille autres propos. Mais qu'avez-vous déjà ?
J'ai cru revoir l'air froid qui souvent m'affligea.
Avons-nous donc fait mal ? . . . . . .

. . . .

LE CREUX DE LA VALLÉE.

La solitude est mauvaise à celui qui n'y vit pas avec Dieu.

Au fond du bois, à gauche, il est une vallée
Longue, étroite ; alentour, de peupliers voilée ;
Loin des sentiers battus ; à peine du chasseur
Connue, et du berger : l'herbe en son épaisseur
N'agite sous vos pas couleuvre ni vipère ;
A toute heure au mois d'août un zéphir y tempère,
A l'ombre des rameaux, les cuisantes chaleurs
Qui sèchent le gazon et font mourir les fleurs.
Mais vers le bas surtout, dans le creux, où la source
Se repose et sommeille un moment dans sa course,
Et par places scintille en humides vitraux,
Ou murmure invisible à travers les sureaux,
Que le vallon est frais ! L'alouette y vient boire,
La sarcelle y baigner sa plume grise et noire,
La poule d'eau s'y pendre au branchage mouvant
En me promenant là, je me suis dit souvent :

Pour qui veut se noyer la place est bien choisie.
On n'aurait qu'à venir, un jour de fantaisie,
A cacher ses habits au pied de ce bouleau,
Et, comme pour un bain, à descendre dans l'eau :
Non pas en furieux, la tête la première ;
Mais s'asseoir ; regarder ; d'un rayon de lumière
Dans le feuillage et l'eau suivre le long reflet ;
Puis, quand on sentirait ses esprits au complet.
Qu'on aurait froid, alors, sans plus traîner la fête,
Pour ne plus la lever, plonger avant la tête.
C'est là mon plus doux vœu, quand je pense à mourir.
J'ai toujours été seul à pleurer, à souffrir ;
Sans un cœur près du mien j'ai passé sur la terre ;
Ainsi que j'ai vécu, mourons avec mystère,
Sans fracas, sans clameurs, sans voisins assemblés.
L'alouette, en mourant, se cache dans les blés :
Le rossignol, qui sent défaillir son ramage,
Et la bise arriver, et tomber son plumage,
Passe invisible à tous comme un écho du bois :
Ainsi je veux passer. Seulement, un. . . deux mois,
Peut-être un an après, un jour. . . une soirée,
Quelque pâtre inquiet d'une chèvre égarée,
Un chasseur descendu vers la source, et voyant
Son chien qui s'y lançait sortir en aboyant,
Regardera : la lune avec lui qui regarde
Éclairera ce corps d'une lueur blafarde ;
Et soudain il fuira jusqu'au hameau, tout droit.

. . . .

. . . .
Et durant ces beaux plans d'un bonheur que j'espère,
Que devient, croyez-vous, et l'herbe sans vipère,
Et le zéphir, et l'onde aux mobiles vitraux,
Et l'abeille qui chante et picore aux sureaux,
Et, de longs peupliers tout alentour voilée,
A gauche, au fond du bois, la tranquille vallée ?

P. S. Les éloges que nous venons de donner aux

I.   14

vers de Joseph Delorme paraîtront assurément bien désintéressés, car en jetant les yeux sur les *pensées* qui les suivent, on en verra plusieurs où l'école critique, comme il l'appelle, et quelques-unes des opinions du *Globe* sont traitées avec un grand dédain. Il perce même çà et là dans ces fragments un peu d'irritation et d'aigreur; mais qu'importe? Joseph Delorme n'était pas tenu d'être parfait. Peut-être le jeune éditeur eût-il pu dans quelques endroits se montrer plus sévère pour le défunt. Il y a notamment deux ou trois de ces *pensées* dont nous lui aurions conseillé le sacrifice.

MÊME SUJET.

(*Globe*, 11 avril 1829.)

Comme nous l'avions prévu, ce recueil de vers a fait éclat, nous avons presque dit scandale. A peine publié, l'éloge et le blâme ont été extrêmes, surtout le blâme. En effet, un pareil ouvrage, à part ses défauts, ne devait pas exciter une sympathie fort étendue. Ce legs d'un disciple exalté d'André Chénier ne pouvait paraître fort agréable aux classiques, partisans fidèles de l'alexandrin à césure invariable. Il devait choquer encore plus vivement peut-être la plupart des lecteurs de salons, qui n'imaginent guère l'élégie possible sans le coloris brillanté et la grâce coquette de Parny. Ce n'est pas tout : ce malencontreux volume a encouru, par certaines *pensées* aggressives et moroses la défaveur de ceux même qui paraissaient le mieux préparés pour le bien recevoir et qui ne sont pas d'ordinaire les derniers à applaudir aux innovations. Quant à nous, qui sommes un peu fatigué de l'alexandrin à césure fixe, qui avons loué si souvent et si cordialement toutes les originalités étrangères, *Faust, Werther*, les poésies de Gœthe, de Schiller, de Wordsworth et de Kirke White, nous avons vu avec plaisir l'apparition de cet ouvrage, où, malgré quelques taches, que nous ne déguiserons pas,

14.

nous avons cru reconnaître un talent poétique un
peu âpre, mais plein de franchise, de vigueur et de
vérité. Aujourd'hui nous ne reprendrons rien de
nos éloges; nous les expliquerons, en les accompa-
gnant de quelques critiques. Si, d'ailleurs, il y a
entre nous et l'école qui se porte pour héritière
d'André Chénier quelques dissidences de principes,
comme le fait entendre un peu durement M. Delorme, c'est une raison de plus pour nous de rendre pleine justice à ce livre : car si l'on a bonne
grâce à se montrer sévère avec les siens, c'est une
étroite obligation d'être juste à l'égard de ses adversaires.

Joseph Delorme, dont nous allons examiner
l'histoire et les poésies posthumes, est, comme
nous l'avons dit, de la famille de Werther et de
René. Mais combien il est loin de posséder,
comme ses deux aînés, ce qu'il faut pour être
applaudi de notre siècle, qui est bien plus esclave
de la routine qu'il ne le croit? D'abord Joseph
n'est pas en proie, comme Werther, à une passion
ardente, romanesque, unique : donc il ne saurait
prétendre à l'*intérêt*. Il n'a pas non plus, comme
René, les manières distinguées d'un grand seigneur déchu, ni cet élégant désordre de parure
qui ne messied pas au désespoir. Ce n'était qu'un
pauvre étudiant en médecine, logé dans une mansarde; il ne connaissait le monde que par ouï-dire,
et s'il s'avise de le peindre d'après ses livres,

comme Gilbert et Malfilâtre, il trahit aussitôt sa gau-
cherie et ses mœurs vulgaires. Mais sous cet habit
délabré il y a un cœur d'homme et une âme d'artiste. Il était né bon, aimant, religieux, dévoué,
plein de cet enthousiasme qui mène aux grandes
choses, pour peu que le vent nous pousse; mais
pas le moindre souffle ne l'a aidé. Loin de là ; triste
plante, née sur les rochers et loin du soleil, il n'a
pu grandir. Ses premières espérances se sont dissi-
pées comme un rêve ; ses premières affections ont
été trahies. Il ne demandait, pourtant, qu'une compagne, un peu d'aisance et une noble gloire, fruit
du travail. Mais celle qu'il aimait a trouvé un parti
plus riche. Rendu défiant par le malheur, ne
croyant plus même à sa vocation poétique, il se
tourne vers une carrière plus sûre, et étudie la médecine. Il a travaillé et il a réussi; mais ses maîtres
lui préfèrent des concurrents plus obséquieux.
Trop fier et trop timide pour tenter de nouvelles
épreuves, il accepte son sort; il se voue à la pauvreté et à la retraite, sans se douter que la solitude
ne lui sera pas moins funeste que le monde. Là
viennent le tourmenter toutes les bonnes, toutes
les généreuses facultés, refoulées en lui-même, et
qui n'ont pu trouver d'emploi ni d'essor. Ses vertus, comme des parfums aigris, se changent en
poisons. Son génie de poète se réveille pour l'en-
tourer d'illusions qui augmentent ses maux; son
âme aimante se prend à des chimères. La poésie à

laquelle il se livre, l'enlève à ses peines par intervalle, pour le laisser retomber ensuite plus épuisé et plus vulnérable. Ses meilleurs instincts le trompent et ne lui conseillent que de dangereux remèdes. S'il veut rafraîchir son cœur, c'est dans la lecture brûlante de *Thérèse Aubert* et de *Valérie ;* s'il veut calmer les doutes de son esprit, il n'a sous la main que Cabanis et Bichat. Victime du sort , de l'égoïsme d'autrui et de sa propre faiblesse, il tombe dans le marasme, et meurt blâmé, selon l'usage, plutôt que plaint de ceux qui l'ont connu.

Ses poésies, où se reflètent, sans beaucoup d'ordre, mais avec une extrême vérité, presque toutes les émotions intimes d'une aussi triste vie, nous ont causé cette sorte de plaisir rêveur qui ne résulte d'ordinaire que de la lecture des romans. Nous avons été surpris d'entendre traiter d'immorale l'impression que produit ce livre. Sans doute, ce n'est pas un caractère stoïque que celui de Jóseph Delorme. Si l'on écrivait d'imagination, on pourrait aisément en tracer un plus fort. Mais la moralité d'un livre, s'il faut absolument qu'il y en ait une, ne résulte pas toujours de la perfection idéale du héros. Ici, par exemple, la moralité est , selon nous, dans la vue même de la lutte inégale où succombe cet infortuné, qui n'avait que de bons penchants, et dont une invincible fatalité sociale a flétri la vie et presque dépravé les mœurs. Encore ici rien n'est-il systématique : la société n'a pas tous les torts; Joseph n'a pas eu tout raison; on peut douter que tout le mal soit venu du dehors, et les personnes qui aiment à penser qu'elles vivent dans le meilleur des mondes, pourront, sans trop d'invraisemblance, se persuader que Delorme n'était peut-être, après tout, qu'un de ces génies noués, destinés à mourir dans la croissance.

Rien n'est à-la-fois plus un et plus varié que ce livre. Il se compose de pièces toutes écrites sous l'impression du moment, et teintes, pour ainsi dire, de la couleur du ciel, tantôt sombre, tantôt clair, tantôt orageux. Ce n'est point cette lourde tristesse du docteur Young, étudiée, tendue, monotone. Le poète n'écarte pas plus les fraîches réminiscences que les images douloureuses ou les fantaisies criminelles. Son âme a beau se troubler; · dès qu'elle se calme, un fond de bonté naturelle reparaît à la surface. De là viennent, sans doute, l'indulgence et la sympathie qu'il nous inspire. D'ailleurs, nous le connaissons si bien! Nous sommes au fait de ses études, de ses promenades, de ses lectures. La petite pièce intitulée *Mes livres*, est pleine d'une piquante ironie; elle peut faire juger de ce qu'il aurait eu d'esprit, s'il eût été heureux. D'autres fois, il s'élance hors de lui, comme avec colère et dégoût, et semble vouloir puiser du calme, soit dans l'aspect de la nature, soit dans la vue de cœurs plus reposés que le sien. Voici quel-

ques vers d'une pièce de ce genre où la turbulence
de ses passions se trahit par le plus heureux et le
plus doux contraste :

Toujours je la connus pensive et sérieuse ;
Enfant, dans les ébats de l'enfance joueuse
Elle se mêlait peu, parlait déjà raison ;
Et quand ses jeunes sœurs couraient sur le gazon,
Elle était la première à leur rappeler l'heure,
A dire qu'il fallait regagner la demeure ;
Qu'elle avait de la cloche entendu le signal ;
Qu'il était défendu d'approcher du canal,
De troubler dans le bois la biche familière,
De passer en jouant trop près de la volière :
Et ses sœurs l'écoutaient. Bientôt elle eut quinze ans,
Et sa raison brilla d'attraits plus séduisants :
Sein voilé, front serein où le calme repose,
Sous de beaux cheveux bruns une figure rose,
Une bouche discrète au sourire prudent,
Un parler sobre et froid, et qui plaît cependant ;
Une voix douce et ferme, et qui jamais ne tremble,
Et deux longs sourcils noirs qui se fondent ensemble.
Le devoir l'animait d'une grave ferveur ;
Elle avait l'air posé, réfléchi, non rêveur :
Elle ne rêvait pas comme la jeune fille,
Qui de ses doigts distraits laisse tomber l'aiguille,
Et du bal de la veille au bal du lendemain
Pense au bel inconnu qui lui pressa la main.
Le coude à la fenêtre, oubliant son ouvrage,
Jamais on ne la vit suivre à travers l'ombrage
Le vol interrompu des nuages du soir,
Puis cacher tout d'un coup son front dans son mouchoir.
Mais elle se disait qu'un avenir prospère
Avait changé soudain par la mort de son père ;
Qu'elle était fille aînée, et que c'était raison
De prendre part active aux soins de la maison.

Ce cœur jeune et sévère ignorait la puissance
Des ennuis dont soupire et s'émeut l'innocence.
Il réprima toujours les attendrissements
Qui naissent sans savoir, et les troubles charmants,
Et les désirs obscurs, et ces vagues délices
De l'amour dans les cœurs naturelles complices.
Maîtresse d'elle-même aux instants les plus doux,
En embrassant sa mère, elle lui disait *vous*.
Les galantes fadeurs, les propos pleins de zèle
Des jeunes gens oisifs étaient perdus chez elle;
Mais qu'un cœur éprouvé lui contât un chagrin,
A l'instant se voilait son visage serein :
Elle savait parler de maux, de vie amère,
Et donnait des conseils comme une jeune mère. . . .

. . . .

Cette sorte d'élégie d'intime *analyse*, où la nature
et les sentiments privés sont peints avec amour et
bonne foi, et où l'âme du poète se révèle à tous moments dans ses nuances les plus délicates, était à-peu-
près inconnue dans notre langue. Pour trouver quelque chose d'analogue, il faut nous adresser aux *Lakistes*. Encore Joseph Delorme n'est-il nullement leur
imitateur; seulement il est entré, comme eux, dans
le sentier à peine frayé de la poésie individuelle. Ce
jeune auteur vient donc d'enrichir notre littérature
d'une nouvelle branche de poésie, et, sous ce rapport, nous ne pouvons trop le louer. Nous regrettons d'avoir à mêler un reproche à cet éloge; mais
Joseph pousse trop souvent ses meilleures qualités à
ce point extrême où elles deviennent des défauts.
Certainement le premier, le plus grand mérite de ces

poésies résulte de la profonde individualité qui les
anime. Eh bien, il arrive quelquefois que l'auteur,
par un singulier raffinement d'égoïsme poétique,
s'attache à décrire certaines situations morales tellement particulières, tellement éloignées de l'état
commun, que nous sommes presque obligé de le
plaindre sur parole, et que nous cessons d'avoir
suffisamment conscience de ce qu'il décrit. C'est
bien pis quand, mêlant les souffrances physiques
aux souffrances morales, il écrit sous cette double
et funeste inspiration. Il y a surtout une pièce qui
nous paraît tout-à-fait en dehors de l'art, et dont la
bizarrerie presque effrayante a quelque chose de dé-
lirant et, comme dirait Horace, de fébrile. Elle est
intitulée : *Les Rayons jaunes*. C'est la vision d'une
tête malade qui se balance entre un atome et l'infini;
c'est un courant rapide d'idées qui se croisent et se
rapprochent par de petits points imperceptibles;
images confuses et vacillantes qui dansent devant un
œil éveillé, comme sous la baguette de la reine Mab.

Nous ne connaissons guère de livre où l'idée et le
style soient plus intimement unis. La diction de Joseph Delorme fait corps avec sa pensée, et sa pensée
avec sa personne : c'est de l'individualisme à la plus
haute puissance. Cependant, il y a dans la forme que
revêtent ordinairement ses idées quelques ressemblances avec la manière de M. Victor Hugo : tous
deux procèdent presque continuellement par figures, allégories, symboles. Mais c'est là tout, et dans

le détail les ressemblances s'effacent. Chacun d'eux
parle sa langue; car, à titre de poètes, chacun d'eux
a la sienne. Cette souveraineté sur le langage, ce
droit de le refrapper à sa marque, n'a jamais
été formellement reconnu par la critique, et a
toujours été pris d'autorité par la poésie. Quant à
nous, sans contester le droit, nous ne réprouvons
que l'abus. En effet, nous concevons que l'historien, le légiste, l'écrivain politique, l'orateur même,
tous ceux, enfin, qui n'ont à exprimer que des
idées positives, arrêtées, pratiques, puissent, à la
rigueur, se contenter de la langue courante et
commune. Mais en est-il ainsi du poète? Ce qu'il
s'efforce d'exprimer, sont-ce des choses finies, positives, usuelles? Non : c'est ce qu'il y a de plus
ineffable, de plus indéfinissable dans l'âme humaine; il doit nous ouvrir, à tous moments, la
perspective de l'infini; et vous voulez qu'il se
contente, pour cette œuvre, de cette langue morte
que ses devanciers ont faite et qu'ils ont usée! Il
faut une langue nouvelle à qui veut faire entendre
des accents que nulle oreille humaine n'a entendus.
Aussi les poètes, dans l'acception la plus large de
ce mot, sont-ils, selon nous, les vrais artisans des
langues; ce sont eux qui les font et les défont incessamment. Cela est si vrai que jamais grand
poète n'apparut sans qu'aussitôt la critique, gardienne du langage, ne se soit émue, et à bon droit.
A peine Byron eut-il prononcé quelques mots, que

les judicieux écrivains de l'*Edinburgh Review*
sonnèrent l'alarme; et, il faut le dire, ils avaient
raison contre le jeune barde; raison, vous m'en-
tendez, le temps que la critique peut avoir raison
contre le génie, c'est-à-dire, ce qu'il en faut pour
que la voix publique l'absolve. L'abbé Morellet eut
aussi raison de cette manière, contre *Atala,* alors
que M. de Châteaubriand, dans la première effer-
vescence de son génie, prenait des licences de poète
avec la langue, que plus tard, orateur et publiciste,
il a si religieusement respectée. Nous pourrions
continuer, et montrer M. de Lamartine d'abord si
rudement critiqué, et déjà amnistié plus qu'à demi.
Que conclure de là? Que tout attentat contre la
langue est légitime? Non, sans doute; mais qu'é-
tendre, assouplir, rajeunir le langage, est office de
poète; que pendant le dernier siècle ce travail
s'était presque arrêté; qu'il n'y a pas une de nos
métaphores les plus triviales qui, à sa naissance.
n'ait encouru l'indignation des puristes; enfin, que
le comble de l'habileté pour un critique n'est pas
de signaler dans un livre nouveau ce qui est incorrect aujourd'hui, mais de discerner ce qui sera
toujours incorrect de ce qui demain doit cesser de
l'être.

Ces réflexions, si elles ne sont pas tout-à-fait
fausses, doivent nous rendre fort réservé dans l'appréciation des œuvres sorties bien évidemment,
comme celle-ci, d'une main de poète; mais, en

même temps, elles nous rappellent les devoirs de la
critique. En effet, c'est à elle d'instruire le procès,
comme au public de le juger. Nous pourrions,
dans le livre qui nous occupe, signaler quelques
peccadilles sur lesquelles nous aurions facilement
gain de cause. Mais à quoi bon? Ce qu'il est utile
de déférer au public, ce sont les torts volontaires,
et qui paraissent découler d'un système. Notre
jeune auteur, par exemple, en a un bien singulier :
il se complaît dans une certaine crudité d'expression, et s'abandonne (peut-être par suite de son
culte pour nos vieux poètes) à une sorte d'impu-
deur de langage qui, depuis Régnier, avait dis-
paru de notre poésie. Le mot le plus âpre, dût-il
choquer, est presque toujours le mot qu'il préfère.
Cependant, il faut avouer que ces expressions fâ-
cheuses blessent bien moins vues à leur place que
détachées; elles concourent même, jusqu'à un certain point, à l'effet total. Il ne faut pas oublier que
la muse de Joseph Delorme est la muse du désap-
pointement, la muse de cette amère tristesse qui
accompagne une vocation qui avorte, une existence manquée ; son langage est sans parure comme
sa pensée sans illusion. Elle voit les choses dans
leur nudité rebutante, et n'évite jamais le mot le
plus poignant. On pourrait souhaiter qu'elle fût
autre ; mais Joseph Delorme ne se l'est pas associée
par choix; telle qu'elle est, il l'affectionne, et il
s'est attaché à elle comme le naufragé à la plan-

che qui le soutient. On peut relire les vers qu'il
lui adresse, et où il la dépeint sans flatterie :

> Avez-vous vu, là-bas, dans un fond, la chaumine
> Sous l'arbre mort; auprès, un ravin est creusé;
> Une fille en tout temps y lave un linge usé.
> Peut-être à votre vue elle a baissé la tête;
> Car, bien pauvre qu'elle est, sa naissance est honnête.
> Elle eût pu, comme une autre, en de plus heureux jours,
> S'épanouir au monde et fleurir aux amours;
> Voler en char; passer aux bals, aux promenades;
> Respirer au balcon parfums et sérénades;
> Ou, de sa harpe d'or éveillant cent rivaux,
> Ne voir rien qu'un sourire entre tant de bravos.
> Mais le ciel dès l'abord s'est obscurci sur elle,
> Et l'arbuste en naissant fut atteint de la grêle.
> Elle file; elle coud, et garde à la maison
> Un père vieux, aveugle et privé de raison.
> Si, pour chasser de lui la terreur délirante,
> Elle chante parfois, une toux déchirante
> La prend dans sa chanson, *pousse en sifflant un cri,*
> *Et lance les graviers de son poumon meurtri.*
> Une pensée encor la soutient; elle espère
> Qu'avant elle bientôt s'en ira son vieux père.
> C'est là ma Muse, à moi.

Quel lecteur ne regrettera pas, avec nous, que
ce morceau, si original, soit déparé par ces derniers vers! Nous aurions pu passer au poète de
nous montrer sa Muse pauvre, triste, mal vêtue;
mais pulmonique!... Ah! grâce! les sens sont un
juge bien moins indulgent que la raison.

Quant à la facture proprement dite, les vers de
Joseph Delorme n'offrent rien de particulier. Ils

portent, dans toute la partie technique, le cachet
de la nouvelle école, qui est au moins autant l'é-
cole de M. Victor Hugo que d'André Chénier; césure mobile, richesse de rimes, épithètes chroma-
tiques et numériques, mètres savants et variés,
rien ne leur manque; ils sont, d'ailleurs, le genre
une fois admis, d'une sévérité de forme irréprochable. Seulement ici, comme en tout, l'auteur pèche
quelquefois par excès. On a pu remarquer tel passage où l'abus de la césure mobile ramène presque
la monotonie qu'elle était destinée à prévenir. Au
nombre des innovations ou plutôt des rénovations
de pure forme, il faut compter le *sonnet*, que Joseph Delorme affectionne particulièrement. Il s'en
trouve parmi les siens quelques-uns de très-agréa-
bles; mais d'autres, qu'il a eu la fantaisie un peu
puérile de calquer sur ceux du xvi° siècle, reproduisent avec une fidélité trop scrupuleuse l'affectation de cette époque. Au reste, ces purs jeux d'esprit ne peuvent avoir, même aux yeux de l'auteur,
d'autre mérite que celui d'un pastiche. Cela nous
conduit à une dernière observation.

Malgré tout ce que ce recueil contient de poésie
vraie et profondément sentie, il n'est pourtant pas
tout-à-fait exempt du péché originel de l'école actuelle, nous voulons parler de l'amour futile qu'elle
a pour la difficulté vaincue. Sans doute, il est mé-
ritoire de soigner la forme; sans doute, l'alexandrin à césure mobile appelle une rime plus sévère;

et, comme le dit quelque part M. Delorme, tout
en abordant le vrai sans scrupule et sans fausse
honte, il est bon de poser au seuil de l'art une
sauvegarde incorruptible contre le prosaïsme et le
trivial. Mais est-il également nécessaire de faire
ainsi laborieusement des copies des vieux maîtres?
De s'imposer de vaines difficultés de mots, de sons,
de mesures? De ressusciter d'anciennes formes métriques dont la difficulté n'ajoute rien à l'agrément?
Vous vous moquez amèrement des puérilités où est
tombé l'abbé Delille; mais êtes-vous bien sûr que,
dans quelques-unes des babioles et des tours de
force où vous vous complaisez, il y ait un sentiment beaucoup plus juste de l'art que dans la description du *tric-trac*, des *dés et* du *cornet*? Ce
sont pures difficultés vaincues des deux parts,
pure marqueterie où l'idée n'est pour rien. Ce n'est
pas assez pour qui peut mieux faire. De tels jeux,
croyez-moi, risquent de gâter la main, au lieu de
l'exercer : il ne faut jamais badiner avec le faux.

VIII.

POËMES,

PAR M. LE COMTE ALFRED DE VIGNY.

(*Globe*, 21 octobre 1829.)

La cause de la réforme dramatique est aujour-
d'hui suffisamment plaidée; il reste peu de choses
à dire sur les unités, sur le mélange du tragique et
du comique, sur la tirade, etc. Le système de concentration artificielle dont nos grands dramatistes
des deux derniers siècles ont su tirer de si admirables chefs-d'œuvre, ne paraît plus qu'à un bien
petit nombre de personnes, le seul régulier, le seul
légitime, le seul vraisemblable. La mauvaise métaphysique, au moyen de laquelle M. de la Harpe
et ses faibles successeurs se sont efforcés de faire
accepter comme loi cette exception glorieuse, est
tombée devant un examen plus attentif et surtout
devant l'expérience, cette *ultima ratio* de l'art et
de la critique. Nous avons non-seulement lu,
mais vu à la scène des chefs-d'œuvre d'une autre
famille. Après avoir applaudi et frissonné devant
Hamlet et *Richard III*, il ne nous est plus permis
de croire qu'un seul chemin conduise à l'émotion
tragique. C'est aujourd'hui querelle vidée : la question est au-delà.

Une nouvelle discussion s'engage sur un terrain
tout-à-fait autre : il s'agit de la poésie pure, de la
poésie non théâtrale. A cet égard, beaucoup de
points sont à débattre. Chose remarquable! c'est
dans ce genre de poésie, dont la critique s'est à
peine occupée, que brillent presque tous nos jeunes talents ; tandis que la réforme qui a vaincu
théoriquement au théâtre, n'y a encore produit
aucun ouvrage qu'elle avoue. N'est-il pas surpre-
nant que les théories nouvelles soient plus triom-
phantes là où nulle pièce de conviction ne les appuie, du moins en notre langue, et que la critique
et la poésie aient pris ainsi une route inverse? Cela,
au reste, s'explique aisément. Le drame a été, depuis deux siècles, à-peu-près le seul genre de haute
poésie où la France se soit exercée, le seul, qui ait
produit des chefs-d'œuvre et sur lequel, par conséquent, on eût des opinions faites, une poétique ar-
rêtée, quelque chose, enfin, à discuter et à combattre. Dans la poésie épique, lyrique, élégiaque, au
contraire, la France, jusqu'à ces derniers temps, ne
possédait rien ou presque rien, partant, avait à
peine des opinions, et surtout n'avait nul préjugé
dominant et tyrannique à réformer. L'art, en s'é-
lançant dans ces voies presque vierges, pouvait s'y
déployer à l'aise, sans avoir à passer par les verges
de comités de lecture et de parterres pédants. Il
était donc aisé à la poésie de voir et d'écarter elle-
même ce qui la gênait, de casser sa coque, pour

ainsi dire, toute seule, et de prendre, comme un
jeune aiglon, une libre volée. Dans le genre dramatique, au contraire, la coque était si dure, qu'il a
fallu que la critique lui prêtât son aide pour la
briser.

Mais si, en s'élançant vers les régions du poème,
de l'ode et de l'élégie, nos poètes ont rencontré
sur leurs pas moins d'entraves et de préjugés,
l'œuvre faite, les cris de l'école et les réclamations
du purisme les ont assaillis avec fureur. Le peuple
des critiques voulut appliquer l'ancienne règle à ces
genres nouveaux; on crut faire merveille en jugeant la poésie lyrique, épique, élégiaque, d'après
les lois de la seule poésie que nous eussions, de la
poésie dramatique. On blâma cette nouvelle venue
de parler une autre langue, de suivre d'autres procédés, en un mot, d'être elle et non pas celle que l'on
connaissait. De ce que nos jeunes poètes, s'essayant
dans l'ode, dans le poème et dans l'élégie, ne res-
semblent ni à Racine, ni à Voltaire, ni à Corneille;
de ce qu'ils s'adressent beaucoup plus à l'imagination qu'à la passion, et peignent des sentiments
plutôt intimes et contenus qu'expansifs, on en
conclut qu'ils sont barbares. L'imagination et la
rêverie sont choses si rares dans nos climats, qu'il
s'est trouvé peu de lecteurs qui sentissent du premier coup le mérite d'œuvres qui s'adressent à
deux facultés que si peu de gens possèdent. *Indè
iræ !*

15.

Mais voici que déjà ces cris s'apaisent. Les discussions ne s'éternisent que quand on ne peut arguer d'une œuvre faite. Ici, par bonheur, les pièces du procès sont nombreuses; tous les juges de bonne foi peuvent les consulter. Aussi fait-on, et chaque jour voit diminuer le nombre des opposants. Comme les autres facultés de l'homme, l'imagination, en s'exerçant, finit par se fortifier et s'étendre; et rien ne prouve mieux combien, à cet égard, le goût public s'est amélioré promptement, que le succès qu'obtient cette année la réimpression des poésies de M. de Vigny, comparé au déchaînement mêlé de dédain et de colère, qui les avait accueillies à leur naissance.

A entendre les premiers lecteurs, M. Alfred de Vigny était un écrivain d'une incorrection révoltante; prétentieux, obscur, à idées laborieusement inintelligibles. Le dirons-nous? C'est avec cette prévention hostile que nous avons nous-même ouvert son livre. Quelle a été notre surprise! Nous avons trouvé dans ce soi-disant barbare l'écrivain le plus suave, le plus mélodieux, le plus soigneux de la forme; son recueil nous a offert une langue poétique nouvelle, d'une fraîcheur, d'un éclat, d'une richesse incomparables; des procédés d'art et de prosodie nouveaux ou heureusement renouvelés; un génie d'une élévation, d'une chasteté, d'une grâce infinies. Pourquoi nous en cacher? Nous l'avons lu et relu avec délices. De pareilles poésies décorées

d'un nom d'auteur anglais ou allemand auraient indubitablement obtenu parmi nous une vogue immense; mais M. de Vigny est Français, et personne
n'a voulu se compromettre en le louant comme on
aurait fait un étranger. Et, cependant, auprès
d'*Éloa*, *les Amours des Anges* de Thomas Moore,
ne sont qu'une mesquine et coquette conception,
un feu follet sans consistance et sans portée. Enfin,
dans notre premier enivrement, nous n'aperce-
vions dans ces poésies aucune trace des défauts que
l'on avait signalés, et nous demandions instamment
à ces juges si sévères de nous révéler ces mons-
trueux passages qui les avaient si fort blessés. A
présent que nous avons étudié les *poèmes* de M. de
Vigny avec plus de calme, nous commençons à y
discerner à-peu-près ce qui a pu choquer, d'a-
bord, les lecteurs d'une imagination si susceptible
ou plutôt si rétive. Nous convenons qu'il s'y trouve
çà et là un peu de recherche, un peu d'apprêt,
même un peu d'incorrection. Aujourd'hui donc,
nous croyons pouvoir, sans fol enthousiasme,
comme sans injuste dédain, parcourir ce recueil
avec le lecteur. Nous serons court, car en causant
d'un ouvrage que chacun a sous les yeux, on peut
espérer d'être entendu à demi-mot.

Les pièces que renferme ce volume sont séparées
en *deux livres*, les *poèmes anciens* et les *modernes*.
Cette division, que quelques personnes ont blâmée
comme frivole, a l'avantage de rapprocher des

morceaux de nature très-diverse, et de jeter ainsi
plus de variété dans la lecture. Si l'on voulait classer ces morceaux d'après le genre auquel ils appartiennent, soit par la forme, soit par les émotions
qu'ils excitent, on établirait entre eux de bien
plus nombreuses divisions. On trouverait, d'abord,
sous la date de 1815, une idylle et une élégie dans
le goût antique, la *Dryade* et *Symetha*, essais
pleins de fraîcheur, écrits sous une inspiration que
l'on croirait celle d'André Chénier, si les poésies
posthumes de cette jeune victime de nos discordes
civiles n'avaient été publiées pour la première fois
en 1819 (1); deux trop courts fragments descriptifs ou plutôt pittoresques, l'un extrait d'un poème
de *Suzanne*, l'autre intitulé *le Bain d'une Dame
romaine*, tous deux d'un coloris éblouissant; une
élégie charmante, *le Bal*; trois contes d'un mérite
fort inégal, *le Cor*, *la Neige*, *Madame de Soubise;*
trois petits poèmes ou récits en vers, d'un intérêt
fortement dramatique, *le Somnambule*, *la Prison*,
Dolorida; quatre autres compositions, *la Femme
adultère*, *la Fille de Jephté*, *le Trappiste*, *la Frégate* LA SÉRIEUSE, qui se rapprochent plus particulièrement de la manière de lord Byron par leur
éclat oriental et leur marche presque lyrique; enfin,
trois grands poèmes mystiques ou bibliques, dont

(1) Il n'avait paru, avant l'édition de 1819, publiée par les soins
de M. Delatouche, que *le Jeu de Paume* et quelques élégies insérées
dans les recueils et les journaux du temps.

les deux derniers sont deux chefs-d'œuvre, *le Déluge*, *Moïse* et *Eloa*.

Les trois plus beaux morceaux de ce recueil, ceux qui placent M. Alfred de Vigny si haut dans l'école moderne, sont, sans comparaison, *Dolorida*, *Moïse* et *Eloa*. *Eloa*, que la critique de notre époque n'a pas comprise, est une grande et touchante conception, un mythe qui rappelle ceux d'Hésiode et de Milton ; une fable aussi fraîche, aussi gracieuse, aussi transparente que celle de *Pandore ;* une allégorie aussi belle, aussi délicate et plus prolongée que celle des *Prières*. Certes, si l'on trouvait dans Klopstock un épisode aussi poétiquement conçu, aussi suavement exécuté, on se récrierait d'admiration, on se désaltérerait avec bonheur à cette source imprévue de poésie naïve et jaillissante, qui vient raviver notre âge aride et desséché ; on ne se lasserait pas de savourer cette langue séraphique si nouvelle et si douce, si claire quoique si artistement indécise, si chaste quoique si passionnée. La pensée du poète, qui perce à travers sa fable, comme la clarté d'une lampe à travers la gaze qui la voile ; la pensée du poète, disons-nous, est belle, morale, saisissante. M. de Vigny nous montre dans Eloa, dans cette *sœur des anges*, née d'une larme du Sauveur, dans cette céleste figure de la pitié qui se perd, une image touchante et pure des plus douces faiblesses de la terre. Cet attrait que ressent Eloa pour un ange déchu, cet instinct qui l'attire vers le malheur, cette impossibilité de résister aux larmes, son essence; toutes ces causes de la chute de l'habitante du ciel, nous rappellent d'autres chutes, causées aussi par une tendre pitié et par un doux entraînement de consolation. Qu'on ne croie pas, toutefois, ne trouver dans ce poème qu'une allusion à des faiblesses vulgaires, qu'une scène de boudoir transportée de la terre au ciel. Eloa n'est pas une Mathilde faite ange. Fasciné, subjugué par sa propre création, le poète, devant Eloa, semble avoir perdu de vue ses sœurs terrestres, et avoir même, quelquefois par une préoccupation d'artiste, oublié jusqu'à la fiction qu'elle voile. Cette fille de l'imagination a pris une existence propre et réelle, et vivra au même titre que la Psyché des anciens. On demande sans cesse du merveilleux : en voilà, certes, du plus imprévu, du plus puissant et du plus poétique.

Que si l'on veut, à toute force, trouver quelques défauts dans ce bel ouvrage, peut-être y a-t-il un peu d'embarras et d'effort dans l'exorde. L'idée de faire naître cette ange compatissante et sensible d'une larme de Jésus-Christ était, ce nous semble, trop inattendue et trop effarouchante pour le début; mais, ce pas une fois franchi, l'auteur se lance dans le sujet à demi fantastique, à demi réel qu'il a créé, et s'y soutient avec une force d'aile et une facilité de vol vraiment admirables.

Presque au même rang qu'*Eloa*, il faut placer

Moïse, grande et peut-être plus simple composition.
Ici l'on n'a point à se familiariser avec l'existence
d'un nouvel être : c'est une triste et grave idée, une
idée moderne, qui vient ranimer un ancien mythe,
dont le sens primitif était affaibli ou perdu. On ne
saurait peindre en traits plus pénétrants cette mélancolie de la toute-puissance, cette tristesse d'une
supériorité surhumaine qui isole ; ce pesant dégoût
du génie, du commandement, de la gloire, de toutes
ces choses qui font du poète, du guerrier, du légis-
lateur, un être gigantesque et solitaire, un paria de
la grandeur. Dans l'amère et sombre prière du prophète qui aspire à la mort comme à la seule chose
qui puisse lui faire sentir encore qu'il est homme,
il y a une largeur, un aplomb, une aisance dans le
colossal, qui rappelle à-la-fois le *Moïse* de Michel-
Ange et le *Mose* de Rossini.

Le *Déluge* qui porte, comme *Eloa*, le titre de
Mystère et la date de 1823, semble l'avoir précédée. Nous nous trompons peut-être ; mais dans le
dévoûment d'Emmanuel et de Sara, dans ce dernier entretien de deux jeunes gens qui descendent,
l'un d'un ange, l'autre de Noé, et qui, pouvant se
sauver séparément, aiment mieux périr ensemble,
le poète nous semble s'exercer et comme préluder
à la séraphique composition qui devait suivre. Ce
qui nous fait voir, peut-être à tort, un essai et
comme une étude dans *le Déluge*, c'est qu'ici la
perfection est beaucoup moindre. Le lieu commun

se montre même dans cette pièce, dont quelques
parties sont si originales. M. de Vigny n'a pas
échappé aux réminiscences des poètes latins, ce
qui était l'écueil du sujet. On retrouve, avec chagrin, dans ce tableau, que l'on voudrait effrayant
et sévère comme ceux de la Genèse et du Poussin,
les futilités antithétiques si malheureusement em-
pruntées d'Ovide :

> Le cèdre jusqu'au nord vint écraser le saule ;
> Les ours noyés, flottant sur les glaçons du pôle ,
> Heurtèrent l'éléphant près du Nil endormi , etc.

Si M. de Vigny faisait disparaître de cette fresque
épique une quarantaine de vers écrits dans ce faux
goût, on serait bien plus frappé de tout ce qu'elle
contient de beautés vraiment fortes et nouvelles.

Le chef-d'œuvre de M. de Vigny dans un autre
genre, dans le récit tragique, est, à mon avis ,
Dolorida. Cette jeune Espagnole, belle, voluptueuse, cruelle et dévote, comme celles qu'a si
souvent et toujours si bien peintes M. Prosper
Mérimée, empoisonne son jeune époux qu'elle
sait infidèle. C'est un drame touchant, passionné ;
le poète narre et dialogue en vers avec une souplesse dont nous ne connaissons que peu d'exemples. Seulement un trop vif amour de la périphrase
égare quelquefois sa plume. Dans le passage suivant, par exemple :

> Dolorida n'a plus que ce voile incertain ,
> Le premier que revêt le pudique matin ,

Et le dernier rempart que dans la nuit folâtre
L'amour ose enlever d'une main idolâtre,

on peut trouver le détour un peu long. Racine
lui-même, dans *Britannicus*, avait été beaucoup
plus court et plus simple!

La Neige est un joli conte dans le genre à demi
badin, à demi naïf, dont a usé et peut-être un peu
abusé M. Émile Deschamps :

Et d'une voix très-douce il dit : bénissez-les,

semble le type du vers qu'on rencontre à chaque
pas dans les étincelantes *Romances sur Rodri-
gue* (1).

Le Cor n'est pas seulement une scène de bataille supérieurement décrite et un site des Pyrénées peint avec la touche de Michalon ; c'est encore un effet musical des plus frappants et des plus
mélancoliques. Il sera désormais impossible à qui
aura lu cette pièce, d'entendre, le soir, le son
prolongé du cor répété de colline en colline, et
glissant de feuille en feuille, sans se rappeler Ron-
cevaux, les Maures, le dernier soupir de Roland,
et sans redire ce vers qui tinte comme un glas funèbre dans toute la ballade :

Dieu! que le son du cor est triste au fond des bois!

A ces pièces déjà connues, M. de Vigny en a
joint deux nouvelles, *Madame de Soubise* et *la*

(1) Voy. *Etudes françaises et étrangères.*

Frégate LA SÉRIEUSE. La première est un épisode fort simple de la Saint-Barthélemy, dont nous ne sentons pas bien l'intérêt. Le style en est bizarrement vieilli, et offre un discordant assemblage de mots de toutes les époques :

> Arquebusiers, chargez ma couleuvrine.

Arquebusiers et *couleuvrine* sont des mots qui n'ont entre eux aucun rapport. Les couleuvrines étaient des canons plus longs que ceux dont on se sert aujourd'hui. Il n'est pas naturel de penser que l'hôtel de Soubise fût défendu comme la Bastille.

> Courez *varlets*, échansons, écuyers,
> Suisses, piqueux, *page*, arbalétriers.

On a remarqué, avec raison, qu'il n'y avait plus de *varlets* depuis longtemps. Et pourquoi ce *page* au singulier? Malheureusement, dans ce petit poè i e les taches, qui sont nombreuses, ne sont pas rachetées par d'assez grandes beautés.

Il n'en est pas ainsi de *la Frégate* LA SÉRIEUSE. Cette pièce, comme la précédente, prête beaucoup à la critique de détail par l'impropriété fréquente d'un langage faussement technique; mais, toutes critiques faites, elle sera lue et relue avec le plus vif plaisir; l'inspiration du poète est dans chaque strophe et la touche du peintre dans chaque tableau. Nous avons entendu des marins en-

trer dans une furieuse colère contre l'auteur pour
la manière dont il défigure leur belle langue en
croyant la parler. Nous avons d'abord ri de leurs
critiques, puis nous avons fini par être ébranlé.
Au fait, si l'école nouvelle a raison de substituer
le mot juste et propre au mot noble et vague que
recherchait sa devancière, encore faut-il qu'elle
emploie vraiment le mot propre et non le mot à
côté :

> Qu'elle était belle ma frégate
> Lorsqu'elle voguait sous le vent !

voguer sous le vent n'est d'aucune langue. On est
sous le vent d'un autre navire, ce qui exprime un
rapport de position, et le plus souvent un dés-
avantage. On *serre le vent;* on est *près du vent* (1).
Un rimeur classique aurait dit :

> Lorsqu'elle voguait sur les flots.

Cela eût été, sans contredit, très-plat et très-insi-
gnifiant. Vous voulez être plus précis, plus vrai
que vos devanciers : vous avez raison ; mais prenez

(1) Dans l'édition de ses *OEuvres complètes* (1837), M. de Vigny
a corrigé ainsi ce vers :

> Lorsqu'elle voguait dans le vent.

Je ne sais si cette expression est maritimement plus juste que la
première ; mais elle ne sonne pas agréablement à l'oreille.

(Note de 1842.)

garde! De tous les genres de faussetés, le *technique faux* serait le pire.

> Sa quille mince, longue et plate,
> Portait deux bandes d'écarlate
> Sur vingt-quatre canons cachés.

Cela n'est ni fort clair ni, ce me semble, fort exact.

> Dix fois plus vive qu'un pirate,
> En cent jours, du Havre à Surate
> Elle nous emporta *souvent*.

Une frégate ne fait pas *souvent* le trajet du Havre à Surate. C'est le fait d'un navire de commerce. De plus, ni le port du Havre ni, je crois, celui de Surate, ne reçoivent des vaisseaux de ce rang. Nous pourrions continuer, et noter plus d'une erreur; mais il nous arriverait de trouver à côté de ces peccadilles des beautés telles, que le remords nous prendrait. Quand une fois le drame commence, le langage du capitaine devient si passionné, et nous sympathisons si bien avec cet amour du commandant pour son navire, que l'émotion couvre tout. Le combat de *la Sérieuse* contre les trois vaisseaux de l'amiral Nelson est tout à-la-fois un tableau, un poème et un drame :

> Trois vaisseaux de haut-bord combattre une frégate!
> Est-ce l'art d'un marin? Le trait d'un amiral?
> Un écumeur de mer, un forban, un pirate,
>   N'eût pas agi si mal!
>
> N'importe! Elle bondit dans son repos troublée,
> Elle tourna trois fois, jetant vingt-quatre éclairs,

Et rendit tous les coups dont elle était criblée,
    Feux pour feux, fer pour fer.

Ses boulets enchaînés fauchaient des mâts énormes,
Faisaient voler le sang, la poudre et le goudron,
S'enfonçaient dans le bois, comme au cœur des grands ormes
    Le coin du bûcheron.

Un brouillard de fumée où la flamme étincelle
L'entourait ; mais le corps brûlé, noir, écharpé,
Elle tournait, roulait et se tordait sous elle,
    Comme un serpent coupé.

. . . .
. . . .

. . . Quand le jour revint, chacun connut son œuvre.
Les trois vaisseaux flottaient démâtés, et si las
Qu'ils n'avaient plus de force assez pour la manœuvre ;
    Mais ma frégate, hélas !

Elle ne voulait plus obéir à son maître ;
Mutilée, impuissante, elle allait au hasard ;
Sans gouvernail, sans mâts, on n'eût pu reconnaître
    La merveille de l'art.

. . . .
. . . .

J'aperçus des Anglais les figures livides
Faisant pour s'approcher un inutile effort,
Sur leurs vaisseaux flottants comme des tonneaux vides,
    Vaincus par notre mort. . . .

. . . .

Puis vient l'agonie de la frégate, puis les derniers adieux du capitaine, qui étreint son pavillon

et sombre avec son navire, pour ne se réveiller
que prisonnier sur un ponton.... En vérité, nous
éprouvons un peu de honte d'avoir eu le sang-
froid d'épiloguer sur quelques syllabes en présence de tant et de si émouvantes beautés.

———

IX.

ODES ET POÉSIES

DE

M. LÉON DUSILLET.

[*Globe*, 15 octobre 1828.]

La première recommandation qu'ait eue auprès de nous ce recueil, qui mérite d'ailleurs plusieurs sortes d'éloges, aurait été probablement aux yeux de bien des lecteurs une cause de réprobation préalable. Les vers de M. Dusillet sont des vers de province. Quoique imprimés à Paris et publiés avec beaucoup de soin et d'élégance, ils ne sont pas nés sur les bords de la Seine, ni éclos sous l'aile de nos académies parisiennes. C'est déjà bien quelque chose. Composés au pied du Jura, ces vers nous donneront une idée de la culture poétique de cette belle partie de la France. On croit généralement pouvoir bien augurer des progrès d'un département par le nombre croissant des écoles primaires, par l'éclat du haut enseignement, par la prospérité des manufactures; pourquoi n'ajouterions-nous pas à tous ces heureux indices les œuvres des artistes et des poètes? La poésie en province ressemble à ces fleurs qu'on rencontre parfois dans des lieux agrestes : leur présence indique la fertilité du sol et plaît à-la-fois comme une parure et comme une promesse. Le dédain que la critique montre

I.   46

trop souvent pour les arts de province n'est pas seulement injuste, il est funeste. De là vient l'entasse-
ment d'un peuple d'artistes dans une seule ville, où
ils étouffent. La transformation de Paris en un immense atelier de vers et de prose, menace de faire
descendre l'art de l'écrivain au rang des métiers. Si
ce mode de confection à la mécanique continue, la
poésie ne sera bientôt plus qu'une branche plus ou
moins heureuse de l'industrie parisienne. A force
de répéter qu'on ne fait de *bons vers* qu'à Paris, on
dira bientôt la *poésie de Paris*, comme on dit la
coutellerie de Langres ou les *soieries de Lyon*.
En Allemagne, en Italie, en Angleterre, il en va
bien autrement. Là, les poètes ne forment pas,
comme chez nous, une caste, une tribu à part,
habitant une seule ville et parlant un jargon convenu, qu'ils nomment *langue poétique*. Aussi chez
nos voisins, les poètes, même du second ordre,
montrent-ils une originalité qui n'appartient chez
nous qu'au génie. C'est qu'ils n'ont pas renoncé à
leur accent individuel. Boileau, par un seul vers,

> Tout a l'humeur gasconne en un auteur gascon,

a tué toutes les individualités provinciales. Depuis
lors, nul n'a voulu avoir l'accent ni l'*humeur* de sa
province; le premier soin de tout aspirant au titre
de poète a été de bien saisir le ton de Paris. Con-
viée jadis à Versailles, pour embellir la grande représentation monarchique donnée à la France par

Louis XIV, la poésie avait pu venir, en habit de
cour, ajouter aux longs enchantements de ce règne. Mais quand cette ère de grandeur et de féerie
eut cessé, et fut remplacée par la Régence, de prosaïque mémoire, la poésie devait revoler bien vite
vers ses tourelles, ses forêts et ses beaux lacs. Il
était indigne de cette reine de l'imagination de se
faire bourgeoise de Paris ou suivante de cour (1).

Les odes et poésies de M. Dusillet ne sont pas,
nous l'avouerons, aussi exemptes que nous l'aurions souhaité, de ce tribut payé à la suprématie
parisienne. La physionomie d'un poète monta-
gnard n'est pas bien fortement empreinte dans ce
recueil; mais ce livre démontre une autre vérité,
qui a rencontré bien des contradicteurs : il prouve
que l'on peut, à cent lieues de Paris, et sans avoir
presque quitté ses pénates, reproduire cette pureté
et cette cadence harmonieuse de Malherbe, cette
précision de Jean-Baptiste Rousseau, cette richesse
de Lebrun, dont nos poètes du quartier des *Quatre-
Nations* se flattent de posséder seuls le secret. Il
est bon que nos plus habiles faiseurs sachent que,
dans une modeste sous-préfecture du Jura, l'on
travaille aussi artistement les vers qu'au palais
même de l'Institut.

(1) Quand nous écrivions cet article, nous n'avions sous les yeux
ni les poésies de M. Jasmin, ni celles de M. Reboul. Nous devons
encore faire une exception pour les poésies vraiment bisontines de
M. Viancin. (*Note de* 1842.)

M. Léon Dusillet est le compatriote et l'ami de
M. Charles Nodier. Le nom de l'un rappelle invo-
lontairement celui de l'autre. Les bords du Doubs
et les rochers qui ombragent Besançon, ont reçu
leurs confidences poétiques. Comme l'auteur de
Trilby, M. Dusillet a composé, il a quelques années, un joli roman, *Iseult de Dôle*, où la prose
se prête à toutes les fantaisies de l'imagination, et
où de charmants prologues en vers révélaient déjà
dans l'auteur le talent du poète. Les pièces que
nous annonçons sont d'une date antérieure. Elles
nous paraissent contemporaines de celles que l'a-
mitié déroba l'année dernière à M. Nodier. Ces
publications tardives ne sont pas sans inconvénient.
Vingt ans apportent de notables changements dans
le goût public. Ces changements, qui ont été favorables à M. Nodier, le seront un peu moins peut-être à
son ami. Nul doute que si les vers de M. Dusillet et
ceux de Charles Nodier eussent été publiés ensemble en 1806, les premiers n'eussent obtenu tout l'a-
vantage. Les rêveries du *Jeune Barde,* alors moins
goûtées, ont trouvé, de nos jours, une vive sympathie. Mais le public actuel n'en rendra pas moins
justice à la chaleur, à l'harmonie, à la richesse
lyrique de plusieurs pièces de M. Dusillet. Il y a
dans ses odes telle tirade qu'on croirait écrite par
Jean-Baptiste Rousseau, dans un moment de
verve, et telle strophe que nous savons avoir été
enviée par Lebrun. Nous allons citer un fragment

de la pièce intitulée *le Navigateur;* cela nous paraît
la meilleure manière de donner une idée juste du
talent de M. Dusillet :

. . . .

Le génie a soumis Neptune :
Qu'il nous livre enfin l'univers.
Tes chemins, aveugle Fortune,
D'un monde à l'autre sont ouverts.
Le Commerce étendant ses ailes
S'élance aux régions nouvelles
Qu'ignoraient nos simples aïeux ;
Et revient, conquérant utile,
De son urne immense et fertile
Nous verser les dons précieux.

Mais quels flots de sang et de larmes
Ces trésors si chers ont coûtés !
Fiers mortels, par combien d'alarmes
La gloire et l'or sont achetés !
Les vents, les écueils, le naufrage,
Le bruit assidu de l'orage,
Le calme homicide des airs,
La faim sur sa proie attachée,
Et la soif qui, vers l'eau penchée,
S'agite et brûle au sein des mers !

. . . .

Cieux implacables, mer perfide,
En est-ce assez pour les punir !
Non, non ; que la guerre homicide
Aux feux, aux vents vienne s'unir !

. . . .
. . . .

Pourquoi donc franchir la barrière
Qu'en vain nous opposent les dieux ?

Or trompeur, gloire aventurière,
Séduirez-vous toujours nos yeux?
N'ai-je pas le champ de mon père?
Quel désir m'abuse, et qu'espère
Mon cœur au trouble abandonné?
Que me font les rives de l'Inde?
L'air est-il plus doux à Mélinde
Que dans les bois où je suis né?

Ces vers n'ont pas besoin de commentaire. C'est dans cette sorte d'ode semi-philosophique que nous paraît exceller M. Léon Dusillet. Les pièces intitulées *le Poète, l'Histoire, la Fable*, ne sont pas inférieures à celle qu'on vient de lire. On remarque dans toutes une perfection de facture, une fermeté de touche et une habileté à choisir et à placer le mot propre, que peu d'écrivains ont possédées à un aussi haut degré. Mais dans ces divers morceaux, on peut désirer plus de nouveauté dans les idées et plus d'imprévu dans les images.

M. Dusillet ne s'est pas borné à des travaux littéraires : il a concouru par son zèle et par ses talents d'administrateur à tous les embellissements qu'a reçus, dans ces dernières années, la ville de Dôle. Par ses soins, cette cité s'est enrichie d'un musée, d'une bibliothèque et de plusieurs écoles. Ces utiles et modestes services sont de trop haut prix à nos yeux pour être passés sous silence. Quelques feuilles du laurier civique rehaussent merveilleusement une couronne de poète.

X.

1572.

CHRONIQUE DU TEMPS DE CHARLES IX.

(*Globe*, 25 avril et 30 mai 1829.)

Ce nouvel ouvrage de l'auteur du théâtre de *Clara Gazul*, est, comme tout ce qui est sorti de la même plume, brillant de verve, d'esprit et de nouveauté. C'est vraiment une bonne fortune, au milieu de tant de livres peu récréatifs, de rencontrer une production, comme celle-ci, vive, éveillée, originale. M. Prosper Mérimée est peut-être de tous les écrivains de notre époque celui qui a gagné le plus de partisans aux idées nouvelles, et qui a le moins compromis leur succès. Chez lui, l'innovation se cache sous tant de naturel ; elle paraît si involontaire, si peu dogmatique ; ses pensées sont habituellement si fraîches, sa diction si rapide, ses coups de pinceau si justes, que tout le monde, dans les deux camps, s'empresse à le lire. D'ailleurs, son allure vive et dégagée, sans développements, mais aussi sans longueurs, ne donne presque aucune prise à la critique méticuleuse et malveillante qui aime mieux souligner des mots que s'abandonner à un sentiment vrai ou à une idée neuve. M. Mérimée, plein d'imagination, de témérité et de souplesse, est donc, jusqu'à ce jour, le chef le plus brillant et [le plus heureux qui ait conduit au feu l'avant-garde romantique : c'est le Mazeppa d'une armée dont M. Victor Hugo est le Charles XII.

Le succès de la *Chronique du temps de Charles IX* a presque égalé celui de *Clara Gazul*. C'est la même manière vive et pittoresque, modifiée par les procédés du genre narratif. Si la réflexion fait apercevoir quelques défauts, ces tardives découvertes n'ôtent rien au plaisir de la lecture. Tout au plus nous font-elles un peu rabattre de la trop sérieuse admiration que nous inspire si aisément ce qui nous amuse et nous intéresse. Au fait, pour un roman, c'est là l'essentiel. Qu'importe que l'auteur se donne pour un grand dénicheur d'anecdotes et un infatigable lecteur de mémoires, et que son livre qui porte pour titre en gros chiffres : 1572, peigne des mœurs de trente ans postérieures, et nous offre bien moins les modes du temps de Charles IX, que celles de la fin du règne de Henri IV ? Franchement, c'est un assez petit malheur, et qui ne porte presque aucune atteinte au mérite du romancier. Une œuvre d'imagination n'est pas tenue de faire une illusion complète, et la *Guzla*, par exemple, cette autre création de M. Mérimée, ne serait pas moins digne d'éloge, quand le plus savant de nos journaux, après dix-huit mois d'examen, n'eût pas parlé de ce recueil comme d'une traduction assez soignée de plusieurs petits poèmes illyriens. Nous ne pensons pas que semblable méprise recommande la *Chronique du temps de Charles IX*. Personne, pas même les érudits de profession, ne sera dupe de ce titre. Aussi n'est-ce pas un trompe-l'œil que M. Mérimée a prétendu faire : il a voulu se jouer dans une fiction pleine de vie et de fraîcheur, et il a réussi.

Les scènes de la *Jaquerie*, qui ont suivi *Clara Gazul*, avaient été moins heureuses. S'il est rare qu'un second ouvrage obtienne autant de faveur qu'un premier, ce n'est pas toujours, comme le croient les auteurs, que l'envie prenne sa revanche ; c'est quelquefois tout l'opposé. Il arrive souvent que d'heureuses qualités, dont le public a entrevu la promesse, se changent en des défauts, ou, ce qui ne blesse guère moins, en des qualités contraires. De là naît un mécompte, et, comme il arrive parfois après la lune de miel, un refroidissement passager. Pour mon compte, si les scènes de la *Jaquerie* m'ont plu moins peut-être qu'il n'était juste, et si j'ai reçu, au contraire, de la *Chronique du temps de Charles IX* à-peu-près tout le plaisir qu'elle peut donner, c'est probablement qu'en lisant ce dernier ouvrage, je ne me suis plus autant souvenu de l'horoscope que j'avais tiré de l'auteur des *Espagnols en Fionie* et de l'*Amour africain*. Qu'avais-je donc tant espéré de ces esquisses ? Je le rappellerai, non pour reprocher sottement à M. Mérimée de n'être pas autre qu'il n'est (ce qu'à Dieu ne plaise); mais parce que je ne sais pas de meilleur moyen de montrer ce qu'il y a d'étendu, d'original, et cependant, à quelques égards, d'incomplet encore dans son talent.

Dans les six comédies publiées sous le nom de *Clara Gazul*, quelques personnages, tracés de main de maître, annonçaient un excellent peintre de caractères. D'une autre part, la couleur espagnole répandue sur tout l'ouvrage montrait une singulière aptitude à saisir les mœurs. Mais ce qui dominait par-dessus tout, particulièrement dans les rôles de don Juan Diaz, de madame de Coulanges, d'Antonio, de Zein, de dona Urraca, c'était la passion. Ainsi, dès son début, M. Mérimée laissait percer le germe des trois sortes de talents dont la réunion paraît aujourd'hui nécessaire pour produire au théâtre le grand poète, le poète complet, le poète romantique.

Il faut que ceux qui ne veulent voir dans l'opposition des deux écoles qu'une dispute de mots, soient bien aveugles pour ne pas apercevoir les différences qui les séparent. La tragédie française, au XVIII⁰ siècle, était arrivée à un tel point d'abstraction, qu'elle ne peignait plus que les passions sous leurs types les plus généraux et s'occupait à peine des caractères et des mœurs. Qu'est-ce qu'*Orosmane*, *Gengis*, *Aménaïde*, *Tancrède*, sinon de pures passions? Dans le vieux Corneille, au contraire, souvent l'esprit brille à côté des mouvements passionnés, et, dans l'auteur de *Hamlet* et d'*Othello*, jamais les passions ne se montrent seules; toujours les caractères et les mœurs sont dessous qui les teignent et les colorent, comme le sang teint les chairs. Le procédé contraire est fondé, nous le savons, sur une observation qui n'est pas sans justesse. Les fortes émotions tuent l'esprit, et ne laissent vivre que le cœur. Dans les grandes crises de passion, les différences de rang et de pays s'effacent, et la passion extrême a partout une même forme, qu'il appartient à la tragédie de reproduire. Cela est vrai; mais quelques-uns de nos poètes ont étrangement abusé de cette remarque. Ils n'ont pas vu que ce n'est que pendant de très-courts instants que cette ressemblance a lieu, et qu'elle n'est peut-être jamais complète. Voyez, dans Homère, Achille se roulant sur le sable du rivage après la mort de Patrocle, et, dans Walter-Scott, le vieux pêcheur écossais se tordant les bras sous sa couverture de laine à la nouvelle de la mort de son fils : vous apprendrez de ces deux grands peintres de passions et de mœurs ce qu'il y a de commun dans les symptômes d'un désespoir extrême, et, même alors, comment l'âge et la profession les différencient.

Mais si l'école de Racine s'est trop renfermée dans le cercle des passions abstraites, nos jeunes écrivains, par esprit de réaction, paraissent trop disposés à ne porter leur attention que sur les ca-

ractères et les mœurs. Cependant, sans les passions
point de drame. Il est vrai qu'agrandie par la poétique nouvelle, la tâche du poète dramatique est
immense. Cette opinion ne peut manquer de surprendre les gens qui croient que c'est pour la plus
grande commodité des écrivains que la réforme littéraire s'est accomplie, et qui sont convaincus que
le moindre écolier peut aspirer à des succès faciles,
aujourd'hui qu'il est permis de mêler tous les tons
et de passer du tragique au comique. En effet, il
ne s'agit que de peindre l'homme entier, mœurs,
passions, caractères! admirable facilité qui triple
les conditions du succès, et place si haut la couronne théâtrale, que l'on peut craindre qu'il ne se
trouve de longtemps une main capable de la saisir!

Quand parut *Clara Gazul,* nous crûmes voir
dans M. Mérimée l'annonce de ce futur vainqueur.
A côté des caractères et des mœurs, les passions
se montraient vives et dominantes; ce n'étaient que
des esquisses, mais des esquisses touchées avec justesse et profondeur. Il semblait qu'il ne restât qu'à
donner un peu plus de relief et de jeu à ces figures
pour avoir le drame qu'on attend, le drame complet, le drame romantique. *La Jaquerie,* qui parut
ensuite, semblait composée tout exprès pour affai-
blir cette illusion. L'auteur avait changé de route.
Les couleurs de son tableau pouvaient avoir de
la nouveauté, le procédé d'art n'en avait aucune.
D'autres avaient essayé ce genre, et mieux. La som-

bre peinture des mœurs féodales projetait une ombre épaisse sur les caractères et les passions : c'était
presque l'abstraction historique substituée à l'abstraction passionnée. Triste échange !

Si par la *Chronique de* 1572 M. Mérimée ne
nous a pas rendu l'espoir que *la Jaquerie* nous a
fait perdre, il nous charme du moins et nous dis-
trait par des effets nouveaux. La substitution du
récit au dialogue, ou plutôt le mélange de l'un et
de l'autre, a surtout l'avantage de donner à la
manière de M. Mérimée plus de plénitude et d'ampleur : certaines scènes qui n'eussent été que des
ébauches sont devenues des tableaux. Ce n'est pas
qu'il faille beaucoup de couleurs à M. Mérimée
pour atteindre à l'effet : un mot, une comparaison,
une épithète lui suffisent. Il est né coloriste ; ce
qu'il dit, il le peint. Pour mon compte, il m'est
difficile de ne pas croire être entré, cette année
1572, dans l'église Saint-Jacques, et n'avoir pas
vu la foule s'ouvrir devant madame de Turgis,
que conduit légèrement par la main le jeune et
redoutable Comminges. La scène du gant, celle de
la chasse, celle du duel sur le Pré-aux-Clercs ne font
pas une illusion moins vive. Les couleurs historiques, qui, nous l'avons dit, ne sont pas fort exactes, ne prévalent pas ici sur les caractères et les
passions , et c'est un mérite. Nous n'irons pas
pourtant jusqu'à complimenter l'auteur, comme
on l'a fait, de ce défaut de vérité. Nous ne pen-

sons pas que le duel entre Mergy et le jeune Comminges eût excité moins d'intérêt quand M. Mérimée n'y eût pas mêlé les modes et les usages des
braves et des *raffinés*. Ces raffinés, comme on
peut le voir dans *les Aventures du baron de Fœneste*, étaient une espèce particulière de fats et de
duellistes qui fleurit, non dans cette année de
sombre et furieux fanatisme, mais environ qua-
rante ans plus tard, dans les temps de molle inaction et de mesquines cabales qui signalèrent les
commencements de la régence de Marie de Médicis : « Les raffinés, dit le vieux et satirique d'Aubigné, sous le nom de *Fœneste*, sont gens qui se bat-
tent pour un clin-d'œil, si on ne les salue que par
acquit, pour une froideur, si le manteau d'un autre
touche le leur, si on crache à quatre pieds d'eux;
et notez que sur un rapport, bien qu'il se trouve
faux, ou si vous prenez un homme pour l'autre,
il en faut user comme firent deux gentilshommes
dont l'un était au cardinal de Joyeuse (1). En allant dessus le pré, l'un demanda à l'autre : N'êtes-
vous pas un tel, d'Auvergne? Non, dit l'autre : Je
suis un tel, de Dauphiné. Pourtant, ils avisèrent
que, puisqu'il y avait appel, il se fallait tuer,
comme ils firent, et cela s'appelle *raffiné d'honneur.* » Il s'en fallait tant que ces mœurs fussent
celles de la jeunesse de d'Aubigné, qu'il n'est

(1) C'est ce cardinal qui sacra Louis XIII à Reims.

sorte de sarcasmes qu'il ne lance à ces héros du
Pré-aux-Clercs. Il n'oublie pas de rappeler que
de *son temps* on ne parvenait pas aux charges et
aux emplois par de telles prouesses, mais bien par
batailles, combats d'armée et sièges de villes. « Cela
est bon, reprend l'avocat des raffinés; mais le duel
ne s'exerçait point comme aujourd'hui. — Il se
faisait peu de choses comme aujourd'hui, répond
le chagrin vieillard, et il s'en fait peu comme
alors. » Nous croyons donc que M. Mérimée a été
mal inspiré en prenant dans *Fœneste*, spirituelle
satire des mœurs et modes de 1611, le modèle de
ses courtisans de 1572. Ceux-ci, à n'en pas douter, jouaient aussi lestement de l'épée et du poignard que leurs chatouilleux successeurs, mais
avec autres cérémonies et élégances.

M. Mérimée a fait au même livre, qui est d'ailleurs ce qu'on peut lire de plus amusant, d'autres
emprunts plus heureux. C'est là qu'il a trouvé,
parmi une foule d'historiettes peu catholiques, le
conte du père Lubin, ce gros réjoui de prédicateur *si bien fendu de gueule*, qui commença un
jour son sermon par trois jurons. En ce genre,
M. Mérimée n'avait que l'embarras du choix. Le
sermon du père Ange sur la Passion, par exemple,
ne vaut guère moins. Après un exorde fort gail-
lard, et la suite du discours à l'avenant, père Ange
termine par une péroraison qu'on dut regarder
comme le *nec plus ultrà* du pathétique : « Le

prescheur, dit d'Aubigné, commença à monstrer
que c'estoit nos péchés qui estoient cause du grand
danger où s'estoit mis Notre Sauveur. Là-dessus,
ce grand prédicateur tourna les yeux en la teste,
demeura long-temps comme évanouy, se reprend
pour s'étendre sur les douleurs de la Passion,
desquelles il fit comparaison avec toutes douleurs
dont il peut se souvenir, mesprisant toutes sortes
de fièvres et de maladies, qu'il cotta de rang, et
puis les blessures légères et les autres maux; là il se
pasma pour la seconde fois, et tout transporté de
fureur tira de sa poche une corde faite en licol,
avec le nœud courant; il se la mit au col, tiroit
la langue fort longue, et pour certain se fust es-
tranglé, s'il eust tiré bien fort. Les compagnons
de la petite observance y accoururent et lui ostè-
rent la corde du col. Toute la vouste retentissoit de
cris des spectateurs qui avoient changé les ris en
plaintes, l'entrée comique en tragédie, laquelle fut
toutes fois sacrifice non sanglant. »

C'est à la même source que M. Mérimée a pris,
non sa jolie scène des deux faux moines, mais le
texte fort original des grâces latines que Mergy,
déguisé en franciscain, bredouille dans le périlleux cabaret de Beaugency. Il est bon de faire remarquer que ce qui n'est ici qu'une saillie de
gaieté est un trait de mordante satire dans l'auteur
protestant. Le livre second de *Fœneste* commence
ainsi : « *Et beata viscera Mariæ quæ portaverunt*

æterni patris filium. Voilà comme je dis mes grâces, moi. » Et l'interlocuteur huguenot, épilo-
guant sur cet *et* : « Ne voyez-vous pas, dit le baron,
que la messe commence par un *et* ? disant *Et j'en-
trerai à l'autel du Seigneur;* l'autre répond : *A Dieu
qui réjouit ma jeunesse.* Il semble qu'il n'y ait pas
grand sens à cela, et c'est ce qui fait tant de merveilles. Il y a de nos docteurs nouveaux qui veulent
corriger l'*Introït*, mais il s'en faut bien garder... »
Cette moquerie huguenote tombait-elle dès-lors à
faux, ou bien a-t-on depuis corrigé l'*Introït?* Ce serait un point à éclaircir. Mais nous voilà bien loin
de M. Mérimée, et en pleine liturgie : revenons.

A titre de romancier, c'est surtout dans la création des caractères que l'auteur de 1572 a montré
le plus de talent. Le capitaine Dietrich, et son
état-major des deux sexes, Béville, Comminges,
Mergy, George, et surtout la séduisante comtesse
de Turgis, attestent la grâce et la richesse de son
imagination. Mergy, le héros officiel du livre, est,
si l'on veut, un peu pâle ; mais il a tout juste ce
qu'il devait avoir d'inexpérience, de bravoure,
de bonne mine et de goût du plaisir, pour piquer,
presque jusqu'à la passion, une femme du caractère ardent de la comtesse. Le véritable héros de
l'ouvrage, celui qu'on aime au fond et qu'on estime le plus, à tel point que, lui mort, l'auteur n'a
plus qu'à prendre congé du public, c'est George.
Ce caractère est, à mon avis, le plus hardi, le

17

mieux composé, et en même temps le plus ingénieusement historique qui soit sorti de la plume
de M. Mérimée. George, capitaine des chevau-lé-
gers sous Charles IX, homme de résolution et de
plaisir, est un de ces libres penseurs, sorte d'épi-
curiens stoïques, dont Saint-Evremont est descendu
en ligne directe. Cette sorte de gens, déjà nombreux
du temps et à la cour de Léon X, préparèrent la
réforme à leur insu, et la maudirent quand elle
éclata : car ce qu'ils souhaitaient était l'affaiblisse-
ment graduel et le retrait paisible du bigotisme,
non de vives attaques et de longues guerres qui
troublent tout, créent des convictions et ravivent
les croyances. Aussi, à l'heure de la lutte, presque
tous se déclarèrent-ils contre le nouveau fanatisme,
gardant par instinct leur catholicisme nominal, et
de deux ennemis préférant le plus caduc. Un critique qui a jeté récemment beaucoup de jour sur le
sens des écrits de Rabelais (1), n'a pas hésité à
nous montrer le philosophe de Meudon comme
étant l'organe mystérieux, et, pour ainsi dire, le
joyeux patriarche de cette société de libres penseurs. Notre ami George était sans aucun doute
membre affilié de cette nouvelle église. Protestant
d'origine, catholique de nom, sceptique de fait,
son *oratoire* est un réduit assez mondain, son livre
d'heures la *Vie horrifique du grand Gargantua.*

(1) M. de Guizard, dans la *Revue française*, n° 3, mai 1828.

Guidé, d'ailleurs, par un sens plus sûr que la loi écrite, il vit en honnête homme, plus humain qu'un papiste, plus sage qu'un huguenot, et meurt, enfin, sur la paille d'un hôpital militaire, sans proférer une plainte, mais sans vouloir écouter ni litanies ni psaumes.

Il serait injuste de ne voir qu'un caractère dans la voluptueuse madame de Turgis. La plus belle scène du livre, la plus passionnée, la seule qui le soit peut-être, est la dernière entrevue du jeune protestant et de la belle comtesse, la nuit même du 24 août. Instruite par la reine-mère du prochain massacre, forcée au silence par un serment, malade d'inquiétude et brûlante d'amour, avec quelles tendres et dévotes instances la belle Diane à demi couchée sur un lit de repos, ne conjure-t-elle pas son amant de se convertir. Et dès que minuit sonne, dès que les premiers coups d'arquebuses annoncent le commencement du massacre, et qu'elle peut déclarer à Mergy toute l'étendue du danger qu'il court, comme elle le presse à genoux et avec larmes de sauver sa vie et son âme. Et, cependant, au milieu du désespoir de l'amante, perce par intervalle la joie de la catholique, et l'égoïsme d'une passion dont les sens sont le seul principe. Au moment où le jeune protestant repousse sa maîtresse en pleurs, pour aller rejoindre ceux qu'il appelle les martyrs de l'Evangile, voyez-la s'élancer sur lui *avec l'agilité de la*

17.

jeune tigresse, le ramener au fond de l'oratoire, admirer jusqu'à ces refus héroïques qui l'embellissent et vont le perdre, le couvrir de larmes et de baisers, et *envelopper son corps comme un serpent qui se roule autour de sa proie*.... Mais je m'arrête : je craindrais de gâter en y touchant une scène qui veut être lue à sa place et en entier. M. Mérimée n'avait encore rien fait, à mon avis, de plus hardi, de plus complet, de plus profond, que cette scène; et madame de Turgis laisse, à mon gré, bien loin derrière elle toutes ses sœurs espagnoles, aux yeux si tendres et aux passions si emportées.

Après avoir loué, comme il le mérite, ce roman, plein de pages si vives, si spirituelles et, çà et là, si poétiquement colorées, il nous est impossible de ne pas exprimer quelques réserves au sujet des paradoxes de la préface, qui ne nous semble qu'un jeu d'esprit sans solidité ni vraisemblance.

Dès les premiers mots, l'auteur déclare, d'un ton merveilleusement leste et cavalier, qu'il n'aime dans l'histoire que les anecdotes, et donnerait volontiers Thucydide pour des mémoires authentiques d'Aspasie ou d'une esclave de Périclès. Sans chicaner M. Mérimée sur ses préférences, nous lui ferons seulement remarquer que l'histoire des derniers Valois ne manque heureusement pas du genre de documents qu'il affectionne et qu'il ne nous paraît pas avoir suffisamment consultés. Puis, vient

un long morceau, un peu commun, où l'auteur
établit que l'appréciation morale d'une action doit
varier suivant les temps et les pays. « Ce que les
Sarazins, dit Rabelais, appelloyent proesses, maintenant nous l'appelons briganderies et meschance-
téz. » Tel est le texte que M. Mérimée commente
après l'avoir pris pour épigraphe. Ce raisonne-
ment, rajeuni par plusieurs saillies spirituelles,
l'amène à conclure qu'un massacre au xvi⁰ siècle
n'est point le même crime qu'un massacre au xix⁰,
différence qui excuse un peu à ses yeux les auteurs,
quels qu'ils soient, de la Saint-Barthélemy. Enfin,
et c'est là son thème principal, M. Mérimée cherche à prouver que les scènes du 24 août furent la
suite, non d'une conjuration d'un roi contre une
partie de ses sujets, mais le résultat d'une sorte d'é-
meute populaire, et peut-être même un simple
effet du hasard. Voici comment il croit expliquer
l'*énigme*.

Coligny avait traité trois fois de puissance à
puissance avec son souverain, et devait, par conséquent, en être haï. Il était alors seul à la tête
du parti protestant; sa mort assurait le pouvoir à
Charles IX ; mais si ce prince se débarrassait du
même coup de l'Amiral et du duc de Guise, chef
des ultra-royalistes du temps, il devenait maître
absolu. Il fut donc de la politique du roi de faire
assassiner l'Amiral, ou, si l'on veut, d'insinuer cet
assassinat au duc de Guise, puis de faire poursui-

vre ce prince comme meurtrier. Celui-ci, coupable ou non de la tentative de Maurevel, quitta Paris en toute hâte, et les réformés, en apparence protégés par le roi, se répandirent en menaces contre les princes de Lorraine. Le peuple de Paris était alors organisé militairement, et formait une espèce de garde nationale, qui pouvait prendre les armes au premier coup de tocsin. Le duc, *banni de la cour*, menacé par le roi et par les protestants, dut chercher un appui auprès du peuple. Il assemble les chefs de la garde bourgeoise, leur parle d'une conspiration des hérétiques, les engage à les exterminer avant qu'elle éclate, et de ce moment seul, le massacre est résolu. Quelle part y prit le roi, c'est ce que M. Mérimée ne trouve pas facile de déterminer. « S'il n'approuva pas, dit-il, il est « certain qu'il laissa faire. Après deux jours de « meurtres et de violences, il désavoua tout, et « voulut arrêter le carnage ; mais on avait dé- « chaîné les fureurs du peuple, et il ne s'apaise « pas pour un peu de sang; il lui fallut plus de « soixante mille victimes. Le monarque fut obligé « de se laisser entraîner au torrent qui le domi- « nait. Il révoqua ses ordres de clémence, et bien- « tôt on en donna d'autres pour étendre l'assassi- « nat à toute la France. — Telle est mon opinion « sur la Saint-Barthélemy. »

La première chose que nous ferons remarquer dans cette opinion, c'est qu'elle n'est presque en

rien conforme à ce que l'auteur lui-même a mis
en action dans son roman. Là, tout semble partir du Louvre et de la volonté de Charles IX. L'hé-
roïne du livre, madame de Turgis, apprend le
secret de la conjuration, non à l'hôtel de Guise,
mais *au Louvre*, de la bouche de la reine-mère;
tous les gens que M. de Mergy rencontre dans les
rues, le soir du 24, et qu'il interroge, lui répondent qu'ils vont *au Louvre pour le divertisse-
ment de cette nuit:* c'est comme le mot de rallie-
ment. Enfin, la part que prit Charles IX dans le
massacre, et que M. Mérimée trouve difficile de
déterminer ici, est assez clairement indiquée dans
sa *Chronique*. Il nous montre le roi à l'une des
croisées du Louvre, du côté de la Seine, occupé,
avec sa longue arquebuse, à *giboyer* aux pauvres
passants.

Cette explication, mêlée de vrai et de faux, et
rêvée comme après coup pour décharger les Valois et leurs conseillers d'un attentat horrible et le
rejeter sur les passions populaires, ou, tout au
moins, sur les frayeurs du duc de Guise, aurait
eu besoin d'être appuyée de quelques preuves. Il
semble qu'un écrivain qui a débuté par dire:
« J'avais lu un assez grand nombre de mémoires
et de pamphlets relatifs à la fin du xvi° siècle: j'ai
voulu faire un extrait de mes lectures, et cet extrait, le voici »; il semble, dis-je, qu'un écrivain
pourvu d'un aussi grand fonds de connaissances

positives dût se livrer moins que personne à ces
suppositions gratuites, dont nous venons de donner un échantillon. Traiter au pied levé tous les
points de critique littéraire est un droit acquis à
tous faiseurs d'articles et de préfaces; mais la critique historique veut plus de gravité. Nous avons
été surtout surpris que, dans une dissertation expresse sur le 24 août, l'auteur n'ait pas fait la
moindre allusion à plusieurs pièces vraiment pro-
bantes et décisives, qui sont consignées dans les
mémoires du temps. Nous citerons notamment le
*Discours que fit Henri III à un homme d'honneur
et de qualité* (Miron, son médecin) *des causes et
motifs de la Saint-Barthélemy*. Ce *discours* imprimé dans les *Mémoires d'état* de Villeroy, et qui
confirme en quelques points et contredit en beaucoup d'autres, les conjectures de M. Mérimée, est
de toutes les pièces relatives aux causes de la Saint-
Barthélemy, celle qui me paraît la plus convain-
cante historiquement, et littérairement la plus dramatique. Elle fait retomber toute la cruauté réfléchie
de l'assassinat de Coligny et du massacre du 24 août,
sur le machiavélisme craintif et sanguinaire de
Henri III et de Catherine de Médicis, auquel se joi-
gnirent plus tard les calculs du duc de Guise et les
emportements sauvages de Charles IX. L'occasion
qui donna lieu à cette bizarre révélation est elle-
même une circonstance singulièrement frappante
et pathétique. Henri, allant prendre possession du

trône de Pologne, eut, parmi les honneurs qui lui
furent rendus sur la route, le déplaisir d'entendre
dans plusieurs villes des Pays-Bas, où il y avait des
Français fugitifs, des voix s'élever contre lui pleines d'injures et de reproches. Il remarqua encore
avec chagrin, dans les chambres et salles où il devait loger, de grands tableaux mis exprès, où
étaient dépeintes au vif les exécutions de la Saint-
Barthélemy. Cela fut cause que, le second jour de
son arrivée à Cracovie, se sentant agité la nuit de
plusieurs sollicitudes et rêveries qui ne lui permettaient pas de reposer, environ sur les trois heures
après minuit, il fit venir Miron, son médecin, qui
était logé dans le château. Après s'être plaint de sa
pénible insomnie, il se laissa insensiblement aller
à lui raconter les causes du sang versé dans la
nuit du 24 août. Je ne crois pas avoir vu nulle
part un plus admirable canevas de tragédie. Tous
les caractères sont frappants de réalité, tous les
intérêts, toutes les situations sont fortement tracés.
Et, à ne parler qu'historiquement, tout est clair,
simple, et porte un cachet inimitable de naturel et
de vérité. Je donnerais, non pas *Thucydide*, mais,
de grand cœur, le *Charles IX* de Chénier et tous
les drames faits ou à faire sur la Saint-Barthélemy,
pour cette confession altière et ce récit tout empreint des passions envieuses et craintives, qui ont
enfanté les malheurs et les forfaits des derniers
Valois.

XI.

PROMÉTHÉE,

POÈME

PAR M. EDGARD QUINET.

(Revue des Deux Mondes, 15 août 1838.)

Nous ne nous excuserons pas de venir un peu tard parler du *Prométhée* de M. Quinet. Les esprits qui se plaisent aux grandes et sérieuses conceptions de ce poète, comme ceux qu'effraie le vol de cette muse amie des hautes cimes, s'accordent au moins à reconnaître que peu d'écrivains, en ce temps de bruit et de gloires éphémères, ont fait moins de sacrifices à la mode, moins de génuflexions à la popularité. Les productions de M. Quinet, pleines d'audace, d'originalité, d'imagination, ne sont pas de celles que quelques mois vieillissent et qui se rident avant que la critique ait eu le temps de les envisager. *Ahasvérus* et *Napoléon* n'ont pas trouvé seulement de nombreux lecteurs en France; ils comptent des amis et des adversaires dans toute l'Europe. Il y a peu de jours, M. Quinet démontrait éloquemment, dans ce recueil (1), l'unité des littératures modernes; il n'est pas seulement

(1) *Revue des Deux-Mondes*, 1ᵉʳ août 1838.

l'historien de cette vérité glorieuse, il en est lui-
même la démonstration poétique et vivante; ses
ouvrages sont écrits pour la France et pensés pour
la grande communauté européenne.

En effet, M. Quinet n'est pas un poète épique
de la famille d'Homère; s'il fallait absolument lui
trouver une généalogie, je le dirais fils de Milton et
frère de Shelley. Ce qu'il poursuit, ce n'est pas l'é-
popée narrative, nationale ou individuelle. Le
monde qu'il se plaît à habiter est celui des idées;
s'il abaisse son regard sur la terre et sur l'histoire,
c'est pour y chercher un symbole, à l'aide duquel
il puisse douer de la vie de l'art une idée sociale et
religieuse encore muette et inexprimée, idée qu'il
n'a pas faite, qui est un peu l'œuvre de tous, mais
qu'il travaille plus activement qu'aucun autre à
dégager des théories, des faits et de la conscience
universelle; idée, plutôt conçue qu'enfantée, qu'il
s'efforce d'élever, le premier, sur une base grani-
tique et monumentale, comme une sorte de sphinx,
placé sur la route de la vérité.

Quelle est donc, dira-t-on, cette idée mystérieuse, si artistement ébauchée dans *Ahasvérus*,
continuée dans *Napoléon*, reprise de nouveau dans
Prométhée? Le mot de cette triple énigme est-il
religieux ou sceptique, panthéistique ou chrétien?
Ainsi posée, cette question me paraît presque insoluble. Il est évident que si la formule exacte et philosophique de la pensée de M. Quinet était trouvée,

l'auteur aurait employé pour l'exprimer les termes
précis d'un théorème, non les vagues aperçus et les
flottantes images de la poésie. Ce qui ressort clairement pour moi des trois poèmes de M. Quinet,
c'est la foi de l'auteur dans la marche lente et dou-
loureusement progressive de l'humanité, dans le
dogme de la gravitation incessante du genre humain vers des régions de plus en plus hautes; c'est
le pressentiment d'une révolution prochaine dans
les rapports qui lient les individus et les sociétés,
l'esprit et le corps, le ciel et la terre. Il est heureux, toutefois, que le poète ait cherché successivement plusieurs symboles pour éclaircir de plus
en plus le point de l'horizon où il tend. Ses intentions étaient restées assez voilées dans son premier
ouvrage, pour qu'un écrivain d'une bonne foi parfaite et de la plus rare sagacité (1) s'y soit trompé,
et ait cru voir dans l'épilogue d'*Ahasvérus*, notamment dans la mort et l'ensevelissement du créateur
des mondes, le dernier mot d'un désespoir poussé
jusqu'au blasphème; tandis que l'auteur, dans ses
aspirations palingénésiques (qu'il a fait, toutefois,
remonter d'un degré au moins plus haut qu'il
n'aurait dû), n'avait, comme il l'a proclamé lui-
même, voulu tirer de sa lyre qu'un hymne de rénovation et d'espérance.

(1) M. Vinet a réimprimé dans ses *Essais de philosophie morale*,
le beau et sévère jugement sur *Ahasvérus*, auquel nous faisons ici
allusion.

Le nouveau cadre que M. Quinet vient de choisir pour mettre de plus en plus sa pensée en saillie, est emprunté à l'antiquité païenne. C'est l'ancien mythe de Prométhée rattaché, dans le passé,
aux mystères les plus révérés de la foi chrétienne
par une liaison d'idées entrevue de plusieurs pères
de l'église, et couronné dans l'avenir par les premiers rayons d'un nouveau jour religieux, que je
ne puis, dans mon embarras, nommer autrement
que le *par-delà* du christianisme.

Ce poème, ou ce drame, est divisé en trois parties. Dans la première, Prométhée apporte aux
hommes le feu céleste; en d'autres termes, il agran-
dit l'existence humaine par le don des arts, de la
civilisation, de l'industrie. Les dieux, irrités de
voir passer dans la main des mortels une portion
de la puissance créatrice, punissent l'audacieux titan. Le supplice du Caucase est le sujet de la seconde partie. Prométhée, emblème de l'activité et
de la curiosité de l'âme humaine, demeure, pendant
plusieurs siècles, cloué sur un rocher. Mais du
haut de cette croix, comme a dit Tertullien (1), son
esprit, libre et sans entraves, prophétise la chute
des habitants de l'Olympe, sa propre délivrance
et l'avénement d'un dieu plus puissant que Jupiter. Dans la troisième partie, l'oracle s'accomplit,
mais autrement qu'il n'était donné aux païens de

(1) Tertull., *Adv. Marcion.*, lib. I, cap. 1.

le prévoir. Du sommet d'un autre Caucase, un autre Prométhée répand sur le monde une lumière plus pure et plus vivifiante que la première. Le titan, délivré de ses fers et du fatal vautour, est emporté dans les cieux, non toutefois sans conserver les stigmates de son supplice, non sans pressentir de nouvelles tortures, non sans prévoir, même dans les sphères célestes, une révolution nouvelle, douloureuse encore et salutaire à l'humanité.

Tel est le cercle d'idées que parcourt le poète, tel est le complément, au moyen duquel M. Quinet a rajeuni la vieille fable de Prométhée, telle est la manière dont il dénoue cette tragédie divine, logiquement insoluble dans le système païen ; telle est, enfin, l'annonce d'un troisième drame religieux, dont l'avenir, à son tour, prononcera le dénoûment.

Ce dessein hardi de rattacher la fable du Caucase aux mystères du Golgotha a soulevé contre M. Quinet deux vives critiques, d'ailleurs assez peu sensées. D'une part, les dévots au culte de l'art antique, lui ont vivement reproché d'avoir porté la main sur un chef-d'œuvre aussi parfait que le *Prométhée* grec, et d'avoir faussé le sens de cet admirable mythe, sous prétexte de le compléter et de l'agrandir ; d'une autre part, on a protesté, au nom du christianisme, contre le mélange impie des fictions païennes et des vérités révélées.

Quant à ce respect idolâtre qu'on témoigne pour les types helléniques, je ferai remarquer que cette

sollicitude est bien tardive. L'antiquité tout entière
n'a-t-elle pas été déjà vingt fois refaite à neuf par le
génie moderne? Quel critique, si ce n'est M. Guillaume de Schlegel, peut s'étonner ou regretter que
Racine ait mêlé les idées et les sentiments de son
temps à l'*Iphigénie* et à l'*Hippolyte couronné* d'Eu-
ripide? Racine, dans ces deux pièces, a conservé
la forme et le vêtement, mais bien peu de l'âme du
poète grec. Ce ne sont plus deux tragédies antiques; mais les spectateurs et les lecteurs ne sont
pas non plus des Athéniens. Shakspeare dans *Troïle
et Cresside*, Goethe dans *Iphigénie*, n'ont pas été
plus superstitieusement fidèles au génie hellénique. Pour revenir au mythe de Prométhée, tous
les poètes modernes qui se sont emparés de ce sujet, Calderon, Goethe, Falk, Shelley, ont apporté
dans cette refonte, les idées et les préoccupations
contemporaines, sans avoir, à beaucoup près,
pour agir ainsi, des motifs aussi élevés que M. Quinet. Dans le poème de celui-ci, l'alliance des deux
croyances, païenne et chrétienne, constitue le sujet même et le but du poète : c'est précisément un
Prométhée chrétien que M. Quinet a voulu faire.
En mêlant les deux cultes, l'auteur a prétendu rapprocher dans l'art ce qui s'est réellement touché
dans l'histoire. L'instinct poétique du moyen âge,
qui a, comme on sait, sanctifié Virgile et les Sibylles, avait déjà pressenti l'existence de quelques
voix semi-chrétiennes, sœurs de Daniel et d'Isaïe,

prophétisant le Christ, au sein de l'antiquité païenne.
A ces précurseurs avoués et reconnus des idées évangéliques, M. Quinet a voulu joindre la grande figure
de Prométhée : c'était son droit de poète ; l'orthodoxie n'a pas à s'en plaindre. Autre chose est la poésie, autre chose est le dogme. La poésie peut être
religieuse, chrétienne même, sans être orthodoxe.
L'enfer de Dante et le paradis de Milton n'étaient
possibles qu'à la condition de changer, de transformer, d'agrandir, au moins dans le sens poétique, la plupart des vérités que l'église enseigne.
Mais si j'absous M. Quinet des deux principaux
reproches qu'on lui a faits, je crois, en revanche,
devoir lui adresser quelques objections d'un tout
autre ordre.

Il y avait, sans doute, une immense difficulté à
donner une physionomie chrétienne à un mythe
aussi profondément païen que celui dont il a fait
choix. Cependant, parmi le grand nombre de variantes que cette fable a subies dans l'antiquité, il
s'en trouvait de plus ou moins compatibles avec un
dénouement pris en dehors du polythéisme. La suprême habileté du poète aurait donc été, suivant
moi, de choisir, parmi les traditions relatives à
Prométhée, celles qui pouvaient se prêter le plus
aisément au rapprochement qu'il se proposait.

Deux opinions principales et d'époques diverses
ont eu cours chez les anciens touchant Prométhée.

La première, celle qui de beaucoup est la plus

ancienne, et qui a eu pour interprètes Hésiode et
Eschyle, représente le fils de Japet comme le rusé
contempteur des dieux (1), l'impie ravisseur du
feu céleste (2), et, en même temps, comme l'instituteur du genre humain, et le révélateur des secrets de l'Olympe. Une seconde tradition, moins
ancienne, et qui n'a pour garants que des poètes
et des mythologues plus récents et des monuments d'une date très-peu reculée (3), fait de Prométhée, non-seulement le propagateur des arts,
mais le créateur des hommes, statues d'argile, d'a-
bord muettes et insensibles, qu'il anima et illu-
mina du feu céleste. Hésiode et les tragiques ne
disent rien de cette création. Même silence, non
moins remarquable, dans Aristophane, qui, lui
aussi, a mis Prométhée en scène. Dans la fameuse
révolte des oiseaux contre les dieux, Aristophane
n'a pas manqué de faire accourir le vieil ennemi
de Jupiter; mais, conformément au génie comique,
l'échappé du Caucase n'est, dans la cité de Néphé-
lococcygie, qu'un cabaleur poltron, une sorte de
Thersite olympien. Aristophane n'oublie pas de
rappeler burlesquement le grand bienfait de Pro-

(1) Hesiod., *Theogon.*, v. 535, seqq.
(2) Id., *Opera et dies*, v. 48, seqq.
(3) Voy. un sarcophage du musée Pio-Clémentin, un bas-relief de
la villa Pinciana, un autre de la ville d'Arles, une lampe et une urne
du Capitole, plusieurs pierres gravées, un médaillon d'Antonin
le Pieux, une peinture antique de la bibliothèque du Vatican.

méthée, le don du feu : « C'est à toi, lui dit un mauvais plaisant, que nous devons de pouvoir faire des grillades (1). » Mais de la création des hommes, mythe qui cependant prêtait on ne peut plus à la parodie, pas un mot.

Au reste, c'est une chose digne de remarque que la pauvreté des traditions helléniques sur un sujet aussi important que la création du genre humain.

Suivant Hésiode, avant toutes choses fut le Chaos, ensuite la Terre aux larges flancs, puis l'Amour, le plus beau des immortels. Or, le Chaos fut le père de l'Érèbe et de la Nuit. La Nuit, jointe amoureusement avec l'Érèbe, produisit l'Éther et le Jour. La Terre enfanta le Ciel couronné d'étoiles, son égal en grandeur, afin qu'il la couvrît tout entière. De l'union de la Terre et du Ciel naquirent l'Océan aux profonds abîmes, et enfin Japet, Rhée, Saturne et les autres Titans... (2)

Des cosmogonies, un peu différentes quant à l'ordre des êtres, mais semblables en ce qu'elles font toutes également sortir le monde de l'amour et du mélange des éléments, se lisent dans les poèmes qui portent le nom d'Orphée (3), dans un fragment de Sanchoniaton cité par Eusèbe (4), dans Hygin et dans quelques autres mythologues. Tou-

---

(1) Aristoph., *Av.*, v. 1545.
(2) Hesiod., *Theogon.*, v. 116, seqq.
(3) Pseud.-Orph., *Argonaut.*, init. — *Hymn.* V.
(4) Euseb., *Præpar. evang.*, lib. I, cap. X.

tes ces cosmogonies ou théogonies s'accordent en
ce point, que, sous le premier règne, celui d'Ura-
nus et de Gè (le Ciel et la Terre), il n'existait que
des pouvoirs célestes et terrestres, ou, comme on
a dit plus tard, des dieux et des titans. L'homme,
comme dans la *Genèse* et dans les cosmogonies
orientales, fut le dernier né de la création (1). Ce
n'est que sous la seconde dynastie céleste, du
temps de Saturne et de Rhée, qu'on vit les hommes
habiter la terre. Hésiode dit que la première race,
celle de l'âge d'or, fut *créée par les habitants de
l'Olympe* et qu'elle fut heureuse jusqu'à la venue
de Pandore. Les hommes du deuxième âge, de
l'âge d'argent, eurent la même origine, avec moins
de vertus et de bonheur. Quant à ceux du troisième
âge, de l'âge d'airain : « Ils furent créés par Jupiter (2); » d'où vint, sans doute, au fils de Saturne
le nom de *père des dieux et des hommes*, qu'Homère et Hésiode lui donnent si souvent, et celui
de *hominum sator atque deorum*, qu'il reçut chez
les Romains.

Dans un apologue attribué à Ésope, mais d'une
époque très-postérieure, Prométhée crée les hommes et les animaux, *par l'ordre exprès de Jupiter* (3). Platon admet aussi dans son *Protagoras*,
la collaboration bizarre des dieux et de Promé-

(1) Plat., *Protagor.*, p. 320, seqq.
(2) Hesiod., *Opera et dies*, I, v. 110-113.
(3) Æsop., *Fab.*, 274, ed. Coray.

thée et même d'Épiméthée. Ce philosophe, s'éle-
vant ailleurs à une doctrine plus épurée, démontre
dans le *Timée* la nécessité d'un ouvrier suprême et
unique pour l'arrangement de l'univers et pour la
formation des hommes d'après un type éternel et
idéal; mais il refuse à la divinité le pouvoir de rien
créer (1).

Soit donc que l'on consulte les monuments, les
poètes ou les philosophes, nulle part on ne voit en
Grèce le Dieu suprême se livrer, comme dans la
Genèse, au grand acte de la création. Platon lui-
même retombe à tous moments dans la matérialité
des cosmogonies sidérales et élémentaires issues
des religions de l'Orient. Exposant son système des
trois sexes, il établit que les hommes ont été produits par le soleil, les femmes par la terre, et le
sexe double (les androgynes) par la lune (2). Malgré les belles pages du *Timée* et quelques pages
aussi belles de la métaphysique d'Aristote (3), la
Grèce ne put se dégager entièrement des liens du
panthéisme asiatique. Elle ne fit que l'amoindrir,
et ne parvint ni à le vaincre ni même à l'égaler.
L'hellénisme, à vrai dire, est bien loin d'offrir la
franchise et la grandeur panthéistique des religions de l'Inde. C'est aussi une belle fable que celle
de l'arbre de vie dont il est parlé dans le *Boun-De-*

(1) Plat. *Tim.*, p. 28. — Diog. Laert., lib. III, 40-42.
(2) Plat., *Conviv.*, p. 189, seq.
(3) Aristot., *Metaphys.*, lib. IX, cap. v, p. 930.

hesch : « Arbre formé de deux corps humains, homme et femme.... arbre qui crût en hauteur, portant pour fruit dix espèces d'hommes.... (1) » Les opinions indécises de la Grèce sur la création ne sont qu'un moyen terme fort timide entre le naturalisme de l'Orient et le système du Dieu créateur de la Genèse.

A mon avis, ce vague ét a très-favorable à M. Quinet. Il en résultait pour lui une liberté complète de prendre pour base et pour point de départ de son poème l'hypothèse qui convenait le mieux à son dessein; cette hypothèse devait être assez compréhensive pour rendre au moins poétiquement vraisemblable la fusion des deux théologies païenne et chrétienne. Le poëte devait donc, ce me semble, rejeter bien loin la fable peu sérieuse qui attribue au fils de Japet la formation de statues d'argile, devenues plus tard des hommes. Cette hypothèse mesquine, qui ne se trouve dans aucun auteur un peu ancien, mais seulement dans Apollodore (2), dans Pausanias (3), dans Ovide (4), et dans quelques mythologues plus récents (5), ne

(1) Anquetil du Perron, *Zend-Avesta*, tom. II, p. 376.
(2) Apollod., lib. 1, cap. VII
(3) Pausan., lib. X, cap. IV.
(4) Ovid., *Metam.*, lib. I, v. 82, seqq.
(5) Hygin., *Fab.* 142.—Fulgent., *Myth.*, II, IX.— Lucian., *Prometh. sive Caucas.* —Id., *Dialog. Deor.*, I.—Strabon de Sardes (*Anthol.*, II, 373) dit que Prométhée fut puni pour avoir créé l'homme à l'image des dieux, et surtout pour lui avoir donné de la barbe.

pouvait être la base d'un poème pagano-chrétien.
Attribuer à Prométhée l'origine du genre humain,
répugne au but que le poète se propose ; car entre
l'homme créé par le caprice d'un titan, ou, si l'on
veut, d'un ange déchu, et l'homme racheté sur
le Calvaire par le fils de Dieu, il y a un abîme
infranchissable, une impossibilité que ne peut admettre le lecteur le plus disposé à se plier aux fantaisies des poètes. M. Quinet paraît avoir pressenti
cette objection. Il intitule simplement sa première
partie : *Prométhée, inventeur du feu ;* de plus, il
prend pour épigraphe ces belles paroles de Lac-
tance : « Les païens racontent que Prométhée a fait
l'homme d'argile, ce n'est pas sur la chose qu'ils
se trompent, c'est sur le nom de l'ouvrier. » Mais,
pour se replacer dans la vérité, ce n'est pas assez
d'un titre et d'une épigraphe que le récit dément.

Toutefois, ce faux point de départ admis, il est
juste de reconnaître que M. Quinet a fait jaillir de
cette donnée plusieurs beautés de détail et d'admirables vers. On peut en juger par le morceau suivant, dans lequel Prométhée, Titan ou Archange
tombé, raconte comment la pensée lui est venue
de créer l'homme :

Le monde était désert ; l'homme n'était pas né ;
Seulement sur mon front aux larmes condamné
Déjà l'aigle planait ; cependant que des nues
Sortaient en s'éveillant les noirs troupeaux de grues.
Le temps naquit alors, vieillard sourd et changeant ;
Aussitôt du tombeau le ver trop diligent

Courut à son métier comme une filandière,
Et l'idole attendait l'ouvrier dans la pierre.
Aux sources des lions je m'abreuvai d'abord ;
De leurs yeux secouant le sommeil de la mort,
Je les vis tout pensifs qui sortaient de l'argile :
Leurs pas étaient pesants ; leur front était tranquille ;
Et je leur demandai le chemin des déserts ;
Mais ils étaient muets comme tout l'univers.

. . . .
. . . .

Longtemps je crus qu'enfin des cavernes des bois,
Une voix sortirait pour répondre à ma voix.
Que souvent, les regards attachés sur les nues,
Dans l'air, j'ai caressé des vierges inconnues !
Je les voyais sourire ; à ces filles du ciel
Déjà je préparais le lait, l'onde et le miel,
Quand les cieux me raillant, l'aquilon de son aile
Ravissait mon épouse à la voûte éternelle.

. . . .
. . . .

Que de longs jours passés dans ce silence aride !
Et j'étais seul au monde, et le monde était vide !
Et mon cœur affamé lui-même se rongeait,
Et mon esprit sans but partout s'interrogeait !
Les soleils se suivaient l'un l'autre sans mémoire ;
Le soir venait. Bientôt, couvert de l'ombre noire,
De mon antre à pas lents je regagnais le seuil.
Comme une bête fauve y répandant le deuil,
J'attendais sans dormir je ne sais quelle proie,
Un hôte, une chimère, un présage de joie,
De l'avenir peut-être un message secret.
A peine dans le bois l'abeille murmurait,
Je disais : le voici qui vient de l'empyrée ;
Suivons encore un jour l'espérance dorée ;
Et trouvant à sa place ou le serpent moqueur,
Ou le lis, sous mes pas, consumé dans sa fleur,
Je riais ; dans mon mal quand s'enfonçait l'épine,

Mes ongles déchiraient ma stupide poitrine.

. . . .

Ainsi mes jours passaient. . . . si c'étaient là des jours.
Un soir (cette heure est triste et me navre toujours),
Dans la mer je voyais se mirer l'astre blême ;
Mais l'orage éternel ne grondait qu'en moi-même.
Tout dormait ; j'enviais les songes des roseaux ,
Et mon ombre, comme eux, dormant au fond des eaux.
Un penser, d'où me vint cette lueur sublime?
Tout d'abord m'éclaira. Sur le bord de l'abîme ,
D'un vil et noir limon, recueilli par hasard ,
Je fis un demi-dieu, fragile enfant de l'art. . . .

. . . .

Telle est l'avant-scène que le poète, à la manière
homérique, a rejetée dans la troisième partie de
l'épopée. Le poème s'ouvre sans préambule, au
moment de la création. Le Titan est à l'œuvre : entouré d'un nuage et seul sur la terre *encore humide
des eaux du déluge* (1), il recueille, au bord de
l'Océan, le limon primitif. Autour de lui sont des
ébauches d'hommes à moitié terminées. D'autres
figures humaines sont éparses dans sa caverne; des
peuples d'argile, hommes , *femmes, rois*, prophètes, privés encore de vie, apparaissent immobiles
sur la cime des monts et à travers le feuillage des
forêts. Ecoutons les premières paroles que prononce l'audacieux artiste :

Courage ! l'œuvre avance ! A la face des cieux
Cette argile vivra, comme vivent les dieux.

(1) Je ne sais pas pourquoi, contrairement à toutes les cosmogonies, M. Quinet place la création de l'homme après le déluge.

Sous mes doigts je la sens qui fermente et s'anime. .
De mes pleurs de titan , qui tombent dans l'abîme ,
J'ai deux fois arrosé le limon des humains. . . .

Ce trait est une heureuse imitation d'une belle
pensée de Themistius, qui suppose dans un de ses
discours, que Prométhée a pétri l'argile humaine,
non avec de l'eau, mais avec des larmes (1).

Prométhée ne forme pas seulement des hommes,
des vierges, des vieillards. Avant d'appeler à la vie
ce peuple de statues, il achève de modeler et anime
de son souffle une vierge géante, qui sera sa compagne et qui n'est qu'un dédoublement de son existence. Le poète se complaît dans les détails de la
création de la première femme. Il y a dans cette
scène plusieurs traits imités de Pygmalion. C'était,
en effet, à-peu-près tout ce qu'on pouvait emprunter sur ce sujet à la Grèce. Car si la mythologie
hellénique est presque muette touchant la création
de l'homme, elle est ironique et badine sur la création de la femme. Rien n'est plus charmant, mais
en même temps moins sérieux, que la fable de
Pandore, telle que la raconte Hésiode :

« Pour nous venger des humains , je leur enverrai un fléau qu'ils
embrasseront comme une idole. En disant ces mots, le père des dieux
et des hommes riait. Il ordonne à son fils Vulcain de mêler ensem—

(1) Themistius (*Orat.* XXXI) attribue à Ésope cette pensée qui n'a
rien d'antique; mais il faut remarquer que , quand ce rhéteur cite
les fables d'Ésope, c'est toujours la rédaction du sophiste Aphtonius
qu'il a en vue

ble de la terre et de l'eau , et de communiquer à ce mélange la voix
et la forme humaines , de lui donner une figure aussi charmante
que celle des déesses , en un mot , de modeler la plus ravissante
des vierges. Il voulut que Minerve lui enseignât à faire les plus
beaux ouvrages , à ourdir les plus élégantes trames. Il exigea que
la céleste Vénus répandît toutes les grâces sur sa tête et qu'elle fît
passer dans son cœur tous les désirs inquiets, tous les soucis fati-
gants de l'amour. Il chargea Mercure de lui inspirer la ruse et l'habitude des doux mensonges. Tous s'empressèrent d'obéir au fils de
Saturne. Sur-le-champ le dieu qui boite des deux jambes forma
avec de la terre le modèle d'une vierge enchanteresse. Vénus aux
yeux d'azur , lui plaça la ceinture et la couvrit de beaux vêtements;
les Grâces et la charmante déesse de la persuasion embellirent d'un
collier d'or sa gorge séduisante ; les Heures, à la blonde chevelure,
la couronnèrent des plus belles fleurs du printemps; Minerve mit
la dernière main à sa parure. Le messager des dieux lui-même ne
manqua pas de remplir son cœur de tendres mensonges , de trom-
peuses promesses et de tous les artifices que le maître bruyant du
tonnerre avait désiré qu'il lui enseignât. Le héraut de l'Olympe lui
communiqua la parole et imposa à cette aimable vierge le nom de
Pandore , parce que chacun des habitants du ciel lui avait fait un
présent qui devait être funeste aux mortels curieux. Enfin , lorsque
cette fatale et pernicieuse beauté fut en tout parfaite et accomplie ,
Jupiter envoya Mercure à l'illustre Épiméthée pour lui présenter
ce don charmant des immortels. Épiméthée , à cette vue , oublia
le conseil que lui avait donné Prométhée , son frère , de ne rien recevoir du maître de l'Olympe et de lui renvoyer tous ses présents,
de peur qu'il n'en résultât quelque malheur pour les hommes. Ce ne
fut qu'après avoir reçu Pandore qu'Épiméthée sentit combien ce
don était funeste. Jusque-là les tribus humaines avaient vécu sur
la terre sans peine et sans travail, exemptes des maladies cruelles
qui amènent la vieillesse , car la vieillesse plaintive naît promptement de l'affliction. Or la dangereuse Pandore , ayant soulevé le
couvercle d'un vase qu'elle tenait dans ses mains , répandit parmi
les hommes une source intarissable de maux. La seule espérance ne
franchit pas le seuil ; elle erra sur les lèvres du vase, mais ne s'en-
vola pas, parce que Pandore remit aussitôt le couvercle par le conseil

de Jupiter. Cependant tous les maux que contenait la boîte se répandirent aussitôt parmi les hommes. La terre en fut remplie aussi
bien que la mer. Les maladies, depuis ce temps, guettent les
mortels jour et nuit leur apportant toutes sortes de tortures en
silence, car Jupiter a voulu que ces ennemies des humains fussent
muettes (1)... »

Cette ironique et gracieuse fiction, quelque
ancienne qu'elle soit, ne me paraît pas remonter
au-delà d'Hésiode. Le mythe vraiment antique et
religieux, au moyen duquel les Grecs expliquaient
la création de la femme se trouve bien plutôt dans
Platon, dépositaire des vieilles traditions orientales. Lisez, au commencement du *Banquet*, le
discours d'Aristophane, vous y verrez l'exposition
du dualisme sexuel qui fut, suivant toutes les anciennes cosmogonies, l'état primitif du genre humain. En écartant l'ironie que le génie comique
de l'interlocuteur jette sur l'union et la séparation
de l'Androgyne, on retrouve dans ce récit la même
croyance qui vient de se montrer à nous si complète et si naïve dans l'*Arbre de vie* du *Boun-De-
hesch*.

Il y a bien loin de là, sans doute, à la manière
sublime dont Dieu, dans la *Genèse*, opère le dédoublement de l'être humain. Dans le récit du

(1) Hesiod., *Op.*, v. 57-104. — Ailleurs Hésiode dit encore :
« C'est de Pandore, créée pour le malheur des mortels, que sont
sorties toutes les femmes. Aussi dangereuses que leur mère, elles
sont, comme elle, la ruine assurée des humains. » *Theogon.*, v.
590, seqq.

Pentateuque , c'est de la chair d'Adam , la plus voisine de son cœur, que le Seigneur forme pendant son sommeil la femme, cette réalisation de tous les rêves de l'homme. Cette manière de former la femme n'est pas seulement la plus philosophique et la plus touchante , elle est encore la plus gracieuse et la plus poétique. On sait le parti qu'en a tiré Milton. Le quatrième livre du *Paradis perdu* est, sans contredit, le tableau le plus suave qu'ait jamais tracé le pinceau d'un poète.

M. Quinet, dans le plan qu'il avait conçu, ne pouvait adopter ni la charmante et épigrammatique fiction d'Hésiode, ni le beau récit de la *Genèse*. Profitant d'une tradition grecque assez récente, qui attribue à Prométhée la formation de la femme (1), et appuyé sur un passage d'Eschyle, qui signale les noces d'Hésione et du Titan, M. Quinet nous montre Prométhée se complaisant à modeler sa compagne géante. Voici les paroles dont le statuaire salue son ouvrage naissant :

> Terre , qui produis tout, et toi, mer embaumée ,
> Écoutez et voyez ! car l'argile est formée.
> Les dieux sont-ils plus beaux que ce vivant limon ?
> A leurs corps endormis sur le haut Cithéron
> Mes yeux ont dérobé la beauté souveraine.
> C'en est fait , dieux jaloux, retenez votre haleine !
> Une vierge géante , enfant des songes d'or ,
> De l'argile est sortie. . . . elle est aveugle encor.

---

(1) Menand., *Frag.*, 195. — Fulgent., *Mytholog* , lib. II , cap. IX, *sub fin* — Lucian , *ut supra*.

Sur ses pieds blancs descend sa noire chevelure ;
Le lierre des forêts serpente à sa ceinture.
Des pensers de titan habitent sous son *front.*
Son œil s'ouvre. . . tout rit. Bercé sur son *giron*,
L'amour d'un lait divin a gonflé ses mamelles,
Où pendent en naissant les nations jumelles. . .

Si j'ose dire ma pensée sur cette fiction, l'idée
de ce colosse féminin ne me semble pas heureuse.
Le gigantesque détruit la grâce. Je ne dirai pas
quelle réminiscence enfantine et joviale réveille en
moi cette colossale mère du genre humain. Les premiers mots que prononce Hésione rappellent les
douces paroles d'Ève dans Milton. A peine animée
du souffle céleste, Hésione s'éprend du bonheur
de vivre :

. . . O vallons ! ô montagnes !
Ruisseaux, grottes, salut ! et vous, fleurs, mes compagnes,
Aisément je me fie aux mêmes cieux que vous. . .

.   .   .   .

.   .   .   .

Sur vos tiges déjà voudriez-vous mourir ?
Oh ! dites qu'il est doux de vivre et de fleurir,
Qu'auprès de la colombe il me reste une place,
Que la mousse des bois tressaille quand je passe. . .

Assurément, ces vers seraient pleins de charme,
si l'on pouvait oublier un moment qu'ils sont
prononcés par une géante.

Après ces légères critiques que j'ai cru devoir
adresser à la première partie de *Prométhée*, je me
réjouis sincèrement de n'avoir que des éloges à
donner à la seconde, au *Prométhée enchaîné*. Ici

M. Quinet a pour appui le vieil Eschyle et le second drame de sa trilogie, lequel nous est parvenu intact. M. Quinet s'est inspiré de ce chef-d'œuvre et il a bien fait. Toutefois, nulle part peut-être il ne s'est montré plus original. En effet, aux menaces prophétiques que le Titan profère contre les dieux de l'Olympe, M. Quinet a dû mêler l'annonce de la loi nouvelle; il a dû faire du blasphémateur de Jupiter le héraut précurseur du Christ. Cette partie du sujet si importante, si neuve, si délicate, est traitée de main de maître.

Le passage des idées polythéistes aux idées chrétiennes est ménagé avec un art et des gradations de teintes que je ne puis trop louer :

> « . . . Malgré ce vautour qui me ronge,
> Souvent, sur ce rocher, je doute si je songe,
> Si devant l'avenir le présent qui s'enfuit
> N'est pas un mot, un rêve, évoqué par la nuit;
> S'il est vraiment des dieux; si Jupiter lui-même
> N'est pas, au fond du temple, un vain nom, un blasphème,
> Par l'immense univers au hasard répété,
> Un faux voile étendu devant l'éternité.
> Qui sait ce que demain peut enfanter la terre? »

Et ailleurs, Prométhée pressentant la chute du polythéisme, s'écrie :

> Des immortels préparez le cercueil. . .
> Vierges, entendez-vous le cri de la prêtresse ?
> Le loup a dévoré Diane chasseresse. . .
> Apollon, qu'as-tu fait de tes flèches d'argent?
>   Vois dans Corinthe un dieu plus diligent

Sur l'autel inconnu transporter la Pythie.
   Pourquoi d'Argos le temple a-t-il croulé ?
De Delphes maintenant l'oracle balbutie. . .
L'herbe croît sur l'autel que Neptune a foulé ! . . .

Enfin, le Titan, entouré du chœur des sibylles, ce lien naturel des deux cultes, prophétise clairement les mystères du Golgotha :

Le croirez-vous ? mes yeux voient un autre Caucase. . .
Sur le tombeau d'un dieu, Vierges, jetez des fleurs.
O supplice inconnu ! Source immense de pleurs !
Quel convive a d'absinthe empli ce large vase ?
Près des maux que je vois, ah ! que sont mes douleurs ?
   Quel est sur la sainte colline
Cet autre Prométhée à la face divine ?
Le monde à Jupiter l'a-t-il sacrifié ?
Son père, quel est-il ? Dites, quel fut son crime ?
Est-ce un titan esclave ? un Dieu crucifié ?
O prodige ! il bénit l'univers qui l'opprime. . .

Toute cette partie du poème est irréprochable pour le fond et vraiment belle pour la forme.

Dans la troisième partie (*Prométhée délivré*), M. Quinet est rendu aux seules forces de son talent et de son sujet. Il ne subsiste, comme on sait, qu'un bien petit nombre de vers du *Prométhée délié* d'Eschyle, et, quand nous posséderions des fragments plus nombreux de ce drame, ils auraient été à-peu-près inutiles à notre poète, tant le fond des deux ouvrages est différent ! Nous savons par les mythologues (1) et par quelques monuments que Pau-

(1) Apollod., lib. II, cap. v, § 12. — Hygin., *Fab.* 144. — Id. *Poet. astron.*, xv.

sanias a décrits (1), de quelle manière les anciens
avaient dénoué ce grand drame. Ils ne pouvaient
délivrer le Titan qu'en donnant un démenti formel
à Jupiter, qui avait juré de retenir le ravisseur du
feu céleste éternellement enchaîné sur le Caucase,
et un autre démenti à Prométhée, qui avait annoncé que ses fers seraient brisés par un *dieu nouveau*, vainqueur de Jupiter. Ce dieu nouveau fut
tout simplement Hercule. On voit dans un bas-
relief ce demi-dieu percer d'une flèche l'aigle ou le
vautour qui rongeait le foie du Titan (2). Le même
bas-relief nous apprend par quel étrange subter-
fuge on essaya de pallier l'inconséquence de ce
dénoûment. Pour que Jupiter n'eût pas juré en
vain, Prométhée dut conserver aux pieds et aux
mains un bout de sa chaîne et un fragment de la
pierre du Caucase. Au moyen de cet expédient peu
sérieux, comme le remarque M. Quinet dans sa
préface, on crut avoir effacé toutes les contradictions. J'ajouterai que plusieurs écrivains de l'antiquité attribuent à cette subtilité théologique
l'usage qui est venu jusqu'à nous de porter aux
doigts des anneaux de métal avec de petites pierres
enchâssées (3). N'est-il pas bizarre de songer que

(1) Pausan., lib. V, cap. XI.

(2) Voy. le grand bas-relief du musée Pio-Clémentin.—Voy. encore un miroir étrusque représentant Hercule libérateur de Prométhée, gravé dans l'ouvrage de Micali, tav. L, n. 1.

(3) Hygin., *Poet. astron.*, xv. — Isidor., *Orig.*, xix, 32.

c'est de Prométhée que nous vient l'usage des
bagues, y compris l'anneau de saint Pierre et celui
du doge de Venise?

C'est précisément la puérilité du dénoûment
antique qui a suggéré à M. Quinet l'idée d'un autre *Prométhée*. Il lui sembla que la fable du Caucase ne pouvait se clore dans le système païen que
par un sophisme indigne de l'art. Tant que le dieu
prophétisé par le Titan ne paraissait pas, tant
qu'une étoile nouvelle ne brillait pas au ciel pour
les bergers et pour les mages, le supplice du Caucase n'avait aucune raison de finir. Le Christ, en
un mot, parut à M. Quinet le seul rédempteur possible de Prométhée.

Cette idée, quelle que soit sa valeur dogmatique, est poétiquement très-heureuse et très-élevée;
elle est digne de l'auteur d'*Ahasvérus*. Annoncée
et préparée dans les deux premières parties du
poème, elle est réalisée et menée à fin dans la troisième. Ici les beautés abondent. J'ai pourtant une
ou deux critiques à soumettre encore à l'auteur.

Voyons d'abord comment il a disposé la grande
scène de la délivrance.

Dès l'ouverture de la troisième partie, nous
voyons les deux archanges, Michel et Raphaël, descendre du ciel et s'arrêter sur le Caucase. Ils n'ont
pas reçu la mission expresse de délivrer Prométhée; ils le rencontrent sur sa roche, ils le plaignent; ils croient retrouver en lui un frère; ils

apprennent de sa bouche la cause et les détails de
ses souffrances. En retour, le prisonnier reçoit des
deux anges une bonne nouvelle; les dieux olym-
piens ne sont plus :

> Jupiter est tombé de son ciel idolâtre.

Prométhée, toujours incrédule, doute des mystères de Bethléem. Pour le convaincre, Raphaël,
au nom du Christ, commande aux fers du captif
de se briser : il est libre et bientôt porté, de ciel
en ciel, aux pieds du Très-Haut.

Cette délivrance de Prométhée par deux archanges qui, sans mission et un peu au hasard, font
tomber les fers du vieux prophète des gentils, me
paraît une invention un peu froide. Je m'attendais, en approchant du moment solennel, à rencontrer une scène plus saisissante et plus idéale. Je
me rappelais que le Christ, descendu de son tombeau dans les limbes, remonta triomphant au ciel,
ramenant dans le sein de son père, Abraham, Isaac
et tous les patriarches. J'espérais quelque chose
d'aussi merveilleux pour la glorification de celui
qui, dans la pensée du poète, fut le martyr anti-
cipé de la foi nouvelle. J'aurais trouvé digne du fils
de Dieu, que l'air agité par ses ailes invisibles,
quand il remonte au ciel, eût suffi pour faire tomber les chaînes du prisonnier et le porter dans le
séjour céleste, à la suite des saints de l'Ancien et

du Nouveau Testament. Cette scène semblait indiquée par la tradition.

Au reste, la délivrance de Prométhée par la vertu
du Christ n'est pas le sujet unique de la troisième
partie du drame de M. Quinet. On a vu, dès le
début du poème, Prométhée apparaître comme
l'emblème de l'activité sociale et religieuse de l'âme
humaine. Aucun personnage ne se prêtait donc
mieux que lui à l'expression des sentiments d'attente, de curiosité, d'espérances prématurées et
de découragements mortels dans lesquels l'âge présent est enchaîné. Le poète a indiqué avec beaucoup de talent et, à-la-fois, de réserve, que le ciel
chrétien, où est reçu Prométhée, n'est encore pour
lui qu'un lieu de transition et comme une halte
sublime. La blessure inguérissable du Titan reste
toujours saignante. On devine qu'il laissera bientôt échapper de nouveaux souhaits, de nouveaux
blasphèmes; que sa chaîne sera bientôt rivée à un
autre Caucase; qu'il aura besoin d'un nouveau
rédempteur, et que, délié encore, il atteindra un
autre ciel.

Toute cette partie de l'œuvre de M. Quinet est
fort belle. J'aurais voulu seulement que, pour
mieux caractériser cette renaissance incessante de
l'esprit de doute et de progrès, le poète n'eût
pas permis, comme il l'a fait, à l'archange Michel
de percer mortellement d'une flèche l'oiseau fatal;
j'aurais voulu, au contraire, qu'au moment de la

19.

délivrance, l'éternel vautour fût remonté lentement
dans la nue, instrument futur d'une punition nouvelle, certaine, inévitable; condition nécessaire
d'un nouvel effort, d'un nouveau progrès.

On trouvera vraisemblablement que, dans la partie du poème qui regarde vers l'avenir, l'auteur a
été d'une brièveté extrême; on regrettera qu'il n'ait
fait luire sur sa pensée que de courts éclairs, et
n'ait pas essayé de la faire briller dans les demi-
teintes d'un grand et large symbole. M. Quinet a
prévu ces regrets et semble aller au-devant dans sa
préface : « Toutes les fois, dit-il, que le poète, le
sculpteur ou le peintre, ont exprimé ce qu'on appelle aujourd'hui des pensées d'avenir, ils ont dû
se servir pour cela des formes et des figures du
passé. En soi, l'avenir est une abstraction sans
corps, sans formes, et qui n'existe nulle part;
sitôt qu'il devient une réalité, il se convertit en
un présent qui a lui-même un passé. Exiger du
poète qu'il forme lui seul et de sa propre substance le monde de l'avenir, sans aucun des débris
d'un monde antérieur, ce serait vouloir mettre la
métaphysique à la place de la poésie, ou la prophétie à la place de l'art. Autant vaudrait demander une
statue sans marbre, un tableau sans toile, un édifice
sans matière... Imaginer que la poésie puisse se séparer entièrement de toute tradition, de tout souvenir, de toute matière, et se soutenir ainsi dans le
vide, ce serait méconnaître la première condition,

non-seulement de l'art, mais de la vie elle-même. »

Dans les lignes qu'on vient de lire, M. Quinet me semble avoir grossi un peu à plaisir les exigences de ceux qui demandent à la poésie de s'occuper de l'avenir. D'abord, on n'a jamais rien demandé de semblable au sculpteur ni au peintre. Si l'on est plus exigeant envers les poètes, c'est que la prophétie ne leur messied pas et qu'ils sont, pour ainsi dire, les éclaireurs et l'avant-garde de l'intelligence humaine. Toutefois, l'on n'exige pas du poète qu'il bâtisse le monde de l'avenir de sa propre substance et sans s'aider d'aucun débris des mondes antérieurs. Au contraire, ce n'est qu'en saisissant dans le passé la loi de génération qui a produit le présent, que la poésie peut espérer d'atteindre à une vue symbolique du monde futur. Dans ce genre de divination, dont les premières parties du poème donnaient l'idée et l'espérance, M. Quinet est resté un peu au-dessous de l'attente que lui-même avait excitée.

Il nous reste à dire quelques mots de la forme employée par l'auteur. Plusieurs critiques, et nous avons été du nombre (1), ont manifesté, à l'apparition d'*Ahasvérus*, le regret que ce poème n'eût pas reçu le sceau indestructible du mètre. Nous n'avons pas changé d'avis. Nous croyons qu'*Ahasvérus*, taillé dans le marbre par le ciseau de Gœthe ou de Byron serait plus assuré de garder le haut

(1) Voy. plus haut, page 139.

rang qu'il a atteint tout d'abord par la richesse et la beauté de la conception. Est-ce à dire que nous félicitons M. Quinet d'avoir échangé contre des vers fort bien faits, sans doute, fort harmonieux, fort corrects, mais un peu raides et gênés, sa prose si libre, si souple, si variée, si obéissante au moindre souffle de son imagination, au moindre appel de sa volonté? Non, certes; malgré les mérites incontestables de la versification de *Prométhée*, on ne peut s'empêcher de reconnaître que l'auteur ne commande pas au mètre avec cette souveraine autorité que le peintre doit avoir sur son pinceau, le sculpteur sur son argile, le musicien sur son archet ou sur son clavier.

Ainsi M. Quinet, dont on connaît la prose colorée, abondante, variée, pleine de richesses et de ressources, tombe, quand il porte le poids du vers, dans des répétitions de mots et d'images qui attestent le malaise et la fatigue. Je lis, par exemple, dans *Prométhée* :

— Comme un tombeau d'*airain* le ciel même frémit.
— L'attente aux yeux d'*airain* que suit le désespoir.
— De ses liens d'*airain* mon esprit s'affranchit.
— Toi qu'un *lien* d'*airain* dans ses *nœuds* emprisonne.
— De ces *liens* d'*airain* forgés dans le mystère
Que d'eux-mêmes les *nœuds* se brisent au grand jour!
— Il sent son cœur d'*airain* se fondre tout en eau.
— Hé! cervelle d'*airain!* oracle du passé!
— Et le vide atelier où le cyclope broie
Dans un creuset d'*airain* un avenir d'*airain*.

Je trouve encore des sceptres, des fronts, des jougs, des verges, des ongles d'*airain!* Il est évident que de pareilles redites et une telle monotonie dans un écrivain aussi fécond en tours et en images que M. Quinet, et dans un poème de moins de trois mille vers, ne peuvent être attribuées qu'à la contrainte du mètre.

Voici encore quelques exemples de répétitions qu'il faut mettre évidemment sur le compte de la rime :

— Déjà je caressais mes songes éphémères
— Lui seul demeure en paix ; tout autre est éphémère.
— Déserteur de l'Olympe, appui des éphémères.
  — Rois des éphémères,
  Où sont vos aïeux?
— Ah! laisse cet espoir aux fils des éphémères.
— Pasteur des songes d'or et roi des éphémères.

Quelquefois même la tyrannie de la rime conduit M. Quinet, écrivain presque toujours grammaticalement irréprochable, à des oublis de syntaxe :

Dans tes bras de géante, où dorment les chimères,
D'abord tu berceras les peuples éphémères ;
Tu nourriras de lait les cités *aux berceaux.*

La rime amène encore des expressions tout-à-fait impropres :

Sous cette armure *enfumée*
Tout géant devient pygmée.

Le métal, au sortir de la forge, est bien loin d'être enfumé. Au reste, ces taches sont très-rares

dans le poème de *Prométhée*. Presque partout la
versification est ferme, grave, sonore, riche d'i-
mages et d'harmonie, surtout dans les grands vers.
Cependant ces qualités sont ici moins constantes
que dans la prose de l'auteur. Je regrette donc,
pour mon compte, que M. Quinet ait changé un
instrument dont il se sert d'une manière supérieure, contre un autre dont il ne s'est pas servi
jusqu'ici avec une égale puissance. Ce qui me porte
surtout à regretter cet échange, ce ne sont pas
les légères imperfections de détail que j'ai signalées et qu'un trait de plume ferait disparaître; j'ai,
pour engager M. Quinet à revenir à la prose, des
raisons beaucoup plus profondes et qui ne tou-
chent pas seulement la forme. En examinant avec
attention ses deux derniers poèmes, il est aisé de
voir que le soin donné aux vers, le temps consumé
à lutter contre la mesure et la rime, ont employé
une notable partie des forces de l'écrivain. L'invention épique ou dramatique est bien moins remarquable dans *Napoléon* et dans *Prométhée* que
dans *Ahasvérus*. Il y avait exubérance dans ce
dernier; dans *Prométhée,* au contraire, les développements sont grêles et insuffisants; la préface
promet plus que ne tient le poème; on sent que
l'auteur, satisfait de la brillante broderie jetée sur
ses figures, s'est moins occupé du dessin et du
modelé. Fier, à juste titre, d'une grande difficulté
vaincue, l'auteur n'a pas cherché assez avant, selon

moi, dans le cœur de son sujet, les trésors de
poésie qu'il recélait. M. Quinet, prosateur, a de
l'abondance, de la liberté, de l'éclat, de la souplesse; M. Quinet, poète, a encore d'éminentes
qualités; mais il n'a plus ce suprême empire sur
la pensée et sur la langue, qui constitue un écrivain de premier ordre. Qu'il revienne donc bien
vite à la prose, surtout quand il fera des ouvrages
de longue haleine.

XII.

LES RAYONS ET LES OMBRES,

PAR M. VICTOR HUGO.

(Revue des Deux-Mondes, 1 juin 1840.)

C'est un véritable bienfait pour toutes les na-
tures sensibles aux jouissances de la pensée, que
l'apparition d'un nouveau recueil de poésies, qui
offre, par le mérite éminent de son auteur, une
promesse et presque une certitude d'émotions pures, profondes, désintéressées. Au milieu du prosaïsme dont les flots débordent de toutes parts et ga-
gnent toutes les hauteurs, une inspiration vraiment
lyrique qui, comme une brise inattendue, vient
faire vibrer la lyre mystérieuse que chacun de nous
porte en son sein, ne peut qu'être saluée avec reconnaissance et sympathie.

Ce sentiment de joyeuse gratitude, que tout lecteur de bonne foi ressent à l'annonce et à la première vue d'un nouvel ouvrage de M. Victor Hugo,
la critique doit l'éprouver beaucoup plus vif et
plus profond encore, elle qui n'existe que par la
grâce et par le fait de l'art, elle qui n'est rien et ne
peut rien être qu'un reflet intelligent des créations

du génie, elle dont le clavier ne frémit et ne parle
que sous la main du grand peintre, du grand musicien, du grand poète; elle qui dormirait et se
tairait éternellement, si elle n'était éveillée de
temps à autre par la voix souveraine de l'artiste.
Toutefois, après le ravissement causé par l'aspect
d'une œuvre d'art, arrivent nécessairement les réflexions, les comparaisons, le jugement. L'esprit
humain est ainsi fait. A-t-on été vivement ému? on
repasse, à part soi, ses impressions; on les rapproche de celles qu'on a précédemment ressenties,
on les compare et l'on juge; la critique n'est que
la rédaction officielle de ces réflexions intimes, de
ces jugements fugitifs et inexprimés. Nos soldats
de l'armée d'Égypte, qui battirent des mains à la
vue des ruines de Thèbes, placés plus tard au pied
du Colysée ou sous les arcades de l'Alhambra,
furent, sans aucun doute, saisis d'un enthousiasme à-peu-près égal au premier; puis ils durent
comparer leurs impressions anciennes aux nouvelles, et, sciemment ou non, prononcer entre
leurs divers souvenirs. La critique, qui est l'expression généralisée de ces impressions partielles,
a, comme on voit, sa racine dans la conscience
humaine, tout aussi bien que le génie plastique,
poétique et musical. De même que l'artiste exprime avec éclat ce que le vulgaire a vu, entendu
ou senti obscurément; de même le critique apprécie avec netteté ce que la foule admire, compare

et juge confusément. Le génie et la critique ont
l'un et l'autre atteint leur but, bien inégal sans
doute, quand ils sont avoués et tenus pour vrais
par celles de nos facultés dont ils se sont constitués
les interprètes. D'ailleurs, je le répète avec conviction, la base de la critique est l'admiration;
c'est là son point de départ, sa raison d'existence.
Toute œuvre qui ne mérite pas de faire naître ce
sentiment à un degré quelconque est indigne d'occuper la pensée, le souvenir, le jugement d'aucune créature sérieuse. Où il n'y a pas tout d'a-
bord de grandes beautés, il n'y a rien à faire pour
la critique, qu'on peut à bon droit définir, la
mesure dans l'admiration.

Si cette définition est juste, comme je le crois,
on ne s'étonnera pas que nul poète de ce siècle
n'ait autant exercé et passionné la critique que
l'auteur des *Feuilles d'automne* et d'*Hernani.* Il
n'est pas une seule de ses nombreuses et fortes
productions qui ne fournisse amplement matière
à l'admiration des moins enthousiastes, et qui
n'offre en même temps l'occasion de quelques
réserves aux moins sévères. Dans le nouveau volume la proportion des beautés sur les défauts
nous paraît s'être accrue. *Les Rayons et les Ombres*
nous semblent non-seulement un nouveau pas,
mais, à quelques égards, un pas plus ferme et
plus décisif dans la carrière où M. Hugo est incon-
testablement supérieur, dans le genre lyrique.

En effet, quoique l'auteur de *Marion Delorme*
et de *Notre-Dame de Paris* ait poussé le développement successif de ses heureuses facultés dans les
trois grandes directions qui sillonnent le domaine
de la poésie ; quoiqu'il ait obtenu d'incontestables
succès dans les trois genres lyrique, épique et dramatique, toutefois dans ses romans, comme dans
ses pièces de théâtre, l'inspiration lyrique domine
toute autre inspiration. En revanche, personne
n'associe mieux que M. Hugo le récit à l'ode ; personne ne jette plus habilement l'intérêt et le drame
au milieu du chant. Il est impossible de s'emparer
du cœur ou de l'imagination avec un plus petit,
nombre de mots. De même que quelques notes
pénétrantes suffisent au musicien, quelques vers
suffisent à M. Hugo pour nous émouvoir jusqu'aux
larmes ; telle pièce nous remue avec cinq ou six
strophes, aussi profondément que le pourrait faire
un drame en plusieurs actes. On se rappelle les
pâles *Fantômes* des *Orientales* :

Hélas ! que j'en ai vu mourir de jeunes filles !

Dans *les Rayons et les Ombres*, la pauvre mère,
que son lait a rendue folle et qui va retrouver si
vite son nourrisson au cimetière, est un pendant à
ce drame, pendant aussi réel, aussi saisissant, aussi
inexorablement tragique. La pensée de résignation
évangélique que l'auteur a déposée dans le titre de

cette pièce, *Fiat voluntas* (1), adoucit par un reflet de douce piété ce que la fatalité de la catastrophe aurait eu de trop pénible et de trop poignant.

Si l'on nous demande à quel ordre de sentiments et d'idées se rattache le nouveau recueil, nous dirons qu'il appartient à la même source d'inspiration qui a dicté ses trois aînés, inspiration sérieuse, intime, contenue, que l'auteur appelle lui-même la seconde période de sa pensée, et qui commence aux *Feuilles d'automne*. Mais c'est surtout avec les *Voix intérieures*, qui l'ont précédé immédiatement, que ce nouveau volume offre des signes de fraternité plus marqués. *Les Rayons et les Ombres* sont la suite et le complément des *Voix intérieures*. Beaucoup de pièces commencées dans le premier recueil semblent, en quelque sorte, reprises et complétées dans le second. Ces consonnances de sentiments qui n'ont, d'ailleurs, rien de monotone, tant les cadres et les formes poétiques sont habilement et artistement variées, donnent à ce grand ensemble lyrique une sorte d'harmonie sentimentale d'un effet profond et d'un grand charme. Je dis harmonie sentimentale, car je ne trouve pas dans les idées, comme je le montrerai bientôt, le même harmonieux accord qui me plaît dans les sentiments.

(1) Pourquoi ne pas dire *Fiat voluntas tua?* J'ignore ce qui a engagé l'auteur à rendre cette phrase presque inintelligible en la tronquant. — *Fiat lux* fait un sens admirable : *Fiat voluntas* n'en fait aucun; il faut que la mémoire complète l'idée.

Des critiques d'une raison sévère, qui d'ailleurs ont rendu pleinement justice aux grandes qualités de style que M. Victor Hugo possède, et notamment à l'industrieuse souplesse de ses évolutions lyriques, me paraissent avoir été moins justes appréciateurs de ses qualités intimes. Je ne puis convenir que M. Hugo n'applique l'admirable instrument dont il dispose à l'expression d'aucun sentiment humain et vrai, et que, poète purement extérieur et obstinément superficiel, il soit dépourvu de toute sincérité d'émotion ; je ne puis admettre que, depuis le cinquième livre des *Odes et Ballades*, ce charmant et frais poème, cette aube qui a eu son midi et son couchant, l'auteur n'ait plus rien retrouvé de profondément senti, plus rien de vrai, plus rien de sincère. La lyre de M. Hugo me semble, au contraire, pourvue d'un assez grand nombre de cordes, toutes très-franches et très-distinctes. L'échelle des sentiments que parcourt le poète est aussi variée, aussi étendue, aussi riche que celle d'aucun autre lyrique moderne, y compris Schiller, Gœthe et Byron. Comme ceci demande une démonstration, nous allons, si l'on nous le permet, étudier un peu à loisir cette lyre si artistement construite, et, comme un luthier amoureux de son art, démonter l'instrument, objet du litige, pour bien constater la nature et l'état des parties qui le composent.

Je vois d'abord une corde grave et mélodieuse,

que nous avons entendue dans les premières odes
de l'auteur, et qui est encore aussi vibrante et
aussi sonore qu'aux premiers jours, celle des souvenirs d'enfance. A côté, je trouve celles de l'amitié fraternelle, de l'amour filial, j'ai presque dit
du culte maternel. Vient ensuite la corde des affections domestiques et de la paternité, corde souvent touchée sur laquelle le poète a exécuté si
admirablement, dans les *Voix intérieures*, le charmant concert des *Oiseaux envolés*, et dans le présent recueil la pièce intitulée : *Mères, l'enfant qui
joue,* et plusieurs autres. La quatrième est celle de
la pitié aumônière, à laquelle on doit, dans les
Voix intérieures, la grande et belle pièce *Dieu est
toujours là*, et, dans *les Rayons et les Ombres*, le
tableau si naturel, si saisissant, si triste, des
quatre pauvres petits qui pleurent, chantent et
mendient. Puis viennent celle de l'amour, quelquefois trop sensuel, quelquefois trop mystique,
presque toujours trop personnel, vrai, cependant,
et senti, surtout quand il se retourne vers le passé,
comme dans la *Tristesse d'Olympio;* celle de l'orgueil poétique, grosse corde qui résonne ici pourtant avec un peu plus de modération que dans les
Voix intérieures, mais qui aurait encore besoin
d'une sourdine; celle de l'attrait pour les ruines,
sentiment complexe, dans lequel se mêlent le respect de la vieille monarchie capétienne et les souvenirs de l'empire; enfin, et par-dessus tout, l'a-

mour de la couleur, du son, de l'étendue, en
d'autres termes, l'adoration du monde matériel, ce
que nos voisins appellent le *naturalisme*.

Tous ces sentiments sont dans M. Hugo parfaitement vrais et sincères. Ils se concilient entre eux
et se pénètrent même en plusieurs points, malgré
ce qu'ils ont ou paraissent avoir d'opposé. Ainsi,
le fanatisme vendéen et l'exaltation napoléonienne
trouvent leur point de jonction dans les souvenirs
d'enfance et les traditions de la famille. Il ne faut pas,
d'ailleurs, demander aux poètes l'unité absolue de
sentiments; on n'aurait ainsi que sécheresse et monotonie. Les émotions les plus diverses peuvent sans
dissonance s'allier, s'équilibrer, *concerter* même.
Le cœur admet, comme on sait, les contradictions.
Il y a dans cette partie de nous-mêmes une puissance merveilleuse d'affinité qui, des éléments les
plus divers, sait tirer une résultante pleine d'harmonie. Or, ce qui est vrai du cœur est nécessairement vrai de l'art, et surtout de l'art lyrique, qui
n'est que le miroir et l'écho de l'âme humaine.

Mais il n'en est pas des idées comme des sentiments. La raison est bien plus absolue, bien plus
inflexible que le cœur. L'esprit n'admet pas les
contraires. Les idées ne se fondent pas dans le
creuset de l'intelligence, comme les sentiments
dans le foyer de l'âme. Ici l'unité ne se fait pas
toute seule; c'est au travail humain de la produire.
La critique qui a reproché à M. Hugo d'étendre

l'opulente draperie de son langage sur des sentiments qui ne sont pas vrais, et sur des idées
qu'une patiente méditation n'a pas eu le temps de
rendre siennes, me semble, au moins sur ce dernier chef, avoir raison contre le poète. Ce n'est
pas que M. Hugo ne touche à beaucoup d'idées; il
prend, notamment dans ce dernier volume, des
opinions et des systèmes de toutes mains. Plato-
nisme, mysticisme, panthéisme, catholicisme,
toutes ces doctrines lui servent de thèses et se trouvent jetées pêle-mêle, non-seulement dans le courant du volume, mais souvent dans le même morceau, et quelquefois dans la même strophe. Voyez
la pièce XXVI, *Mille chemins, un seul but*, où
un matérialisme presque païen revêt çà et là une
enveloppe chrétienne et même mystique; voyez
la pièce XXVIII adressée *à une jeune femme,* pièce
dont la pensée est entièrement panthéiste, et qui
se termine par un trait de mysticité ultrà-catho-
lique. Tantôt M. Hugo admet la matière éternelle
et infinie :

> Nature d'où tout sort, nature où tout retombe.
>
> . . . .
>
> Un vague demi-jour teint le dôme éternel.

Tantôt il reconnaît la création et proclame la
souveraineté de Dieu sur son œuvre :

> . . . . Dieu fait l'odeur des roses,
> Comme il fait un abîme. . . .
>
> . . . .

Le monde est à Dieu, je le sens ;

. . . .

La terre prie et le ciel aime,
Quelqu'un parle et quelqu'un entend.

Dans un premier vers il écrit :

. . . L'astre et la fleur commentent l'Évangile,

ce qui est la paraphrase du psalmiste : *Cœli enar-rant gloriam Dei;* puis, devenu panthéiste dans le vers suivant, il glisse cette pensée aussi éloignée que possible de l'esprit biblique :

. . . Dieu met, comme en nous, un souffle dans l'argile.

Je ne connais, je dois le dire, rien de plus pénible, de plus blessant, de plus déchirant pour le cerveau que ce conflit aigu de toutes les idées, ce cliquetis de toutes les croyances, cette confusion stridente de tous les systèmes.

C'est, je le sais, une prétention déjà ancienne dans M. Hugo et qui remonte aux *Orientales,* que de donner asile et rendez-vous dans le vaste giron et la compréhensive enceinte de sa poésie à toutes les idées, à toutes les croyances, à toutes les erreurs, à toutes les théories qui vivent ou ont vécu dans les sociétés humaines. Cette prétention à l'ampleur, au complet, à l'ouverture indéfinie, a été magnifiquement exprimée par M. Hugo dans sa fameuse comparaison de la poésie avec une vieille ville espagnole, *où l'on trouve tout :* « Fraî-

20.

che promenade d'orangers ; larges places ouvertes
au grand soleil pour les fêtes ; rues étroites, tor-
tueuses, où se lient les unes aux autres mille maisons de toute forme, de tout âge ; palais, couvents,
casernes ;....... marchés pleins de peuple et de
bruit...... — Au centre, la grande cathédrale gothique, avec ses hautes flèches tailladées en scies,
sa large tour du bourdon, ses cinq portails brodés
de bas-reliefs..... — Et à l'autre bout de la ville,
cachée dans les sycomores, la mosquée orientale
aux dômes de cuivre et d'étain, avec son jour d'en
haut, ses grêles arcades, ses versets du Coran sur
chaque porte, et la mosaïque de son pavé et la
mosaïque de ses murailles..... »

Le premier tort de cette théorie, où un si vif
amour de l'image éclate à côté de trop d'indifférence pour l'idée, est d'avoir été émise à propos
d'un recueil lyrique. Dans une épopée, dans un
drame, dans un roman, on conçoit que toutes les
croyances, tous les systèmes puissent trouver naturellement leur place et se mouvoir sans confusion. Il est possible que le spectacle complexe et
la confusion pittoresque d'une grande cité du
moyen âge soient un symbole applicable à une
large épopée. Il faut pardonner au peintre de ne
se priver d'aucun de ses moyens d'effet. Mais la
composition lyrique a d'autres lois. Une œuvre où
ne figure qu'un seul acteur, le poète, et d'où ne
peuvent sortir qu'une seule voix et une seule pen-

sée, la voix et la pensée du poète, ne saurait admettre des convictions contradictoires, des professions de foi opposées; l'*Évangile* et le *Coran*, le panthéisme et le spiritualisme, la foi et le doute. Passe encore si ces contradictions se produisaient comme dans les *Chants du crépuscule*, sous la forme d'un scepticisme individuel mêlé d'espoir, image du scepticisme général de notre époque. Il y a une sorte d'unité dans le scepticisme, c'est la négation de tous les systèmes; ce n'est pas, comme dans *les Rayons et les Ombres*, la glorification simultanée de toutes les croyances, le *tout est bien* de *Candide* appliqué à toutes les doctrines possibles, à tous les systèmes.

Dans la préface du présent recueil, M. Hugo a formulé de nouveau sa théorie favorite d'encyclopédisme et d'universalité poétique, mais dans des termes plus mesurés, et, je le reconnais, plus admissibles, même au point de vue lyrique: « L'auteur, dit-il, pense que tout véritable poète, indépendamment des pensées qui lui viennent de son organisation propre et des pensées qui lui viennent de la vérité éternelle, doit contenir la somme des idées de son temps. » Oui, sans doute, mais à une condition expresse, c'est que le poète séparera soigneusement les pensées qui viennent de son organisation et surtout de la vérité éternelle, de celles qui ne sont que le retentissement des erreurs du passé ou des agitations contemporaines. M. Hugo a l'intime conviction d'avoir rempli cette condition et au-delà. « L'auteur, dit-il, à chaque ouvrage nouveau qu'il met au jour, soulève un coin du voile qui cache sa pensée, et déjà peut-être les esprits attentifs aperçoivent-ils quelque unité dans cette collection d'œuvres, au premier aspect isolées et divergentes. » Si nous comprenons bien ces paroles, l'auteur se félicite d'apporter une solution ou du moins quelque commencement de solution aux grands problèmes qui agitent la société. On pense bien, d'après ce que nous venons de dire, qu'au milieu des lambeaux de doctrines qui colorent alternativement et indifféremment les vers du poète, nous avons en vain cherché cette pensée qu'il croit avoir produite. Nous avions imaginé que peut-être l'auteur avait gardé ce mot tant promis et enfin découvert, pour la dernière pièce de son recueil, intitulée *Sagesse*. En effet, ce petit poème est particulièrement dogmatique; l'auteur fait parler les trois grandes voix qu'il reconnaît toutes trois pour ses guides : la première est le christianisme orthodoxe et rigide; la seconde, le déisme philosophique et tolérant; la troisième, le pur panthéisme; nous espérions qu'à ce moment suprême le poète allait déchirer le voile et nous apprendre, enfin, comment de ces trois voix il peut sortir une idée commune et jaillir une vérité nouvelle. Malheureusement M. Hugo s'est contenté de tracer les vers suivants pour toute conclusion :

Et de ce triple aspect des choses d'ici-bas,
De ce triple conseil, que l'homme n'entend pas,
Pour mon cœur, où Dieu vit, où la haine s'émousse,
Sort une bienveillance universelle et douce
Qui dore, comme une ombre, et d'avance attendrit
Le vers qu'à moitié fait j'emporte en mon esprit,
Pour l'achever aux champs avec l'odeur des plaines
Et l'ombre du nuage et le bruit des fontaines.

Voilà de quelle façon M. Hugo soulève, suivant sa promesse, le voile qui enveloppait sa pensée. En vérité, il nous permettra de lui dire, comme le vieux monarque avec lequel il causait dans un salon des Tuileries, le 9 août 1829 : *O poète !*

La préface de ce nouveau volume, puisque nous l'avons citée, est, sans comparaison, la partie la plus faible du livre. Obscurité, lieux communs, prétentions creuses, tels sont les défauts que présentent ces douze pages, et que rien, à notre avis, ne compense. Ce qu'on y aperçoit de moins obscur, c'est, comme dans la première pièce intitulée *Fonction du poète,* la revendication pour la poésie de toute initiative philosophique et religieuse. Citons quelques vers de cette pièce, beaucoup plus clairs, d'ailleurs, que la prose qui les précède :

Le poète en des jours impies
Vient préparer des jours meilleurs.
Il est l'homme des utopies,
Les pieds ici, les yeux ailleurs.
C'est lui qui, sur toutes les têtes,
En tout temps, pareil aux prophètes,

Dans sa main, où tout peut tenir,
Doit, qu'on l'insulte ou qu'on le loue,
Comme une torche qu'il secoue,
Faire flamboyer l'avenir.

. . . .

. . . .

Il rayonne ! il jette sa flamme
Sur l'éternelle vérité !
Il la fait resplendir pour l'âme
D'une merveilleuse clarté !
Il inonde de sa lumière
Ville et déserts, Louvre et chaumière,
Et les plaines et les hauteurs ;
A tous d'en haut il la dévoile ;
Car la poésie est l'étoile
Qui mène à Dieu rois et pasteurs !

M. Hugo tranche ici, comme on voit, une immense question. La poésie possède-t-elle, en effet,
cette initiative intellectuelle qu'il lui attribue? En
d'autres termes, l'imagination est-elle, contrairement à l'opinion du père Malebranche, le meilleur instrument possible pour parvenir à la vérité? Comme il y a dans l'affirmative que soutient
M. Hugo quelque chose de vrai et aussi quelque
chose d'exagéré et de faux, nous nous y arrêterons
un moment. Oui, il est bien vrai, et nous l'avons
dit nous-même ailleurs, l'imagination est l'avant-
courrière de la raison; elle la devance en éclaireur ;
c'est la colonne demi obscure et demi lumineuse
qui guide la caravane humaine dans les déserts de
l'intelligence. Doué d'une sorte d'instinct divinatoire trop peu étudié jusqu'ici, le génie poétique

est plus propre qu'aucune autre de nos facultés
à saisir, entre les divers objets de la création, certains rapports trop déliés pour être perçus par un
autre sens. La poésie, qu'on peut appeler la demi-
science et mieux peut-être la prescience, fait
jaillir à travers le rayonnement de ses symboles et
l'éclair de ses métaphores une foule de vérités anticipées dont la science trouvera plus tard la démonstration (ı).

Mais de ce que la poésie et l'imagination ont
été données à l'homme comme un délectable instrument d'investigation et de découverte, de ce
que nos grands poètes dramatiques et nos ingénieux romanciers ont, par les fouilles incessantes
de leur psychologie sentimentale, rendu vulgaires
et presque scientifiques les plus secrets mouvements de certaines passions; de ce que toute expression vraiment poétique est la révélation d'un
nouveau rapport découvert entre le monde physique et le monde moral, s'ensuit-il que l'initiative
sociale et religieuse appartienne de nos jours aux
poètes, et qu'ils doivent aborder de front les problèmes métaphysiques et sociaux? Non, assurément. Dans les études philosophiques et religieuses
proprement dites, les poètes, en tant que poètes,
resteront toujours bien loin des publicistes, des
économistes, des philosophes. Quand MM. de La-

(1) Voy. plus haut, pages 97 et 113.

martine et Victor Hugo abordent en vers, après
Saint-Simon et Fourier, après Jean Reynaud et
Pierre Leroux, les questions de rénovation religieuse et d'organisation sociale, ils nous rappellent
tristement l'abbé Delille traduisant, dans *les Trois
règnes de la nature*, les physiciens et les natura-
listes de son temps ; mais du moins l'abbé Delille
ne prétendait-il à aucune initiative scientifique.

Non, ce n'est pas par des efforts directs, par
d'ambitieuses et vagues théories générales, ni
même par des poèmes cosmogoniques, fussent-ils
aussi remarquables que *la Chute d'un ange*, que
les poètes peuvent mériter d'être comptés parmi
les initiateurs du genre humain. Homère, Virgile,
Dante, Shakespeare, Racine, Gœthe, n'ont point
créé de systèmes ni lutté avec Pythagore, Platon,
Bacon, Descartes, Kant. Ces guides enchanteurs de
l'humanité ont suivi des voies plus appropriées à la
muse. Ils ne sont si admirables que parce qu'étant
à la hauteur de tout ce qu'on savait de leur temps,
ils ont jeté négligemment une foule d'aperçus
familiers, délicats, inattendus, sur le monde et
sur l'homme ; parce qu'ils ont marié la musique
et la pensée, et exprimé simplement tout ce qu'ils
sentaient dans un style où le cœur, l'esprit et
l'oreille découvriront éternellement de nouveaux
charmes.

C'est dans ce sens restreint que la poésie et l'i-
magination exercent une véritable initiative sur la

pensée humaine, et M. Victor Hugo, en tant qu'é-
minent écrivain et maître passé en fait d'images et
de métaphores, a fait à lui seul rayonner plus de
ces vérités phosphorescentes que presque tous nos
poètes actuels réunis. Mais qu'il ne compromette
pas les avantages qu'il possède en faussant le but
et la destination de l'instrument poético-magnéti-
que qu'il manie avec tant de dextérité. Plongeur
habile, qu'il continue de pêcher des perles sans
s'éloigner du rivage, et ne se mette pas à la remor-
que de ce lourd navire qui part, chargé de l'atti-
rail de la science, à la recherche des vérités sociales. Il peut chanter le départ et plus sûrement
le retour; mais rien de plus, s'il est sage. Il n'est
pas plus donné au poète de découvrir par la rêverie
une vérité sociale, qu'il ne lui est possible de signaler par inspiration et sans télescope une nouvelle planète. La science est pour le poète ce que
l'air est pour l'oiseau; elle n'est pas son but, mais
son point d'appui; elle aide à son vol et soutient
ses ailes. Que M. Victor Hugo nous en croie, il y a
plus d'invention, plus de création, plus d'originalité réelles dans quelques pages, comme celles que
nous allons citer, écrites sous la dictée du cœur et
de l'imagination, que dans les vagues lieux communs d'avenir dont le poète a cru devoir trop souvent, dans ce dernier ouvrage, masquer le vide de
sa pensée. Pour mon compte, ce que je trouve de
plus véritablement élevé dans la dernière pièce du

recueil, adressée à mademoiselle Louise B., et intitulée *Sagesse,* c'est justement ce morceau presque
enfantin, si bien rattaché, d'ailleurs, aux soucis
de l'âge mûr; épisode folâtre et charmant, jeté là
on ne sait pourquoi, sans visée profonde, sans
prétention dogmatique, et qui se borne tout uniment à être plein de grâce, de vérité et d'harmonie :

> Pourquoi devant mes yeux revenez-vous sans cesse,
> O jours de mon enfance et de mon allégresse?
> Qui donc toujours vous rouvre en nos cœurs presque éteints,
> O lumineuse fleur des souvenirs lointains?
> Oh! que j'étais heureux! oh! que j'étais candide!
> En classe, un banc de chêne, usé, lustré, splendide,
> Une table, un pupître, un lourd encrier noir,
> Une lampe, humble sœur de l'étoile du soir,
> M'accueillaient gravement et doucement. Mon maître,
> Comme je vous l'ai dit souvent, était un prêtre
> A l'accent calme et bon, au regard réchauffant,
> Naïf comme un savant, malin comme un enfant,
> Qui m'embrassait, disant, car un éloge excite,
> — Quoiqu'il n'ait que neuf ans, il explique Tacite. —
> Puis près d'Eugène, esprit qu'hélas! Dieu submergea,
> Je travaillais dans l'ombre, — et je songeais déjà.
> Tandis que j'écrivais, — sans peur, mais sans système,
> Versant le barbarisme à grands flots sur le thème,
> Inventant aux auteurs des sens inattendus,
> Le dos courbé, le front touchant presque au Gradus, —
> Je croyais, car toujours l'esprit de l'enfant veille,
> Ouïr confusément tout près de mon oreille
> Les mots grecs et latins, bavards et familiers,
> Barbouillés d'encre, et gais comme des écoliers,
> Chuchoter, comme font des oiseaux dans une aire,
> Entre les noirs feuillets du lourd dictionnaire.

Bruits plus doux que le bruit d'un essaim qui s'enfuit,
Souffles plus étouffés qu'un soupir de la nuit,
Qui faisaient par instant, sous les fermoirs de cuivre,
Frissonner vaguement les pages du vieux livre !

Le devoir fait, légers comme de jeunes daims,
Nous fuyions à travers les immenses jardins,
Éclatant à-la-fois en cent propos contraires.
Moi d'un pas inégal je suivais mes grands frères ;
Et les astres sereins s'allumaient dans les cieux,
Et les mouches volaient dans l'air silencieux,
Et le doux rossignol chantant dans l'ombre obscure,
Enseignait la musique à toute la nature,
Tandis qu'enfant jaseur, aux gestes étourdis,
Jetant partout mes yeux ingénus et hardis
D'où jaillissait la joie en vives étincelles,
Je portais sous mon bras, noués par trois ficelles,
Horace et les festins, Virgile et les forêts,
Tout l'Olympe, Thésée, Hercule, et toi, Cérès,
La cruelle Junon, Lerne et l'Hydre enflammée,
Et le vaste lion de la roche Némée.

Mais lorsque j'arrivais chez ma mère, souvent,
Grâce au hasard taquin qui joue avec l'enfant,
J'avais de grands chagrins et de grandes colères.
Je ne retrouvais plus, près des ifs séculaires,
Le beau petit jardin, par moi-même arrangé.
Un gros chien en passant avait tout ravagé ;
Ou quelqu'un dans ma chambre avait ouvert mes cages,
Et mes oiseaux étaient partis pour les bocages,
Et joyeux s'en étaient allés de fleur en fleur
Chercher la liberté bien loin, — ou l'oiseleur.
Ciel ! alors j'accourais, rouge, éperdu, rapide,
Maudissant le grand chien, le jardinier stupide,
Et l'infâme oiseleur et son hideux lacet,
Furieux ! — d'un regard ma mère m'apaisait (1).

(1) Ce trait rappelle le *compressa quiescent* des *Géorgiques* Mais

Aujourd'hui, ce n'est plus pour une cage vide,
Pour des oiseaux jetés à l'oiseleur avide,
Pour un dogue aboyant lâché parmi des fleurs
Que mon courroux s'émeut. Non, les petits malheurs
Exaspèrent l'enfant; mais, comme en une église,
Dans les grandes douleurs l'homme se tranquillise.
Après l'ardent chagrin, au jour brûlant pareil,
Le repos vient au cœur, comme aux yeux le sommeil.
De nos maux, chiffres noirs, la sagesse est la somme.
En l'éprouvant toujours, Dieu semble dire à l'homme :
— Fais passer ton esprit à travers le malheur;
Comme le grain du crible, il sortira meilleur.
J'ai vécu, j'ai souffert, je juge et je m'apaise.
Ou si parfois encor la colère mauvaise
Fait pencher dans mon âme avec son doigt vainqueur
La balance où je pèse et le monde et mon cœur ;
Si, n'ouvrant qu'un seul œil, je condamne et je blâme,
Avec quelques mots purs, vous, sainte et noble femme,
Vous ramenez ma voix qui s'irrite et s'aigrit
Au calme, sur lequel j'ai posé mon esprit;
Je sens sous vos rayons mes tempêtes se taire ;
Et vous faites pour l'homme incliné, triste, austère,
Ce que faisait jadis pour l'enfant doux et beau
Ma mère, ce grand cœur qui dort dans le tombeau !

Toute cette effusion lyrique est d'un naturel, d'une grâce, d'une élévation, d'une vérité incomparables. Langage, mouvement, pensées, tout ici est à louer sans réserve; et combien nous pourrions citer dans le recueil de morceaux d'une valeur égale : les *Vers à la duchesse d'A.*, la *Tristesse*

quelle admirable imitation ! quel souvenir agrandi ! C'est là de l'exquise poésie classique et comme il serait désirable qu'en fissent souvent ceux qui s'en piquent.

d'Olympio, le *Regard jeté dans une mansarde !*

Nous avons parlé des sentiments et des pensées; il nous reste à dire quelques mots de la question de forme et de langage. Ces questions, quoique subalternes, doivent plus que jamais tenir une certaine place dans toute discussion relative à M. Hugo.

La forme, c'est-à-dire la facture de la strophe et du vers, est ici, comme dans les volumes qui ont suivi *les Orientales*, parfaitement souple, gracieuse et belle ; la rime a toute sa richesse habituelle, et ce n'est pas là un mérite frivole. Le poète a dû à la puissance musicale de cette basse continue, qui marque si énergiquement le rhythme, de pouvoir faire avec succès ce qu'on avait en vain essayé jusqu'à lui, c'est-à-dire pratiquer l'enjambement et déplacer la césure sans que le sentiment rhythmique soit en rien affaibli. Nous n'avons à signaler que deux rimes un peu faibles : *Paros* et *héros*, *bizarres* et *rares*, dont beaucoup d'honnêtes poètes se contenteraient assurément. Disons-le néanmoins, si l'oreille est toujours satisfaite, c'est un peu quelquefois aux dépens de la pensée. Ce culte nécessaire de la rime amène, de temps à autre, des mots étranges et parasites et qu'il faut bien appeler par leur nom, des chevilles. On ne peut guère attribuer à une autre cause ce vers bizarre :

Aimer. . . . .
C'est se chauffer à ce qui bout.

Plus loin, dans la jolie pièce intitulée *la Statue* :

> Parlez-moi, *beau* Sylvain. . . . . .
> Avez-vous quelquefois moqueur antique et grec,
> Quand près de vous passait avec le *beau* Lautrec
> Marguerite aux doux yeux. . . . .

Il n'y a que le voisinage du *beau Lautrec*, qui ait pu induire M. Hugo à lancer si mal-à-propos l'épithète de *grec* aux faunes et aux sylvains du Latium. C'est aussi sur le compte de la rime que nous mettons le pléonasme suivant :

> L'égoïste, qui de sa zone
> Se fait *le centre et le milieu.*

Quelquefois la rime a fait dire à M. Hugo plus qu'il ne voulait, comme dans ce conseil adressé à M. David, l'habile et actif sculpteur :

> Toi, dans ton atelier tu dois rêver *toujours.*

Elle est cause encore de quelques expressions inexactes :

> Il (le poète) *voit*, quand les peuples *végètent* (1).

Enfin, ce que nous pardonnons plus difficilement à la rime, c'est d'avoir engagé M. Hugo à changer le nom de Laure, si connu de tous et si doux, en celui de *Laura* :

> Comme à Pétrarque apparaissait Laura.

Si, par un système que l'accent italien réprouve,

(1) Peut-être faut-il lire *il vit.* Alors mon observation n'aurait plus d'objet (*note de 1842*).

M. Hugo a prétendu rendre à la belle Avigno-
naise le nom que son amant lui donnait, il aurait
dû, pour être conséquent, écrire aussi *Petrarca*.
Mais M. Hugo ne tient pas, et avec raison, à ce
mode de transcription littérale qui n'est pas toujours le plus fidèle (1). Il n'y tient même pas toujours assez, car il change (page 309) comme il
l'avait déjà fait dans *les Voix intérieures,* le nom
d'Albert Durer en Albert Dure, ce qui est une attention pour l'oreille, mais une affreuse barbarie
pour les yeux. Mieux aurait valu indiquer la prononciation par une note, comme dans la petite
pièce XXII, intitulée *Guitare,* où M. Hugo n'a pas
hésité à écrire le mont *Falù*, destiné à rimer avec
fou.

Malgré le petit nombre de passages où la contrainte de la rime a laissé son empreinte, M. Hugo,
il faut le reconnaître, remplit d'une manière admirable cette première et impérieuse obligation du
poète. La valeur vraiment musicale qu'il a su donner à la rime lui permet, comme nous l'avons dit,

(1) Il ne faut pas croire qu'en substituant *Laura* à *Laure,* on
revienne au nom véritable. Dans les deux cas, nous altérons un peu
la prononciation de la première syllabe ; mais l'altération est beaucoup plus forte quand nous disons *Laura*, parce que nous portons
forcément alors l'accent sur la finale, comme dans tous les mots de
notre langue qui ne sont pas terminés par un *e* muet. D'où il suit
que la forme *Laura*, identique pour les yeux au nom original, s'en
éloigne en réalité, et pour l'oreille, beaucoup plus que notre ancienne forme *Laure*.

d'imprimer à la marche de ses périodes une grâce et
une liberté singulières. Il est impossible de se montrer dans la coupe du vers, novateur plus habile et
plus fidèle en même temps aux exigences de l'oreille.
Je n'ai pu découvrir dans tout le volume qu'un seul
vers dont la césure soit décidément mauvaise :

Où, mer qui vient, esprit des temps, mêlée obscure (p. 37).

Aussi, n'est-ce plus depuis longtemps à propos
de l'enjambement ni de la césure que les adversaires de M. Hugo lui font la guerre. Toutes les
objections sont dirigées contre les procédés ir-
respectueux et les violences que M. Hugo s'obstine,
dit-on, à faire subir à la langue. On sait sur ce
point avec quel emportement M. Hugo est attaqué
par un parti littéraire qui se montre uniquement
préoccupé dans ses critiques, de la pureté du langage, et qui devrait s'en préoccuper un peu plus
dans ses œuvres. Pour nous, qui n'entendons de
tous côtés parler de M. Hugo que comme du
fléau de Dieu, du destructeur systématique de la
syntaxe, de l'Attila de la langue française, nous
avons lu ce nouveau volume avec défiance et la
plume à la main. Au milieu des plus grandes beautés de tous genres, nous avons eu le sang-froid de
noter tous les passages qui nous ont paru autoriser
les formidables accusations portées contre le poète.
Nous avons été sans pitié, et cependant cette liste
de nos griefs, que nous donnons ici telle que nous

l'avons dressée, n'est ni très-chargée ni très-longue. Il a fallu, pour ne pas nous perdre dans ce réquisitoire, grouper les délits sous divers chefs.

1° Images disgracieuses. Elles sont fort rares dans *les Rayons et les Ombres*. Je voudrais, pourtant, effacer ce vers :

Quand notre âme, en rêvant, descend dans nos entrailles.

J'en dis autant de cette strophe qui se trouve dans la première pièce. Le dernier vers surtout rappelle trop de récentes et malheureuses imitations de Juvénal et de Regnier :

Loin ces scribes au cœur sordide
Qui, dans l'ombre, ont dit sans effroi
A la corruption splendide :
Courtisane, caresse-moi !
Et qui parfois, dans leur ivresse,
Du temple où rêva leur jeunesse
Osent reprendre les chemins,
Et *leurs* faces encor fardées
Approcher les chastes idées
L'odeur de la débauche aux mains !

2° Associations de mots bizarres :

Loin de vous ces *chats* populaires. . . .

On doute s'il faut lire *chats* ou *chants*. On n'est tiré de perplexité qu'en lisant le second vers :

Qui seront tigres quelque jour.

3° Abus du pluriel :

L'air était plein d'encens et les parcs de *verdures*.

. . . .

21.

A quoi bon féconder *les éthers* et les ondes?

. . . . , . . .

Les *verdures* et les *éthers* sont également réprouvés par la physique et par la langue.

Les soleils m'expliquent *les roses.*

Le poète commentant, comme il le fait ici, la création par elle-même, aurait pu dire :

Le soleil m'explique les roses,

on aurait compris; mais, en écrivant *les soleils* m'expliquent *les roses*, il donne à penser qu'il s'agit des fleurs appelées *soleils*, des tournesols.

Dans la pièce intitulée : *Cæruleum mare* :

Cherchant dans les cieux que tu règles
L'ombre de ceux que nous aimons,
Comme une troupe de grands *aigles*. . . .

Personne n'ignore que les aigles ne volent pas par troupe; ils vivent solitaires, comme tous les oiseaux de proie.

4° Expressions équivoques. M. Hugo dit en parlant de pauvres matelots naufragés :

Nul ne sait votre sort, *pauvres têtes perdues!*

Des têtes perdues offrent tout d'abord à l'esprit un sens fort différent du véritable.

Ce que nous avons fait tôt ou tard *nous raconte.*

L'auteur veut dire, sans doute : raconte notre vie

aux autres, et non pas *à nous*. Il faut un commentaire.

> Pour flétrir nos hontes sans nombre,
> Pétrone réveillé, dans l'ombre
> Saisirait son *stylet* romain. . .

Il ne s'agit pas ici d'un poignard, mais du *stylus*, dont les anciens se servaient pour écrire, et dont nous avons fait *style*, et non *stylet*, quoiqu'on puisse jouer sur le mot.

5° Images inexactes :

> La borne du chemin. . .
> S'est usée *en heurtant*, lorsque la nuit est sombre,
> Les grands chars gémissants qui reviennent le soir.

La borne ne heurte pas les chars; c'est elle qui est heurtée. L'image est fausse.

> Prairie, où quand la guerre *agitait* leurs *rivages*
> Les grands lords montagnards comptaient leurs clans sauvages
> Et leurs *noirs* bataillons.

Noirs ! Il n'y a rien, au contraire, de plus éclatant que l'uniforme bariolé des clans écossais.

6° Répétitions. Certains mots reparaissent sans cesse. Je n'ose dire combien de fois j'ai compté le mot *pencher*. Le verbe *tordre* revient avec la même obstination fatigante, et se montre sous toutes les formes et dans toutes les acceptions possibles, même les moins correctes, témoin ces vers :

> C'est pour vous, dans ces bois, que de savantes mains
> Ont mêlé les dieux grecs et les Césars romains,

> Et dans de claires eaux mirant les vases rares,
> *Tordu* tout ce jardin en dédales bizarres.

7° Abus du verbe actif employé comme neutre :

> Front pur, qui sur nos fautes *penche.*
>
> . . . .
>
> Puisqu'un Dieu *saigne* au Calvaire.

8ᵘ Locutions insolites : *Tortionnaire,* adjectif pris comme substantif :

> . . . Pourquoi le courroucer (le poète)
> Et le livrer dans l'ombre à des tortionnaires?

On ne dit pas un tortionnaire comme un incendiaire, et il y aurait peu d'avantage à le dire; le mot est bien dur.

> O rêves de granit! *grottes visionnaires!*

Je ne suis pas bien sûr du sens. Je crois, cependant, que par *grottes visionnaires* l'auteur entend des *grottes qui font apercevoir des visions.* Cette acception nouvelle n'est pas heureuse. M. Hugo a dit bien mieux ailleurs : *Ton œil visionnaire,* c'est-à-dire ton œil *sujet aux visions.*

> Nul danger, nul écueil! . . . *Si!* l'aspic est sous l'herbe.

Si, comme particule affirmative, est de pure conversation; ce mot n'est pas entré dans la langue écrite.

> Un vase à forme étrange, *en* porcelaine bleue.

Un vase *en* porcelaine est une incorrection qu'un

bon écrivain ne doit pas accréditer. A plus forte
raison ne fallait-il pas dire :

Par une porte *en vitre*, au dehors , l'œil en foule
Apercevait. . . . .

Nous demandons bien pardon à M. Hugo et à
nos lecteurs de cette trop longue chasse aux syllabes, qui nous donne quelque peu l'air de l'*auceps
syllabarum*, dont se raille quelque part Cicéron.
On sait, d'ailleurs, dans quel but spécial nous avons
entrepris ce minutieux examen. Il ne nous reste qu'à
recommander à ceux qui l'auront lu de ne tirer de
ce commentaire que les conclusions que nous avons
nous-même indiquées. Nous ne serions, certes,
pas entré, on peut nous en croire, dans ces détails
techniques, si M. Hugo n'était à nos yeux non-
seulement un grand coloriste, un grand musicien,
un grand poète, mais encore un très-habile et très-
savant artiste en fait de langue, et (pourquoi ne
pas dire toute notre pensée?) le plus habile aujourd'hui et le plus savant de tous nos écrivains en
vers. Si nous avons cru devoir étudier son œuvre
la loupe à la main , c'est qu'il n'y a d'utiles études
de style à faire que sur des ouvrages de premier
ordre. Quel profit y aurait-il à signaler les incor-
rections de tous genres qui foisonnent dans les
œuvres soi-disant classiques et pures des bonnes
gens qui croient modestement continuer l'école de
Racine? — Nous ne voudrions pas non plus que

l'on conclût de la pédanterie de nos remarques que
nous prétendons appliquer, sans distinction ni
merci, l'inflexible égalité de la grammaire aux productions des poètes. Nous ne poussons pas si loin
le radicalisme littéraire. Nous reconnaissons, au
contraire, et nous proclamons volontiers les royaux
priviléges de la poésie. N'est-ce pas elle qui crée les
langues et qui les orne? elle qui leur donne tout ce
qui les fait vivre et plaire, l'harmonie, le nombre,
les images? elle encore qui prodigue à leur déclin
les dernières fleurs et les dernières grâces? En retour, la poésie reste, dans de certaines limites,
dame et maîtresse de la langue, et c'est justice.
Elle a le droit régalien de battre monnaie; elle
frappe à son effigie des mots nouveaux et de nouvelles tournures. Ces créations, heureuses ou malheureuses, ne peuvent être démonétisées par simple
arrêt du vocabulaire ou protestation de la syntaxe.
On ne peut sans barbarie appliquer aux poètes,
ces monarques de l'intelligence, le niveau de la
grammaire commune, sous lequel nous devons
tous courber la tête, nous autres simples mortels.
Est-ce à dire que la langue de la poésie ne soit
soumise à aucune règle? Non, sans doute. Il y a
au-dessus d'elle, si élevée qu'elle soit, les grandes
et suprêmes lois, qui constituent la philosophie
du langage et dominent la poésie elle-même. Ces
lois, bases éternelles de la pensée et de la parole,
portent heureusement en elles un cachet irrécu-

sable de généralité et d'évidence. Le peuple est le juge souverain de leur observation. De ces lois, les deux plus importantes sont la clarté et l'analogie. Boileau lui-même a entrevu les deux degrés de juridiction que je signale, quand il a dit :

Et de l'art même apprend à franchir ses limites.

Grand critique et grand poète, il a compris qu'au-delà de la règle commune, il y a une autre règle, et que le code qui régit la langue faite ne peut régir en même temps cette seconde langue, qui est toujours à faire, toujours à recommencer, la langue poétique. On voit quels principes nous ont guidé dans l'examen dont nous avons donné plus haut le résultat. Le petit nombre d'objections que nous avons dû élever sur cet ensemble d'environ trois mille vers, est un hommage implicite que nous avons rendu à la perfection du reste.

XIII.

DE L'ACADÉMIE FRANÇAISE

EN 1827 ET 1828.

1827.

LES PRIX ANNUELS. — L'ÉLOGE DE BOSSUET.

(*Globe*, 3o août 1827.)

La solennité du 15 août avait attiré aux Quatre-Nations une assemblée nombreuse et brillante. Indépendamment de l'intérêt qui s'attache à la proclamation des prix de vertu fondés par M. de Montyon, l'Académie française avait à décerner un prix d'éloquence et un prix de poésie. De plus, on savait que les sujets proposés pour ces deux concours étaient magnifiques. L'éloquence avait à exposer la *vie et les ouvrages de Bossuet,* la poésie à raconter l'*affranchissement de la Grèce.* C'est peut-être ce qu'il y a de plus haut dans les pensées et de plus poétique dans les émotions modernes.

M. Auger a ouvert la séance par un rapport sur le concours de prose. Il a *mentionné* comme ayant été honorablement distingués par l'Académie, deux discours, dont les auteurs ont gardé l'anonyme, et que les censures un peu âpres de M. le secrétaire-

perpétuel n'inviteront vraisemblablement pas à se
découvrir. A propos d'un de ces morceaux, M. Auger a fait une sortie judicieuse contre le barba-
risme, le solécisme, et surtout contre le néologisme
d'acception, écueil littéraire encore plus funeste que
le *néologisme de mots;* expressions qui ne sont peut-
être pas elles-mêmes de bien bon aloi. Il a exposé
ensuite, avec netteté, les motifs qui ont déterminé
l'Académie à partager cette année la couronne
entre deux concurrents, M. Saint-Marc Girardin
et M. Patin, dont les discours ont été jugés d'un
mérite égal, bien que distingués par des qualités
tout-à-fait diverses. Avant d'arriver aux motifs
de cette conclusion, qui ont été fort applaudis,
M. Auger avait cherché les causes du peu d'ardeur
que le concours a excité. Il a cru les trouver dans
le faible intérêt qu'offre, suivant lui, à la génération présente la plus grande partie des œuvres de
l'évêque de Meaux. Il nous est impossible de partager cette opinion. Tout ce qu'a dit M. Auger de
la profonde indifférence qu'il suppose à la jeunesse actuelle pour ceux des ouvrages de ce grand
homme qui ne sont pas exclusivement littéraires
pouvait être exact il y a quelques années, mais ne
l'est plus aujourd'hui. Après l'étonnante révolution d'idées qui a ramené la lutte sur le terrain où
Bossuet a vaincu en 1682, après la publication et
la vogue des écrits de MM. de Maistre et de La-
mennais, Bossuet, qui depuis longtemps n'était

plus qu'une magnifique idole académique, le manuel et le désespoir des rhétoriciens de tout âge,
l'auteur sublime de quatre ou cinq oraisons funèbres et du *Discours sur l'Histoire universelle,* est
redevenu tout-à-coup ce qu'il fut pendant les cinquante années de sa glorieuse *dictature,* comme
dit Saint-Simon, le fanal de l'église gallicane, le
chef d'un parti plus patriote que conséquent,
l'âme d'un système où domine l'utilité plutôt que
la logique; et ce grand nom, si bien mérité, de
Dernier père de l'Église, que ses contemporains lui
ont décerné, et qui avait perdu presque toute espèce de sens pendant la seconde moitié du xviiie
siècle, lui a été tout-à-coup rendu par une génération qui a, quoi qu'en dise M. Auger, la connaissance de ce qu'a fait ce grand prélat, qui l'étudie, qui le combat et qui l'admire.

Les difficultés d'un éloge de Bossuet étaient immenses. Il y a cinq ou six hommes de génie dans
cette lumière de l'Église de France. Comment, dans
le cadre si resserré d'un discours qui ne doit guère
durer plus d'une heure, pouvait-on juger tant de
qualités dissemblables? Les deux jeunes lauréats
n'ont pas besoin de se mettre en frais de modestie;
ils n'ont qu'à en appeler à l'universalité du génie
de Bossuet pour s'excuser du reproche qu'on leur
adresse de ne lui avoir rendu qu'un incomplet
hommage.

Plein de ce goût et de cette sagacité consciencieuse

dont il a déjà fait preuve dans ses éloges de Lesage et
de l'historien de Thou, M. Patin apprécie en maître
les principaux ouvrages de Bossuet. Il trouve pour
caractériser ses qualités diverses une foule de nuances justes et délicates; parfois la pensée du jeune
écrivain se produit par des images qui ne sont ni
sans éclat ni sans grandeur. Il n'oublie pas l'histoire
de la vie ou plutôt des combats de l'illustre évêque,
et paraît avoir pris pour guide dans cette partie de
son travail, le cardinal de Bausset, qu'il résume et
qu'il colore avec talent; mais dont il reproduit trop
fidèlement, à mon avis, la réserve gallicane et la
trop continuelle et trop soumise approbation.

Le discours de M. Saint-Marc Girardin affecte
une allure toute différente. L'auteur recherche les
rapprochements et les tableaux historiques, et paraît s'y complaire jusqu'à dédaigner un peu la partie littéraire de son sujet. Cette marche lui permet
d'obtenir des effets plus neufs. Mais, arrêté par la
crainte ou le respect, bien naturels dans un jeune
écrivain, il hésite à entrer en matière et tourne autour de Bossuet plutôt qu'il ne l'aborde. Il peint,
sans beaucoup de choix, quelques-uns des hommes
et des objets qu'il remarque près de ce colosse, et
il esquisse l'ombre que ces objets projettent sur
cette figure majestueuse, plutôt qu'il ne la dessine
ou ne la mesure elle-même. Cela nous vaut de piquants hors-d'œuvre : un tableau de la Fronde,
un portrait d'Antoine Arnauld, un de Richelieu,

et un autre de Luther. On a beaucoup applaudi ces morceaux, qui ont bien le cachet académique. Mais ce genre d'ornement convenait-il au sujet? Pour moi, en pensant combien il y avait de choses solides à dire sur Bossuet, toute digression me paraît faiblesse. D'ailleurs, un homme qui a été pendant un demi-siècle en contact, comme Bossuet, avec tout ce que l'Europe renfermait de personnages élevés par le rang, le génie ou la vertu, depuis saint François de Sales jusqu'à Turenne, et depuis Leibnitz jusqu'au roi Jacques, offre de trop nombreuses occasions de parallèles et de contrastes pour que son panégyriste ne se borne pas en ce genre au nécessaire. Enfin, pour dire toute ma pensée, M. Patin examine Bossuet en historien littéraire exact et discret, M. Saint-Marc Girardin, en investigateur plus entreprenant, mais un peu superficiel et trop désintéressé des opinions et des personnes. En un mot, ni l'un ni l'autre, suivant moi, ne l'examinent assez en lui-même, ne cherchent assez profondément quelles furent la nature de son génie et la mesure de son influence. Aussi, quand on a lu ces deux éloges avec tout le plaisir que ne peut manquer de causer une prose élégante et spirituelle, on se retrouve exactement avec les mêmes opinions, ou, si l'on veut, avec les mêmes préjugés que l'on avait avant la lecture.

Certes, Bossuet comme écrivain, avait reçu en détail la plus grande somme de louanges à laquelle il soit permis à un mortel d'aspirer. Il n'y avait plus guère lieu, ce nous semble, de relever telle ou telle qualité particulière de son esprit. C'était la loi même de cet esprit si élevé qu'il fallait chercher ; c'était cette loi qu'il fallait oser regarder en face et juger ; c'était ce génie oratoire ou poétique, spéculatif ou pratique, fort ou faux, et peut-être tout cela ensemble, qu'il eût été curieux d'analyser et d'apprécier avec conscience et liberté. Le panégyrique de Bossuet a été fait, on le sait, par le père de la Rue ; et, au sein même de l'Académie française, son éloge a été prononcé par l'abbé de Choisy, par le cardinal de Polignac, et par l'abbé de Clérembault. Ce que l'on aurait souhaité à cent trente ans d'intervalle, c'eût été une révision respectueuse de ses nombreux titres de gloire, un jugement impartial plutôt qu'un éloge. Combien Bossuet aurait grandi encore, s'il est possible, par ce libre examen ! Et comme à cette idolâtrie qu'il inspire aurait succédé une admiration plus intelligente et, par cela même, plus honorable ! On aurait vu ce grand prélat, qui, selon quelques esprits peu éclairés, a consumé sa vie sur d'oiseuses questions de controverse, gouverner par la science et le génie toute l'Église de France, et sans parler du quiétisme qu'il a étouffé et du jansénisme qu'il a contenu, diriger l'épiscopat et la royauté même au milieu des questions les plus graves et dans les conjonctures les plus difficiles où l'État et l'Église

se soient trouvés engagés depuis Grégoire VII. Il
eût été curieux d'examiner si cet homme, que l'on
regarde, d'après quelques-uns de ses écrits et de
ses actes, comme le plus vigoureux champion de
l'unité politique et religieuse, n'a pas apporté lui-
même de notables restrictions à ce dogme; si une
partie de ses écrits et de sa conduite n'est pas une
éclatante réfutation de l'autre; en un mot, s'il n'a
pas été un politique habile et résolu, un homme
d'état fécond en vues élevées et pratiques, un poète
plein de génie et d'enthousiasme, plutôt qu'un dia-
lecticien sévère et un inexpugnable controversiste.
N'y aurait-il pas eu un extrême intérêt à éclaircir ce
qu'il peut se trouver de vrai, de faux ou d'exagéré
dans les opinions si opposées que professent à l'é-
gard de Bossuet l'Italie, la France et l'Angleterre;
de voir pourquoi, quand sa parole fait loi à Paris,
il est presque anathématisé à Rome et à peine admiré à Londres; d'où vient que plusieurs critiques
étrangers sont si peu touchés de la partie historique de ses oraisons funèbres; pourquoi l'Angleterre, par exemple, se rit de notre admiration,
qu'elle traite de puérile, pour les portraits tant
célébrés parmi nous de Cromwell, de Charles Ier
et de Henriette; et pourquoi celui du grand Condé,
dont nous sommes les juges naturels, commence
à nous paraître plus magnifique qu'approprié à la
bizarre grandeur du modèle? Peut-être tous ces
points, et beaucoup d'autres sur lesquels roule

aujourd'hui la conversation des gens éclairés, devaient-ils être débattus dans un éloge de ce grand homme, composé en 1827. Mais si deux écrivains aussi capables d'éclaircir ces doutes, que MM. Patin et Saint-Marc Girardin, ont cru ne pas devoir les aborder, il faut penser qu'ils ont craint de faire violence au genre académique, dont personne ne peut se flatter de mieux connaître qu'eux la nature et les limites; et cette considération expliquerait plus naturellement peut-être que celle qu'a mise en avant M. Auger, pourquoi le concours sur Bossuet n'a été ni plus nombreux, ni plus complétement satisfaisant.

Dans un second rapport, qui avait pour objet le prix de poésie, M. Auger a fait l'aveu de l'embarras et des angoisses de l'Académie, forcée de couronner une pièce qui ne lui paraissait pas répondre à la grandeur du sujet (l'*affranchissement de la Grèce*). M. Auger, après avoir parlé avec chaleur et talent sur la révolution grecque, s'est abstenu, avec autant de délicatesse que de prudence, d'émettre son jugement personnel sur les vers couronnés, et s'est borné à proclamer le nom du vainqueur, M. Lemaire, neveu du doyen de la Faculté des lettres.

On a généralement regretté que M. Auger, qui a, de si bonne grâce, reconnu au public, le droit de reviser les jugements de l'Académie, ne nous ait pas fait connaître pourquoi cette année, on a par-

tagé entre trois ouvrages de mérites si inégaux,
le prix que M. de Montyon a destiné au livre le plus
utile aux mœurs. Certes, M. le secrétaire-perpétuel n'aurait pas eu de peine à justifier la couronne ˉque l'Académie vient de déposer sur la
tombe de madame Guizot; mais on aurait aimé à
savoir les raisons qui ont pu faire accorder le même
honneur à un livre qui avait passé jusqu'ici pour
très-frivole, le *Traité* de M. Alibert sur *la physio-
logie des passions*, et à un roman d'un goût plus
qu'équivoque, intitulé *les deux Apprentis*, où
les tableaux du vice sont étalés sans discrétion et
ne reçoivent leur correctif que dans la tardive moralité du dénoûment. Nous craignons qu'il ne faille
conclure du silence de l'Académie que le motif de
ces deux étranges choix est la funeste nécessité de
transaction que subissent presque toutes les sociétés qui ont le désir du bien, et qui ne peuvent
guère obtenir un choix honorable que par de re-
grettables sacrifices.

MÊME SUJET.

1828.

PANÉGYRIQUE DE SAINT LOUIS. — PRIX DE VERTU.

(*Globe*, 27 août 1828.)

La solennité académique du 25 août commence, comme on sait, à Saint-Germain-l'Auxerrois par le panégyrique de saint Louis, cérémonie religieuse à laquelle l'Académie française devient de jour en jour plus infidèle. Malgré les apostrophes que le panégyriste désigné par elle ne manque jamais d'adresser au génie qui s'abaisse devant la majesté du culte, on ne compte guère à la messe et au sermon que les officiers du corps, directeur et secrétaire, sept ou huit vieux académiciens fidèles aux anciens usages et les plus nouveaux membres de l'Académie qui paient ainsi leur bienvenue. Il faut convenir, d'ailleurs, que ce sujet traité depuis bientôt cent cinquante ans, n'est pas très-propre à exciter la curiosité, et que d'ordinaire le nom modeste de l'orateur n'est pas un aimant fort attractif. Cette année, cependant, une certaine attente avait réuni un auditoire assez nombreux. La pragmatique sanction, l'établissement de la Sorbonne, pouvaient donner matière à quelque éclat d'opinion, pour ou contre les *libertés de l'Église*

22.

gallicane, qui sont aujourd'hui si fort à la mode.
Malheureusement ou heureusement, comme on
voudra, le respectable vieillard chargé du sermon
s'en est tiré avec une prudence si discrète, que, malgré trois apostrophes applaudies par les signes de
tête de quelques sorbonnistes, il nous serait assez
difficile de dire vers quel pouvoir, celui du *pape*
ou celui de *César*, l'honnête orateur inclinait. Son
style, faible comme sa voix, n'a point laissé percer sa
pensée : tout s'est passé entre Dieu et lui. Aussi use-
rons-nous à son égard de la même discrétion, et
passerons-nous, sans plus de critiques, de la sombre nef de Saint-Germain sous l'éclatante coupole
des Quatre-Nations. Là, grâce au legs de M. de Montyon, c'est encore une solennité religieuse qui nous
attend. Depuis sept ans que les prix de vertu se dé-
cernent dans la séance de la Saint-Louis, ce concours concentre sur lui seul tout l'intérêt. Écoutez
causer entre elles ces jeunes femmes qui remplissent
et ornent cette enceinte. Croyez-vous que ce soit
pour le discours ou les vers couronnés qu'elles
soient venues? Point du tout. Ce qui les attire, c'est
la proclamation des prix de vertu et le charme d'une
prédication morale merveilleusement appropriée
aux besoins de notre temps. Il est vrai que depuis
quelques années les littérateurs de céans semblent
s'être fait comme un devoir de conscience de s'effacer et de ne point troubler par un peu trop de
plaisir profane cette religieuse disposition. Ils ont,

cette année surtout, poussé plus loin que jamais
cette pieuse et délicate abnégation. Aussi a-t-on remarqué dans l'assemblée une absence presque totale d'émotions littéraires, et un développement
très-marqué de sentiments philanthropiques et mo-
raux.

Le sujet du prix d'éloquence était un *Discours sur
l'histoire de la langue et de la littérature française
depuis le commencement du* xvie *siècle jusqu'en*
1610. On savait à l'avance que la couronne était
partagée entre M. Philarète Chasles et M. Saint-
Marc Girardin. M. Auger n'a pas eu grand'peine à
justifier le choix du sujet, qui semblait annoncer
le divorce définitif et tant désiré de l'Académie
française avec le genre déclamatoire et épuisé, auquel elle a donné son nom. L'honorable secrétaire-
perpétuel s'est exprimé sur ce genre faux, en termes
d'une vérité un peu crue. Apparemment il a pensé
que l'Académie pouvait se dire à elle-même ces
choses-là. Nous avions naturellement conclu de ce
manifeste fort raisonnable, que l'illustre assemblée avait enfin reconnu la nécessité de renoncer
aux éternels *éloges*, et de leur substituer des questions de critique historique, littéraire ou philosophique. Ce n'est donc pas sans une assez grande
surprise que nous avons entendu proclamer presque aussitôt l'*Éloge de Lamoignon de Malesherbes*
pour sujet du prix à décerner en 1830.

L'Académie avait proposé un prix extraordinaire

de 6,000 fr., destiné à un ouvrage d'utilité morale, dont le sujet avait été laissé au choix des concurrents. Ce prix n'a point été décerné. Le secrétaire-perpétuel a fait un rapport très-succinct sur
quarante-et-un ouvrages envoyés au concours. Sur
ce nombre il n'en a distingué que deux, l'un ayant
pour titre : *Esquisses de la souffrance morale*, et
l'autre traitant cette question : *L'enseignement doit-
il être libre?* On peut s'étonner que ce dernier sujet,
qui, de l'aveu de M. Auger, préoccupe en ce moment les meilleurs esprits, ait paru à l'Académie
entouré de trop de nuages et trop susceptible de
controverses pour satisfaire au vœu du respectable
fondateur. Ne devait-il pas conclure, au contraire,
des obscurités même qui environnent cette question, la nécessité de la traiter et de l'approfondir?
Au reste, M. Auger a mis tant de vague dans cette
partie de son rapport, qu'il sera fort difficile à l'auteur du mémoire de deviner la pensée de l'Académie
sur son ouvrage, si tant est qu'elle en ait une. Nous
ne connaissons point ce concurrent, et nous ignorons ce que peut valoir son travail; mais nous
nous réjouissons de voir de si hautes et de si sérieuses discussions déférées au jugement de l'Académie.
La difficulté, ou, si l'on veut, la répugnance que
cette assemblée éprouve à les juger pourrait bien
finir par faire sentir au pouvoir la nécessité de
rétablir une classe vraiment compétente pour de
telles questions, la classe des Sciences morales et

politiques (1) ; ce serait, il faut l'avouer, un résultat aussi heureux qu'inattendu des fondations de M. de Montyon.

Parmi les livres publiés depuis 1826, l'Académie avait à couronner les ouvrages jugés par elle les plus utiles aux mœurs. Elle a accordé un prix de 6,000 fr. au *Traité de législation de M. Ch. Comte;* un second prix de 3,000 fr. à l'ouvrage de madame Élisa Voïart intitulé *la Femme* ou *les Six amours,* et une médaille de 500 fr. au *Bon Génie,* journal destiné à l'enfance et rédigé par M. de Jussieu. D'unanimes applaudissements ont prouvé que le public confirmait ces choix honorables.

Enfin, M. Lemercier, en ce moment directeur de l'Académie française, a pris la parole sur les prix de vertu. Dès ses premiers mots, une vive sympathie s'est manifestée dans la salle. Malgré la longueur de son discours, malgré les dix-huit narrations presque semblables qui lui étaient imposées, il a su captiver l'attention de l'assemblée jusqu'à la fin. A ces récits touchants, aux graves réflexions dont M. Lemercier les accompagnait, l'intérêt et l'émotion de l'auditoire étaient visibles. C'étaient pourtant, comme toujours, de pauvres gens, de faibles femmes, de vieux et fidèles domestiques soignant, nourrissant, consolant d'autres infortunés plus vieux, plus faibles, plus dénués qu'eux-mêmes.

(1) Cette classe a été rétablie le 26 octobre 1832. (*Note de 1842.*)

La voix sonore de l'orateur, ses pensées hautes, sa
diction un peu âpre et négligée donnaient à ses paroles quelque chose d'évangélique et qui faisait rê-
ver aux sermons des premiers âges. Un ou deux
traits mesquinement épigrammatiques sont les seules taches que nous aurions voulu faire disparaître.
En somme, l'effet a été profond et religieux; et pour
nous surtout, qui avions assisté à la double cérémonie de ce jour et entendu successivement M. l'abbé
Hubert et M. Lemercier, il y avait ample matière à
réflexion. Nous nous demandions, non sans tristesse, s'il n'y a pas quelque chose d'interverti dans
l'ordre des pouvoirs sociaux, si la direction des in-
telligences et des âmes est bien effectivement placée
où elle devrait l'être, et si le besoin que chacun de
nous éprouve en soi d'une parole vivifiante et morale, est, au milieu de la société actuelle, suffisamment et convenablement satisfait?

XIV.

QU'EST-CE QUE

L'INSTITUT DE FRANCE?

SÉANCE DES QUATRE ACADÉMIES.

(*Globe*, 26 avril 1830.)

En dépit des épigrammes et de plus d'une expérience malheureuse, la salle des séances de l'Institut est toujours remplie, aux jours solennels, par des spectateurs, et surtout par des spectatrices empressées. Toujours, ce qui est plus étrange, malgré l'apparente frivolité d'une pareille brigue, les plus hautes renommées du pays aspirent à l'honneur d'être agrégées à ce corps illustre, qui, par la hauteur de sa position, par le secret, ou, si l'on veut, la demi-publicité de ses travaux, tient à-peu-près dans les lettres la place de la pairie ou de la chambre haute, tandis que les associations libres, les journaux, les revues, qui militent tous les matins, au grand jour, sont dans la république des lettres, comme des fractions de la chambre démocratique.

Qu'est-ce donc que l'Institut? et d'abord, qu'est-ce que les Académies tant critiquées et dont l'entrée est tant et si passionément briguée?

Dans l'origine, les Académies, comme toutes les corporations, ont été fondées dans un but d'utilité et de protection. L'homme isolé qui ne sentait en lui ni force ni défense, éprouva bientôt le besoin de s'associer. Quand on n'avait pas encore de concitoyens, on voulut se donner des collègues. Ainsi pour protéger sa pensée, ses découvertes ou sa personne, on se réunit en académies, à-peu-près comme les voyageurs qui parcourent l'Orient se réunissent en caravanes. Fontenelle et Voltaire, d'Alembert et Montesquieu consentirent à payer, selon le tarif, quelques louanges à la mémoire du Cardinal, pour assurer contre la Sorbonne et les Parlements le reste de leur bagage.

Ce fut dans une toute autre pensée que, sous le Directoire, l'Institut de France fut établi. Cette institution s'éleva sur les bases posées dans l'Assemblée constituante et dans la Convention par Talleyrand et Condorcet. On se proposait à-la-fois d'ouvrir un grand Prytanée où seraient réunies toutes les illustrations nationales, et de constituer un corps actif et laborieux où, par l'association du travail, on pourrait obtenir des résultats scientifiques et littéraires que les efforts des particuliers ne sauraient atteindre. Pendant quelques années, l'Institut répondit au vœu de sa fondation; mais ce corps fut bientôt, comme toutes nos institutions naissantes, faussé par le despotisme impérial. Une seule de ces classes, celle des Sciences physiques et mathématiques, conserva, comme sous l'ancien régime, sa pleine et inoffensive indépendance. Bouleversé plus

ouvertement en 1816, et violé dans la personne de
plusieurs de ses membres par le ministre Vaublanc,
l'Institut fut longtemps à se remettre de sa blessure.
Heureusement, il est une loi plus puissante que la
main des mauvais ministres, une loi qui veut que
les réactions ne puissent pas enlever à un peuple
tous les biens qu'il a conquis. L'unité de notre premier corps savant ne fut pas tout-à-fait brisée;
une vie commune, quoique distincte, lui fut conservée, et une séance annuelle des quatre Académies fut le lien visible et la manifestation de cette
alliance des sciences, des lettres et des beaux-arts.
Mais chacune des quatre classes, surchargée des
élus du pouvoir, eut longtemps en elle-même des
causes de retard et d'inaction. Enfin, peu-à-peu
par la force de l'élection libre, exercée sous la surveillance de l'opinion, l'Institut s'est repeuplé des
vraies notabilités nationales. L'Académie française,
celle peut-être qui, avec l'Académie des Inscriptions, avait le plus à faire pour reprendre son niveau, l'Académie française, dont trop longtemps
le ministère eut la prétention de diriger les choix
par l'organe d'un de ses commis, a depuis quelques
années reconquis la faveur publique par une marche libre, des nominations indépendantes, des réin-
tégrations honorables. Les partis littéraires et philosophiques, nettement posés, s'y disputent loyalement la prépondérance. Ses élections, fussent-elles
demain, comme nous le craignons, malheureuses

et rétrogrades, seraient au moins sincères et libres, et c'est assez pour les absoudre. Appelée à prononcer entre des concurrents dont l'inégalité de mérite est souvent extrême, elle pourra quelquefois peut-être, choisir le plus obscur et le plus médiocre; mais ce ne sera, si ce malheur arrive, qu'une faute et une éclipse passagères. Comment l'Académie ne mettrait-elle pas tout son esprit de corps à se recruter parmi les hommes du talent le plus notable? Comment ne comprendrait-elle pas que, représentant les arts de l'imagination et les travaux de la pensée, mais ne pouvant être, comme l'Académie des Sciences et l'Académie des Inscriptions, une compagnie collectivement laborieuse et productive, il lui faut, sous peine de nullité complète, être un prytanée, et, comme le disait si bien, il y a quelques jours, M. de Lamartine, une enceinte où viennent siéger tous les hommes supérieurs, sans acception de parti ni de système? C'est par une singulière préoccupation, ce nous semble, que l'honorable président a répondu au récipiendaire, qu'ainsi l'Académie avait fait de tout temps, et que toujours les grands hommes en tous genres avaient été appelés aux honneurs du fauteuil académique. M. Cuvier oubliait que, par des raisons plus ou moins imputables à l'Académie, Molière, Pascal, Lesage, Dufresny, Gilbert, Helvétius, Diderot, J.-J. Rousseau, Paul-Louis Courier ne l'ont point honorée de leur présence. Ne serait-il pas affligeant qu'on pût ajouter à cette liste déjà trop longue les noms de Benjamin Constant, Cousin, et Béranger? Au reste, si nous sommes bien informés, une démarche a été faite par le plus éloquent de nos prosateurs auprès de notre grand chansonnier. Quel que soit le résultat de cette tentative, que bien des circonstances rendent piquante et mémorable, elle ne peut que montrer aux yeux de tous l'impartialité du génie de celui qui l'a faite.

L'Académie des Inscriptions paraît aussi vouloir sortir de tutelle et secouer le joug de l'étroite oligarchie qui la régente asiatiquement. Le bruit court qu'elle va enfin nommer aux sept places qui sont restées trop longtemps vacantes dans son sein; peut-être ainsi justice sera-t-elle rendue tout d'une fois au savant Champollion jeune, et au laborieux et infortuné Thierry (1).

C'était de ces éventualités plus ou moins prochaines que s'entretenaient les personnes qui, dans la salle du palais Mazarin, attendaient l'arrivée des membres du bureau.

Pour être historien fidèle, nous devons dire que cette séance, où chaque Académie se fait représenter par un orateur, aurait pu répondre à la curiosité publique par un choix de sujets d'un intérêt plus général et plus accessible à tous. Il semble que dans cette occasion unique, où les sciences, les

_____

(1) Ces deux prévisions se sont accomplies. (*Note de 1842.*)

lettres et les beaux-arts sont en présence, et, pour ainsi dire, en lutte, ce soient leurs résultats les plus importants dont on attende l'exposition. Plusieurs lectures, au contraire, d'un intérêt réel, mais tout-à-fait spécial, ont dépouillé cette réunion solennelle du caractère de généralité dont il nous semblerait à propos de l'empreindre.   .   .

.   .   .   .

Pour la première fois, l'Académie des Beaux-Arts n'a point eu de représentant. Son secrétaire-perpétuel, M. Quatremère de Quincy, dont on lit les profonds et ingénieux ouvrages avec tant de profit et de charme, avait renoncé cette année à la parole. Nous regrettons que personne ne l'ait suppléé. Comment, parmi tant de peintres, de sculpteurs, d'architectes, de musiciens, aucun ne s'est-il levé pour nous entretenir de son art? On n'a pas oublié, cependant, avec quelle faveur ont été autrefois entendus Girodet et Guérin. Le succès de ces lectures d'artistes est immanquable. Quoi qu'eût dit Girodet, il était assuré de plaire; car, enfin, on le voyait, on l'entendait. Dans une séance générale, le plus sûr moyen d'intéresser serait pour l'Institut de se parer de ses hommes les plus célèbres, les plus aimés. C'est une innocente coquetterie dont cette illustre compagnie pourrait bien se prévaloir un jour chaque année sans inconvénient ni scrupule.

XV.

DE L'ACADÉMIE FRANÇAISE

EN 1840.

RÉCEPTION DE M. FLOURENS.

(*Revue des Deux-Mondes*, 15 décembre 1840.)

Nous venons d'assister à une réception de l'Académie française, spectacle qui, s'il n'est pas toujours très-amusant, n'a du moins jamais cessé de piquer la curiosité parisienne : lutte de paroles, tournoi d'esprit, dont les occasions, pour surcroît d'attrait, ont été dans ces derniers temps extrêmement rares. Depuis l'année 1836, où M. Mignet vint occuper le fauteuil laissé vacant par l'auteur des *Templiers*, il n'y avait eu aucune séance de *réception* à l'Académie française. Grâce à cet intervalle, qui, d'ailleurs, n'a pu paraître trop long à personne, pas même aux héritiers présomptifs, la cérémonie du 3 décembre était pour beaucoup d'assistants une sorte de nouveauté. L'auditoire, en pareille circonstance, se compose des amis de l'académicien remplacé dont on va faire un double éloge, des amis et des adversaires toujours nombreux du récipiendaire, de lauréats passés ou futurs, de jeunes femmes même, et de gens du

monde ou d'étrangers, qui viennent chercher un
plaisir ou tout le moins une distraction. De ce mélange de bienveillance, de malice et de neutralité,
qui se font mutuellement contre-poids, résulte un
jury qui sanctionne ou improuve le choix du nouvel
académicien. Un discours de réception réussit ou
tombe, comme une pièce nouvelle; c'est pour les
spectateurs une émotion tout-à-fait analogue à celle
d'une première représentation.

L'opinion du jury dont je parle a été favorable
au discours de M. Flourens. La violence et l'in-
justice des attaques qui ont accueilli son élection
avaient provoqué dans tous les esprits modérés une
sorte de réaction d'impartialité et de bienveillance.
On avait eu, d'ailleurs, le temps d'apprendre par
quel mérite incontestable de pensée et de style,
l'habile secrétaire-perpétuel de l'Académie des
Sciences justifie de son droit au fauteuil des Mau-
pertuis, des la Condamine, des Vicq-d'Azir et des
Fourier. On avait pu relire ses deux beaux éloges
de George Cuvier et de Laurent de Jussieu, où la
gravité, la précision, l'élévation du langage, sont
au niveau de la magnificence des sujets. Dans l'é-
loge qu'il avait à faire de M. Michaud, auquel il
succède, M. Flourens a montré de nouveau les heureuses qualités qui le distinguent, la précision et
la propriété du style, la justesse des aperçus, la
rectitude des jugements. Il a exposé avec simplicité la carrière agitée de son prédécesseur, empri-

sonné onze fois et deux fois condamné à mort. Les
amis de l'illustre historien, du pélerin éloquent,
du causeur spirituel, ont reconnu le portrait et
rendu témoignage à la ressemblance. M. Flourens
a raconté plusieurs traits de la vie de M. Michaud,
empreints d'une bonhomie qui n'exclut pas la finesse et qui rappelle un peu la Fontaine. Une diction naturelle, sans ambition, sans clinquant, a
fait connaître M. Flourens à tout le monde pour ce
qu'il est, un homme de sens et d'esprit, un écrivain habile et délicat. Aux yeux de quelques juges
plus sévères, cette habileté, appliquée à un ordre
de faits qui n'est pas celui de ses méditations les
plus habituelles, tout en prouvant le mérite et la
flexibilité de l'écrivain, a laissé pourtant désirer
sur quelques points plus de nouveauté et de profondeur. Il est tout naturel, en effet, que M. Flourens se soit trouvé moins à l'aise dans l'appréciation
de la vie politique et littéraire de M. Michaud que
dans celle des travaux de Desfontaines ou de Chap-
tal, et qu'il ait touché certaines questions particulières, celle de l'ancienne chevalerie, par exemple,
avec moins de supériorité que les questions de physique générale; mais il a repris tous ses avantages,
quand, dans un style précis et nerveux, il a établi
la nécessité de soumettre l'histoire elle-même à la
sévérité des méthodes scientifiques. J'ajouterai que
dans plusieurs parties de son discours, il a joint
avec bonheur l'exemple à la théorie.

M. Mignet chargé, comme directeur de l'Académie, de répondre à M. Flourens, a trouvé dans
cette tâche l'occasion d'un succès égal à celui qu'ont
obtenu ses éloges de Talleyrand et de Broussais.
Outre les points déjà traités par le récipiendaire, et
que le Directeur est obligé de reprendre, par suite
d'un usage qui ne paraît pas très-sensé, M. Mignet
avait à apprécier les titres du nouvel académicien.
Il l'a fait avec une convenance, une mesure, une
équité parfaites ; et non-seulement il a exposé le
mérite littéraire des éloges et des mémoires de
M. Flourens ; mais il a décrit avec cette élégante
lucidité dont il a le secret, les travaux d'histoire
naturelle et les découvertes de l'illustre physio-
logiste. Ce morceau, ainsi que son jugement sur
les causes et les effets des croisades, et son opinion sur la méthode historique, sont écrits de cette
manière éloquemment dogmatique dans laquelle il
excelle, et que peut-être il prodigue. En effet, s'il
était permis d'adresser une critique à un discours
qui a été si unanimement et si justement applaudi,
je dirais que la perfection de chaque phrase, qui se
condense en formule, finit par composer un tissu
trop serré, trop plein, surtout pour un travail plutôt destiné à l'oreille qu'à la lecture. On aimerait
à rencontrer quelques parties moins cultivées, plus
agrestes, une clairière, une lande même, qui pût
reposer de tant d'éclat et de parfums, et où il se
trouvât plus d'espace et plus d'air.

Nous devons noter comme une chose singulière, que jusqu'ici tous les biographes officieux
ou officiels de M. Michaud ont ignoré ou du moins
passé sous silence une bien importante particu-
larité de sa jeunesse. Avant d'avoir embrassé les
opinions royalistes qu'il a si loyalement et si cou-
rageusement défendues jusqu'à sa mort, M. Michaud, en 1791, partageait les sentiments démocratiques de la majorité de la France. M. Charles
Labitte dans une notice intéressante, a recueilli
de curieux détails sur cette phase vive, pure et
très-courte de la jeunesse de M. Michaud. Il est
regrettable que M. Flourens et M. Mignet n'aient
pas connu l'existence de ce filon caché, qui leur
aurait servi à expliquer certaines veines d'indépendance qui ont reparu plus tard, et qu'ils ont, d'ailleurs, très-bien indiquées sans en connaître la
source. M. Mignet, par exemple, rappelle que
sous Charles X, quand parut la loi contre la presse,
l'Académie française, après une honorable discussion, présenta à la Couronne une respectueuse supplique. M. Michaud, qui avait pris part à cet acte,
perdit le titre de lecteur du roi et les mille écus qui
y étaient attachés. Quelque temps après, Charles X, lui ayant reproché doucement la part qu'il
avait prise à cette discussion : « Sire, lui répondit
M. Michaud, je n'ai prononcé que trois paroles
et chacune d'elles m'a coûté 1,000 fr.; je ne suis
plus assez riche pour parler. » Et il se tut. M. La-

23.

bitte, de son côté, cite un noble pendant à cette réponse. Le roi ayant un jour questionné M. Michaud sur ses opinions de jeunesse, dont quelques âmes charitables l'avaient malignement informé, M. Michaud lui répondit : « Les choses iraient bien mieux, si le roi était aussi au courant de ses affaires, que Sa Majesté paraît l'être des miennes. » Ce point de départ actuellement connu explique sinon la vie, du moins certaines nuances très-honorables du caractère de M. Michaud. Mais revenons à l'Académie.

Si le public a été longtemps privé de réceptions, les solennités de ce genre vont se succéder avec une rapidité qui a bien aussi son côté triste. Dans quelques jours, M. le comte Molé prendra possession du fauteuil de M. de Quélen. Ce n'est pas tout; trois autres places sont en ce moment vacantes, et la nomination à tant de siéges n'est assurément pas pour l'Académie un médiocre embarras. Nous avons vivement improuvé les clameurs offensantes qui ont accueilli les deux derniers choix, et les injurieuses protestations qu'ont fait entendre les amis des candidats désappointés. Ce n'est pas que, tout en reconnaissant la légitimité des titres des élus, nous n'eussions eu, nous aussi, quelques observations à présenter, non contre la bonté des choix, mais sur leur opportunité. Sans doute, la langue nette, claire, précise, sobrement colorée, qu'emploient les sciences naturelles, a sa place marquée de droit au sein

de l'Académie française, et cette place, nul mieux
que M. Flourens n'était digne de l'occuper. Sans
doute aussi, il y a, dans certains cas, avantage et
convenance à introduire dans cette assemblée, qui
doit réunir tous les genres de supériorité, quelques modèles du langage de la diplomatie, et, si l'on
veut même, de la conversation de la société la plus
polie; mais ces besoins-là, qui sont très-réels,
étaient-ils les plus urgents ? Il est permis d'en douter. Après quatre grandes années passées sans aucune élection, ce que l'opinion publique attendait,
ce qu'elle attend et demande encore aujourd'hui à
l'Académie française, ce sont, il faut le dire bien
haut, des choix, beaucoup de choix, exclusivement littéraires. Personne assurément n'a le droit
ni la prétention de tracer une ligne de conduite à
l'illustre Compagnie; mais il est bien permis de ne
pas oublier qu'elle est fondée pour la gloire et l'en-
couragement des lettres. L'érudition, les sciences
exactes, la philosophie sont encouragées et représentées par d'autres classes de l'Institut. A l'Académie française seule il appartient d'encourager et de
rémunérer les œuvres qui relèvent de la plus brillante et de la plus rare de nos facultés, de l'imagination.

La question du recrutement de l'Académie française amène, comme on voit, par une pente inévitable, cette autre question fort controversée et
fort délicate : qu'est-ce que l'Académie française et

quelle est sa destination? Sur ce point, il y a eu de
tout temps de profondes dissidences, même entre
ses membres les plus éminents. L'abbé de Saint-
Pierre et Fénelon au XVIIe siècle, et dans le XVIIIe,
des esprits qu'on n'accusera pas d'être chimériques, Voltaire et Chamfort, voulaient que l'Académie française entreprît collectivement de grands
travaux, non-seulement son dictionnaire (personne
ne le conteste), mais une grammaire, mais une
rhétorique et des traductions. Je crois même que
les anciens statuts de la Compagnie lui imposent
quelque tâche semblable. Cette opinion fut en partie réalisée après la suppression de l'Académie
française, dans l'organisation de la seconde classe
de l'Institut. D'autres membres, et il est évident par
le résultat qu'ils étaient en majorité, ont été d'un
avis contraire; mais ils ont eu le tort grave, suivant
moi, de ne pas oser exposer nettement leur opinion, et de laisser ainsi leurs détracteurs la répandre et la défigurer à leur manière. On a répété
sur tous les tons, que l'Académie française semblait
un corps institué pour ne rien faire.

Quant à moi, sans la moindre ironie ni la plus
légère idée de blâme, j'adopte et j'approuve entièrement cette opinion.

Les seuls travaux que puisse entreprendre l'Académie française sont, outre son dictionnaire usuel,
qui est hors de cause, des ouvrages de lexicogra-
phie savante et de grammaire, ou des travaux sur

la philosophie du beau et du goût. Or, ces deux
branches d'études sont cultivées, ou doivent l'être,
par l'Académie des Inscriptions et Belles-Lettres et
par l'Académie des Sciences morales. Ce qui distingue l'Académie française des autres classes de l'Institut, ce qui fait de cette Compagnie une institution sans pareille dans le monde, c'est précisément
de n'être pas consacrée au développement de telle
ou telle science dépendante de la mémoire ou de
la raison; c'est, en un mot, de n'être en rien un
corps dogmatisant, mais un prytanée ouvert aux
facultés brillantes qui dérivent de l'imagination.

Oui, c'est une des gloires de la France d'avoir
fait pour le génie et pour le goût, ce que n'a fait
aucun peuple ancien ni moderne; d'avoir réuni
dans une même enceinte, où elles se recrutent elles-
mêmes, toutes les renommées poétiques, tous les
esprits créateurs ou éminemment sensibles aux
créations du génie. C'est parce que cette institution
répond à une idée vraiment juste et grande, que
malgré toutes les railleries auxquelles elle a été en
butte, malgré toutes les fautes même qu'une association pareille est exposée à commettre, l'Académie française vit avec gloire depuis deux siècles,
et durera autant que l'unité de la France et la littérature nationale.

Si, au lieu d'être une sorte d'Olympe, l'Académie française n'était qu'un atelier grammatical, ce
ne seraient pas des poètes lyriques et dramatiques,

des orateurs, des historiens, des romanciers qu'il
faudrait y appeler, ce seraient des grammairiens,
des écrivains didactiques et des érudits de profession. Comment, je vous prie, faire travailler à
une œuvre commune MM. Soumet, Lebrun, Casimir Delavigne, Lamartine, Châteaubriand, Victor Hugo? . . . Pardon, je mêle par habitude des
noms qui sont partout ailleurs voisins et frères (1)...
Comment, dis-je, imposer un travail collectif à ce
qu'il y a de plus individuel au monde, à la pensée
et à la fantaisie des poètes? Autant vaudrait demander un tableau collectif à la section de peinture ou
un *oratorio* à frais communs à la section de musique de l'Académie des Beaux-Arts! Non, l'Académie des Beaux-Arts et l'Académie française ne sont
pas des salles de travail; ces deux Académies sont
le but et la noble récompense des grands artistes.
Tout au plus peut-on dire que ces deux Compagnies
ont pour mission secondaire de conserver le dépôt
des traditions et de maintenir le respect des saines
doctrines, soit par l'organe de leur secrétaire-perpétuel, soit par les nominations qu'elles sont appelées à faire, nominations qui ont, en effet, une
haute portée et une utile signification. Je le répète, ces deux Académies sont un Élysée ouvert
aux poètes et aux artistes, ou, si on aime mieux,
ce sont deux sénats conservateurs.

(1) Faut-il rappeler que M. Victor Hugo n'était pas alors membre de l'Académie française? (*Note de* 1842.)

Mais est-ce à dire que ces deux corps doivent,
par amour de la conservation, se vouer à une invincible immobilité? Est-ce à dire qu'au lieu de
montrer la route comme guides, ils doivent se
poser comme obstacles? Eh! bon Dieu! que deviendrait l'Académie française, si elle se trouvait un
jour tellement en dehors du mouvement des esprits, qu'elle ne comptât dans ses rangs presque
aucun des hommes dont la littérature contemporaine s'honore le plus? Je ne dis pas que cela soit,
tant s'en faut; mais je dis qu'il importe que cela
ne puisse jamais être supposé, même injustement.

Sous la Restauration, un critique de beaucoup
d'esprit, mais d'un esprit assez peu académique,
M. Beyle (Stendhal), s'était amusé à dresser une
liste de tous les écrivains distingués qui se trouvaient à cette époque en dehors de l'Académie française (1). Il avait, de plus, avec une malice qui
n'était peut-être pas fort équitable, mais qui était
de très-bonne guerre, placé les noms les plus éclatants de sa contre-Académie en regard de quelques
noms adroitement choisis dans l'Académie officielle. Il serait déplorable qu'on pût renouveler un
aussi irrévérencieux parallèle. Et, cependant, en
s'obstinant à faire des choix qui, tout en étant fort
honorables, ne seraient pas moins exclusifs des renommées purement et véritablement littéraires,

---

(1) Voyez *Racine et Shakespeare*, 2ᵉ partie, lettre VI.

l'Académie donnerait à penser qu'elle ne reconnaît aucun homme d'imagination, aucun poète, aucun historien, aucun critique, digne en ce moment de prendre place dans son sein. Une telle déclaration serait bien grave.

Nous ne lui rappellerons pas qu'elle vient de laisser mourir un des écrivains de ce temps les plus manifestement désignés à son choix, un homme qui à la plus exquise perfection du style joignait les opinions littéraires les plus saines et les plus pertinemment conservatrices, l'illustre M. Daunou. Nous ne ferons pas non plus à l'Académie française un reproche de l'absence de deux célébrités européennes, MM. de La Mennais et Béranger. Ni l'un ni l'autre ne se sont présentés à ses portes. Mais, à côté de ces deux noms, n'y en a-t-il pas plusieurs autres? Je ne parlerai pas de celui que toutes les voix désignent : il ne reste rien à dire de M. Victor Hugo. D'ailleurs, je défends ici la cause des lettres, non celle de tel ou tel littérateur. Comment! l'Académie française croirait devoir aller chercher ses membres parmi les hauts dignitaires de l'Église ou de la diplomatie, quand, pour réparer ses pertes, elle a parmi ses frères en littérature et en poésie, des hommes tels que M. Ballanche, M. Sainte-Beuve, M. Alfred de Vigny, M. Augustin Thierry, M. Prosper Mérimée, M. Alfred de Musset, M. Patin, M. Alexandre Dumas, M. Jules Janin, M. Quinet, M. Bazin, M. Ampère, M. Philarète

Chasles, etc... L'auteur d'*Orphée* et d'*Antigone*, avec son style à-la-fois si antique et si français, n'est-il pas un écrivain d'une pureté parfaite, en même temps qu'un poète et un penseur d'une extrême originalité? M. Sainte-Beuve, comme romancier, comme poète, comme historien littéraire, comme ingénieux et profond psychologiste, ne montre-t-il pas dans tous ses écrits une vérité de touche, une ouverture de sentiments, une vivacité de coloris et d'intelligence qui ne permet plus à la France d'envier à l'Angleterre ses *lakistes*, ni son Jean-Paul à l'Allemagne? N'est-ce pas une imagination pleine de grâce et de puissance que celle du chantre d'*Eloa*, de *Chatterton* et de *Cinq-Mars*? Quel peintre plus vrai, quel narrateur plus expressif, quel écrivain, plus sobre tout ensemble et plus complet, plus concis et plus émouvant que M. Mérimée? Je ne veux pas pousser plus loin cette énumération déjà trop longue et peut-être indiscrète. D'autres parleront des écrivains que j'oublie et que je suis bien loin d'écarter. J'ai voulu seulement indiquer qu'il y aurait bientôt, si l'on n'y prenait garde, possibilité d'imaginer, comme M. Beyle, une académie hors de l'Académie.

On conçoit, d'ailleurs, à merveille qu'une compagnie telle que l'Académie française, chargée de deux missions si graves et si diverses, à savoir, de réunir ce qu'il y a au monde de plus difficilement appréciable, l'élite des hommes d'imagina-

tion, et, en même temps, de conserver l'intégrité
des traditions littéraires; on comprend, dis-je,
qu'un tel corps, pour s'acquitter de sa double tâche, éprouve un extrême embarras et une longue
hésitation, chaque fois que les révolutions qui,
tous les quarts de siècle, modifient le goût poétique, le forcent, pour ne pas manquer au premier
de ses devoirs, de se relâcher un peu de la sévérité
du second. Les personnes qui ont suivi avec attention l'histoire de nos diverses écoles poétiques,
n'ont pas oublié, sans doute, quels obstacles l'auteur romantique d'*Atala* et de.*René* éprouva pour
se faire ouvrir les portes du sanctuaire, quelque
soutenu qu'il fût par la puissante et classique amitié de M. de Fontanes. Enfin, il y pénétra, non
sans peine, ainsi que plus tard M. de Lamartine,
et tous les deux sont aujourd'hui la gloire du corps
qui les redoutait. Il est vrai que M. de Châteaubriand n'avait pour le compromettre que la grandeur et la nouveauté de son talent; il n'avait pas
pour avant-garde ces admirateurs fanatiques qui
donnent à une candidature presque l'air d'une invasion. On était alors en 1811, et, si la France ne
jouissait pas de la liberté de discussion, ce qui était
un grand mal, les corps savants, en revanche, n'é-
taient pas exposés aux fusillades de ces tirailleurs
sans discipline qui font feu étourdiment contre tout
ce qui remue sur les hauteurs. Mais, quelque fâcheux que soient de pareils auxiliaires, est-il juste

d'imputer à la volonté du chef les torts commis par sa troupe? Est-il équitable de rendre un grand poète responsable du bruit qui se fait autour de son nom?

En résumé, nous avons bon espoir dans les choix que prépare l'Académie française. Elle est arrivée à un moment décisif et solennel ; la solution de la crise n'admet plus d'ajournement. Pour quiconque connaît bien l'histoire de cette Compagnie et la manière circonspecte et lente, mais intelligente et sympathique, dont elle a su, depuis sa naissance, associer à sa destinée presque toutes les illustrations de la France, il est permis de croire que, suivant l'heureuse expression de M. Mignet, elle n'a fait qu'*ajourner les lettres*, et que, par plusieurs choix tout littéraires et sagement balancés, elle s'apprête à satisfaire l'opinion publique et à remplir son double mandat, c'est-à dire, à ne laisser aucune gloire en dehors d'elle, et à ne sacrifier aucun des grands principes de la raison et du goût dont elle est la gardienne vigilante et légitime.

XVI.

UN DUEL POLITIQUE.

RÉCEPTION DE M. VICTOR HUGO A L'ACADÉMIE FRANÇAISE.

(Revue des Deux-Mondes, 15 juin 1841.)

Il s'est accompli, il y a peu de jours, dans la
sphère de la littérature et de la poésie, un de ces
évènements rares et éclatants qui ont le privilége
d'exciter avant, pendant et longtemps après leur apparition, l'intérêt des esprits sérieux et la curiosité
même des gens frivoles. Deux planètes, qui sem-
blaient destinées à décrire dans le champ de l'art
une asymptote éternelle, deux principes puissants
l'un et l'autre, mais à des titres opposés, le génie
de la tradition et le génie de la poésie vivante et
actuelle, le mouvement et la résistance, M. Victor
Hugo et l'Académie française, se sont rencontrés
face à face et ont opéré sous la coupole du palais Mazarin, leur laborieuse et mémorable con-
jonction. Comme on le pense bien, la foule était
grande à ce spectacle. Toute l'élite de la société parisienne, qui s'intéresse ou qui a la prétention de
s'intéresser aux mouvements supérieurs de la pensée, se pressait dans l'étroite enceinte. On atten-

dait avec anxiété le choc de cette prodigieuse anti-
thèse, arrivée peut-être au moment de s'effacer et
de se perdre dans une plus large formule; on était
curieux d'entendre les paroles *amies* qu'allaient
échanger les deux formidables interlocuteurs. Chacun rêvait à sa manière cet étrange et merveilleux
dialogue. On se figurait une autre conférence de
Tilsitt où, cette fois, il y aurait un vainqueur et
pas de vaincu, et où deux idées souveraines allaient
se partager le monde de l'intelligence.

Par une coïncidence qui semblait heureuse,
l'honorable académicien dont la vie et les ouvrages
devaient servir de texte aux deux harangues, Né-
pomucène Lemercier, se rattachait par ses aventu-
reux essais de poëte à l'école réformatrice, tandis
que, par ses restrictives et souvent judicieuses opinions de critique, il appartenait à la phalange des
conservateurs : beau champ de bataille assurément,
terrain neutre, s'il en fut jamais, où semblait pouvoir se déployer à l'aise, de part et d'autre, tout
ce qu'il y a de vérités acquises et de prétentions
légitimes dans les deux théories adverses. On es-
pérait donc, dans cette mémorable séance, s'a-
breuver largement aux sources jaillissantes de la
littérature et de la poésie, entendre discuter les
maîtres et sortir de ce tournoi intellectuel l'esprit
mieux affermi dans l'une ou l'autre croyance. Il
semblait, en effet, que ce dût être un bien grand
jour dans les fastes de la poésie que celui où la tra-

dition et la réforme, mises en présence, seraient amenées à dire chacune son dernier mot sur elles-mêmes, devant l'ombre apaisée de l'auteur d'*Agamemnon*, de *Christophe Colomb* et de *Pinto*.

Hélas ! cette attente a été trompée. Aucune question de théorie littéraire n'a été posée, aucun problème n'a été débattu. Napoléon, à qui personne pourtant ne succédait, Mirabeau et Danton, Malesherbes et Sieyès, voilà les seuls noms qui aient été sérieusement discutés. On se demandait tout bas si c'étaient des littérateurs et des poètes qui parlaient des choses de l'art, ou des pairs et des hommes d'État qui discutaient des matières politiques; on s'est pris à douter si on louait un écrivain célèbre, ou si ce n'était pas plutôt un successeur de Lamoignon ou de Turgot dont on appréciait la carrière; on ne savait pas bien au juste si l'on se trouvait assis dans le sanctuaire des lettres, ou si l'on ne s'était pas, par hasard, fourvoyé dans une enceinte législative.

L'assemblée (et cela fait honneur à ses instincts poétiques) n'a accepté qu'avec un sentiment marqué de surprise et de mécompte ce renversement du programme. « Avec M. Victor Hugo, on doit toujours s'attendre à de l'imprévu, » avait dit un homme d'esprit la veille de la séance; et, cependant, malgré cet avis, l'imprévu annoncé a été accueilli comme une de ces visites que l'on n'attend point. En effet, on avait rêvé toutes les charmantes distractions de la pensée, toutes les vives jouissances de l'imagination, et l'on avait à subir de longs discours de tribune; il n'était pas possible de se tenir pour satisfait.

Gardons-nous, pourtant, d'en vouloir trop à M. Victor Hugo. Peut-être cette substitution de la politique à la littérature était-elle à-peu-près inévitable, et pouvait-elle même, avec un peu plus de réflexion, être facilement prévue. Et d'abord, pour que cette passe d'armes littéraire si regrettée offrît l'intérêt puissant et dramatique qu'on s'en promettait, une condition expresse, et à laquelle on n'avait pas songé, était indispensable. Il aurait fallu que le hasard, qui désigne dans ces solennités l'organe de l'Académie, eût opposé au chef de l'école moderne un champion exclusivement dévoué aux principes de conservation et n'ayant donné que peu ou point de gages aux nouveaux systèmes. Or, un conservateur de cette nuance tranchée et sans mélange est aujourd'hui fort difficile à rencontrer, même parmi les membres de l'Académie française. M. de Salvandy, appelé à prendre la parole au nom de ses confrères, n'était pas précisément (et cette remarque est loin d'être un reproche) l'homme de ce rôle austère, de ce rôle de littérateur jacobite dont le regard et l'âme sont tournés vers le passé, et qui ne tient pour française que la langue des écrivains du siècle de Louis XIV. M. de Salvandy, orateur chaleureux, historien et romancier brillant et coloré, dont plusieurs pages heureuses ont eu l'honneur insigne de rappeler le grand restaurateur de la prose au xix⁰ siècle, M. de Salvandy, soit par ses antécédents d'écrivain, soit par ses opinions peu prononcées de critique, ne se trouvait pas dans des conditions d'orthodoxie suffisantes pour pouvoir, dans le champ-clos d'une discussion spéciale, opposer aux témérités de *Cromwell* et de *Ruy Blas* la bannière de la pure tradition classique.

Devant cette situation, que le hasard avait faite, M. Victor Hugo paraît avoir été induit à penser que ce serait de sa part un acte de bon goût, et tout à-la-fois d'habileté, que de s'abstenir de porter la controverse académique sur la question de principes, question fort délicate pour tout le monde, et plus encore pour le nouvel académicien que pour tout autre, puisqu'elle lui est toute personnelle. M. Hugo, qui a eu si fréquemment, d'ailleurs, occasion d'agiter des théories et de s'expliquer sur presque toutes les questions fondamentales de l'art, ne se sentant pas provoqué par la présence d'un toréador trop irritant, s'est trouvé heureux de pouvoir parcourir paisiblement l'arène. De plus, sachant qu'il allait avoir pour introducteur dans l'Académie un ancien ministre, et apercevant près de lui, parmi ses nouveaux confrères, M. Guizot, M. Molé, M. Thiers, M. Royer-Collard, M. Villemain, M. Cousin, M. Dupin, sans compter les autres notabilités absentes *pour le*

service du roi, il a pu croire obéir à une haute
convenance en empruntant le langage et les idées
de la politique, et en réservant la littérature pour
un lieu et pour un moment plus opportuns.

Mais parlons plus sérieusement. Pour que M. Victor Hugo ait cru devoir se séparer, dans une occasion si solennelle, de la poésie qui a fait sa gloire,
il a eu, sans doute, des raisons graves et puissantes.
Quelles sont-elles? Des personnes qu'on ne peut
pas soupçonner de malveillance, nous ont donné
de ce grand mystère une explication confidentielle
par la voie des feuilletons. Transfuge de la poésie,
nous dit-on, M. Victor Hugo passe à la politique.
La harangue qu'il vient de prononcer marque une
phase nouvelle dans sa vie et dans son talent; il a
assez pensé, assez écrit; il veut agir : l'action le réclame. Ce discours, où il avait à louer un poète,
et où il évoque tous les souvenirs politiques d'un
demi-siècle; ce discours, où l'on attendait une profession de foi littéraire, et où il est à peine question de littérature, c'est une abdication solennelle
de son passé, c'est un premier pas vers la tribune,
une candidature à l'une de nos Chambres, peut-
être à toutes les deux; mieux encore, un programme
de ministère. — Vous souriez; mais que signifie-
rait donc cette mystérieuse apparition de Malesherbes à la fin de cette harangue, cette apparition
qui ne tient à rien, cette ombre, en quelque sorte,
qui passe au fond du discours, comme la litière

24.

du cardinal de Richelieu traverse la scène à la fin de *Marion de Lorme*, pour jeter aux spectateurs le mot du drame? Ici, vous le voyez bien, le mot est PAIRIE et MINISTÈRE.

Je me garderai bien, en vérité, de nier d'une manière trop absolue cette explication, qui a du moins le mérite de donner un sens plausible à des choses qui resteraient inexpliquées sans elle. Mais, en consentant à me placer au point de vue qu'on nous indique, et en admettant que l'illustre écrivain ait, en effet, les intentions ultérieures qu'on lui prête, je ne puis supposer que M. Victor Hugo ait une si faible opinion de la position que les lettres lui ont faite, qu'il ait cru avoir besoin de prononcer quelques phrases sur la Convention nationale et l'Empire, sur les frontières naturelles de la France et l'équivoque système d'hérédité de branche à branche, pour établir son droit à un siége au Luxembourg, ou pour lever les yeux jusqu'au ministère de l'Instruction publique. Je crois donc que, s'il s'est refusé à venir proclamer ses convictions littéraires dans l'éloge de M. Lemercier, s'il a pris un chemin de traverse, et si, contre toutes ses habitudes de stratégie franche et directe, il a dans cette circonstance, plutôt tourné qu'enlevé la position, c'est tout simplement qu'un sentiment honorable de délicatesse et de bienséance lui a défendu d'entrer dans un sujet où, à moins de rester superficiel et par conséquent indigne de l'Acadé-

mie et de lui-même, il lui aurait fallu manquer à
la mémoire dont le soin lui était confié, ou déser-
ter ses opinions et tirer contre son drapeau.

Voyez, en effet : était-il possible que M. Hugo
entreprît une appréciation franche et complète de
l'œuvre poétique si embrouillé et si complexe de
M. Lemercier, sans poser tout d'abord une question capitale, terrible, inexorable, la question
des bonnes et des mauvaises innovations en poésie? Eh bien! entamer cette controverse, c'était
agiter de nouveau le problème qui divise la littérature depuis le commencement du siècle, et qui
a reçu, vers 1820, une solution toute contraire à
celle que M. Lemercier a poursuivie obstinément
toute sa vie. M. Victor Hugo, réformateur triomphant, porté à l'Académie sur les bras de la foule,
pouvait-il, sans la plus grave inconvenance, venir contester à son prédécesseur ses tentatives restées sans écho et ses innovations inacceptées? Pouvait-il venir expliquer en quoi le réformateur de
1802 a eu tort, et en quoi, suivant lui, la réforme
de 1820 a eu raison?— Non, non. — Ce n'est qu'à
nous, si complétement en dehors de ce grand dé-
bat, qu'il peut être permis d'indiquer (et encore
très-sommairement), pourquoi des douze comédies, des dix poèmes, des quatorze tragédies de
M. Lemercier, il ne surnage aujourd'hui que quelques noms. Esprit sagace et indépendant, M. Lemercier a senti, dès 1795, que le contre-coup

d'une révolution dans l'État doit être une révolution dans la littérature. Philosophe selon Voltaire, il s'est aperçu qu'il était temps de suivre en
poésie une autre loi. Sa vive et prompte intelligence l'avertit que les compositions si sèches,
si décolorées, si dépourvues de toute imagination, qu'on recevait encore avec faveur en 1788,
ne pouvaient plus causer qu'un insupportable ennui à un peuple qui avait retrouvé le mouvement
et l'action, et qui, par l'action, remontait au sentiment vrai de la poésie. Sur le théâtre d'une nation, hier encore oppressée par le démon de la
Terreur, et qui, à peine délivrée de ce cauchemar,
battait des mains au vainqueur d'Arcole et des Pyramides, il ne fallait plus songer à faire admirer les
dissertations banales et les lieux communs du drame
soi-disant philosophique. Lemercier le comprit; il
trouva même dans son âme troublée par les visions du 2 septembre, un ou deux accents terribles
qui répondirent (et c'est là sa gloire) au besoin d'é-
motions profondes qu'éprouvaient les masses. Rom-
pre avec la poétique du xviiie siècle, rajeunir par
une sève nouvelle et plus énergique la littérature al-
languie des Saurin et des Marmontel, telle a été la
seule pensée commune que Lemercier ait eue avec
les réformateurs artistes de 1820. Hors de là, et
particulièrement sur les moyens de réalisation, tout
a été entre eux opposition et contraste Partisan par
système de l'originalité, plutôt qu'original, pas-

sionné pour l'invention, plutôt qu'inventeur, M. Lemercier fit tour à tour des emprunts à Eschyle, à
Pétrone, à la Bible, à Alfieri, à Milton, à Shakespeare, à Manzoni. Quant à la langue, au rhythme,
et à toutes les délicatesses de la forme qui constituent le style, cette condition vitale, cette consé-
cration suprême de la poésie et de l'art, M. Lemercier, par un malheur de son organisation, y fut
toujours insensible. Il croyait sincèrement que l'i-
dée a droit sur la langue, comme le planteur sur le
nègre. Aussi combien d'intentions heureuses, combien de germes qui ne demandaient qu'à éclore,
combien d'essais qui auraient mérité de vivre, ne
se sont-ils pas glacés sous cette infirmité d'un beau
talent !

Par toutes ces raisons, et sans qu'il soit besoin
de chercher dans les replis de la pensée du poète je
ne sais quelles velléités d'ambition vulgaire, on
voit comment le nouvel académicien a été conduit
à présenter l'éloge de son devancier par un côté que
l'auditoire n'avait pas prévu. Tout en rendant au
génie laborieux, opiniâtre et fantasque de l'auteur
de *Frédégonde*, de *Plaute* et de *la Panhypocrisiade*,
un hommage suffisant et habilement calculé pour
se tenir dans une appréciation tout extérieure,
M. Victor Hugo a construit l'édifice de son discours de manière à faire saillir une autre face moins
indiquée, quoique certainement aussi remarquable, de la physionomie de son modèle, je veux dire

le caractère si plein de noblesse et d'indépendance
qui distinguait Lemercier. M. Hugo s'est complu,
et on le conçoit, à retracer avec détails tout ce qu'il
y avait de loyauté et de sincérité démocratiques
dans ce simple littérateur sans position, sans fortune, ami de Mme de Beauharnais et du général
Bonaparte, commensal de la Malmaison jusqu'à la
fin du Consulat, qui pouvait avec de telles liaisons
arriver à tout, et qui, par une héroïque fidélité à
ses principes, devint et demeura un des plus âpres
et des plus constants adversaires du grand homme,
qu'au fond du cœur il aima toujours, et dont à la
fin de sa vie il disait avec émotion : « Mon ami le
premier consul! »

Cette manière de concevoir l'éloge de Lemercier
une fois admise, c'était, il faut en convenir, un
beau sujet et même un des plus beaux sujets littéraires possibles, que cette glorification de la puissance des lettres, seule résistance que le régime impérial n'ait pu amortir ni briser. M. Victor Hugo
semble avoir eu la pensée d'agrandir encore ce cadre. Il était vivement attiré par ce noble et beau
problème : « Déterminer l'attitude que doit garder
la littérature vis-à-vis de la société, selon les temps,
les lieux et les institutions. » Mais il y avait là les
éléments d'un livre; les bornes d'un discours n'y
suffisaient pas. Nous ne possédons de ce plan regrettable qu'un long et magnifique exorde, peu
en proportion avec les dimensions restreintes d'un

remercîment académique, mais qui aurait été le
digne péristyle du Panthéon que l'auteur projetait
d'élever à l'héroïsme littéraire. La disposition singulière de ce morceau, beaucoup plus lyrique
qu'oratoire, n'en a point affaibli l'effet sur l'assemblée. Quand, après avoir déroulé avec une savante lenteur le tableau le plus complet et le plus
splendide, le plus minutieux et le plus oriental,
que l'on puisse tracer de la gigantesque fortune de
Napoléon, M. Victor Hugo a montré, seuls en révolte contre cette volonté colossale, six poètes
n'ayant d'autres armes que la conscience et la pensée, Ducis, Delille, Mme de Staël, Benjamin Constant, Châteaubriand, Lemercier, une immense
acclamation a couvert ces noms glorieux et salué
la noble et généreuse parole de l'orateur.

Quoique le caractère inattendu de cette nouvelle
production de M. Victor Hugo ait un peu décon-
certé ses amis et ses ennemis, elle a pourtant, et
l'on s'en aperçoit surtout à la lecture, toutes les
qualités excellentes, et quelques-uns aussi des défauts réels, qu'on déplore et qu'on admire dans les
autres écrits de l'auteur. C'est toujours un casque
étincelant, une cuirasse finement et richement ou-
vragée, un gantelet d'une admirable ciselure. Nous
ne dirons pas, avec les détracteurs du grand écrivain, qu'il manque sous ce casque une pensée, une
poitrine sous cette cotte de mailles, une main sous
ce gantelet. A Dieu ne plaise! Mais nous dirons,

parce que nous l'avons expérimenté, qu'entre
l'homme et l'armure il y a du vide en quelques
places. Il en résulte des parties creuses, des endroits
plus faibles, qui, bien qu'on en dise, ne résistent
pas toujours.

Prenons un exemple : M. Hugo n'a énoncé, je
crois, dans tout son discours, qu'une seule proposition théorique. A mon avis, elle manque de
solidité. Ayant, comme nous l'avons dit, de bonnes raisons pour ne pas vouloir énoncer un jugement sur l'œuvre littéraire de Lemercier, M. Hugo
renvoie la décision à la postérité. Cela est fort bien;
mais voici que cet innocent artifice oratoire prend,
sous sa parole naturellement dogmatique et grave,
la forme impérieuse et générale d'un axiome. Non-
seulement M. Victor Hugo se récuse; mais il refuse
aux contemporains le droit de prononcer. Cette
négation du droit de critique, s'il ne la restreignait
un peu lui-même, n'irait à rien moins qu'à sup-
primer une des facultés de l'intelligence humaine.
Citons ses paroles : « La postérité seule, — et c'est
là encore une de mes convictions, — a le droit définitif de critique et de jugement envers les talents
supérieurs.» Plusieurs de nos confrères en critique
ont vivement protesté contre cette proposition,
dont ils n'ont pas assez vu tout le vide. Que récla-
mez-vous ? M. Hugo ne dénie, apparemment, à
aucune créature humaine le droit de critique et de
jugement *provisoire*. Voudriez-vous donc le droit

de critique *définitive*, que M. Hugo déclare n'appartenir qu'à la postérité? Mais connaissez-vous, par hasard, quelque chose au monde de *définitif?* Les siècles ne se déjugent-ils pas les uns les autres? Et combien faut-il de siècles pour constituer la *postérité?* Boileau, était-ce la postérité pour Ronsard? Sommes-nous bien sûrs d'être la postérité pour André Chénier? Enfin, les *talents supérieurs*, pour lesquels seuls le poète fait des réserves, qui donc les déclarera supérieurs? N'est-ce pas précisément sur l'octroi ou le refus de ce titre que s'élèvent tous les conflits entre la critique et les auteurs? Vous le voyez bien, la proposition de M. Victor Hugo, vraie dans son acception courante et empirique, pour ainsi parler, devient fausse, ou plutôt s'évanouit, dès qu'il prétend lui imposer la forme dogmatique. Toute cette phraséologie cède au premier examen; l'armure ne touche pas le corps.

On a reproché récemment à M. Victor Hugo les compartiments symétriques de ses riches périodes à deux, à trois, à quatre membres, dans lesquels il fait circuler et, pour ainsi dire, serpenter la pensée. Pour moi, ce que je trouve de vraiment fâcheux dans ce procédé, outre un peu de lourdeur, c'est de rendre la prose sujette à un inconvénient dont elle avait été jusqu'ici préservée, et qui n'avait atteint que les vers; je veux parler du grave inconvénient des chevilles. Le magnifique exorde

que j'ai déjà loué comme une des parties les plus
artistement travaillées du discours de M. Hugo,
contient, cependant, çà et là dans sa riche contex-
ture quelques pièces rapportées qui ne font qu'y
remplir une case; par exemple : « Alexandre de
Russie, *qui devait mourir à Taganrog...* » Et notez encore que la cheville n'est pas toujours, comme
ici, une simple inutilité; elle est quelquefois une
erreur ou une contre-vérité. Voyez plutôt : M. Hugo
dit, en parlant de la Convention : « Assemblée qui
a brisé le trône et qui a sauvé le pays, qui a eu un
duel avec la royauté, comme Cromwell, et un duel
avec l'univers, comme Annibal.... » Est-ce donc à
dire qu'Annibal ait eu à défendre à-la-fois tous les
points du territoire de sa patrie, comme la Convention? Non; mais la symétrie demandait ici un
membre de phrase, et le nom de Cromwell exigeait
en regard un autre grand nom. L'histoire, il est
vrai, n'en fournit aucun qui convienne, parce que
rien dans l'histoire ne ressemble à la Convention.
N'importe! il en faut un. Annibal? soit : la symétrie
sera satisfaite; mais la vérité!

M. de Salvandy n'avait pas pour préférer la politique aux questions d'art et de poésie, les motifs
de position et de bienséance qui ont fait à M. Victor Hugo un devoir de s'abstenir. Aussi a-t-il pu,
dès les premiers mots de sa réponse, entrer délibé-
rément dans le champ littéraire, ce qui lui a gagné
tout d'abord la faveur de l'assemblée. Il faut avouer

que M. Hugo, en se taisant sur les choses qui ressortissent plus particulièrement à sa compétence, et où sa parole devait avoir une si grande autorité, avait fait la partie bien belle à son interlocuteur. M. de Salvandy a profité de cette faute; il a usé de tous ses avantages, peut-être même pourrait-on dire qu'il en a un peu abusé.

Autrefois, dans la bonne et vieille Académie, où tout, jusqu'au nom de *fauteuil*, rappelait les habitudes de salon, le directeur de la Compagnie répondait aux remercîments émus et prosternés du nouvel arrivant par un compliment où l'éloge était affectueux et discret. Cet usage, imité des paranymphes de la Sorbonne et des Facultés, pourrait paraître aujourd'hui assez fade. Il nous a valu, cependant, la touchante et fraternelle allocution de Racine à Thomas Corneille. Depuis quelques années, des esprits pleins de ressources ont inventé un moyen de donner plus de piquant et d'attrait aux séances de réception. A un spectacle un peu ridicule et suranné, ils en ont substitué un qui paraît fort du goût du public, mais dont on pourrait contester la convenance. On n'a pas encore, il est vrai, renoncé à s'adresser des louanges en face; mais ce sont des louanges crêtées et éperonnées pour le combat, des louanges aiguisées en flèches. On échange encore des compliments; mais ce sont des compliments qui laissent apercevoir de longues griffes sous leur velours. Pour peu que

ce système de guerre c uverte et de politesse armée se perfectionne, la salle du palais des Quatre-Nations se changera bientôt en une arène :
une séance de réception à l'Académie française res-
semblera·, à s'y méprendre, à la scène d'Arsinoé et
de Célimène.

M. de Salvandy, qui faisait son début dans ce
genre d'escrime, nous a semblé enchérir sur ce que
nous avons entendu de plus vif en ce genre. Il était
difficile, en effet, que, selon l'usage, il n'exagérât
pas quelque peu ses modèles. Plus il avançait, plus
il s'animait, plus il supprimait les adoucissements
et les précautions oratoires, plus il laissait se produire la critique sincère et crue. Le discours de
M. de Salvandy, spirituel, incisif, brillant de pensées, serait, au point de vue de ses opinions que
nous ne partageons pas, un excellent morceau de
critique libre et individuelle; mais du haut du
fauteuil du président, il a pu ne pas paraître suffisamment sobre et réservé.

M. de Salvandy a de plus introduit une innovation que nous regretterions fort, pour notre part,
de voir s'établir comme un précédent. Il ne s'est
pas contenté de controverser, selon l'usage, quelques points de la harangue qu'on venait d'entendre. Il a tenu à faire de ce discours tout entier
une réfutation complète et suivie; il l'a repris par
paragraphe, ne laissant pas échapper sans contradiction la pensée la plus simple ni l'anecdote la plus

indifférente. Cette négation universelle, ce blâme
de parti pris, cet écho contradicteur, qui donnait
aux habitués des Chambres l'idée d'une réponse à
un discours du Trône faite par une majorité d'opposition ; toute cette petite guerre, qui d'abord
avait vivement éveillé l'attention, a fini par sem-
bler un peu prolongée : l'orateur a dû faire quelques coupures et les a exécutées, séance tenante,
avec un remarquable à-propos.

Le seul éloge que M. de Salvandy ait accordé au
génie de M. Victor Hugo s'est adressé à ses facultés lyriques. Il veut bien admettre son nouveau
confrère dans la triade poétique qu'il compose de
M. Casimir Delavigne et de M. de Lamartine, et
dans laquelle la France a depuis longtemps placé
Béranger. Vous croyez, sans doute, qu'en décer-
nant à M. Victor Hugo cette couronne de poète,
M. de Salvandy a songé à l'auteur des *Feuilles d'automne* et des *Orientales ?* Détrompez-vous. M. de
Salvandy n'a songé qu'à l'auteur adolescent d'un
premier recueil d'odes, où de grandes espérances
faisaient pardonner l'absence des qualités brillantes qui se sont épanouies plus tard. Tout ce que
M. de Salvandy veut bien accorder, c'est qu'il a
été donné par moments à l'auteur des *Chants du
crépuscule*, des *Voix intérieures* et surtout des
Rayons et des Ombres, de retrouver quelque chose
de ses premières inspirations. Que penser, que dire
d'un jugement si étrange et qui semble si peu sé-

rieux ? C'est à-peu-près comme si l'on voulait soutenir que M. de Châteaubriand n'a jamais égalé
son premier livre, l'*Essai sur les révolutions*, ou
qu'on prétendît que David n'a rien fait de mieux
que son grand prix de Rome, que n'ont égalé,
comme on sait, ni le *Serment des Horaces* ni
Léonidas.

Malgré toute la bonne volonté qu'il a mise à
trouver le récipiendaire en défaut, M. de Salvandy
a laissé passer, que dis-je ? il a pris à son compte,
par le long et piquant commentaire qu'il y a joint,
une assez singulière faute de mémoire échappée à
M. Hugo. Ce dernier, après avoir raconté la résistance opposée à Napoléon par les six poètes que
nous avons nommés, poursuit en ces termes : « Un
esprit vulgaire, appuyé sur la toute-puissance,
eût dédaigné peut-être cette rébellion du talent ;
Napoléon s'en préoccupait ; il se savait trop historique pour n'avoir point souci de l'histoire ; il se
sentait trop poétique pour ne point s'inquiéter des
poètes..... l'homme qui, comme il l'a dit plus
tard à Sainte-Hélène, *eût fait Pascal sénateur et
Corneille ministre*, avait trop de grandeur en lui-
même pour ne pas comprendre la grandeur dans
autrui. »

Cette singulière idée de Napoléon, *Corneille
ministre*, a fourni à M. de Salvandy l'occasion de
plusieurs réflexions fort piquantes et fort applaudies. « Lorsque, dans les caprices de sa puissance

et de son génie, Napoléon disait qu'il aurait pris Corneille pour ministre, sans s'en apercevoir, il faisait comme Richelieu, il le persécutait... Voyez-vous ce génie et cette âme antiques contraints de servir le Cardinal ou de se débattre avec la Fronde, au lieu de gouverner souverainement *les Horaces* (on doit dire *Horace* à l'Académie), *Cinna*, *Polyeucte*, *le Cid?* Non, non, nous aurions des dra-mes immortels de moins; est-il sûr que nous eus-sions un grand ministre de plus? »

Eh bien! il se trouve que ce mot tant répété, tant commenté, *Corneille ministre*, et qui a fait dire tant de choses ingénieuses de part et d'autre, n'est pas plus vrai que celui d'*enfant sublime*, que M. de Salvandy a rappelé en l'amendant, et qu'il aurait mieux fait de laisser dans les biographies où il est né. Quant au mot véritable de Napoléon sur Corneille, il est beaucoup plus sensé, beaucoup plus spirituel, et, si j'ose le dire, d'une tournure beaucoup plus française que celui que la préoccu-pation de M. Hugo lui a substitué. Voici le fait :

Un matin, à Saint-Cloud, et non pas à Sainte-Hélène, à propos de la tragédie d'*Hector*, Napo-léon se mit à parler du Théâtre-Français; quel-qu'un vint à prononcer le nom de Corneille : « Corneille! s'écria-t-il, Corneille! s'il vivait, je le ferais prince! » Voilà le mot vrai, et je le pré-fère. Corneille prince! et pourquoi non? Cette alliance de mots est heureuse et naturelle, et depuis

I.   25

longtemps admise dans la langue. Corneille n'est-il pas un des princes de la poésie? le prince de la tragédie française? En vérité, Napoléon me paraît avoir ici tout l'avantage; et la meilleure réponse à M. Victor Hugo était la citation du mot textuel.

M. de Salvandy a surtout réuni et concentré ses forces contre un point délicat du discours de M. Hugo. Une poétique et, suivant moi, fort belle et fort innocente appréciation de la Convention nationale, a été l'occasion de la *grande bataille*. Attiré, comme tous ces enfants qu'on appelle poètes et peintres, vers ce qui a de l'éclat et de la grandeur, M. Hugo, qui venait de tracer la grande figure de Napoléon, a voulu lui donner pour pendant le tableau de cette terrible assemblée que lui-même appelle *monstrueuse*. Je ne m'explique pas, en vérité, les causes de la contradiction passionnée que cette page a soulevée. M. Hugo n'a pas flatté la Convention : il n'excuse rien, il ne pallie rien ; il laisse leur grandeur aux choses et n'en ajoute aucune aux hommes. Au contraire, personne n'a fait ressortir mieux que lui cette diminution de lumière intellectuelle, cette éclipse de talents qui a marqué les plus mauvais jours de cette assemblée. Personne n'a mieux signalé la propriété qu'ont les lueurs des incendies révolutionnaires, d'attacher de grandes ombres aux plus petits hommes, et de prêter des contours gigantesques aux plus chétives figures. Le tort réel de cette appréciation, c'est, à mon avis, de n'avoir pas assez indiqué ce qui fait la grandeur véritable de la Convention, je veux dire ces grands travaux d'organisation publique, ces belles institutions administratives et scientifiques, honneur et force de notre pays.

M. de Salvandy s'est donné de grandes facilités pour réfuter ce passage. M. Hugo avait parlé de la Convention ; M. de Salvandy lui a répondu comme s'il n'avait parlé que de 1793. M. Hugo avait montré l'ombre que fait la main de Dieu sur les sociétés condamnées à périr. Cette explication, plutôt biblique que philosophique, M. de Salvandy l'a repoussée, comme si Bossuet ne s'en était jamais servi. M. Hugo avait prononcé le mot *providence :* M. de Salvandy l'a traduit par le mot *fatalité.* Enfin, prenant lui-même l'offensive, M. de Salvandy a adressé à la Convention un reproche inouï jusqu'à ce jour. Il l'a accusée d'avoir manqué à sa grande tâche si glorieusement remplie, au salut du territoire. Ombre de Merlin de Thionville, où étiez-vous ! Il a représenté comme un abandon de la défense, le mouvement de concentration qui a dû suivre le premier choc de l'invasion universelle ; il a parlé, il est vrai, des représailles ; mais il a tu leurs dates ; il n'a montré Fleurus que dans le lointain ; il n'a pas dit que cette victoire, à laquelle se lie la mémoire des savants français, des fondateurs et des premiers élèves de l'École Polytechnique, il n'a pas dit que cette victoire avait sauvé la France avant la chute de Robespierre. Il n'a pas dit que la Flandre et la Hollande étaient reconquises; que Jourdan, avec l'armée de Sambre-et-Meuse, était maître de Liége et de Namur; que Pichegru, avec l'armée du Nord, occupait Anvers, avant la délivrance des 9 et 10 thermidor. Il mentionne, je le sais, Carnot, l'homme en qui s'est personnifié le génie militaire de la Convention; mais c'est pour le montrer imposant à la France, en quatorze mois, des levées de quatorze cent mille hommes. Et où de pareils chiffres ont-ils été trouvés? Carnot organisa quatorze armées; mais aucune de ces armées n'avait cent mille combattants. L'armée du Nord elle-même n'en avait que soixante-et-dix mille. On s'étonne que des assertions si peu exactes sur des faits si graves aient pu sortir de la plume d'un homme qui a mis la main aux affaires de son pays.

Et, cependant, malgré ces critiques, je dois me hâter de dire que tout le discours de M. de Salvandy est conçu et écrit avec cette unité de sentiments et de vues un peu partiales, il est vrai, mais concordantes, qui appartiennent à un homme politique. Il est impossible de mieux saisir qu'il ne l'a fait, la liaison intime de certaines sympathies littéraires et de certaines antipathies politiques. Il a bien été l'homme d'une opinion. Aussi a-t-il reçu constamment d'une partie notable de l'auditoire des marques d'une adhésion complète. M. Victor Hugo, au contraire, a laissé rayonner toutes ses pensées sans parvenir à les concentrer. Il n'a été l'homme d'aucun parti, d'aucune opinion même. On l'accuse d'avoir flatté la Convention ; on se trompe. Il ne lui a fait grâce du souvenir d'aucun de ses crimes ; il n'a oublié ni l'échafaud d'André Chénier, ni le fiacre du 21 janvier, ni la pique du 2 septembre. Il a agi de même avec Napoléon. L'auréole de gloire qui entoure le conquérant, ne lui a point caché le fossé de Vincennes. Si, par cette évocation puissante des grandes choses qui ont signalé nos cinquante dernières années, l'auteur a voulu frapper vivement les imaginations, il a réussi ; s'il a cru faire davantage, il se trompe. Singulier contraste ! M. Victor Hugo, qui s'est emprisonné dans la politique, n'a fait, en définitive, qu'un grand et beau discours littéraire ; et M. de Salvandy, en appréciant des drames, des romans, des poésies lyriques, ce qu'il a fait d'ailleurs en écrivain élégant et littéraire, a obtenu surtout un succès politique.

XVII.

MÉMOIRES, CORRESPONDANCE

ET OPUSCULES INÉDITS DE PAUL-LOUIS COURIER (1).

(*Globe*, 7 janvier 1829.)

Voilà un de ces livres dont la vogue est assurée. Qui ne voudra lire deux nouveaux volumes de Paul-Louis? Quel attrait n'offrent pas ces lettres écrites de 1787 à 1824, où se trouvent réunis tous les détails relatifs à la jeunesse de Courier, à sa vie de bivouac, à sa famille; l'indication de toutes ses relations d'amitié, d'inimitié, d'érudition; le récit rapide, amusant, naïf de ses campagnes d'Italie, d'Allemagne et de Sainte-Pélagie; le tableau du gaspillage des armées consulaires et impériales; mille anecdotes piquantes sur ses camarades, *Brutus* de comédie, qui *passaient* journellement chevaliers, chambellans, ducs ou rois; enfin, une foule de joyeux sarcasmes sur toutes les antichambres de l'illégitimité, sans préjudice des antichambres légitimes? Toutes les personnes qui ont applaudi à ses *pamphlets* peuvent donc se réjouir de l'apparition de ce recueil posthume; bien des

(1) Deux vol. in-8°

pages sont à leur adresse. Mais au milieu de ce feu
roulant d'épigrammes sur la dynastie napoléonienne et sur les valets de l'ancien et du nouveau
régime, il se trouve des choses d'un tout autre style,
des parties tout-à-fait neuves et imprévues, au moins
pour beaucoup de lecteurs, et sur lesquelles nous
ne saurions trop attirer l'attention. Le Paul-Louis
de 1820, le vigneron pétitionnaire de la commune
de Véretz est suffisamment connu; son portrait,
quoique un peu de fantaisie, est désormais consacré, et ce serait temps perdu que de vouloir y ajouter quelques traits. Au contraire, le Courier de 1806,
de 1811, de 1817 est, en quelque sorte, oublié. Il
revit tout entier dans sa correspondance, qui va le
montrer à la jeunesse actuelle sous un jour presque
nouveau. Son caractère, ses opinions, ses goûts;
ses études, seront connus et s'expliqueront mutuellement. On n'ignorait assurément pas que Courier
sût le grec, qu'il eût traduit l'*Ane* de Lucius, le
Traité de la cavalerie de Xénophon, le troisième
livre d'Hérodote, qu'il eût complété et traduit la
charmante pastorale de Longus. Mais combien ces
études influèrent sur son caractère et sur son génie,
quel singulier mélange il résulta de son goût formé
dans la lecture de l'antiquité, et de ses habitudes
prises à la caserne, ses intimes seuls le savaient;
aujourd'hui tous le sauront. Ce sera un homme de
talent de plus que nous connaîtrons à fond, *intus
et in cute* Il y a là plaisir et instruction.

Courier avait trop d'excentricité dans le caractère pour ne pas faire bruit et scandale dans toutes les carrières où il entra. On n'a pas oublié qu'en 1812 on ne parlait, dans un certain public, que de Courier, voleur de grec et mauvais militaire, érudit égoïste et officier têtu. La moitié au moins de cette réputation était fausse; mais telle était alors l'opinion sur son compte. Plus tard, lorsque invité par la presque totalité des membres de l'Académie des Inscriptions et Belles-Lettres, il se présenta pour occuper le fauteuil de M. Clavier, son beau-père, et fut repoussé presque unanimement par les subits admirateurs de l'érudition d'un concurrent plus heureux, la lettre de remercîment qu'il adressa à la docte assemblée, pièce d'artillerie d'un formidable calibre, produisit une explosion dont plus d'un honorable membre est encore éclopé. Courier eut sans doute les rieurs de son côté; mais on trouva pourtant la vengeance un peu forte. Il fut regardé comme un savant irritable, comme un misanthrope atrabilaire, et, peu s'en faut, comme un méchant homme. Ce même public qui devait, bientôt après, lui savoir si bon gré de ses cruautés envers M. de Broë, eut quelque peine à lui pardonner ses espiégleries d'helléniste. Enfin, poussé par les circonstances et par les encouragements tout particuliers du maire de Véretz et du préfet de son département, Courier crut devoir parler, non plus à l'Académie, mais à la France, non plus de grec, mais des faits

et gestes de l'Administration. Le succès de son éloquence vive, serrée, incisive, fut immense; et
comme les peuples déifient aisément ceux qui les
servent, le prétendu voleur de grec de 1811, le
méchant homme de 1818 devint tout-à-coup une
espèce de Franklin militaire, de paysan du Da-
nube, naïf, éloquent, malin, mais bon surtout par
excellence. Pourtant, vers 1823, trouvant les co-
ryphées du parti démocratique un tant soit peu
superbes, voilà le bonhomme qui se met à railler
un petit leurs excellences les ministres de notre libérale opposition, et à fronder les réglements de
la Chambre-Lafitte. On pense bien que les noms de
mauvaise tête, de mauvais camarade, d'homme
indisciplinable ne lui furent pas épargnés, et avec
raison, et l'on ne sait trop ce que serait devenue
sa popularité, si la mort, et une mort affreuse, n'é-
tait venue le rétablir à jamais dans le cœur de ses
amis, et fixer sa place parmi les écrivains qui ont
le mieux mérité de leur pays. Or, au milieu de toutes ces fluctuations d'éloge et de blâme, de popularité et de décri public, que devons-nous penser?
Quel fut Courier? fut-il bon ou méchant, égoïste
ou désintéressé, républicain ou frondeur? La réponse à ces questions pouvait offrir quelque incertitude avant la publication de ses lettres; elle est
devenue facile : aujourd'hui nous connaissons Courier à fond et sans réserve. Perd-il, gagne-t-il à
cette connaissance intime? Nous ne savons. Mais au

moins il est sûr qu'un tel homme mérite bien qu'on
l'étudie. Parlons donc de Paul-Louis, comme Montesquieu d'Alexandre, tout à notre aise.

Le trait dominant de son caractère, celui qu'on
retrouve dans toutes ses actions, depuis son départ
soudain pour l'école de Châlons, jusqu'à ses échap-
pées militaires, traitées impoliment de désertions,
c'est un insurmontable instinct d'indépendance. Il
y eut toujours en lui un impérieux besoin de vie
errante. Nulle loi de devoir, nulle convenance de
place, nulle considération d'état ou de famille, ne
put lui imposer le joug social. Officier, il quitte
son poste quand il lui plaît, ne se soumet presque
en rien à l'ordonnance, monte le plus souvent à
cheval sans selle ni étriers. Ce qu'il aime le plus
dans son métier, c'est la vie insouciante, l'incertitude du lendemain, le vagabondage; en un mot,
Courier est un vrai sauvage, portant l'épaulette.
Plus tard, délivré du service, mais lié par le mariage, il projette, avant la fin de la lune de miel,
une course à Constantinople. Franc jusqu'à l'im-
politesse, mal avec tous ses chefs, qu'il ne peut ni
servir ni flatter, il eut pourtant, comme tant d'autres, ses rêves de fortune et ses velléités d'avance-
ment. Il y renonça, mais moins par désintéressement
ou libéralité d'opinions que par lassitude. Dans ces
derniers temps, on a fait de Courier un héros d'abnégation puritaine, un patriote inébranlable, un
vrai Brutus... illusion! L'opposition qu'il fit à Bo-

naparte et à la contre-révolution fut en partie de
position, en partie d'humeur et de tempérament.
Au reste, par l'inconsistance même de ses principes,
il fut un parfait représentant de cette génération qui
se crut républicaine, et qui, au fond, n'eut qu'une
fièvre de liberté généreuse et passagère. Il faut bien
le dire ; excepté les héros morts avant le 4 décembre 1804, et, sous l'Empire, excepté Mallet, Oudet
et quelques autres, il y eut peu de républicains de
principes dans l'armée ; il y en eut moins encore
dans les lettres. A l'Institut, peuplé de convention-
nels, quand il fallut prêter serment de fidélité aux
constitutions impériales, il n'y eut que deux dé-
missionnaires : l'un fut le vertueux et loyal Laréveil-
lère-Lépeaux, l'autre un savant septuagénaire qui
professait des opinions religieuses et monarchiques.
Ces deux actes furent sans conséquence et sans popularité, je le sais ; mais ils n'en sont pas moins à
jamais honorables, en ce qu'ils furent vraiment de
principes. Ce vieillard qui s'associa au refus de La-
réveillère-Lépeaux était un homme d'une excentricité de caractère aussi grande au moins que celle de
Courier, mais d'une trempe d'âme bien autrement
énergique. C'est le grand et vénérable Anquetil du
Perron, le patriarche des voyageurs et des orienta-
listes français, qui disait à ses amis effrayés de son
courage et de sa pauvreté : « J'ai huit sous à dépen-
ser par jour et je n'en dépense que quatre ; vous
voyez bien que j'ai du superflu. » A la même épo-

que, Courier faisait des épigrammes contre la dynastie napoléonienne, contre les grands maréchaux et
les *mamamouchis*. C'étaient certes là des actes d'audace, et plus que ne s'en permettaient, même dans
le secret de leurs pensées, tels anciens habitués de
Versailles, devenus chambellans; mais quatre ans
après, Paul-Louis galopait dans les plaines de Wa-
gram, à la suite de l'Empereur, espérant un coup-
d'œil et rêvant un meilleur grade. Sans doute, ce
n'était pas là renier toute sa vie, comme MM. les
généraux-sénateurs-comtes tels et tels; mais c'était
nous donner, par ce court écart, le droit de nier
que ses saillies d'opposition fussent en lui conviction et principes. En effet, c'était tout uniment
tournure d'esprit et de caractère. La nature s'était
méprise; Courier aurait dû naître au Canada.

A ce premier trait de naissance, l'éducation en
vint ajouter un autre. Son père lui avait enseigné
le grec de très-bonne heure. Comme Racine, Courier lisait Sophocle et Démosthène à quinze ans.
S'il n'eût fait que porter son Homère au bivouac,
il n'y aurait eu là rien de bien extraordinaire :
d'autres militaires en ont fait autant. Ce qui nous
porte à insister sur ce précoce amour du grec, c'est
l'influence que cette étude exerça sur sa raison et
sur le développement de son talent. Son esprit
s'empreignit d'atticisme. Il reçut de la Grèce sa façon de sentir, de juger, de s'exprimer; il fut Athé-
nien par ses idées sur l'art, sur la langue, sur le

beau. Après le génie grec, ce fut ce qui s'en rapproche le plus, le goût italien, le soleil d'Italie,
l'art de Venise, de Florence, de Rome, qui l'en-
chantèrent le plus. La pureté du goût antique passa
dans sa manière et produisit, en se mêlant à son
cynisme de caserne, et à ses mœurs quelque peu
hussardes, un contraste des plus singuliers et des
plus piquants. Dans ce Huron devenu artilleur, il
y eut de l'Alcibiade. Si l'on en doutait, qu'on voie
avec quelle grâce de pinceau, avec quelle suavité
de touche, avec quelle chasteté d'artiste, il nous
raconte une petite aventure qui serait peu édifiante
et même peu gracieuse sous toute autre plume. Ce
n'est pas le scrupule moral qui l'arrête; ses principes
n'étaient pas sévères, et s'il eut une philosophie,
elle fut tout épicurienne. Ce qui épure, dans ce
qu'on va lire, son langage, sa pensée et jusqu'à ses
actions, c'est son goût d'artiste. La loi du beau fut
le seul joug que Courier consentit à subir. Mais
laissons-le parler, on le jugera :

A MONSIEUR ET MADAME THOMASSIN, A STRASBOURG.

Milan, 12 octobre 1809

« Monsieur et madame, je ne sépare point ce que Dieu a joint,
et je réponds à vos deux lettres par une seule. . . . .
. . . . Vous voulez donc bien vous intéresser à mes courses.
J'ai fait sur mon lac de Lucerne des navigations infinies. Ses bords
n'ont pas un rocher où je n'aie grimpé pour chercher quelque
point de vue, pas un bois qui ne m'ait donné de l'ombre, pas un
écho que je n'aie fait jaser mille fois. C'était ma seule consolation,
et mon lac, mon unique promenade. Ce lac a aussi ses nymphes;

il n'y a si chétif ruisseau qui n'ait la sienne, comme vous savez, j'en vis une un jour sur la rive; je ne plaisante point. J'étais descendu pour examiner les ruines du fameux château de Hapsbourg, mais je vis autre chose que des ruines. Une jeune fille, jolie comme elles sont là presque toutes, cueillait des petits pois dans un champ; leur costume est charmant, leur air naïf et tendre, car en général elles sont blondes, leur teint un mélange de lis et de roses; celle-là était bien du pays. J'approchai : je ne pouvais rien dire, ne sachant pas un mot de leur langue; elle me parla, je ne l'entendis point. Cependant comme en Italie, où beaucoup d'affaires se traitent par signes, j'avais acquis quelque habitude de cette façon de s'exprimer, je réussis à lui faire comprendre que je la trouvais belle. En fait de pantomime, sans avoir été si loin l'étudier, elle en savait plus que moi; nous causâmes; je sus bientôt qu'elle était du village voisin, qu'elle allait dans peu se marier, que son amant demeurait de l'autre côté du lac, qu'il était jeune et joli homme. Vous seriez-vous doutée, madame, que tout cela se pût dire sans parler? Pour moi, j'ignorais toute la grâce et l'esprit qu'on pouvait mettre dans une pareille conversation; elle me l'apprit. Cependant je partageais son travail, je portais son panier, je cueillais des pois, et j'étais payé par un sourire qui eût contenté les dieux mêmes; mais je voulus davantage.

« Toute cette histoire ne me fait guère d'honneur; me voilà pourtant, je ne sais comment, engagé à vous la conter, et vous, madame, à la lire. J'obtins de cette belle assez facilement qu'elle ôtât un grand chapeau de paille à la mode du pays : ces chapeaux dans le fait sont jolis; mais il couvrait, il cachait. . . Et le fichu c'était bien pis; à peine laissait-il voir le cou. Je m'en plaignis, j'osais demander que du moins on l'entr'ouvrit. Ces choses-là en Italie s'accordent sans difficulté; en Suisse, c'est une autre affaire. Non seulement je fus refusé; mais on se disposa dès-lors à me quitter. Elle remit son chapeau, remplit à la hâte son panier et le posa sur sa tête. Quoique la mienne ne fût pas fort calme, j'avais pourtant très-bien remarqué, que ce fichu auquel on tenait tant, ne tenait lui-même qu'à une épingle assez négligemment placée, et, profitant d'une attitude qui ne permettait nulle défense, j'enlevai d'une main l'épingle, et de l'autre le fichu, comme si de ma vie, je

n'eusse fait autre chose que de déshabiller les femmes. Ce que je
vis alors, aucun voyageur ne l'a vu, et moi je ne profitai guère de
ma découverte, car la belle aussitôt s'enfuit, laissant à mes pieds
son panier et son chapeau qui tomba; et je restai le mouchoir à la
main, quand elle s'arrêta et tourna vers moi ses yeux indignés.
J'eus beau la rappeler, prier, supplier, je ne pus lui persuader ni
de revenir ni de m'attendre. Voyant son parti pris, qu'y faire? Je
mis le fichu sur le panier avec le chapeau, et je m'en allai, mais
lentement trois pas en avant et deux en arrière, comme les pélerins de l'Inde. A mesure que je m'éloignais, elle revenait, et quand
je revenais, elle fuyait. Enfin je m'assis à quelque distance et je
lui laissai réparer le désordre de sa toilette, et puis je me levai et
sus encore lui inspirer assez de confiance pour me laisser approcher. Je n'en abusai plus. Nous ramassâmes ensemble la récolte
éparse à terre; et je plaçai moi-même sur sa tête le panier que ses
doigts seuls soutenaient de chaque côté. Alors figurez-vous ses
deux mains occupées, mêlées avec les miennes, sa tête immobile
sous ce panier, et moi si près. . . . . J'avais quelques droits; ce
me semble; l'occasion même en est un. J'en usai discrètement.
Maintenant, madame, si vous me demandez ce que c'est que le château de Hapsbourg, en vérité je ne l'ai point vu; non que je n'y
sois revenu plusieurs fois; je revins souvent au pied de ces tours,
mais sans jamais voir ce que j'y cherchais. »

Ce récit, d'une délicatesse achevée, pourrait être
attribué à Bernardin de Saint-Pierre. Et, pourtant,
quelle distance entre ces deux hommes! Le but que
l'un aurait atteint par pureté d'âme, l'autre l'atteignait par pureté de goût.

Ceux qui n'ont lu de Courier que ses pamphlets,
chefs-d'œuvre d'éloquence, de bon sens et d'atticisme d'une autre espèce, ne peuvent avoir une
idée de la grâce poétique et quelquefois mélancolique qui venait parfois colorer ses pensées dans

les occasions les plus familières. Veut-il faire comprendre à ses bons amis, M. et madame Thomassin, le regret qu'il éprouve de les avoir quittés? Voici comment il s'exprime :

« Sur le lac, Dieu m'est témoin que je pensai à mes amis des bords du Rhin, vous compris et en tête, si vous le trouvez bon ; et voici comment j'y pensai tout naturellement. Je regardais les eaux de ce lac transparentes comme le cristal; celles de la Limate en sortent et vont se jeter dans le Rhin. Vous voyez, monsieur et madame, comme mes pensées, en suivant l'onde fugitive, arrivaient doucement à vous. Les vôtres n'auraient-elles pu remonter quelquefois le cours de l'eau? Cela n'est pas si naturel ; aussi n'osais-je m'en flatter. »

Veut-il apprendre à sa femme que le fils d'un de ses fermiers est un fort beau garçon, ce qui n'était peut-être pas une nouvelle fort nécessaire à lui mander, voici le paragraphe de sa lettre jeté, d'ailleurs, entre le prix du foin et le compte de ses fagots :

« A propos de beauté, un de nos fermiers a un fils qui passe avec raison, pour le plus beau garçon du pays. Il est blond et a dix-huit ans. Ce ne sont point ces gros traits des Anglais et des Allemands. Sa tête est toute grecque. Il est loin de s'en douter, et cela lui donne une grâce et un naturel que n'ont point vos messieurs de Paris. Avec sa blouse et ses sabots, il a tout-à-fait l'air d'Apollon chez Admète. »

Nous avons dit qu'on aperçoit souvent des traces d'une mélancolie douce et profonde dans la correspondance et les opuscules de Courier. Qu'on se garde de croire que ce soit une mélancolie vaporeuse, anglaise ou allemande; rien de cela : c'est

une mélancolie tout-à-fait antique. Lisez plutôt le
fragment qui suit ; c'est ainsi qu'écrivait Courier
dans les moments où il n'était pas d'humeur à rire
ou à médire :

FRAGMENT.

A Rome, avril 1811.

« . . . . . Ce matin, de grand matin, j'allais chez M. d'Agincourt ; et comme je montais les degrés de la Trinité-du-Mont, je le
rencontrai qui descendait, et il me dit : Vous veniez me voir? — Il
est vrai, lui dis-je ; mais puisque vous voilà sorti. . . — Non, re-
prit-il, entrez chez moi, je suis à vous dans un moment. Je fus
chez lui, et je l'attendis ; et comme il tardait un peu, je descendis
dans son jardin, et je m'amusai à regarder les plantes et les fleurs,
qui sont fort belles et nombreuses, et pour la plupart étrangères, à
ce qu'il me parut, et aussi rangées d'une façon particulière et pittoresque ; car il y a beaucoup d'arbustes, dont les uns, plantés fort
épais, sont comme une espèce de pépinière coupée par de jolies
allées ; les autres tapissent les murs, et du pied de la maison mon-
tent en rampant jusqu'au faîte. La maison est dans un des angles du
jardin ; de grands arbres grêles, qui sont, je crois, des acacias,
s'élèvent à la hauteur du toit, et parent les rayons du soleil, sans
nuire à la vue : tellement qu'on voit de là tout Rome au bas du
Pincio, et les collines opposées de Saint-Pierre *in Montario* et du
Vatican. Au fond du jardin, aux deux angles, il y a deux fontaines
qui tombent dans des sarcophages, et dont l'eau coule dans des ca-
naux le long des murs et des allées. En me promenant, j'aperçus,
parmi des touffes de plantes fort hautes, une tombe antique, de
marbre, avec une inscription. Je m'approchais pour la lire, écartant
les plantes, cherchant à poser le pied sans rien fouler, quand M. d'A-
gincourt, que je n'avais pas vu : C'est ici, me dit-il, l'Arcadie
du Poussin ; hors qu'il n'y a ni danses ni bergers. Mais lisez, lisez
l'inscription. Je lus ; elle était en latin, et il y avait dans la première ligne : *Aux dieux manes* ; un peu au-dessous, *Fauna vécut
quatorze ans, trois mois et six jours* ; et plus bas, en petites lettres :
Que la terre te soit légère, fille pieuse et bien aimée! . . . . . »

I.   26

Cela ne ressemble guère à la mélancolie coléri-
que et vengeresse de Paul-Louis, canonnier à cheval et vigneron. Mais il avait encore bien d'autres
styles. Peu d'écrivains ont possédé aussi bien que
lui le français de toutes les époques. La flexibilité
de sa diction était extrême, et sa correspondance
en fait foi. Là se trouvent des lettres adressées à
toutes sortes de personnes, à des supérieurs, à des
camarades, à sa mère, à des savants, à des artistes,
à de grandes dames, et à des femmes d'un grand
esprit. Ne croyez pas qu'il se méprenne. Sa manière
d'écrire change avec ses correspondants. Il n'y a
pas jusqu'au caractère de ceux auxquels il s'adresse
qui n'influe sur sa diction et ne se réfléchisse dans
son style. Il est amusant de voir comme sa phrase
est unie avec M. Clavier, pleine d'expansion avec
le baron de Sainte-Croix, un peu sèche avec M. de
Sacy, affectueuse avec M. d'Agincourt, fine et circonspecte avec M. Boissonade. Le seul style dont
il ne se serve jamais, et pour lequel il montre une
constante antipathie, c'est le style néologique, bi-
garré d'anglais et d'allemand. Il poussait si loin son
aversion pour ce langage venu du nord, que, lorsqu'il se fit pamphlétaire, et partant voulait être lu
du plus grand nombre, il se rejeta dans l'archaïsme,
de peur d'être entraîné vers ce jargon nouveau :
c'était chercher trop loin son refuge. D'ailleurs, il
soignait jusqu'à ses plus simples billets ; c'était sa
manière ou, si l'on veut, son défaut : il écrivait

tout, comme il le dit quelque part, *en conscience*. Cent de ses lettres paraissent même avoir été, comme celles de Pline, conservées par lui et destinées à la publicité. Il portait dans ses jugements sur les arts, le même goût attique que dans son style, et le même éloignement pour le nord. La familiarité plus anglaise qu'italienne, introduite par Talma dans notre déclamation théâtrale, le révoltait singulièrement; et deux lettres, écrites à vingt ans d'intervalle, attestent sa persévérance dans l'antipathie que lui inspiraient les innovations de notre grand tragédien.

On a beaucoup parlé de la misanthropie de Courier. Il en eut, sans doute, mais par accès; car il était gai par nature. Quand sa correspondance n'en fournirait pas mille preuves, quand il ne nous l'apprendrait pas lui-même dans la jolie lettre où il rappelle à sa cousine, madame Pigalle, *le cousin qui rit toujours*, et qu'il signe *le vieux cousin qui ne rit plus*, il suffirait de l'avoir vu pour n'en pas douter. On n'a point la bouche fendue, comme il l'avait, d'une oreille à l'autre, sans être prédestiné à être rieur, et rieur du rire inextinguible d'Homère ou de Rabelais.

Tel fut Courier, indépendant, fantasque et surtout artiste. On voit à présent pourquoi il passa et dut passer tantôt pour bon, tantôt pour méchant. Sa bonté, qui était très-réelle, fut, à vrai dire, un peu de même espèce que celle de la Fontaine; bonté

26.

qui n'est guère de mise soit à l'armée, soit en ménage. La Fontaine, chef d'escadron, aurait fort bien pu, après le feu, quitter ses batteries, comme Courier, sans permission ; et de son côté, Courier ne fut pas, dit-on, mari beaucoup plus soigneux ni plus sédentaire que la Fontaine. Cependant, il paraît avoir beaucoup aimé sa femme. On peut lire, dans le temps où il lui faisait la cour et que son mariage faillit manquer, la lettre qu'il adressa à madame Clavier, sous prétexte de lui redemander un mouchoir ; on verra combien il était alors amoureux. Plus tard, vingt lettres datées de Sainte-Pélagie attestent un vif attachement et une touchante intimité. Toutefois, cette dernière partie du recueil, voisine de la catastrophe, serre le cœur : elle entr'ouvre je ne sais quelle perspective mélancolique et sombre. C'est comme une avenue qui mène à un monument funèbre ; on veut s'arrêter, se détourner ; mais on ne peut : il faut avancer, et l'on arrive au bord d'une fosse.....

Pourquoi faut-il que telle soit la triste conclusion de ces deux volumes, qu'on lit avec tant d'intérêt et de plaisir !

XVIII.

COMMENT UNE DYNASTIE SE FONDE.

(*National*, 16 mars 1831.)

Nous savons assez comment les dynasties finissent ; voyons un peu comment on les fonde.

Bien des gens vont s'écrier que la première condition pour qu'un pouvoir nouveau s'établisse, c'est qu'on n'agite point imprudemment la question de son existence. Ces personnes, dont nous ne partageons pas l'avis, pensent que le mystère, la confiance aveugle, le silence religieux, utiles à la durée de tout pouvoir, sont indispensables à l'établissement d'un pouvoir nouveau.

D'autres personnes, dont nous sommes portés à adopter le sentiment, prétendent que l'action personnelle et l'intervention directe dans les affaires publiques, qui sont interdites à la royauté constitutionnelle, sont cependant nécessaires à la fondation d'un nouveau pouvoir. En effet, disent-elles, comment prendre de l'ascendant sur les esprits et multiplier le nombre de ses adhérents, quand on n'a nul moyen d'agir sur la nation, nulle communication effective avec le pays ? La fiction de

l'inviolabilité royale, qui n'empêche pas les dé-
positions de rois ; le dogme de la responsabilité
ministérielle, qui équivaut à l'omnipotence des
ministres ; cet adage mystique, *Le roi ne peut fail-
lir,* qui, pour n'être pas une absurdité, exige que
le roi ne fasse rien; en un mot, la royauté fainéante
à laquelle il a plu à l'aristocratie anglaise de con-
damner ses monarques, et dont le tempérament
de Louis XVIII a pu s'accommoder; ce système
peut bien convenir à une monarchie depuis longtemps assise; mais il est incompatible avec les
efforts qu'exige une royauté qui s'élève. On comprend, en effet, qu'il se soit établi à la longue, en
Angleterre, un compromis qui permet à tous les
membres de l'aristocratie d'arriver à la souveraine direction des affaires, à l'exclusion d'un
seul gentilhomme, qu'on appelle *le roi*, et qu'on
dédommage par une grosse pension appelée *liste
civile ;* on conçoit que dans cette contrée la royauté,
d'abord effective et réelle, ait pu dégénérer en une
royauté nominale, et qu'en fait, le gouvernement
anglais soit une république élective, dans laquelle
l'hérédité de la couronne est enchâssée comme une
relique du moyen âge; mais on conçoit plus difficilement qu'une jeune royauté puisse grandir au
milieu de telles entraves, et parvienne à se faire
saluer des peuples sans paraître rien faire pour eux.

Cette objection est grave. S'il était prouvé, en
effet, que la forme de gouvernement que nous

avons empruntée à l'Angleterre ne laissât aucun
moyen de développement personnel à la royauté,
nous serions forcés de convenir que, sous un tel
régime, la situation d'une royauté naissante est
fort difficile et fort périlleuse. Mais l'histoire et,
en particulier, l'histoire d'Angleterre, nous prouve
qu'il n'en est pas tout-à-fait ainsi. Quoique, dans
notre opinion, cette forme de gouvernement ne
convienne point à la France, où il n'y a pas d'aristocratie, et commence à ne plus guère convenir à
l'Angleterre, cependant elle ne paralyse pas tellement l'action de la royauté qu'elle rende inutiles le
génie et le courage, ces deux grands fondateurs
de tout pouvoir. Il reste à l'activité royale, en
dehors de la responsabilité ministérielle, une sphère
d'action assez étendue pour qu'elle puisse exciter
l'amour ou la haine. Nous n'en voulons pour
preuve que Guillaume III et Charles X, tous deux
rois constitutionnels, dont l'un a fondé, l'autre a
perdu sa dynastie.

Les grands rois constitutionnels ne sont pas communs : le gouvernement du pays par le pays n'a pas
été inventé pour le plus grand développement des
facultés royales ; mais c'est aller trop loin que de
prétendre que, sous le *self-government*, les grands
rois soient impossibles. Nous venons de nommer
Guillaume III. Il est curieux de voir comment ce
grand homme s'est servi du rebelle instrument de
1688.

Une entière communauté d'intérêts avec l'Angleterre l'avait appelé au trône. Ce fut à augmenter sans cesse l'opinion qu'on avait conçue de cette communauté d'intérêts, qu'il s'appliqua. Sa politique n'eut qu'un but : prouver, non par des paroles, mais par des actes réitérés, qu'il était l'homme de la nation, le représentant véritable des sentiments de la majorité protestante, le défenseur ardent, dévoué, nécessaire, des sentiments nationaux. Voyez comme il se fit, par terre et par mer, le champion infatigable du principe qui l'avait couronné, gagnant des alliés à ce principe par ses négociations, intervenant par les armes pour le défendre dans toute l'Europe. Ainsi, et moins heureusement, fit encore un autre puissant fondateur d'empire, Napoléon, qui ne fut si grand que pour avoir personnifié dans ses aigles les principes de la révolution française, et qui ne tomba que pour n'avoir pas su, comme Guillaume III, respecter au-dedans le principe qui l'avait élevé.

Cette politique toute simple, qui consiste à suivre le vœu national, et à s'en faire le représentant et le champion à l'étranger, cette politique qui ne demande que du bon sens et du cœur, est, j'en conviens, diamétralement opposée à celle qu'un ministre professait naguère à la tribune. Cet orateur recommandait, on s'en souvient, de faire du pouvoir avec de l'impopularité. Cette recette, qui d'ailleurs suppose aussi du courage, est celle

qu'emploient tous les défenseurs d'anciennes mo-
narchies, les Castlereagh, les Wellington, les princes de Polignac; mais nous ne voyons pas qu'elle
ait jamais été mise en usage par les fondateurs de
royauté. Nous défions M. Guizot de nous citer une
seule dynastie nouvelle qui ait cherché sa force
dans l'impopularité.

De toutes les manières de fonder une dynastie,
la guerre est, sans contredit, la plus efficace. On
citerait difficilement un seul chef de race royale
qui n'ait été un roi guerrier. Pourquoi? C'est qu'un
changement de dynastie n'est jamais un simple
changement de personnes; c'est la défaite d'un
vieux principe et l'avénement d'un nouveau. Toujours, après une déposition populaire, il y a dis-
sension civile et nécessité d'une guerre étrangère.
Une nouvelle royauté ne peut s'établir qu'à la condition de comprimer la minorité du dedans et de
faire triompher le nouveau principe au dehors.
Guillaume III fut plus tourmenté par la presse,
plus vexé, plus chicané par le parlement, en ce
qui touchait ses affections et ses intérêts privés,
que ne l'avait été Jacques II; mais il ne fut jamais
sérieusement menacé, et il put se rire des conspi-
rations jacobites, parce qu'il fut bien l'homme de
la révolution, qu'il s'identifia complétement avec
son principe, qu'il le défendit par des alliances et
le soutint dans vingt batailles; en un mot, il fut
roi, non sur des roses, non pas toujours heureux,

non pas paisible, mais incontesté et glorieux. Jacques tomba pour avoir séparé sa politique de celle de l'Angleterre; Guillaume se maintint par une politique tout anglaise et protestante. D'ailleurs, sa couronne avait été scellée de son sang: deux boulets l'avaient sacré à la Boyne. Il n'y a rien de tel que le canon pour faire les rois. Si j'avais l'honneur d'être précepteur de prince, je répéterais tous les soirs à mon élève : Les balles ennemies sont la sainte ampoule (1).

Mais encore faut-il, pour vouer sa vie à un principe, que ce principe offre gloire et sécurité. Or, bien des publicistes croient que le principe d'où est sortie la royauté du 9 août a besoin d'être contenu plutôt que favorisé. A les entendre, ce principe est destructif de toute royauté; un trône entouré d'institutions républicaines est une chimère; quand Guillaume III combattait pour la constitution anglaise, il fondait une monarchie aristocratique, et, entre l'aristocratie et la royauté, il y a une affinité qui n'existe point entre la royauté et la démocratie. Guillaume tentait une chose possible; le programme de l'Hôtel-de-Ville est une impossibilité : c'est tout au moins un essai plein d'obscurité et de péril. Cela est vrai; mais croyez-vous que quand Guillaume essayait de fonder une mo-

(1) Je dois rappeler que cet article a été écrit avant les siéges d'Anvers et de Constantine. (*Note de 1842*)

narchie aristocratique, il ne fit pas aussi une épreuve très-hasardeuse? Il se trouva, sans doute, dans ses conseils, nombre de gens très-graves qui lui démontrèrent que le principe aristocratique devait dévorer un jour la royauté qu'il fondait. Cette menace ne l'arrêta pas; il trouva dans le système de la monarchie limitée, place encore pour de la gloire et du génie, et il laissa à ses successeurs un trône que plus d'un roi absolu doit envier. Pourquoi n'en serait-il pas de même de la monarchie démocratique? Vouloir, avec les conditions politiques actuelles, fonder une royauté aristocratique à la manière anglaise, est aussi peu raisonnable que si Guillaume, appelé par le principe aristocratique, eût voulu fonder une monarchie absolue à la manière de Louis XIV. Adopter franchement et complétement le principe en vertu duquel on règne, vouer au triomphe de ce principe et sa vie et ses forces, c'est le seul moyen d'assurer son pouvoir et de fonder une dynastie.

XIX.

VOYAGES HISTORIQUES ET LITTÉRAIRES

EN ITALIE,

PENDANT LES ANNÉES 1826, 1827 ET 1828,

PAR M. VALERY.

(*National*, 1ᵉʳ juin 1831.)

Voici un ouvrage qui, avec les chances les plus
certaines de succès, manque cependant d'un ac-
cessoire qui a fait souvent à lui seul la fortune des
hommes et des livres, l'*à-propos*. Aujourd'hui l'I-
talie est couverte d'un crêpe : Rimini, Bologne,
Ancône ruissellent du sang des proscrits; les pa-
triotes de Modène et des légations, livrés par notre
égoïste diplomatie au fer de l'Autriche et aux sbires
de la police ducale et papale, sont décimés, incar-
cérés, fusillés. Le moment est peu convenable pour
nous mettre à étudier les statues de leurs musées,
les fresques de leurs palais, l'architecture de leurs
cathédrales. L'Italie sanglante inspire aujourd'hui
un tout autre sentiment que celui d'une curiosité
de savant ou d'artiste. Ce qu'on désire apprendre
de la Romagne, ce sont des nouvelles de ses pri-
sons. On demande aux personnes qui viennent de
traverser les Alpes des renseignemens sur la marche des troupes plutôt que sur l'état des bibliothè-

ques. Certes, c'est un malheur pour M. Valery, mais ce n'est pas un tort, que de n'avoir pas prévu en 1826, 1827 et 1828, la disposition d'esprit, où devaient nous jeter les événements de 1831.

Pendant les dernières années de la Restauration, les promenades en Italie furent très à la mode dans un certain monde élégant. Visiter Milan, Parme, Venise, habiter quelques mois Rome, Naples ou Florence, était le devoir obligé, et, il faut le dire, un des emplois les plus convenables des loisirs aristocratiques. Ce pélerinage d'antiquaire, de littérateur et d'artiste était accompli par tout le monde, par le banquier, par le conseiller d'État, par le juge et le professeur en vacances, et jamais absolument sans profit. Les trois voyages que fit alors M. Valery, et dont il a rassemblé les souvenirs avec soin et réflexion, forment un livre tout-à-fait propre à servir d'*indicateur* et de *cicerone* à cette classe de touristes d'élite, qui a besoin de conseils pour ne pas se perdre au milieu de tant de palais, de galeries, d'églises, d'antiquités, etc., et que dégoûte, avec raison, le bavardage banal des livrets vulgaires. Viennent donc à présent des circonstances qui nous permettent de visiter l'Italie, sans avoir à rougir de la conduite de notre gouvernement, et un bon guide ne nous manquera plus. Le livre que nous annonçons sera pour cette contrée ce que le *Manuel d'Ebel* est pour la Suisse. Les deux premiers volumes, que nous avons sous les yeux, sont consacrés à l'Italie du nord, et les trois derniers, qui comprendront le midi, ne tarderont pas à paraître. Il ne nous faut plus, pour en faire usage, que le soleil de Marengo.

En attendant, nous avons trouvé dans ces deux volumes une lecture à-la-fois attachante et littéraire. Ce voyage fait en temps de paix et dans un parfait sentiment de quiétude politique, rend lui-même un curieux témoignage aux opinions de cette époque. On trouve à toutes les pages cette désapprobation courtoise et contenue du régime autrichien, des légats et du duc de Modène, et cette pitié pour les victimes, sage et sans déclamation, qui représente bien l'optimisme politique des voyageurs de bonne compagnie en 1826, 1827 et 1828. Cette mollesse d'indignation, bien qu'entremêlée de souhaits généreux pour l'indépendance de l'Italie, nous blesse aujourd'hui, et ne nous paraît pas suffisamment motivée par l'ordre, l'économie, la prospérité matérielle, les bonnes routes et les écoles, dont l'Autriche fait jouir la Lombardie sous ses baïonnettes. Mais, pour être juste, il faut se reporter aux dates. En 1829, les pages suivantes, sur l'administration des Autrichiens en Lombardie, que l'auteur a eu la bonne foi et le bon goût de conserver, n'auraient assurément choqué qu'un bien petit nombre de lecteurs.

« Malgré l'accusation de la *Revue d'Edimbourg*, le gouvernement absolu de l'Autriche n'est point un gouvernement *obscurant* dans le sens ordinaire. Après l'Écosse, peut-être l'enseignement populaire est-il là, plus encouragé et plus répandu que dans aucun autre pays de l'Europe. . . . Le gouvernement autrichien est à-la-fois pédagogue et militaire; il a pour fonctionnaires des sergents et des maîtres d'école, pour ressort, la canne et la férule. L'effet de cette éducation générale est déjà très-sensible en Lombardie; et l'on peut espérer de voir s'y réaliser une parole très-belle de l'empereur. Invité à établir une jurisprudence exceptionnelle pour cette province, attendu la trop grande douceur de la loi autrichienne, il s'y refusa; il prétendit que la civilisation devait rendre un jour, là, son code bon comme en Autriche : Quand le peuple saura lire, ajouta-t-il, il ne tuera plus. »

Plus loin, l'auteur nous donne en note, de singulières preuves à l'appui de cette *grande douceur de la loi autrichienne en Lombardie* :

« Il a été composé à l'usage des écoles élémentaires, un petit manuel sur *les devoirs des sujets envers leur souverain*, espèce de catéchisme politique qui peint fidèlement les principes du gouvernement. : . . . Il est défendu en temps de guerre, de conter des nouvelles et même de trop se réjouir après la victoire. . . . D'autres parties sont moins innocentes et moins louables : tel est le chapitre sur la désobéissance au prince, traitée de péché mortel; sur ce que l'on doit faire pour n'être pas suspect, et surtout le chapitre des déserteurs, dans lequel ils sont assimilés aux voleurs, puisqu'ils dérobent leur corps au régiment, et sont même déclarés plus coupables : car, dit-on, ceux-ci n'ont point fait de serment. Il est défendu à leurs père et mère de leur envoyer de l'argent ou des habits. Le publiciste autrichien n'est pas de l'avis de Montesquieu sur la puissance des peines, et il ne trouve pas la désertion trop punie de la peine de mort. L'interdiction de la publicité des débats est une autre grave rigueur de l'administration autrichienne; les avocats eux-mêmes, ne peuvent faire de discours, et ils ne sont là que pour certifier les pièces du procès . . . . »

Joignez à toutes ces lois exceptionnelles les vexa-

tions méticuleuses de la censure et les obstacles que
l'on oppose aux Italiens pour la délivrance des pas-
seports à l'étranger ; joignez, ce dont l'auteur ne
parle pas, les tortures que les prisonniers d'État
subissent dans les forteresses de l'Autriche, et les
confiscations et les exils, et vous aurez une idée
juste de la douceur de la loi autrichienne en Italie.
L'auteur continue et résume comme il suit le tableau de l'état du royaume lombardo-vénitien :

« La mendicité a été supprimée, et deux maisons de travail
sont établies à Milan. L'administration cherche à s'aider des nouveaux et divers moyens de perfectionnement social : la vaccine
est généralement pratiquée ; une caisse d'épargne a été créée à Milan en 1823 ; le cadastre, continué sans interruption, occupe l'ancien couvent des Jésuites, et des chaires de statistique ont été fondées à Pavie et à Padoue. Sans doute, cette autorité étrangère est
rigoureuse en quelques points ; mais ce n'est pas là non plus ce despotisme cru, vert, sauvage, qu'aimait l'abbé Galiani. L'ascendant
qu'elle exerce est sans effet sur les mœurs, les manières et le caractère national ; *elle gêne sans nuire ;* elle est antipathique plutôt
qu'ennemie. Le gouvernement autrichien, avec de la sagesse, n'op-
prime point, il pèse. »

Aujourd'hui que le Spielberg s'est ouvert et nous
a montré ses cachots, qu'aurait enviés Louis XI,
aujourd'hui que le sort des Maroncelli, des Silvio
Pellico et de toutes les victimes des oubliettes au-
trichiennes, nous est connu ; aujourd'hui que les
lourds automates, aux dépens desquels M. Valery
s'est égayé lui-même à Milan, n'attristent plus
seulement de leur présence les musées et les places

publiques de l'Italie supérieure, mais se sont mis
en marche, et descendent armés dans la Romagne,
on ne peut acquiescer à ces indulgentes et quelque
peu subtiles conclusions. Non, le despotisme de
l'Autriche en Italie n'est *ni moins vert ni moins
sauvage* que celui qu'aimait l'abbé Galiani; il est
même plus systématique et bien autrement insupportable que celui de don Miguel en Portugal, car
la plus odieuse des oppressions est celle qu'il faut
subir de l'étranger.

Au reste, l'aspect politique n'est pas celui que
M. Valery s'est surtout appliqué à reproduire. Ce
qu'il a étudié avec soin et avec amour, ce sont les
mœurs et surtout les richesses littéraires, pittoresques et architecturales dont l'Italie entière est
couverte.

Quant aux mœurs, ce n'est pas à grands traits,
comme madame de Staël, que M. Valery a prétendu
les peindre; il procède plus modestement; c'est
par des détails ingénieux, par de courts récits, par
de fines anecdotes, par des coups de pinceau déliés
qu'il les indique. Sa manière d'écrire le voyage se
rapproche de ce qu'on appelle en histoire l'*école
descriptive*. Il narre et laisse assez volontiers le lecteur tirer les conclusions. Peut-être est-il regrettable
que ses observations ne portent presque jamais sur
le peuple proprement dit, et se concentrent trop
exclusivement sur les classes élevées ou savantes,
qui diffèrent assez peu de pays à pays. On trouve,

I. 27

cependant, çà et là dans son ouvrage, plusieurs pages aussi curieuses que celle-ci :

« Sous le gouvernement de Venise, les habitants des *Sept communes* ne payaient point de tributs ; ils avaient le droit d'élire leurs magistrats. . . . .
Quelques vieux usages subsistent encore dans cette contrée. . . . .
A la procession des Rogations, qu'ils appellent un peu fastueusement *giro del mundo* (le tour du monde), ils font un repas à moitié chemin : car il y a quelque chose de bachique et d'allemand dans la dévotion, d'ailleurs très-fervente, de ces montagnards ; et le dernier jour, les jeunes filles offrent à leurs amants, un, deux ou trois œufs, selon le degré de leur tendresse.

« Le curé d'Asiago est encore nommé par le peuple au bulletin secret, par boule blanche ou rouge ; celle-ci est la bonne, et la blanche rejette. Le curé venait d'être ainsi élu, il y avait un mois (en septembre 1828) : l'évêque propose quatre prêtres ; mais on peut en nommer un qu'il n'a pas désigné, et le curé nommé n'était que le troisième sur la liste. Au milieu des vastes nivellements de l'administration des états autrichiens, la religion seule a conservé aux Sept communes quelques restes de leurs anciennes franchises. »

C'est quelque chose, assurément, de fort remarquable en plein pays catholique et sous la domination de l'Autriche, que cette élection d'un curé par le peuple. Le même usage a existé longtemps à Venise, et paraît n'avoir cessé que depuis peu. Une autre coutume ne semblera pas moins singulière et étonnera quelques-uns de nos législateurs qui se croient bien orthodoxes. Le divorce a fait longtemps partie des libertés de l'église vénitienne, et cependant le catholicisme et le respect du mariage étaient là, non-seulement établis dans la loi, mais dans les mœurs publiques.

La multitude des édifices religieux, leur richesse, le nombre immense des tableaux de dévotion, celui des reliques, cette foule de vieux baptistères, ces belles chaires antiques, où ont prêché des pères de l'Église, tout annonce que l'Italie est le berceau et la vraie patrie du catholicisme; tout, dans cette contrée, montre vive et ardente dans le peuple l'imagination religieuse :

« Dans la nef de l'ancienne église de Saint-Ambroise, à Milan, dit M. Valery, est placé sur une colonne, le fameux serpent d'airain que l'on a été jusqu'à prendre pour celui que Moïse éleva dans le désert, ou du moins comme fait du même métal, et sur lequel les savants ont énormément disserté. Le peuple est persuadé qu'il doit siffler à la fin du monde; et, le sacristain l'ayant un jour dérangé en l'époussetant, il y eut un mouvement général d'épouvante lorsque le reptile menaçant parut tourné du côté de la porte; il fallut aussitôt le remettre droit, afin de calmer la terreur de ceux qui croyaient l'avoir entendu. »

Ainsi, dans cette contrée où la raison cède si aisément aux impressions des sens, la vue d'un vain simulacre produit un aussi prodigieux effet que l'éloquence de Massillon prêchant à Paris sur le petit nombre des élus.

Le goût des reliques est tellement répandu dans toute l'Italie, qu'on y rencontre même des reliques laïques et séculières. On conserve au cabinet de physique de Padoue une vertèbre de Galilée (la cinquième lombaire), dérobée par le médecin Flo-

27.

rentin Cocchi en 1737, lors de la translation du
corps de Galilée à l'église de Sainte-Croix de Florence. Un doigt de ce vrai martyr de la science, ar-
raché par une fraude pareille, est exposé à la bibliothèque Laurentienne. Les Italiens exercent,
par enthousiasme et sans scrupule, cette sorte de
brigandage sur les restes de leurs grands hommes.
On voit encore à Arqua, près de Padoue, lieu de
la sépulture de Pétrarque, la fente pratiquée à son
tombeau par le Florentin qui parvint à lui enlever
un bras. On conserve jusqu'à des momies d'animaux. Dans la maison qu'habitait Pétrarque, au
bout du village d'Arqua, on voit empaillée, dans
une niche, la petite chatte blanche aimée et chantée
par ce poète. On croit même que, pour la plus
grande satisfaction des étrangers sensibles qui veulent emporter quelques débris de ce fétiche, on la
renouvelle chaque année, comme le laurier de
Virgile.

Parmi le grand nombre de faits dont est rempli
cet ouvrage, il n'est pas étonnant que quelques-
uns soient contestables. A propos d'un tableau
placé dans l'église de Saint-Barthélemy *della Giara*,
à Parme, tableau dont saint Bernardin de Feltre
est le héros, notre voyageur ajoute que ce récollet
fut, en 1488, le premier instituteur des monts-de-
piété en Italie, avant qu'ils fussent connus en
France. Sans avoir étudié spécialement ce point
d'histoire, nous pouvons affirmer, d'après Gollut

et les autres annalistes de la Franche-Comté, que, dès 1354, « il fut dressé à Salins, par bons personnages et bourgeois, un moyen gracieux d'échapper à l'avarice des Juifs et des Lombards, et de prêter argent avec intérêt tolérable, qu'ils appelèrent mont-de-Salins. » Cet établissement, qui avançait aussi de l'argent sur des terres, était à-la-fois un *mont-de-charité*, comme on disait alors, et une caisse hypothécaire.

Le nombre des statues, des palais, surtout des peintures, qui décorent l'Italie, est immense. Il y a des tableaux et des fresques partout, non-seulement dans les galeries et les musées, dans les églises et les couvents, mais presque dans toutes les maisons, et jusque dans les rues. L'indication de toutes ces merveilles remplit une partie considérable de l'ouvrage de M. Valery. Dans les jugements qu'il porte sur les arts, il suit Lanzi pour la peinture, Cicognara et M. Quatremère pour la sculpture et l'architecture.

Les voyages sont de la famille des *Mémoires ;* ils se teignent, comme ceux-ci, du caractère, des habitudes, de la profession même de la personne qui les écrit. Le voyage qui nous occupe, dû à la plume d'un littérateur instruit et d'un bibliothécaire studieux, devait être, et est en effet, empreint d'histoire littéraire et de bibliographie. L'examen des manuscrits et des éditions rares du quinzième siècle était dans les goûts et presque dans les de-

voirs de l'auteur. Son livre contient donc une intéressante statistique des bibliothèques publiques
et particulières de l'Italie. Quelques rares erreurs
de noms ou de dates se sont pourtant glissées dans
cette partie du travail. Nous avons été, par exemple, quelque peu surpris de lire que la belle bibliothèque du marquis Trivulzio à Milan, renferme
la suite des éditions du xv⁰ siècle, *grand papier*,
très-belle. M. Valery sait assurément aussi bien que
nous que le xv⁰ siècle, proprement dit, n'a pas
connu cette sorte d'exemplaires d'élite. Les premiers *grands papiers* que l'on signale sont quelques volumes de l'Aristote d'Alde (1497), et ensuite (1525) le Galien. Ailleurs, l'auteur attribue
la première édition d'Homère (Florence, 1488) à
Junte, qui n'a commencé à imprimer que dix ans
plus tard.

On ne parle guère du style des voyages. A notre
avis, le plus simple et le plus naturel est le meilleur. Celui de M. Valery est quelque chose de
plus; il est élégant et travaillé. Les citations que
nous en avons faites ont dû mettre nos lecteurs à
même de juger de ce qu'il a de correction et de finesse. Nous n'y voyons à reprendre qu'un peu de
néologisme en quelques endroits. Les locutions
suivantes : « dans ma recherche *du passé de Ge-*
nève... Le titre du *bienfaiteur et de l'orpheline* est
un peu trop sensible pour une comédie... La société de Genève *est très-forte*, » etc., etc., ne sont

pas en harmonie avec la pureté habituelle de langage et les opinions si parfaitement classiques de
l'auteur. Au reste, ce ne sont là que des taches bien
légères, et qui disparaîtront aisément des éditions
subséquentes que cet utile et excellent ouvrage
ne peut manquer d'obtenir.

XX.

HISTOIRE DE LA RENAISSANCE

DE LA LIBERTÉ EN ITALIE,

PAR M. SIMONDE DE SISMONDI.

, ꞏ   ⸝ ⸝ꞏ   (*National*, 1 mai 1831.)

Avant et depuis *Télémaque*, on a beaucoup dé-
clamé contre la guerre. Les publicistes ont réduit,
avec plus ou moins de rigorisme, le droit de guerre
au droit de défense. Ce n'est que de nos jours qu'un
philosophe, cherchant à rendre raison de l'enthousiasme populaire qui s'est attaché dans tous les
temps à la mémoire des Charlemagne, des Frédéric, des Napoléon, a proclamé la guerre un des
instruments de la civilisation, une des conditions
malheureuses, mais nécessaires du progrès des sociétés. Sans prendre parti dans cette controverse,
nous renvoyons de bon cœur les anathèmes du *Petit Carême* aux guerres de caprice, aux querelles
des princes et à toute cette diplomatie boiteuse et
naine qui joue, des quinze mois durant, aux échecs
avec une province; mais nous admirons, avec le
peuple et avec M. Cousin, les grands génies qui

mettent de temps à autre la main aux affaires humaines, et semblent tenir de la Providence la mission d'ordonner le globe sur un meilleur plan.

Il suffit, en effet, d'examiner sur quelques cartes géographiques les remaniements successifs opérés sur le monde par les traités et par les armes; d'étudier dans leurs causes et dans leurs suites, ces grandes et périodiques refontes des nations, pour reconnaître, au milieu des faux pas de l'impéritie et de la résistance des intérêts, un système lent, mais suivi, d'ordre et de perfectionnement universel. Tous les temps, nous le savons, ne sont pas également favorables à ces grands travaux. Le genre humain a aussi ses heures de sommeil. Mais plus sont rares ces moments suprêmes et solennels, ces moments palingénésiques, comme dirait M. Ballanche, où les nations flexibles et malléables appellent à leur aide un sublime ouvrier, plus il importe au génie de savoir mettre à profit ces féconds et rapides instants.

Pour toutes les nations qui n'ont pas atteint leurs frontières naturelles ou qui ne sont pas encore agrégées au tout dont elles sont destinées à faire partie, le premier besoin est d'entrer en possession de ces limites. Après ce premier besoin, besoin vital, vient celui du bien-être et de la dignité au dedans. Sous ce double rapport, il n'est pas de nation qui appelle une plus prompte et plus complète régénération que l'Italie. On ne peut son-

ger au sort de cette contrée, la seule qui soit demeurée dans l'état de morcellement où elle était
tombée au moyen âge, sans se poser ces deux questions :

1° Comment est-il arrivé que l'Italie, séparée du
continent européen par la mer et les Alpes, ayant
une langue, des mœurs et des institutions à elle,
ne soit pas parvenue à se créer une nationalité forte
et compacte, comme ont fait la France, l'Espagne,
l'Angleterre et plusieurs grandes portions du territoire germanique?

2° L'existence nationale à laquelle prétend aujourd'hui l'Italie est-elle possible? Si elle est possible, est-il de l'intérêt de la France que cette nationalité forte et indépendante s'établisse sur une
de ses frontières?

La première de ces deux questions se trouve
implicitement résolue dans les deux volumes que
M. de Sismondi vient de publier sous le titre d'*Histoire de la renaissance de la liberté en Italie*, extrait rapide et consciencieux de son grand et bel
ouvrage, l'*Histoire des Républiques italiennes au
moyen âge.*

Le second et le plus intéressant de ces problèmes trouve une partie de sa solution dans un excellent Mémoire de géographie politique, dicté par
Napoléon à Sainte-Hélène, et inséré dans le troisième volume de l'ouvrage de M. le comte de Mon-
tholon. Nous allons examiner d'abord la question

historique, nous passerons ensuite à la question politique.

Si l'Italie a été divisée au moyen âge, et l'est encore, en une multitude de républiques, comtés, marquisats, principautés, marches, évêchés, duchés, royaumes; si elle n'a pu s'affranchir jusqu'ici de cette condition parcellaire qui la met à la merci de l'étranger, ce n'est assurément pas faute de posséder des frontières respectables. Les limites naturelles de l'Italie sont déterminées avec autant de précision que celles d'une île. Les quinze mille lieues carrées qui forment sa surface (continent, presqu'îles et îles), sont entourées par la mer ou abritées par les Alpes. La partie continentale n'a que cent cinquante lieues de frontières, et ces cent cinquante lieues sont défendues par des montagnes couvertes de neiges éternelles, et qui n'offrent de passage à l'invasion que par un petit nombre de cols faciles à fermer. Napoléon, dans le Mémoire que nous avons cité, expose avec toute son habileté stratégique, les nombreux moyens de défense que les Alpes, les Apennins et les fleuves qui découlent de ces montagnes fournissent à l'Italie contre les attaques de la France, de la Suisse et de l'Allemagne.

La seule et vraie cause du morcellement du sol italique a été le système de féodalité dont le Pape formait en quelque sorte la clef de voûte. Ce régime qui dura six siècles, dut avoir plus d'action

et se prolonger plus obstinément en Italie que dans
les états plus éloignés de son centre d'action. Il
est tout simple qu'en se retirant peu-à-peu, le flot
féodal ait laissé plus d'écume et de vase sur le sol
de l'Italie que sur les autres parties de l'Europe.
Ainsi, chose étonnante! le même système qui, pendant le moyen âge, rendit la gloire et la puissance
à l'Italie, le même principe qui lui remit une seconde fois aux mains le sceptre du monde, cause
depuis trois siècles sa faiblesse, sa désunion, et
son impuissance à se constituer en nation. Du x°
au xv° siècle, l'Italie ne fut ni plus ni moins mor-
celée que ne l'étaient l'Espagne, la France ou l'Allemagne. Alors, le principe d'unité n'existait pas
pour les nations; il n'avait place que dans la
sphère de l'idée catholique. L'unité spirituelle,
personnifiée dans le Saint-Siége, tendait à porter
la division dans toutes les choses matérielles, et à
dissoudre toutes les individualités nationales.

C'est un fait unique dans les annales du monde
que cette reprise de la suprématie politique par
un peuple à qui un cataclysme social l'avait en-
levée. Ni l'Asie, ni l'Égypte, ni la Grèce, n'ont
ressaisi, après l'avoir perdue, la direction des
destinées humaines. Pour que l'Italie, renversée
par les barbares, pût se relever et replacer son
pied sur le front des peuples, il ne fallut pas moins
que l'avénement d'un principe nouveau qui chan-
geât dans son essence la nature de la souveraineté,

et la fit passer de la matière à l'esprit. Il fallut une
révolution aussi complète, pour que Rome, déchue
de la force des armes, pût redevenir reine au Vatican, comme elle l'avait été au Capitole.

Dans les beaux siècles de l'époque féodale, la papauté, universellement vénérée, symbole vivant du
droit, juge et sanction finale de la souveraineté temporelle, exigeait et obtenait des peuples obéissance à
leurs souverains, et plaidait en même temps avec autorité et succès la cause des peuples auprès des rois.
Aussi longtemps que le pouvoir pontifical, com-
prenant bien sa mission, se tint au-dessus des va-
nités temporelles ; aussi longtemps que le vicaire du
Christ, se renfermant dans son tabernacle de Rome,
défraya ses pompes et ses fêtes avec les deniers le-
vés, non sur ses sujets d'Italie, mais sur l'universalité des fidèles ; en un mot, tant que le pape ne se fit
pas roitelet, il fut le contre-poids des couronnes et
la charte vivante des peuples. De là vint que, sous
sa protection et dans son voisinage, naquirent en
Italie, dès le x° siècle, les premières villes libres,
les premières constitutions municipales, les premières communes. Quand de faibles lueurs d'affranchissement brillaient à peine dans le reste de
l'Europe, toute l'Italie était couverte de républiques, où la liberté portant ses fruits, faisait naître
les arts, la poésie, le commerce, et, avec eux, le
bien-être et la richesse. L'Italie du nord, confédérée
presque tout entière, sous la protection du Saint-

Siége, eut, au milieu du xiii° siècle, un moment de
grandeur et d'unité qu'elle n'a pas retrouvé depuis
cette époque. Durant cet âge de libéralité papale
et de républicanisme toscan, c'était même chose
d'être Guelfe, républicain, ou papalin; au contraire, être Gibelin, c'était se déclarer ami du pouvoir temporel, partisan de l'Empereur, ennemi de
la liberté. Mais quand le pape se fut fait petit prince;
quand, effrayé de la puissance de la démocratie
florentine, il joignit ses armes spirituelles à l'épée
des rois; quand il fit cause commune avec tous les
souverains contre tous les peuples, alors les noms
de Guelfe et de Gibelin perdirent leur sens primitif.
Dante, si Italien, fut Gibelin en haine du pape et
de la France, qui, de son temps, opprimaient les
libertés de sa patrie.

Toute la politique de la France en Italie fut de
soutenir le Pape contre l'Empereur : celle de la papauté, devenue temporelle et princière, fut d'abais-
ser dans la péninsule italique toute puissance autre
que la sienne, employant tantôt la France contre
l'Allemagne, tantôt l'Allemagne contre la France,
et l'une ou l'autre contre tout état qui s'agrandis-
sait : c'est à cette politique qu'il faut attribuer le
mauvais succès de toutes les tentatives faites depuis
le xiii° siècle en faveur de l'indépendance et de
l'unité péninsulaires.

Les rivalités de ville à ville, de duché à duché,
la jalousie de Gênes contre Venise, de Pise contre

Florence, ont bien été, sans doute, un obstacle à cette unité. Mais des difficultés de même nature se sont rencontrées dans tous les royaumes de l'Europe : il y avait en Espagne, en France, en Angleterre, des rivalités de ville à ville, de province à province, des divergences d'intérêts locaux et commerciaux; partout, cependant, ces obstacles ont cédé à la force de cohésion et au besoin de nationalité. Il en aurait été de même en Italie sans la papauté; mais la papauté, c'est le moyen âge; et le moyen âge, c'est le principe de division. D'une part, le Saint-Siége voulait conserver ce qu'il appelle le patrimoine de saint Pierre et l'héritage de la comtesse Mathilde; d'une autre, la Romagne et l'Italie supérieure repoussaient les prétentions pontificales; enfin, par dessus tout, la politique des souverains étrangers ne pouvait permettre à la papauté de réunir à son autorité spirituelle une souveraineté temporelle aussi étendue que celle de l'Italie centrale et du Nord. Que de facilités offertes à l'Autriche pour s'établir comme elle a fait peu-à-peu au-delà des Alpes!

Depuis le xiie siècle, la politique de la France fut de s'assurer, de fait ou par alliance, un pied dans la partie méridionale de la Péninsule. Il a fallu toute l'inertie de notre Restauration pour laisser faire la police de Naples aux Autrichiens. La France en tout temps s'est assurée de la position de Naples, pour être à portée de défendre

l'Italie centrale contre l'Autriche. Elle a aussi cherché à éloigner cette puissance de la Lombardie et
n'a pas craint dans ce but d'entreprendre des guerres nombreuses; cependant, à vrai dire, quelques-
unes de nos expéditions dans la haute Italie, y
compris celle de Louis XII, furent faites sans vues
arrêtées et dans un pur espoir d'occupation temporaire et de rapines. Heureusement nous rap-
portâmes de cette patrie de Dante, de Pétrarque
et de Boccace, le goût des arts, de la poésie, les
premiers principes de la stratégie et des sciences
financières et commerciales. C'étaient là du moins
d'utiles conquêtes.

Ainsi, c'est, comme on voit, à la nature étrange
de l'autorité papale que l'Italie a dû en même
temps la résurrection de sa grandeur et son défaut
actuel d'indépendance. Aujourd'hui cet obstacle
subsiste-t-il? L'unité de l'Italie est-elle possible?
Examinons.

Il suffit de connaître un peu cette contrée pour
savoir que l'Italie du nord ne put s'accommoder
du gouvernement pontifical; et, d'une autre part,
l'Italie centrale pourrait difficilement se passer aujourd'hui de cette pompe et de cet éclat qui console le Romain au milieu de ses ruines. Réduire
aujourd'hui violemment le pape à n'être que l'évêque de Rome, ce serait brusquer l'accomplissement d'un fait qui se prépare peut-être, mais dont
le jour n'est pas venu. La vie du catholicisme, en

se retirant peu-à-peu des extrémités, se concentre vers le cœur, et Rome est le cœur du catholicisme.

Outre cette difficulté temporaire, et que peut-être un coup de génie pourrait vaincre ou tourner, Napoléon a fait remarquer que l'Italie a dans sa configuration géographique un vice capital auquel on doit attribuer presque tous les maux qu'elle a soufferts. Sa longueur est sans proportion avec sa largeur. Il lui manque un centre également à portée de tous les points de la circonférence. Cet inconvénient est réel; mais, comme le remarque Bonaparte, il n'est pas insurmontable. Rome réunit, sinon toutes les conditions, du moins la plupart des conditions d'une grande Capitale. L'unité de mœurs, de langage, de littérature, doit, dans un avenir plus ou moins éloigné, réunir l'Italie entière sous un même gouvernement.

La première condition de ce nouvel État sera d'être une puissance navale. En effet, aucune contrée de l'Europe n'est plus avantageusement située pour la marine. Depuis les bouches du Var jusqu'au détroit de Sicile, l'Italie a 230 lieues de côtes; du détroit de Sicile au cap d'Otrante sur la mer d'Ionie, 130 lieues; du cap d'Otrante à l'embouchure du Lisonzo, sur l'Adriatique, 230 lieues; les îles de Sicile et de Sardaigne ont environ 400 lieues de côtes; en tout 990 lieues : un quart de plus que l'Espagne et près de moitié plus que la France. Avec

un littoral aussi étendu, l'Italie possède beaucoup
d'excellents ports. Aucune nation n'en compte un
plus grand nombre ni de plus convenablement si-
tués pour le commerce ou pour les armements militaires. Les ports de Gênes, de Naples, de Palerme,
de Venise, ceux de Spezzia, de Tarente; d'autres
moins importants, tels que ceux de Castellamare,
de Bari, d'Ancône, sans compter une foule de ra-
des et de mouillages très-commodes, semblent pro-
mettre à l'Italie un troisième sceptre, un troisième
empire, celui de la mer.

Cet horoscope ne s'accomplira, sans doute, que
dans un avenir peu rapproché; la fédéralisation de
l'Italie entière, le pape demeurant à Rome, ne nous
paraît guère possible. Qu'y a-t-il donc de réalisable, de praticable aujourd'hui?

Le grand événement que le despotisme autrichien et l'administration française ont travaillé
conjointement à préparer, c'est l'unité de l'Italie
supérieure. Si de Parme, comme centre, on trace
une demi-circonférence du côté du nord, avec un
rayon égal à la distance de Parme aux bouches du
Var, ou à l'embouchure du Lisonzo, on a tracé
le développement de la chaîne supérieure des
Alpes et celui des limites que doit avoir au nord
la république de l'Italie septentrionale. Cet État
ainsi borné, n'aurait pour voisins du côté du
Continent, que la France, la Suisse et l'Allemagne; au midi, les Apennins et le Grand-duché

de Toscane. Cette riche plaine de l'Italie septentrionale comprise entre les Alpes, les Apennins et
l'Adriatique, est composée de la vallée du Pô et
des vallées qui débouchent au nord et au midi de
ce fleuve dans le bassin de l'Adriatique. Les eaux
de toutes ces vallées communiquent ou peuvent
communiquer entre elles. Son étendue comprend
le Piémont, la Lombardie, les duchés de Parme et
de Modène, Bologne, Ferrare, toute la Romagne
et tous les États de Venise. Il est évident que l'Autriche travaille sans relâche à réaliser cette fusion,
mais à son profit et sous son drapeau.

Certes, l'intérêt de la France est de s'opposer à
l'accomplissement de ce vieux projet de la cour de
Vienne. La France ne peut laisser enceindre sa
frontière sud-est par l'Autriche. La France fut presque toujours guelfe, par opposition à l'empereur
gibelin : elle a livré cent batailles pour repousser
les Autrichiens de l'Italie supérieure. Notre diplomatie, dans l'ancien régime, attachait un grand
prix à nous ménager l'alliance du Piémont, de
Modène, de Naples, de Venise et du Saint-Siége;
mais ces finesses d'une autre époque seraient aujourd'hui inefficaces, et, de plus, elles sont impossibles. Toutes ces alliances appartiennent à l'Autriche; la cocarde tricolore est une aussi mauvaise
recommandation auprès des petites cours qu'auprès des grandes. Nous avons beau nous proclamer guelfes et papalins, notre drapeau effraie plus

notre allié d'Ancône que nos génuflexions ne le
rassurent. En vérité, nous n'avons qu'un seul
rôle, comme nous n'avons qu'un seul devoir à
remplir en Italie : c'est de soutenir l'indépendance
partout où elle voudra naître, contre l'Autriche,
comme contre le pape; de relever avec l'épée le
royaume d'Italie érigé en 1805, et de lui donner
pour limite l'étendue que nous avons dite. Ce
n'est pas là rentrer dans le système de conquêtes de
Napoléon; ce n'est pas non plus renouveler la pro-
pagande révolutionnaire de la Convention; c'est
combattre pour acquérir une alliance, combattre
pour nous ménager un bon voisinage, combattre
pour qu'il soit, enfin, permis à un peuple généreux de s'administrer à sa guise et de prendre
rang parmi les nations.

Mais, dira-t-on, la France pourra-t-elle compter
sur l'alliance de ce nouvel État?

La frontière la plus étendue et en même temps
la plus faible de l'Italie continentale est du côté de
l'Autriche, touchant le Tyrol, la Carinthie et la
Carniole. La frontière du côté de la Suisse et de la
France est beaucoup plus forte; quand l'examen
des lieux ne le prouverait pas, l'histoire et le
nombre des invasions allemandes suffiraient pour
l'attester. De plus, l'Autriche a toujours con-
voité Venise, comme la Russie Constantinople.
La France, au contraire, n'a rien à désirer en Italie. Il est donc plus que probable que la France

et la nouvelle république italienne n'auraient que des intérêts communs et se serviraient mutuellement de sauvegarde.

Une des plus grandes fautes qu'aient commises la France et l'Europe a été de permettre à la Russie d'approcher de Constantinople. Laisser l'Autriche passer le col de Brenner, l'Adige et le Lisonzo, a été une faute de même nature. Mais lui permettre de rester maîtresse de Milan et de Venise; la laisser s'avancer vers l'Italie centrale, ce serait le dernier degré de l'impéritie et de la faiblesse; ce serait tomber au-dessous de la politique des plus mauvais jours de Louis XV. Sans doute, nous avons laissé échapper le moment favorable pour aider les Italiens à fonder leur indépendance. Il n'y a plus d'espoir que dans l'avenir. Ce n'est pas de la main du gouvernement actuel que sortiront des États indépendants, des républiques, ni même des royautés républicaines; mais peut-être un jour d'autres circonstances permettront-elles à la France d'entrer dans une politique moins égoïste; peut-être ne craindrons-nous pas toujours de combattre pour l'affranchissement de nos voisins. Nous avons perdu nos alliances princières; il faudra bien un jour songer à nous en créer de nationales. A ce prix seulement nous pouvons demeurer une grande nation. La France sait bien qu'un tel titre ne s'acquiert ni ne se conserve pas sans dangers ni guerres. Mais, depuis quatorze siècles, la France, ce nous semble, ne s'est pas beaucoup effrayée de courir la chance des armes ; elle s'est, jusqu'à cette heure, assez bien trouvée de sa confiance, et rien ne présage qu'elle doive s'en trouver plus mal à l'avenir.

XXI.

ÉTUDES,

ou

DISCOURS HISTORIQUES,

PAR M. DE CHATEAUBRIAND.

(*National*, 11 mai 1831.)

Quand on songe que cet ouvrage plein de faits, de recherches et d'une admirable éloquence, sort des mains de son auteur le lendemain d'une révolution, qui ne lui a rien laissé que ce qu'aucune puissance humaine ne peut lui ravir; quand on songe que ces pages si graves et si calmes ont été corrigées de la même plume d'où vient de jaillir cette ardente polémique qui a deux fois ému la France depuis Juillet, on a peine à contenir son étonnement. Il faut être dans le secret des prodigieuses facultés de ce grand écrivain, et savoir jusqu'où il lui est donné de porter l'oubli de ce qui lui est personnel, pour concevoir comment il a pu trouver, au milieu de pareilles secousses, la force et la liberté d'esprit nécessaires à l'achèvement de ce travail, qui couronne magnifiquement ses œuvres complètes. Libre de cette tâche, qui pesait sur lui de tout le poids du devoir, M. de

Châteaubriand prend, dans cette dernière livraison, congé de ses lecteurs. Cet adieu, qui n'est pas
sans tristesse, et la nouvelle qui s'est répandue de
son prochain départ pour l'étranger, ont fait craindre qu'il n'eût pris la résolution de se vouer au silence et à l'exil. Heureusement les lettres ne nous
paraissent pas menacées d'un pareil malheur. Sans
doute, M. de Châteaubriand est quitte, et bien au-
delà, envers ses souscripteurs; mais il ne l'est pas
envers la France. Outre son intervention si désirable
dans nos discussions politiques, il nous doit deux
choses, l'*Histoire de la Restauration* et ses *Mémoires*. Ce n'est pas tout ; il vient de prendre, dans les
Études mêmes, un nouvel engagement. Nous avons
vu quelque part, dans une note, qu'il se propose de
publier un jour les curieuses dépêches de Salviati,
chargé d'affaires de la cour de Rome à Paris, pendant la sanglante année 1572, et de les faire pré-
céder, par forme d'introduction, d'une histoire
détaillée de la Saint-Barthélemy. Ainsi, comme on
voit, l'adieu de M. Châteaubriand n'a rien qui nous
doive alarmer ; il contient une promesse de retour,
et son ardeur, sa facilité, sa verve, qui croissent
avec les années, nous doivent faire espérer qu'il ne
laissera pas trop longtemps reposer sa plume.

Les *Études* ou *Discours historiques*, qui vont
nous occuper, sont, par l'importance du sujet,
par la profondeur et la nouveauté des vues, au
niveau des plus célèbres productions de la nou-

velle école historique ; elles sont au-dessus de tout
parallèle par la perfection de la forme et la magnificence de la diction. Un attrait particulier les recommande. Ce livre est le début de l'auteur dans
l'histoire proprement dite. Le récit de la mort de
saint Louis dans l'*Itinéraire*, le tableau des guerres
de la Vendée, etc., etc., nous avaient déjà fait en-
trevoir ce que M. de Châteaubriand était capable
de faire en ce genre ; mais il ne nous avait encore
donné que des essais de peu d'étendue, ou des
morceaux plus ou moins empreints de polémique.
Ici, c'est de l'histoire pure, impartiale, désintéres-
sée. Poète et orateur, habitué surtout à demander
aux faits un vêtement pour ses fictions, ou des
preuves à l'appui de ses arguments, M. de Châteaubriand, dans ce nouvel ouvrage, a dû étudier
les faits pour eux-mêmes ; il a dû chercher leur
valeur réelle, les isoler et les peser en philosophe,
en érudit, en publiciste. Toutefois, il faut le dire,
malgré les trésors de sagacité historique qu'il a
répandus dans ce livre, malgré le soin qu'il a pris
de rendre sa raison maîtresse de ses autres facultés,
sa grande imagination l'emporte et se trahit çà-et-
là par des traits d'un effet grandiose et poétique.
Si c'est un tort, il y aurait, en vérité, de l'ingratitude à nous en plaindre. Et pourquoi repousse-
rions-nous cette manière nouvelle d'écrire, ou
plutôt de peindre l'histoire ? M. de Châteaubriand
le dit très-bien dans sa préface ; c'est une question

oiseuse que de demander comment l'histoire doit
être écrite. Chaque historien lui donne la teinte
de son génie ; toute manière est bonne, pourvu
qu'elle soit vraie. D'ailleurs, la richesse de sa pa-
lette ne prive M. de Châteaubriand d'aucune des
qualités solides que l'on exige de l'historien. L'auteur des *Études* est un admirable coloriste ; mais
il n'en est pas moins un dessinateur exact, un
patient investigateur, un penseur sagace et profond. L'éclat d'une belle arme n'altère point la
bonté de sa trempe ; et nous n'avons pas entendu
dire que les brillants oiseaux des tropiques aient
le vol moins élevé ni moins sûr, parce que leur
plumage resplendit de toutes les couleurs de l'arc-
en-ciel.

Au reste, s'il est presque toujours téméraire de
juger un grand travail à la première vue, et de prétendre formuler son avis en quelques lignes, cela
est vrai surtout, quand il s'agit des *Études historiques;* outre qu'il est fort difficile d'apprécier, même
après de mûres réflexions, un livre de cette étendue et de cette portée, il y a dans celui-ci des raisons qui ne permettent pas de le juger en masse et
d'un trait de plume. Demeurées longtemps sur le
chevalet, reprises à de longs intervalles et sous l'influence de théories diverses, inachevées même et
interrompues en quelques endroits, ces *Études* offrent l'emploi et la fusion de plusieurs méthodes.
On peut, au premier abord, dire ce que l'on pense

d'un édifice élevé d'un seul jet et qui ne présente qu'un même caractère et un même style. Mais, quand on se trouve placé en face d'une réunion d'édifices construits, comme ceux du palais de Fontainebleau, par exemple, en différents temps et dans des goûts divers, on est forcé d'étudier chaque partie séparément et de substituer un examen partiel à un jugement général et d'ensemble.

C'est ainsi qu'il faut en user avec les *Études*. Le premier soin de la critique doit être de séparer les divers groupes qui les composent, et de montrer en quoi diffèrent de caractère et de style ces ouvrages qui s'avoisinent sans se confondre. Hâtons-nous de dire que, pour lier ces diverses parties et leur donner le plus haut degré d'unité possible, l'auteur a ingénieusement fait circuler autour d'elles une idée philosophique qui leur est commune. Il est parvenu, de cette manière, à les pourvoir, sinon d'un lien tout-à-fait intime et très-fort, au moins d'une enceinte.

Le premier des ouvrages que nous rencontrons, c'est la préface. Elle renferme, outre l'analyse du livre, une énumération des sources de l'histoire de France et une appréciation de tous les hommes de quelque valeur qui l'ont écrite. La multitude des matériaux qui doivent contribuer à la construction de nos annales est effrayante. Ce sont d'abord les *poésies* barbares, les Eddas, les Sagas, les Niebelungen, les chants gaéliques, écossais, irlandais,

provençaux; ce sont les *lois*, non-seulement sali-
que, ripuaire et gombette, mais lombardes, allemandes, anglo-saxonnes; les capitulaires, les
chartes, les ordonnances, les actes des conciles,
les coutumes des provinces, les registres des parlements; puis ce sont les chroniqueurs, depuis
Snorri Sturlason, l'Hérodote du Nord, jusqu'à
cette foule d'annalistes de tous les pays, qui forment les collections de *scriptores;* enfin, ce sont
les agiographes, à la fois biographes et nouvellis-
tes du moyen âge, qui ont conservé tous les détails de la vie civile pendant les huit premiers siècles de notre ère. Cette revue des sources de notre
histoire est instructive et solide.

Nous n'avons été frappé que d'une omission.
Nous aurions voulu que M. de Châteaubriand
n'eût pas laissé échapper cette occasion de ressusciter parmi nous la mémoire de nos grandes épopées
nationales, ces vastes poèmes cycliques, le *Perci-
val,* le *Titurel,* le *Tristan,* que l'Allemagne et l'Angleterre ont religieusement traduits, et dont nous
ne possédons, à la honte de nos érudits, que des
extraits en prose des xiv° et xv° siècles, tandis que
les vieux textes métriques, demeurés manuscrits
dans nos bibliothèques, sont la base presque inconnue de notre poésie, de notre langue et de nos
annales.

L'examen des diverses écoles historiques n'est
pas un morceau de moindre prix. Plein de la plus

cordiale bienveillance pour les personnes, M. de
Châteaubriand est sans pitié ni merci pour certains
systèmes. Peu favorable à ce qu'il appelle *l'école
descriptive*, née à la suite du succès mérité de l'*Histoire des ducs de Bourgogne*, il s'élève avec encore
plus de rigueur contre l'*école fataliste*. Nous ne
pouvons aujourd'hui que signaler cette controverse; mais nous remarquerons, en passant, qu'il
semble y avoir quelque contradiction entre l'hommage que M. de Châteaubriand rend à Vico, à Herder et à M. Ballanche, comme créateurs de la philosophie de l'histoire, et l'anathème qu'il prononce
contre l'application des principes de ces publicistes
aux événements contemporains. Nous ne voyons
pas, pour notre compte, comment il serait moins
légitime de chercher la loi qui a réglé les derniers
pas de l'humanité, que de remonter à celle qui a
présidé à son développement dans les premiers
âges. Mais passons au livre lui-même.

La première partie, celle à laquelle l'auteur
donne exclusivement le titre d'*Études* ou de *Discours*, est à la fois la plus achevée et la plus étendue. Ce sont des considérations à la manière de
Bossuet et de Montesquieu, sur la marche des trois
sociétés païenne, chrétienne et barbare, depuis
Auguste jusqu'à Augustule. Ces considérations,
qui ont, comme celles de Bossuet, le christianisme
pour point de départ, se distinguent de celles-ci
par des développements plus larges et par une cri-

tique plus savante ou du moins plus impartiale;
elles diffèrent de celles de Montesquieu par un
sentiment plus judicieux de l'influence des idées
chrétiennes, et par plus d'ampleur dans tous les
sens. On ne peut voir un tableau plus frappant de
l'agonie du monde païen. Seulement, dans la première section qui se termine à Constantin, l'auteur
nous semble abuser un peu du style à effet. Il y a
quelque monotonie et une trop constante recherche des impressions tragiques dans le soin qu'il
prend de nous conduire si souvent aux gémonies.
L'histoire abominable de ces Césars, dont M. de
Châteaubriand se plait trop à remuer du pied les
cadavres, ne comporte elle-même qu'avec mesure
ces sanglantes ironies, et l'imagination se lasse à lire
tant d'effroyables épitaphes. La seconde section qui
s'étend de Constantin à Augustule, est à-peu-près
exempte de cette affectation ; les faits s'y déroulent
par plus larges masses; comme retrempée par la venue des peuples du Nord, la touche de l'historien
ne présente plus que vigueur dans les pensées et
sévérité dans les formes. L'essai de réaction païenne
tentée par Julien, et l'apparition de la royauté
nomade d'Attila, sont deux morceaux, le premier
d'une justesse d'appréciation, le second d'une réalité conjecturale, admirables. Il n'existe nulle part
une peinture plus complète ni mieux nuancée des
sociétés païenne, chrétienne et barbare.

Cependant, toute cette première partie n'avait

été, d'abord, dans la pensée de l'auteur, qu'une simple *introduction*, et comme un portique qui devait conduire à notre histoire. On ne peut bien apprécier tout ce qu'il y avait de colossal dans la conception primitive de M. de Châteaubriand, qu'en rapprochant de cette introduction le petit nombre de fragments que nous possédons de son histoire des rois de France de la branche des Valois. Ces fragments sont les seuls morceaux que l'auteur ait écrits dans la grande manière de la première partie, et qui atteignent au grandiose du récit, comme celle-ci atteint au grandiose de la pensée. Les batailles de Crécy et de Poitiers, traitées dans le goût épique de Froissart, respirent toute la force du moyen âge. En les rejoignant par la pensée à l'introduction destinée à leur servir de propylée, on peut juger de la grandeur des proportions que M. de Châteaubriand voulait donner au monument dont il jetait les bases. Ces débris, qui forment un groupe à part, sont malheureusement trop peu nombreux; ils ne consistent qu'en cinq ou six morceaux liés entre eux par des sommaires, dont l'aridité contribue à leur donner une plus frappante ressemblance avec ces ruines colossales qui gisent au milieu des sables et des déserts.

Le dernier ouvrage, celui qui porte les marques de la composition la plus récente, est écrit avec cette facilité à la fois élégante et cursive, devenue, depuis quelque temps, la manière habituelle de l'au-

teur. Cette partie contient sous le titre d'*Analyse
raisonnée*, l'histoire des révolutions que la France
a subies dans ses mœurs, dans ses institutions,
dans sa puissance, depuis Clovis jusqu'à Philippe
de Valois. Cette *Analyse*, interrompue par les admirables fragments épiques dont nous venons de
parler, reprend son cours après la bataille de Poitiers, en 1356, et finit à la mort de Louis XVI. Elle
s'étend, avec une prédilection marquée, sur les
règnes de Louis XI, de François Ier, de Charles IX,
de Henri III et de Henri IV. Dans toute cette partie des *Études historiques,* la manière de M. de Châteaubriand est sensiblement changée ; mais, pour
être moins élevée, elle n'est pas moins parfaite. Sa
diction, sans cesser d'être pittoresque, est devenue familière, spirituelle, agile et transparente,
comme la plus excellente prose de Voltaire. Ce
style, qui s'adapte moins heureusement peut-être
à la première section de l'*Analyse raisonnée*, se
trouve merveilleusement approprié à sa dernière
moitié. Quel moyen, en effet, d'élever à la poésie, si ce n'est à celle de la satire, les règnes de
Henri III et de Louis XV ?

Tels sont les trois groupes historiques bien distincts dont se composent les *Études.* Nous n'avons
pas besoin de dire que chacun d'eux demanderait
un ample examen. Nous ne nous sommes proposé
aujourd'hui que de séparer ces grandes masses et
d'en indiquer les caractères les plus saillants. M. de

Châteaubriand est un si grand artiste en fait de langage, qu'avant tout, l'on a besoin de se rendre compte de ses procédés. Nous nous sommes laissé entraîner à parler des mérites du prosateur, nous laisserons à de plus compétents le soin d'apprécier les mérites de l'historien.

.

.

XXII.

COUP-D'ŒIL

sur

L'HISTOIRE DE LA NUMISMATIQUE,

à propos d'un ouvrage de m. mionnet (1).

(*Globe*, 5 mars 1828.)

La science des médailles date de l'époque de la Renaissance. Pétrarque, qui a si bien mérité des lettres et de la civilisation pour avoir sauvé du naufrage de la barbarie une foule de manuscrits anciens, fut un des premiers en Europe qui recueillit des médailles. Il rassembla un nombre considérable d'impériales, et les offrit à l'empereur Charles IV; nous avons encore sa lettre d'envoi (2). On peut même dire que le xive siècle fut l'époque de la naissance, plutôt que de la renaissance de cette étude. Car il ne paraît pas que les anciens aient vu, comme nous, dans la numismatique, un auxiliaire de l'histoire et de l'archéologie. Nous ne trouvons mentionné chez eux aucun traité spécial sur cette ma-

(1) *De la rareté et du prix des médailles romaines*, 2 vol. in-8°, 2ᵉ édition.

(2) Voy. Erasmi Frœlichii quatuor tentamina; Antuerpiæ, 1750, in-4°, p. 79.

tière; et, quoique dans leurs ouvrages il soit souvent parlé des monnaies, les écrivains de l'antiquité se sont rarement aidés de cette connaissance pour éclaircir les points obscurs de leurs annales. Arrien, il est vrai, s'appuie, dans son *Périple de la mer Erythrée*, de l'existence d'anciennes monnaies au coin d'Apollodote et de Ménandre trouvées de son temps à Berygaza, pour prouver qu'Alexandre avait pénétré jusqu'au Gange. Sous Auguste, on faisait cas à Rome des médailles et des monnaies anciennes : on lit dans Suétone qu'à l'époque des Saturnales, ce prince donnait à ses favoris *nummos omni nota, etiam veteres et peregrinos* (1). Mais ces exemples sont rares; le goût des médailles est moderne; il naquit et se propagea en Europe avec celui des manuscrits et des antiquités. Alfonse V, roi d'Aragon et de Naples, en fit chercher dans toute l'Italie; Antoine, cardinal de Saint-Marc, forma un cabinet à Rome. Le grand Côme de Médicis jeta à Florence les fondements de cet immense musée, où les médailles se trouvent placées à côté de tous les autres monuments antiques. En Allemagne, Matthias Corvin, roi de Hongrie, rassembla à la fois des manuscrits et des médailles; et l'empereur Maximilien Ier, en établissant la bibliothèque impériale de Vienne, y joignit un cabinet de médailles. Le restaurateur des lettres en France, Budée, recueillit

(1) Sueton., *August.*, cap. 75.

parmi nous les premières médailles, dès le règne
de Louis XII. Il inspira ce goût à François Iᵉʳ, qui
le transmit à Henri II. Le séjour de Catherine de
Médicis en France et sa belle collection, qui fut
depuis réunie par le président de Thou à la Bibliothèque du Roi, achevèrent de mettre à la mode
les cabinets de médailles et d'antiquités. Catherine
n'oublia rien pour inspirer cette passion aux princes, ses fils. Charles IX, de maladive et mélancolique mémoire, répondit le mieux à ses vues. Ce
prince, ayant appris que le cabinet de Groslier,
mort en 1565, avait été transporté à Marseille pour
passer en Italie, le fit revenir et l'acheta. On lisait
sur chacun des cartons du médaillier de ce généreux érudit la célèbre devise qu'il a fait graver sur
la reliure de tous ses livres : *Joannis Grolierii et
amicorum.*

Pour se former une idée des progrès qu'avait
faits en Europe le goût des médailles dès le milieu
du xvıᵉ siècle, il suffit de lire l'épître que Golzius
adressa aux divers amateurs qui lui avaient laissé
prendre dans leurs collections les nombreux des-
sins de médailles qu'il a depuis publiés. De retour
à Bruges, il mit à la tête de son premier ouvrage
une lettre de remercîment collective à tous ces
bienveillants antiquaires, et imprima leurs noms
au bas de cette épître, avec l'indication des villes
où ils avaient leur résidence. Dans ce précieux document de statistique numismatique, on voit que

l'on comptait dès-lors à-peu-près 200 cabinets de médailles dans les Pays-Bas, 175 en Allemagne, plus de 380 en Italie, et environ 200 en France.

Le nombre des ouvrages de numismatique se multiplia dans une proportion égale à celui des cabinets. Le seul catalogue des auteurs qui ont écrit sur cette matière ne forme pas moins d'un volume in-folio (1). Au reste, la diversité des opinions et des systèmes était inévitable dans une science où presque tout était d'abord conjectural. La langue des médailles, c'est-à-dire l'interprétation des têtes, des revers, des légendes, etc., était, pour ainsi dire, une langue morte dont il fallait retrouver le vocabulaire. Avant de retirer de cette science, comme on peut le faire aujourd'hui, tant d'éclaircissements utiles sur la géographie, l'iconologie, le culte public, la paléographie, l'architecture (2), l'histoire naturelle (3), etc., il fallait fixer le sens d'une foule de mots, de signes, d'abréviations; il

(1) Hirsch, *Bibliotheca numismatica*. Nurimbergæ, 1760. — Lipsius a donné depuis une *Bibliotheca nummaria* plus complète ; elle va jusqu'à la fin du dernier siècle; Lipsiæ, 1804, 2 vol. in-8°.

(2) Les médailles représentent quelquefois des monuments détruits ou ruinés : le théâtre de Bacchus à Athènes, par exemple, le temple de Janus à Rome, le port d'Ostie, le théâtre d'Héraclée en Bithynie, etc.

(3) On trouve parfois sur les médaillons des animaux curieux, tels que ceux qu'on faisait venir à Rome des pays étrangers pour les jeux de l'amphithéâtre. On y voit aussi des oiseaux, des poissons, des arbres, des plantes rares, etc. Voy. *Erasmi Frœlichii tentamina quatuor*, p. 56 et 57.

fallait découvrir les marques de l'authenticité ou
de la fausseté des médailles, car il y en a de fausses, et même de plusieurs sortes : d'abord celles
qui ont été fabriquées dans l'antiquité par de faux
monnayeurs, dont le travail clandestin, et souvent
défectueux, a trompé quelquefois les antiquaires,
puis celles qui ont été frappées par des artistes modernes, qui, à l'exemple des inventeurs de manuscrits, se sont adonnés à contrefaire des médailles
connues, ou à en supposer d'imaginaires. Jean
Joseph Cauvin, connu sous le nom du Padouan,
Michel Dervieux de Florence, dit le Parmesan,
Cogornier de Lyon et Carteron de Hollande ont ex-
cellé dans cette frauduleuse industrie. Leurs coins
reproduisent si fidèlement la beauté de l'antique,
que l'on conserve à part, dans certains cabinets,
notamment dans celui du Roi, la suite des ouvrages de ces glorieux faussaires. Depuis lors, ce genre
de fraude s'est déplorablement multiplié. Il existe
des fabriques de médailles fausses en Allemagne;
il y en a dans le Levant; on en connaît à Smyrne et
à Constantinople. Le savant et infatigable Sestini
les a dénoncées aux amateurs dans un ouvrage intitulé *Sopra i moderni falsificatori*.

La multitude des médailles incessamment découvertes et le jour inattendu que quelques-uns de
ces monuments ont jeté sur une foule de points historiques, excitèrent au plus haut degré l'ardeur des
érudits. Cette science nouvelle, qui touchait à tou-

tes les autres, fut parcourue en tous sens par les
plus ingénieux et les plus savants hommes, depuis
le xve siècle jusqu'à nos jours. Les esprits les plus
dissemblables se rencontrèrent dans cette carrière,
et l'on vit non sans surprise, s'y heurter l'universel
Leibnitz et le paradoxal père Hardouin (1).

Cette science, en s'agrandissant, se divisa en
plusieurs branches. On peut, en effet, considérer
les médailles comme monnaies, comme documents
historiques et archéologiques, et, enfin, comme
portraits des personnages célèbres. Cette dernière
branche de la numismatique, qu'on a appelée l'*iconographie*, a été cultivée dès le milieu du xvie
siècle. Un Portugais, Achille Stace (Achilles Estaço),
ouvrit la carrière à Rome en 1569 (2). Son ouvrage,
augmenté par Fulvio Orsini, fut réimprimé l'année
suivante. Théodore Galle découvrit de nouvelles
têtes dans un voyage qu'il fit à Rome et, de retour
en Flandre, les publia en 1598. Ces têtes, même
avec le supplément de Jean Lefebvre, ne montaient
qu'à 168. Enfin, Bellori fit paraître à Rome un recueil beaucoup plus ample de portraits d'hommes

(1) Voyez la réfutation d'une opinion du père Hardouin par Leibnitz, dans le *Journal* d'Eckart.—Le père Hardouin est l'auteur de
la Chronologie rétablie par les médailles.

(2) Varron, dans l'antiquité, avait composé un ouvrage d'iconographie. Son recueil contenait 700 portraits d'hommes célèbres.
Plin., lib. 35, cap. 2; et Aul. Gell., lib. 3, cap. 10 et 11.

illustres, tirés des médailles, des pierres gravées et des monuments. Il était réservé de nos jours à l'illustre Visconti d'augmenter ces richesses et de porter l'iconographie à son plus haut degré de certitude et d'étendue.

Mais c'est surtout comme documents historiques et archéologiques, que les médailles ouvrent une carrière sans bornes à l'érudition. Nous avons cité quelques-uns des hommes les plus éminents qui l'ont parcourue du xve au xviie siècle. Spanheim résuma tous ces travaux. Son grand ouvrage *De præstantia et usu nummorum antiquorum,* longtemps classique, fut pourtant peu-à-peu dépassé par les découvertes des xviie et xviiie siècles. Parmi les célèbres antiquaires de cette seconde époque, Morell, Vaillant, Pellerin, Havercamp, du Cange, Banduri perfectionnèrent la numismatique grecque, romaine et du Bas-Empire. En même temps, de nombreux traités particuliers furent publiés sur les médailles des diverses parties de l'Europe par Florez, Velazquez, de Torremuzza, Magnan, D'Orville. On commençait aussi à mieux connaître la numismatique des contrées situées hors de l'Europe. Celle de la Syrie, de l'Égypte et de la Thrace fut éclaircie par les recherches de Frœlich, de Vaillant, de Zoëga; enfin, Swinton, Dutens, Barthélemy, Bayer, Reland, s'appliquèrent particulièrement à l'étude des médailles des Hébreux, des Phéniciens et des autres peuples de l'Orient. Les

monuments se multipliaient et les abords de la
science devenaient de plus en plus difficiles par
suite de la diversité des opinions, des nomencla-
tures et des systèmes. Alors parut Eckhel, qui,
réunissant toute l'érudition de ses devanciers à
la sienne, et rassemblant toutes ces études en un
corps complet de doctrine, publia enfin, de 1793
à 1797, sa *Doctrina nummorum veterum*, immortel résumé des travaux de quatre siècles.

La science une fois arrivée à ce point, que res-
tait-il pour compléter ses progrès? 1° Faire entrer
dans le système d'Eckhel les nouvelles découvertes
de plus en plus rares; 2° éclaircir les points d'antiquité encore obscurs et dont quelques-uns peut-
être sont destinés à l'être toujours. C'est ce que se
sont efforcés de faire, de nos jours, plusieurs érudits, parmi lesquels nous citerons surtout Millin,
Sestini, M. Raoul-Rochette, M. le duc de Luynes,
M. Silvestre de Sacy, M. Millingen (1). Il restait encore à présenter un inventaire des monuments nu-
mismatiques sans discussions, sans dissertations,
dans le moindre espace possible, et à déterminer la
valeur de ces précieuses reliques. C'est ce qu'a fait
M. Mionnet. Sa *Description des médailles antiques
grecques et romaines* est depuis longtemps appréciée du monde savant, et voici que cet infatigable

(1) Quand nous écrivions cet article, MM. Lenormant, Reinaud,
de Saulcy, n'avaient pas encore publié leurs ouvrages de numismatique. (*Note de 1842.*)

numismatiste publie une nouvelle et plus complète édition de son ouvrage : *De la rareté et du prix des médailles romaines.*

Cet ouvrage contient : 1° les as romains et italiques; 2° les familles romaines; 3° la suite des impériales, depuis Pompée jusqu'à la prise de Constantinople ; c'est-à-dire que ces deux volumes renferment la description des plus précieuses médailles romaines pendant un espace de dix-huit siècles, depuis le lourd et grossier *quadrussis*, en forme de carré, long de six pouces sur trois, portant un bœuf pour effigie (1), jusqu'au petit denier barbare d'Honorius (2), et à la monnaie renaissante des derniers Paléologues.

Beauvais, dans son *Histoire abrégée des empe-*

(1) Varron et Pline nous apprennent que Servius Tullius fit frapper à Rome les premières monnaies de cuivre. Avant cette époque, on se servait en Italie de métaux au poids. C'est ce que font encore plusieurs peuples, entre autres, les Chinois, qui effectuent leurs échanges au moyen d'or non monnayé. Voy. *Ottonis Sperlingii dissertatio de nummis non cusis.* Les Romains ne frappèrent leurs premières pièces d'argent que l'an de Rome 485, et celles d'or 60 ans après. Les Grecs paraissent avoir battu monnaie vers le temps de Solon. Leurs pièces les plus anciennes sont à-peu-près rondes et presque globuleuses. Celles d'Égine ont au revers un creux qui prouve l'imperfection des moyens employés pour les frapper : elles n'offrent qu'une empreinte. Alors, en effet, comme dans l'enfance de l'art typographique, on n'imprimait le métal que d'un côté.

(2) Ce denier d'argent à l'effigie d'Honorius porte au revers *jussu Richiari Regis;* et paraît être le seul monument qui nous reste des Suèves et de leur roi.

reurs par les médailles, n'avait ébauché qu'une
partie de ce travail. Les évaluations de cet antiquaire sont devenues, par le seul fait des découvertes récentes, un guide insuffisant et trompeur.
Celles de M. Mionnet, préparées par Vaillant, ont
reçu l'approbation des meilleurs juges. La pièce
dont l'estimation est la plus élevée, est un énorme
médaillon d'or de l'empereur Valens ; il est évalué
4,000 fr. Ce colosse de la numismatique, comme
l'appelle le chevalier de Hauteroche, se trouve au
cabinet de Vienne, et a été publié récemment par
M. Steinbüchel, directeur du Musée impérial. De
plus, Beauvais ne s'est occupé que des *têtes*, sans
avoir égard au mérite des *revers*, et sans faire connaître leurs variétés.

Ce livre de M. Mionnet est, comme sa *Description des médailles grecques et romaines*, le manuel
obligé de tous les amateurs de médailles. L'étude,
même sommaire, de ces deux ouvrages, peut
apprendre une infinité de choses utiles, et qu'il
n'est plus guère permis à un homme de lettres
d'ignorer. Non-seulement la suite des impériales a
le mérite de nous avoir conservé plus de 300 portraits des empereurs, des impératrices, des Césars
et des tyrans, sans lesquels il eût été difficile de
reconnaître la plus grande partie des statues, des
bustes et des autres monuments qui sont conservés
dans nos musées ; non-seulement ces médailles offrent un moyen sûr et agréable pour débrouiller le

chaos du Bas-Empire; mais elles nous ont transmis
une foule de faits, de noms, de dates oubliés par
l'histoire. On retrouve sur ces monuments l'indication de plusieurs villes dont l'existence ne nous
était pas connue (1), et jusqu'à des noms de princes, d'impératrices et de fils d'empereurs qu'on
ignorait ou qu'on savait mal (2). En un mot, les
médailles plus solides et aussi multipliées que nos
livres, nous sont parvenues comme le registre de
l'état civil des principales familles grecques, romaines et byzantines.

, Il suffit de jeter les yeux sur les légendes des médailles frappées dans les beaux temps de la numismatique, pour admirer la simplicité, la force et la
gravité qui les distinguent. Les anciens n'ont pas
cru, comme les modernes, que les médailles fussent
propres à porter de longues inscriptions. Ils réser-
vaient celles qui avaient quelque étendue, pour les
édifices publics, pour les colonnes, pour les arcs de
triomphe, pour les tombeaux. Les plus simples et
les plus belles légendes monétaires sont celles des
républiques. Lorsque les États deviennent plus
puissants, lorsqu'ils sont dépravés par le luxe et

(1) Le père Hardouin, dans son édition de Pline, a fait un volume à part des peuples et des villes, dont le nom s'est conservé
sur les médailles.

(2) Voy. dans M. Mionnet les noms de Pacatien, Nigrinien, Or-
biana, Paulina, Cornelia, Supera, Severina, et les *notes* qui les con-
cernent.

penchent vers leur décadence, les inscriptions deviennent diffuses, emphatiques, pleines d'expressions adulatrices, comme on le voit sur les médailles des rois de Syrie, des rois Parthes et des princes du Bas-Empire. Les modernes ont enchéri sur cette emphase : les Hollandais et les Allemands surtout, surchargent leurs médailles d'inscriptions prolixement fastueuses, qui n'ont rien de la majesté ni de la brièveté antiques.

Les inscriptions les plus anciennes ne consistent guère qu'en un nom de ville ou de peuple, *Roma, Pæstum*, etc. Ensuite, vinrent quelques noms de familles, *Fabia, Cornelia, Julia*, etc., celui de divers magistrats, souvent celui des monétaires et des décemvirs des colonies. Jusqu'à la chute de la république, on ne trouve le nom ni l'image d'aucun citoyen sur les monnaies. Sylla lui-même n'osa usurper cet honneur. César se l'attribua par un singulier stratagème : il fit frapper des monnaies représentant un éléphant, et inscrivit au-dessous *Cæsar*, mot carthaginois, qui était en même temps le nom de cet animal en langue punique et le surnom que la famille Julia avait pris pendant les guerres contre Carthage (1). Devenu dictateur, le droit de battre monnaie à son effigie lui fut conféré par un sénatus-consulte. Depuis Auguste, les médailles portent constamment l'image des empe-

(1) *Frœlichii quatuor tentamina*, p. 18.

reurs et souvent celle des membres de leur famille, avec tous leurs titres. Alors la flatterie se glissa dans les légendes. Mais cette flatterie, jusqu'à Gallien, fut rarement verbeuse : *regna assignata, vehiculatione Italiæ remissa, Roma renascens*, etc. La plupart du temps, ces éloges semblent de simples formules prises au hasard, et forment quelquefois de cruelles contre-vérités. *Libertas*, par exemple, se trouve souvent sur les médailles de Néron ; on lit *Pudicitia* sur une médaille de Faustine, *Romæ invictæ* sur un revers de Gallien. Les inscriptions qui reviennent le plus fréquemment, telles que *fides mutua, liberalitas Augusta, felicitas publica, optimo principi*, etc., semblent des expressions sans conséquence, et rappellent ces surnoms que les empereurs de la Chine donnent aux années de leur règne, seulement pour dater, et sans aucun égard au sens des mots. Souvent même on attribuait au successeur le revers gravé pour son devancier. C'est ce qui fait lire *pacator orbis* sur le revers d'un Marcus qui ne régna que trois jours. Une fois, cependant, le défaut d'à-propos parut si choquant qu'on a cru y voir une épigramme formelle. On lit *ubique pax* sur une médaille de Gallien, au moment où les trente tyrans déchiraient toutes les provinces de l'Empire. Mais, si ces mots et surtout la tête de femme (*Gallienæ Augustæ*), que l'on voit sur cette médaille, sont, comme l'a cru Vaillant, une sanglante ironie, c'est alors à-peu-près

la seule de ce genre qui nous soit venue de l'antiquité (1). La gravité ancienne ne contraste nulle
part plus fortement que sur les médailles avec l'esprit moqueur des modernes. On trouve à peine
quelques médailles satiriques parmi toutes celles
que les anciens nous ont léguées (2), tandis que nos
cabinets sont remplis d'épigrammes monnayées
contre les papes, les rois et les particuliers.

La renaissance des belles médailles a eu lieu vers
1400 et en Italie. Elle est due aux soins de plusieurs peintres, entre autres, du Pisan (Vittore Pi-
sano ou Pisanello, de Vérone) et du Boldu. Les
médailles de Jean Paléologue, avant-dernier empereur de Constantinople, sont de la façon du Pisan. Les cabinets de médailles modernes commencent ordinairement par la médaille d'or du concile
de Florence et par celle d'un consistoire publié par
Paul II. La suite nombreuse des médailles hollan-
daises s'ouvre par la fameuse médaille frappée en
1566, sur laquelle les protestants insurgés firent
graver la besace, à cause du nom de *gueux* qu'on
leur avait donné par mépris et dont ils affectaient

(1) Voy. Chr. Ad. Klotzii *Hist. numorum contumeliosorum et
satyricorum* (sic), et dans le *Mag. encyclopédique*, 1796, t. 2ᵉ,
p. 437 et suiv., un article sur les médailles satyriques (sic), par
M. Gourdin.

(2) Ni les Spintriennes, quelque opinion qu'on en ait, ni les monnaies de Macédoine, à sujets licencieux, ne me paraissent contredire
cette assertion. Rien n'était plus grave que la débauche ancienne ;
elle se rattachait au culte.

de se faire honneur. La suite des Papes, argent et bronze, commence par Martin V, en 1417.

Il est un point sur lequel les médailles fournissent des documents certains et un témoignage irrécusable, c'est le titre des monnaies et la curieuse histoire de leurs altérations. L'or des Dariques et des anciennes monnaies grecques est extrèmement pur. Les pièces de Philippe et d'Alexandre sont à 23 karats et 16 grains. L'or des impériales se maintint au plus haut titre possible. Les affineurs, dit lepère Jobert (1), le préfèrent à celui même des sequins et des ducats. Du temps de Bodin, les orfèvres de Paris, ayant fondu un Vespasien d'or, n'y trouvèrent qu'un 788ᵉ d'alliage. Toutes les monnaies des villes grecques furent d'abord d'argent. Après Alexandre, le bronze domine. L'argent des impériales ne s'est pas maintenu constamment pur. Didius Julianus en altéra le premier le titre. Gallien le baissa encore. La monnaie d'argent recevait, à cette époque, au moins quatre cinquièmes d'alliage. Alexandre Sévère, pour avoir fait battre de la monnaie où il y avait un tiers d'argent, fut appelé *restitutor monetæ*. Depuis Claude le Gothique jusqu'à Dioclétien, qui arrêta ce désordre, on ne trouve presque plus d'argent dans les médailles. Les chefs de l'Empire s'étaient faits faux monnayeurs. On ne frappait plus que sur le cuivre, que l'on recouvrait

(1) Voy. *La science des médailles*, 1739, 2 vol. in-12.

d'une feuille d'étain ; c'est ce qu'on appelle *médail-les saucées*.

Nous avons dit que les monnaies d'or n'éprouvèrent pas les mêmes altérations. M. Bimard de la Bastie conjecture que cette singulière anomalie vient de ce que la recette de la plus grande partie des revenus de l'Empire se faisait en or, tandis que le trésor impérial effectuait ses paiements en argent et en cuivre. Les chefs de l'État trouvaient un profit momentané dans cette ruineuse infamie.

Nous nous arrêtons. Nous ne nous sommes que trop complu dans l'exposition de ces notions générales, et nous avons trop oublié peut-être de faire ressortir le mérite du travail de M. Mionnet. Mais cet excellent livre n'a nul besoin de notre suffrage. Nous avons cru mieux faire en recueillant çà et là ces observations qui donneront peut-être à quelques-uns de nos lecteurs l'idée d'étudier cette science trop peu répandue. Avons-nous besoin d'ajouter que tous ceux qui auront l'envie de la commencer ou de s'y rendre plus habiles trouveront dans les ouvrages de M. Mionnet le plus sûr et le meilleur des guides ?

XXIII.

HISTORIENS MODERNES.

M. AUGUSTIN THIERRY.

(Revue des Deux Mondes, 1er mai 1841.)

Lorsqu'il y a vingt ans environ une sorte de réaction et de révolte éclata tout-à-coup contre la pâle et terne littérature que nous avait léguée l'empire, on ne se borna pas à demander le rajeunissement du système poétique; on s'efforça encore de faire pénétrer la réforme dans la méthode historique. En effet, le règne de Napoléon n'avait pas été plus favorable à l'histoire qu'à la poésie. Pendant que le nouveau Charlemagne promenait son épopée ossianique de l'Escurial au Kremlin, écrivant l'histoire avec la pointe de son épée sur la carte de l'Europe, la préoccupation des esprits fascinés par ce spectacle était si complète, qu'il ne restait plus nulle part en France, sauf peut-être dans la seconde classe de l'Institut, d'attention disponible à reporter sur le passé. Comme les individus dans les grandes crises de passions ne sentent que la peine ou la joie présente, la France, pendant ce paroxysme de gloire, fut absorbée tout entière par l'effort ou l'émotion de la lutte. Mais quand, après

le dénoûment funeste de ce drame prodigieux, elle
fut retombée dans le calme et eut repris le courant des traditions nationales, elle se trouva, par
la conscience même des grandes choses auxquelles elle avait assisté ou concouru, mieux préparée
qu'auparavant à l'intelligence des événements de
même nature qui se sont accomplis dans l'histoire.
Cette active génération de la République et de
l'Empire qui avait vu des transformations sociales,
des démembrements d'États, des chutes et des res-
taurations de dynasties, des chocs violents de castes
et de peuples, cette génération qui avait fait ou avait
vu faire de l'histoire et de la poésie en action, sentit, dans son repos plein de souvenirs, le besoin
d'une littérature plus poétique et d'une histoire
plus réelle. Les compilations sans couleur de Velly,
de Garnier, de Millot, d'Anquetil, ne lui parurent
qu'une solennelle et insipide déception. La jeunesse
surtout se prit d'un dégoût immense pour ces récits uniformes, glacés par l'étiquette, et où toutes
les nuances de lieu, de temps et de races disparais-
saient sous des formules banales et convenues. Le
même besoin d'émotions qui demandait à la poésie
de nous donner une plus saisissante et plus vive perception du beau, demandait non moins impérieu-
sement à l'histoire une plus franche et plus sensible
manifestation du vrai. Alors aussi Walter Scott dans
Waverley et dans *Ivanhoe*, et, longtemps auparavant, un écrivain qu'on trouve toujours sur le seuil

des grandes idées de notre siècle, M. de Châteaubriand par *les Martyrs*, avaient ajouté l'autorité de
leurs exemples à l'impulsion déjà si puissante qui
provenait de la disposition des esprits.

La réforme historique a donc eu les mêmes causes et s'est déclarée dans les mêmes circonstances
que la réforme poétique. L'une et l'autre, en effet,
tendaient à un but analogue. Il s'agissait de rendre
le mouvement et la vie au drame et à l'histoire,
d'en finir avec l'uniformité traditionnelle et les types de convention, de revenir à la poésie par l'observation des faits, par l'étude des hommes, par la
peinture intelligente et nuancée des lieux, des
temps et des mœurs.

Mais, quoique semblable à plusieurs égards, la
tâche de l'école historique était bien plus sûrement
réalisable que celle de l'école poétique. Sans doute,
il n'est pas plus donné à l'homme d'arriver à la
complète expression du vrai qu'à la complète réalisation du beau; mais l'art peut approcher du
premier beaucoup plus que du second, peut-être
parce que la matière du vrai existe dans les choses
et dans l'homme, tandis que le beau, si on le veut
parfait et absolu, n'existe que dans la pensée. De
plus, le poète est dans l'obligation de combiner et
de réunir le vrai et le beau, ces deux éléments de
l'idéal, au lieu que l'historien n'a besoin de se
préoccuper que du vrai. Il est assuré que les figures qu'il copie et qu'il s'efforce de ranimer seront

d'autant plus belles, ou, du moins, satisferont d'autant mieux aux conditions de l'art (eût-il à reproduire Isabeau de Bavière ou César Borgia), qu'elles seront plus ressemblantes et plus vraies ; ce qu'on ne saurait dire, avec la même assurance, de la monstruosité volontaire dans les libres créations de la poésie.

D'autre part, si le but de l'historien est plus simple et plus sûrement réalisable que ne l'est celui du poète, la route que doit suivre le premier est plus rude et plus fatigante. La vérité historique ne se découvre pas par l'instinctive observation de soi-même ou des autres, comme la vérité psychologique et poétique. Le modèle que l'historien doit faire revivre n'est ni en lui-même ni sous ses yeux. Il lui faut, pour retrouver l'image des anciens temps, fouiller péniblement les archives, compulser les chartes, déchiffrer les textes, interroger les monuments. Et quand il a terminé ces explorations patientes, quand il a mesuré dans tous les sens les colosses du passé (laborieux préliminaires qui répondent à l'invention des caractères, au choix et à la disposition des incidents chez le poète), il est à craindre que, fatigué de ces labeurs, il n'ait plus le temps ou la force de rendre la vie et le mouvement à cette poussière des siècles et des hommes qu'il vient de contempler dans leurs tombeaux. Tel est, cependant, l'heureux privilége de la plastique historique, que lors même que l'artiste n'aurait pu terminer son œuvre, lors même qu'il n'aurait ébauché que quelques parties incomplètes de l'époque ou du personnage dont il a fait choix ; s'il a bien observé, s'il a su voir et traduire exactement ce qu'il a vu, ces fragments de vérités seront encore d'un grand prix ; rien de son travail ne périra, et il sera d'autant plus assuré de la durée de son ouvrage, que dans l'interprétation ou l'exposition des faits, il aura su mettre moins du sien et qu'il aura laissé pénétrer dans la fusion du bronze antique moins d'alliage du temps présent.

Il était donc certain que le mouvement de réforme historique qui éclata vers 1820, et qui poussait vers l'étude sérieuse des textes originaux et des monuments une foule d'esprits jeunes et actifs, devait produire des résultats heureux et indubitablement profitables, tandis qu'il y aurait eu peut-être quelque témérité à prédire un pareil avenir à la réforme poétique. La réussite pour celle-ci était possible, comme l'événement l'a prouvé à plusieurs égards, mais elle était moins certaine; les chutes dans cette voie risquaient d'être sans compensations; le succès, même en partie atteint, devait être longtemps contestable. De plus, il était difficile qu'avec un but complexe l'école poétique ne fît pas quelquefois fausse route. C'est ainsi que trop influencée, pendant un certain temps, par la popularité acquise aux procédés de l'école historique, elle se passionna pour le *vrai*, à l'exclusion du *beau;* et, dans cette recherche exagérée de la vérité à tout prix, elle rencontra la laideur beaucoup plus souvent que la beauté. De là, on se le rappelle, certains écarts notables, que de plus heureuses et plus pures créations n'ont pas fait complétement amnistier.

Aujourd'hui que vingt ans nous séparent de nos juvéniles élans de réforme, et, comme nous disions alors, de notre 14 juillet littéraire, il semble qu'il soit temps de constater les progrès accomplis, d'enregistrer les solutions définitivement acquises, de glorifier les chefs de cette généreuse croisade, surtout de rattacher respectueusement les conquêtes récentes aux grands résultats précédemment poursuivis ou obtenus par les générations antérieures, générations studieuses et glorieuses aussi, dont on oublie trop les services dans la première ardeur des réformes.

Mais dresser un pareil bilan, ce ne serait rien moins qu'écrire l'histoire littéraire de la première moitié du xixe siècle. Une plume dont tout le monde reconnaît l'autorité en matière de goût (un pinceau plein de finesse et d'éclat, devrais-je dire) a entrepris dans la *Revue des deux Mondes* et a fort avancé la première partie de cette tâche, en composant une série de portraits consacrés à nos principaux poètes et romanciers (1). Il y aurait, si je ne me trompe, une série analogue à faire de nos principaux historiens.

(1) Voy. *Critiques et portraits littéraires*, par M. Sainte-Beuve; 5 vol. in-8°. (*Note de 1842.*)

J'émets ce vœu avec l'espoir que de plus habiles et
de plus compétents que moi l'entendront et l'ac-
compliront. Sans doute, les difficultés d'une pareille œuvre seraient très-grandes : il faudrait,
dans la communauté d'instincts, de tendance et de
but, qui a présidé au rajeunissement de toutes les
branches de notre histoire, distinguer soigneusement les diversités d'esprit, de méthode et de manière. Quand on aurait bien établi ce qui forme le
fonds commun, et, pour ainsi dire, le capital social de la nouvelle école historique, il faudrait tenir
compte de chaque apport particulier, et s'appliquer à mettre en saillie chaque physionomie individuelle ; il faudrait, au milieu de tant de problèmes historiques, isolément ou collectivement
résolus, attribuer à chaque écrivain sa juste part
de démonstration ou de découverte : partage épi-
neux et délicat vis-à-vis de chacun et vis-à-vis de
soi-même.

L'histoire, suivant les temps et suivant les hommes, se produit sous des aspects indéfiniment variés;
cependant on peut, je crois, ramener toutes les diversités de formes à deux principales. Il y a, d'une
part, la discussion, l'interprétation des faits, en
un mot, la dissertation ; d'une autre part, il y a
l'exposition animée, naïve, pittoresque, c'est-à-
dire le récit. M. de Barante a donné, comme on
sait, un bel exemple de narration historique dans
son *Histoire des ducs de Bourgogne*. M. Guizot,

dans trois célèbres cours improvisés à la Faculté
des Lettres (1), et auxquels répondent trois ouvrages éminents de philosophie historique, les *Essais
sur l'histoire de France*, l'*Histoire de la civilisation
européenne*, l'*Histoire de la civilisation française*,
a jeté sur les principales révolutions de la société
en Gaule les lumières de l'érudition la plus ingé-
nieuse et de la critique la plus savante. M. Augustin Thierry, dont nous allons essayer d'exposer les
travaux, a su passer alternativement, et avec une
égale fermeté de jugement et de touche, de l'histoire interprétative et philosophique à l'histoire
proprement dite.

Quiconque a vu M. Augustin Thierry, ce champion invaincu, quoique mutilé, de la réforme historique, ce Milton jeune encore de l'érudition et
de la science, dont la vue s'est usée sur les vieux
textes; quiconque a contemplé cette tête si sereine
et si forte qui domine un corps et des membres si
affaiblis, n'a pu que sentir redoubler son admiration pour une gloire si chèrement achetée. A la
sympathie respectueuse qu'inspirent toujours les
hommes éminents se joint l'intérêt qui s'attache à
un grand malheur. Certes, elle devait être bien
riche et bien puissante cette organisation dont la
sève à demi épuisée, ou plutôt refoulée tout entière dans le siége de l'intelligence, produit chaque

(1) En 1821 et 1822 et de 1828 à 1830.

jour des œuvres d'une portée plus haute, d'un éclat plus vif, d'une raison plus ferme et plus éclairée, comme si, par une compensation providentielle, M. Thierry, à mesure que s'affaiblit l'énergie extérieure de ses organes, sentait croître au dedans de lui l'énergie de cette seconde vue, qui est le génie véritable et la lumière intime de l'historien.

L'anecdote suivante va nous révéler tout ce qu'il y avait de sensibilité poétique et de vigueur, en quelque sorte, musculaire, dans cette constitution aujourd'hui languissante, mais qui s'électrisait, en 1810, à la lecture solitaire d'une page de M. de Châteaubriand :

« J'achevais, dit-il, mes classes au collége de Blois, lorsqu'un exemplaire des *Martyrs*, apporté du dehors, circula dans le collége ; ce fut un grand événement pour ceux d'entre nous qui ressentaient déjà le goût du beau et l'admiration de la gloire. Nous nous disputions le livre ; il fut convenu que chacun l'aurait à son tour, et le mien vint un jour de congé, à l'heure de la promenade. Ce jour-là, je feignis de m'être fait mal au pied, et je restai seul à la maison ; je lisais ou plutôt je dévorais les pages, assis devant mon pupître, dans une salle voûtée, qui était notre salle d'étude et dont l'aspect me semblait alors grandiose et imposant. J'éprouvai d'abord un charme vague et comme un éblouissement d'imagination ; mais quand vint le récit d'Eudore, cette histoire vivante de l'empire à son déclin, je ne sais quel intérêt plus actif et plus mêlé de réflexion m'attacha au tableau de la ville éternelle, de la cour d'un empereur romain, de la marche d'une armée romaine dans les fanges de la Batavie, et de sa rencontre avec une armée de Francs.

« J'avais lu dans l'histoire de France, à l'usage des élèves de l'école militaire, notre livre classique : « Les Francs ou Français,

« déjà maîtres de Tournay et des rives de l'Escaut, s'étaient éten-
« dus jusqu'à la Somme... Clovis, fils du roi Childéric, monta sur
« le trône en 481, et affermit par ses victoires les fondements de la
« monarchie française.. . » Toute mon archéologie du moyen âge
consistait dans ces phrases et quelques autres de même force, que
j'avais apprises par cœur: *Français*, *trône*, *monarchie*, étaient
pour moi le commencement et la fin, le fond et la forme de notre
histoire nationale. Rien ne m'avait donné l'idée de ces terribles
Francs de M. de Châteaubriand, *parés de la dépouille des ours*,
des veaux marins, des urochs et des sangliers, de ce camp *retran-*
ché avec des bateaux de cuir et des chariots attelés de grands bœufs,
de cette armée rangée en triangle *où l'on ne distinguait qu'une forêt*
de framées, des peaux de bêtes et des corps demi nus. A mesure
que se déroulait à mes yeux le contraste si dramatique du guerrier
sauvage et du soldat civilisé, j'étais saisi de plus en plus vivement;
l'impression que fit sur moi le chant de guerre des Francs eut
quelque chose d'électrique. Je quittai la place où j'étais assis, et,
marchant d'un bout à l'autre de la salle, je répétai à haute voix et
en faisant sonner mes pas sur le pavé: « Pharamond! Pharamond!
nous avons combattu avec l'épée ! — Nous avons lancé la francis-
que à deux tranchants; la sueur tombait du front des guerriers et
ruisselait le long de leurs bras. Les aigles et les oiseaux aux pieds
jaunes poussaient des cris de joie; le corbeau nageait dans le sang
des morts; tout l'Océan n'était qu'une plaie; les vierges ont pleuré
longtemps —Pharamond! Pharamond! nous avons combattu avec
l'épée (1)!...... » Ce moment d'enthousiasme fut peut-être décisif
pour ma vocation à venir; je n'eus alors aucune conscience de ce
qui venait de se passer en moi; mon attention ne s'y arrêta pas, je
l'oubliai même pendant plusieurs années; mais lorsqu'après d'inévitables tâtonnements pour le choix d'une carrière, je me fus livré
tout entier à l'histoire, je me rappelai cet incident de ma vie et ses
moindres circonstances avec une singulière précision; aujourd'hui,
si je me fais lire la page qui m'a tant frappé, je retrouve mes émotions d'il y a trente ans (2). »

(1) Voy. *les Martyrs*, livre VI.
(2) *Récits des temps mérovingiens*, préf., pag. XVIII et suiv.

Du collége de Blois, M. Thierry passa à l'Ecole
Normale, cette oasis intellectuelle, où, malgré la
consigne impériale, la haute parole de M. Royer-
Collard faisait germer l'indépendance. Témoin des
excès du gouvernement militaire et des souffrances
inouïes que la France eut à subir pendant les dernières années de l'Empire, M. Thierry a dû vraisemblablement à cette expérience personnelle,
autant peut-être qu'à la fermeté de sa raison,
l'avantage de ne s'être jamais incliné devant ce despotisme impitoyable, et de n'avoir jamais cédé aux
entraînements de béate admiration où sont tombés de nobles esprits, faute d'avoir senti le poids
de ce régime plus personnel encore que national.
En 1814, M. Thierry dut, comme tout ce qui aimait la liberté, trouver en partie l'expression de
ses sentiments dans le livre de Benjamin Constant,
De l'Esprit de conquête. Malgré l'horreur que lui
inspira, en 1815, la double violation de notre territoire, il ne vit dans Bonaparte revenant sans coup
férir de l'île d'Elbe aux Tuileries, qu'un nouveau
Guillaume III, expulsant, par la connivence de
l'armée, un autre Jacques II (1), moins dans un
intérêt national que pour rassurer, contre l'avidité
des émigrés, les barons de l'Empire et les barons
de la République. Préoccupé, depuis 1814 jusqu'à

_____

(1) Voy. *Censeur europden*, n° du 17 novembre 1819, et *Dix ans
d'études historiques*, 3e édit., p. 145.

1817, des problèmes les plus ardus de l'organisation sociale, M. Thierry retira de sa coopération
aux travaux d'un économiste, alors aussi injustement ignoré que plus tard démesurément et folle-
ment exalté (1), l'habitude des études graves et des
méditations sérieuses. Il avait, d'ailleurs, instincti-
vement l'aversion de toutes les tyrannies, même révolutionnaires, la haine des prétentions nobiliaires
ou sacerdotales, un désir ardent de garanties individuelles, sans préférence marquée pour aucune
forme de gouvernement, et, ce qui était plus rare
alors, un dégoût très-prononcé pour les institutions anglaises, dont la charte octroyée par la monarchie deux fois restaurée ne lui paraissait qu'une
hypocrite et ridicule singerie.

Attaché en 1817 à la rédaction du *Censeur européen*, la plus grave et la plus intelligente des
publications libérales de cette époque, il s'y dis-
tingua par le mérite de ses articles et la variété des
sujets qu'il y traita.

Une chose remarquable, quoiqu'au fond très-
naturelle, c'est que M. Thierry, qui devait être un
des premiers (le premier peut-être) à lever l'éten-
dard de la réforme historique, M. Thierry, qui
devait reprocher si vivement aux disciples de l'abbé
de Mably et à l'école philosophique de chercher

(1) Saint-Simon.

dans le passé, non la réalité des faits, mais des
preuves à l'appui de tel ou tel système, non des
événements à ranimer par une étude sérieuse et fé-
conde, mais des arguments de circonstance et des
instruments de guerre ; M. Thierry est entré, lui
aussi, par la voie de la controverse politique dans
cette carrière de l'histoire, où il a conquis un si
grand nom comme peintre et comme artiste. Ému
par l'imprudente provocation de M. de Montlosier,
dont le long et véhément pamphlet, intitulé *De la
Monarchie française*, eut, de 1814 à 1816, un si
bruyant retentissement, M. Thierry se hâta de demander à l'histoire des armes contre ces rodomon-
tades de l'émigration. La théorie de M. de Montlosier, qui partait des prémisses de l'abbé Dubos
pour arriver à une conclusion identique à celle du
comte de Boulainvilliers, cette théorie, glorification continuelle des lois, des mœurs, et surtout
de la descendance de la race conquérante, poussa
le jeune publiciste dans une exagération en sens
opposé. Il crut, lui, dans l'établissement des barbares et dans l'affreux désordre qui, au vi^e siècle,
succéda dans presque toute l'Europe à la civilisation romaine, apercevoir la cause toujours subsis-
tante de la plupart des maux de la société moderne.
Il essaya, entre autres applications de cette idée, de
réduire à une suite de violences et de ruses, pra-
tiquées par les envahisseurs normands, tous les
prétendus avantages de la constitution actuelle de

l'Angleterre. Dès 1817, il écrivit dans *le Censeur européen* un article où il développait ingénieusement cette thèse, et où il exposait avec une verve moqueuse et, comme on dit de l'autre côté du détroit, avec *humour*, les diverses formes d'*exploitations* auxquelles les conquérants normands et leurs fils, à partir de Guillaume le Bâtard et de ses compagnons, jusqu'à Charles Ier et à sa chambre des lords, soumirent ou essayèrent de soumettre la race anglo-saxonne. Ce morceau de pure polémique, élevé, dix ans après, à toute la gravité de l'histoire, devint dans la *Revue trimestrielle,* à propos de l'ouvrage de Henri Hallam, *Constitutional history of England,* une judicieuse exposition de la constitution anglaise, et a mérité d'entrer en partie dans la *conclusion* qui couronne si dignement l'*Histoire de la Conquête de l'Angleterre par les Normands.*

L'entraînement de la polémique n'a pas conduit seulement M. Thierry vers l'important sujet de la conquête normande, où il trouva l'occasion d'acquérir une si haute renommée. La revendication exclusive que le parti ultrà-aristocratique osait faire, à son profit, de la nationalité franque, appelait naturellement les représailles des descendants supposés de la nationalité gauloise. Né roturier, comme il le dit, M. Thierry se hâta de relever le gant jeté à la roture avec tant de jactance. Il fit plus, il regarda, en quelque sorte, comme un devoir de piété filiale de restituer aux classes

moyennes et inférieures leur part de gloire dans
nos annales, de recueillir les souvenirs d'honneur
plébéien, d'énergie et de liberté bourgeoises. A
ceux qui ressuscitaient dans une intention hostile
les souvenirs, qu'on pouvait croire depuis longtemps effacés, de la conquête germaine, il crut
qu'il était de bonne guerre de répondre par le souvenir des soulèvements populaires et de l'affranchissement des communes. En 1817, M. Augustin
Thierry, rendant compte dans le *Censeur* de la
correspondance de Benjamin Franklin, invoquait
déjà la mémoire de nos aïeux, « ces artisans éner-
giques qui fondèrent les communes et imaginèrent
la liberté moderne. » Cette assertion, précisément
inverse de la fameuse proposition de Montesquieu,
M. Thierry l'a commentée de toutes les manières,
comme publiciste et comme historien, par la dissertation et par le récit, par des articles de journaux et par des livres. Il a voulu prouver, par
toutes les voies, qu'en France *personne n'est l'af-
franchi de personne*, et qu'historiquement, aussi
bien que rationnellement, l'égalité des droits n'est
pas un vain mot.

Et qu'on ne dise pas que dans cette lutte il n'a
montré de sympathie que pour la bourgeoisie des
villes, et qu'il a oublié ceux qui avaient eu à sup-
porter la plus grande part de souffrances. Non,
cette accusation n'est pas fondée. M. Thierry n'a
établi aucune distinction dans la sympathie qu'il

éprouve pour toute la masse roturière soit de condition libre, soit de condition serve. Relisez ces
mots écrits en 1820 dans le *Censeur,* à propos des
Mélodies Irlandaises de Thomas Moore :

« ..... Nous qu'on appelle des hommes nouveaux, sachons nous
rallier par des souvenirs populaires aux hommes qui, avant nous,
ont voulu ce que nous voulons, aux hommes qui ont compris comme
nous les libertés de la terre de France.... Mais ne nous y trompons
pas, ce n'est point à nous qu'appartiennent les choses brillantes du
temps passé ; ce n'est point à nous de chanter la chevalerie ; nos
héros ont des noms plus obscurs ; nous sommes les hommes des
cités, les hommes des communes, les hommes de la glèbe, les fils
de ces paysans que les chevaliers massacrèrent près de Meaux, les
fils de ces bourgeois qui firent trembler Charles V, les fils des ré-
voltés de la Jacquerie.... »

Mais M. Thierry n'était pas doué seulement du
génie de la polémique; il possédait, et à un plus
haut degré, le sentiment et le génie de l'histoire.
A l'emportement sauvage et à l'érudition de seconde main de M. le comte de Montlosier, le jeune
patriote résolut d'opposer des textes et de la science
de bon aloi. Une partie de l'année 1819 fut employée à lire et à extraire tout ce qui avait été publié sur l'ancienne monarchie française, Pasquier,
Fauchet, Mably, Thouret et les jurisconsultes, et
les feudistes, et les commentateurs du droit coutu-
mier, tous ces écrits froids, secs, insipides et durs,
qu'il faut pourtant dévorer, selon l'expression de
Montesquieu, comme la fable dit que Saturne dé-
vorait les pierres. De plus, il étudia à fond, dans

l'admirable glossaire de du Cange, la langue politique du moyen âge, et s'efforça même de remonter par la connaissance de l'allemand et de l'anglais
modernes aux anciens idiomes germaniques et
scandinaves. Enfin, en 1820, il aborda la grande
collection des historiens originaux de la France et
des Gaules. De ce moment, le passé, le présent,
l'avenir, tout prit à ses yeux un nouvel aspect; sa
vocation était trouvée. Il ne demanda plus que
subsidiairement aux vieilles annales de l'Europe
des preuves et des arguments pour les besoins jour-
naliers de la discussion politique; il se prit à aimer
le passé pour lui-même, pour en jouir d'abord,
puis pour le ranimer et le faire revivre aux yeux
de tous. Les deux grandes questions qui l'avaient
préoccupé dès son entrée dans la carrière, la persistance de l'hostilité entre la race conquérante et
la race conquise, et le soulèvement et l'affranchissement des communes, restèrent toujours les deux
points culminants de ses recherches, en se dé-
pouillant, toutefois, peu-à-peu de ce que la polémique y avait mêlé d'exagération. En effet, pour
M. Thierry l'horizon s'était agrandi; un rayon de
la réalité historique l'avait illuminé. Sans peut-
être discerner bien nettement encore comment et
dans quelle mesure il est permis d'atteindre à la
vérité de l'histoire, il sentait vivement et non sans
un mouvement de colère, tout ce qui manquait
d'érudition et de talent aux historiens que la fri-

volité et le mauvais goût publics plaçaient au rang
de classiques (1). Un morceau *sur quelques erreurs
de nos historiens modernes,* à propos d'une histoire
de France à l'usage des colléges, parut en 1820 dans
le *Censeur.* C'était le prélude d'une série d'articles
que M. Thierry préparait sur nos origines nationales, et le signal de la guerre à outrance qu'il
comptait entreprendre dans ce recueil contre les
mesquines compilations extraites de Velly et de
ses continuateurs. La censure, qui fut rétablie
alors, en mettant fin à l'honorable entreprise de
MM. Comte et Dunoyer, obligea M. Thierry à chercher une autre tribune, pour y exposer son opinion
sur notre histoire et sur la meilleure manière de
l'écrire. Cette tribune fut le *Courrier français.*

Depuis le mois de juillet 1820 jusqu'au mois
de janvier 1821, M. Thierry inséra hebdomadaire-
ment dans *le Courrier* des lettres qui, par le jour
tout nouveau dont elles éclairaient les rapports des
conquérants germains et de la population gallo-
romaine, eurent le plus grand succès auprès de
tous les lecteurs sérieux et amis de la science.
Mais l'espèce d'apaisement politique qui gagnait
M. Thierry, à mesure que croissait son amour
pour l'histoire, l'amenait à traiter de préférence

(1) M. Thierry reconnaissait, pourtant, dès-lors de grandes et
honorables exceptions. Il rendait, par exemple, pleinement justice
dans un article du *Censeur européen* du 24 juin 1819, aux qualités
éminentes de l'*Histoire de Cromwell,* de M. Villemain.

31.

des points d'une érudition de plus en plus spéciale.
Exposé, d'une part, aux tracasseries de la censure,
qui se faisait l'auxiliaire de la presse anti-libérale,
· et s'apercevant, d'une autre part, que ses dissertations scientifiques ne répondaient pas suffisamment aux besoins de la presse militante, M. Thierry
crut devoir, au mois de janvier 1821, disconti-
nuer ses publications, qui dans les colonnes d'un
journal ne se trouvaient pas, il faut le dire, à leur
véritable place.

Cette rupture amiable, quoique pénible, du
jeune écrivain avec la publicité quotidienne, fut
un événement heureux pour l'histoire. Libre de
s'abandonner à ce qu'il regardait, avec raison,
comme sa destinée, M. Thierry n'eut désormais
qu'un but, à savoir, de mettre en pratique la théorie de rénovation historique qu'il venait d'exposer
dans ses *Lettres sur l'Histoire de France*, de faire,
comme il disait, à la fois de l'art et de la science,
et d'être dramatique en n'employant que des matériaux obtenus par des recherches directes et scru-
puleuses.

Deux grands sujets s'offraient à sa plume, deux
sujets qu'il avait déjà étudiés, médités, sur lesquels
il avait même, à plusieurs reprises, risqué des tentatives partielles : l'histoire de l'établissement des
races germàniques sur le sol de la France, et l'histoire de l'établissement des Normands sur le sol
de l'Angleterre.

Quand je parle ici de ces deux événements comme de deux sujets distincts, je n'entre pas suffisamment dans le point de vue de M. Thierry. Pour lui, ces deux révolutions ne sont que deux épisodes d'un fait plus vaste et plus général, deux applications de la marche suivie par les barbares dans l'invasion et la conquête de l'Europe. Ne pouvant traiter, dans toute son étendue, le grand sujet des invasions barbares, ni suivre ce fait immense dans toutes ses ramifications, M. Thierry dut faire un choix et s'arrêter d'abord à la partie de ce vaste ensemble qui pouvait le mieux donner l'idée du tout. Il inclina vers la conquête de l'Angleterre par les Normands, la dernière en date des conquêtes barbares et celle qui se trouve, à ce titre, la plus riche en documents variés et certains. Il la préféra comme étant la plus propre à montrer, dans la dépossession d'un peuple par un autre peuple, l'histoire et, en quelque sorte, la loi de toutes les dépossessions territoriales. Il se livra tout entier à ce travail qui lui permettait à la fois de démontrer ses vues d'historien et de réaliser ses théories d'artiste.

Quoique les années 1821 et 1822 aient été marquées en politique par un redoublement de violence entre les partis, et que la portion la plus énergique de la jeunesse libérale, débusquée des brochures et des journaux par la censure, se fût réfugiée dans des affiliations secrètes, il est permis de croire que M. Thierry, tout en prenant part à

ce mouvement, auquel il ne put ni ne voulut rester étranger, n'éprouva cependant de cette effer-
vescence momentanée qu'une assez faible distraction. Ses idées, ses méditations, ses efforts tendaient
à un autre but. Sans doute, aucune de ses convictions n'avait fléchi; mais une passion nouvelle le
possédait presque tout entier. Pendant ces deux
années silencieuses et solitaires, plongé dans un
nombre infini de recherches préparatoires, courant
d'une bibliothèque publique à une autre bibliothèque, réunissant, classant, disposant ses matériaux,
courbé, des journées entières, sur les chroniques danoises et anglo-saxonnes dont les grandes
pages prenaient sous son regard un corps, une
voix, une âme; enivré de ce délire de Pygmalion,
de cette joie créatrice de l'artiste qui sent s'animer
sa pensée; s'identifiant avec ce qu'il appelait *ses*
vainqueurs et *ses* vaincus, sympathisant avec toutes les souffrances de la population subjuguée, s'in-
dignant des moindres avanies éprouvées par ces
hommes morts depuis sept cents ans, M. Thierry
était alors sous le charme de sa première intimité
avec son œuvre, sous ce charme qu'il a si heureusement défini, en comparant l'union mystérieuse
qui se forme entre l'auteur et son ouvrage, au premier mois, au mois le plus doux du mariage.

Alors la communauté de leurs études et le besoin de confident qu'éprouve toute passion véritable, formèrent ou plutôt resserrèrent l'amitié

de M. Thierry et de M. Fauriel. Celui-ci avait sur son jeune ami l'avantage de l'âge et d'études depuis longtemps commencées. Quoique les scrupules d'un goût trop sévère n'aient permis à M. Fauriel de publier qu'en 1836 son principal ouvrage, l'*Histoire de la Gaule méridionale sous la domination des conquérans germains*, partie détachée d'un ensemble beaucoup plus vaste et dont le monde savant attend impatiemment la complète publication, il avait naturellement beaucoup d'avance sur M. Thierry. On devine sans peine tout ce que celui-ci dut puiser de forces nouvelles dans ses conversations quotidiennes avec un ami, un conseiller d'un esprit si éclairé et si sagace. Il faut lire dans la préface même d'un livre de M. Augustin Thierry (*Dix ans d'études historiques*), auquel nous empruntons ces détails, ce qu'il raconte de ces entretiens de chaque soir, de ces longues promenades sur les boulevards extérieurs, où s'échangeaient tant de précieuses confidences, où se débattaient tant de graves questions, où s'éclaircissaient tant de minutieux problèmes.

Cependant, les difficultés de rédaction et de forme, les hésitations entre les divers modes d'exposition, les corrections, les refontes, toutes ces laborieuses angoisses qu'éprouvent seuls les écrivains de talent, retardèrent de deux ans encore l'achèvement de son ouvrage. Enfin, au printemps de 1825, M. Thierry put mettre au jour son épopée.

Son épopée! Ce mot est le plus juste que l'on puisse employer pour caractériser cette narration si vive, si animée, d'une couleur si vraie, ce tableau dont le sujet réunit à la fois tant de grandeur et d'unité, et qui offre des mœurs si nouvelles, cette histoire dont les matériaux ne se trouvaient pas seulement dans les chroniques, mais qui étaient épars dans les poètes, dans les chants populaires, dans les bardits du Nord, les ballades galloises et les rimes de nos trouvères. Le succès de l'*Histoire de la conquête de l'Angleterre par les Normands* fut immense ; il surpassa les espérances du jeune écrivain.

Toutefois, ce qui constitue surtout le mérite et l'originalité de cette histoire, l'application heureuse et fréquente du principe fécond et vrai de la distinction des races, a été, par la prédominance un peu exclusive que lui accorde l'auteur, l'occasion de quelques critiques. Si un grand nombre de questions obscures reçoivent une explication inattendue de cette nouvelle lumière historique, il est d'autres questions où l'antagonisme des races ne se montre que comme un élément secondaire. Peut-être, dans quelques parties de l'*Histoire de la conquête de l'Angleterre*, M. Thierry a-t-il un peu trop subordonné les élémens principaux à cet élément qui n'est pas toujours le premier. Ainsi, pour citer un des épisodes les plus frappants et les plus dramatiques de cette histoire, dans la longue querelle de Henri II et de Thomas de Cantorbéry, dans cette lutte de deux grands principes, dans ce duel à mort de l'autorité civile et de l'autorité religieuse, les intérêts de races n'eurent, en réalité, qu'une part assez restreinte. L'habile historien n'a pas manqué, sans doute, d'indiquer les autres intérêts, les autres passions, qui animaient les acteurs de cette sanglante tragédie, dont le dénoûment fut l'assassinat d'un archevêque par un roi; cependant, M. Thierry n'a peut-être pas assez montré toute la grandeur de la tâche qu'entreprit Thomas Becket, ce saint dont le tombeau au moyen âge fut presque aussi visité que le Saint-Sépulcre, non pas seulement parce qu'il était de race saxonne et qu'il avait défendu les intérêts saxons, mais parce qu'il se montra le champion intrépide de l'Église universelle, alors abandonnée par la papauté, et le défenseur populaire des libertés du genre humain. Au reste, ce n'est que dans un très-petit nombre de cas qu'on peut regretter que M. Thierry fasse prédominer son idée favorite de l'opposition des races. Presque toujours l'usage qu'il fait de ce principe l'amène aux plus heureuses restitutions, et lui permet de rendre à des faits restés insignifiants jusqu'à lui une physionomie vivante et nouvelle.

Malheureusement, par suite d'un si dur labeur, sa santé s'était détruite, sa vue s'était éteinte; son courage seul ne fléchit pas. Après un voyage en

Suisse et en Provence, il se remit, dès les premiers
mois de 1826, à de nouvelles études. Mais il lui
fallait lire par les yeux d'autrui et dicter au lieu
d'écrire. « La transition toujours si rude d'un
procédé à l'autre, dit M. Thierry, me fut rendue
moins pénible par les soins empressés d'une amitié
dont le souvenir m'est bien cher. » Cette main,
cette voix, cette amitié qui lui vinrent en aide dans
ce moment critique, c'étaient celles d'un jeune
homme alors obscur, connu seulement par un *Résumé de l'Histoire d'Écosse,* auquel M. Thierry
avait mis quelques pages d'introduction. Ce jeune
homme devait, lui aussi, se faire bientôt un nom
illustre comme historien de *la Contre-Révolution en
Angleterre sous Charles II et Jacques II,* et comme
écrivain politique de premier ordre. C'était Ar-
mand Carrel, ce champion si pur et si éloquent de
l'honneur national, que nous avons vu si chevale-
resquement démocrate, et qui succomba peut-être
sous le poids des chagrins politiques autant que
sous la balle d'un accidentel adversaire.

Un projet de publication qui, malgré un commencement d'exécution, est demeuré à l'état de
projet, fut alors sur le point de réunir dans un
même travail deux hommes également éminents,
quoique d'un esprit fort dissemblable. M. Thierry
et M. Mignet s'associèrent pour la mise en œuvre
d'une pensée commune. Il s'agissait d'extraire du
texte des chroniques et des mémoires contem-

porains un récit continu d'histoire de France.
M. Thierry rédigea un premier volume; mais les
difficultés que présentait cette entreprise étaient
sans doute insurmontables, puisqu'elles décou-
ragèrent deux esprits aussi fermes et aussi clair-
voyants.

Forcé de choisir un autre sujet d'ouvrage,
M. Thierry songea à étendre, à corriger, à compléter les *Lettres sur l'Histoire de France* qu'il avait
adressées autrefois au *Courrier français*. Mais, depuis que M. Thierry avait commencé à prêcher la
réforme historique, cette révolution s'était à-peu-
près accomplie. D'une part, MM. Guizot, de Sismondi, de Barante, d'une autre; MM. Thiers et
Mignet, avaient ou achevé ou commencé de publier leurs grands travaux. M. Trognon, dans deux
ingénieux essais (1), avait tenté de faire revivre
les parties les plus effacées de l'époque mérovingienne; M. Michelet avait traduit la *Science nouvelle* de Vico, et préludait déjà, dans une remarquable préface, à l'histoire idéaliste et synthétique.
M. Monteil venait de faire paraître les premiers volumes de son *Histoire des Français des divers états;*

_____

(1) Ces deux morceaux ont été réunis sous le titre suivant: *Ma-
nuscrit de l'ancienne abbaye de Saint Julien à Brioude; Histoire
du Franc Harderard et de la vierge Aurelia*, légende du VIIᵉ siècle,
et le *Livre des Gestes du roi Childebert III*, chronique du VIIIᵉ siècle, retrouvées et traduites par un amateur d'antiquités françaises.
Paris, Brière. 1824, 2 vol. in-12.

M. Amédée Thierry, émule de son frère, mettait
sous presse son *Histoire des Gaulois.* Ce fut donc
bien moins la partie polémique et, en quelque
sorte, révolutionnaire des lettres adressées en 1820
au *Courrier Français*, que leur partie scientifique
et positive, que M. Thierry se proposa d'étendre et
de perfectionner. Ses études, de plus en plus solides, sur l'histoire des deux dynasties franques,
et son talent de narration, accru encore et assou-
pli par la pratique, lui permirent de faire de ses
douze premières lettres la meilleure et la plus savante introduction à la véritable histoire de France,
cette histoire qui ne commence à mériter ce nom
qu'à l'avénement de la troisième race. Dans les
treize autres lettres qui paraissaient pour la première fois dans le volume de 1827, l'affranchissement des communes, ce problème qui préoccupait
M. Thierry depuis 1817, est traité *ex professo*, avec
calme et gravité, bien qu'avec une passion qui,
pour être contenue, n'en est pas moins profonde.
Trois grands récits de révolutions communales,
l'insurrection de Laon, celle de Reims, celle de
Vézelay, sont, indépendamment de leur extrême
importance historique, des chefs-d'œuvre de narration, comparables, sinon supérieurs, aux plus
belles pages qu'ait laissées en ce genre l'auteur des
Puritains d'Écosse et de *la Prison d'Édimbourg.*
Dès l'année suivante (1828), la réimpression de
ces lettres, qui comptent aujourd'hui six éditions,

permit à l'auteur de se livrer à un nouvel et complet remaniement de son ouvrage.

De si grands travaux recommandaient leur auteur à l'estime et à la reconnaissance publiques. Presque aussitôt après la publication de l'*Histoire de la Conquête de l'Angleterre par les Normands,* le gouvernement du roi Charles X s'honora en prenant, en faveur du jeune historien, l'initiative d'une rémunération qui fut approuvée de tous. Au commencement de 1830, l'Académie des Inscriptions et Belles-Lettres appela M. Thierry, dont les souffrances s'étaient aggravées et qui vivait retiré depuis 1828 dans une ville de province, à une place de membre titulaire vacante dans son sein. Après la révolution de juillet, il fut attaché, quoique absent, à la maison du jeune duc d'Orléans par un titre littéraire. Enfin, en 1831, et ce n'est pas ce qui dut lui être le moins sensible, il fut loué presque sans réserve dans le dernier chef-d'œuvre *imprimé* de M. de Châteaubriand, dans la préface des *Études historiques.*

M. Augustin Thierry signale l'année 1829 comme ayant été la fin de sa carrière d'activité et de jeunesse, et le commencement d'une carrière nouvelle, où il regrette de ne pouvoir avancer que d'une marche beaucoup plus lente. Quant à moi, si je ne me trompe, cette seconde carrière qui, après un temps d'arrêt, s'est rouverte avec éclat en 1833, par l'insertion dans la *Revue des Deux-*

Mondes d'une nouvelle série de *Lettres sur l'Histoire de France*, me paraît plus belle encore que
la première et dans un progrès continu. En effet,
de retour à Paris dans une disposition d'esprit de
plus en plus calme, et résigné à ses souffrances,
ayant, comme il le dit si éloquemment lui-même,
fait amitié avec les ténèbres, entouré de toutes les
compensations que peuvent fournir l'estime universelle, les affections de famille et les soins d'une
compagne digne de le comprendre et quelquefois
de l'imiter (1), M. Thierry, dans la demi-solitude
que lui ont faite à la fois sa situation et ses habitudes de travail, partage la puissance de son esprit
entre plusieurs grandes tâches, dont il poursuit
l'accomplissement, et dont il nous reste à montrer
la direction et l'importance.

D'abord, il s'occupa avec une persévérance qu'on
ne peut trop admirer, de la correction et de la
révision définitive de l'*Histoire de la Conquête de
l'Angleterre par les Normands.* Faisant ensuite un
choix parmi ses mélanges, il les recueillit en un
volume, sous le titre de *Dix ans d'Études historiques.* C'était, en quelque sorte, la liquidation de

---

(1) On n'a pas oublié des fragments pleins de vérité d'observation et d'une grande finesse de pensée, insérés dans la *Revue des
Deux-Mondes*, par Madame Augustin ·Thierry, sous le titre de
Philippe de Morvelle. Ces morceaux, recueillis et complétés, ont
paru en un volume in-8º, sous le titre de *Scènes de mœurs aux
xviiie et xixe siècles.*

son passé. Une série nouvelle de travaux allait réclamer son zèle.

A la fin de 1836, M. Thierry fut appelé par la
juste confiance de l'autorité à la surveillance d'une
entreprise immense et qu'on pourrait appeler Bé-
nédictine, devant laquelle son dévoûment à la
science n'a pas reculé. M. Guizot, qui, professeur
d'histoire moderne à la Sorbonne, avait acquis tant
de titres à la reconnaissance des lettres, en pu-
bliant, vers 1824, la traduction des mémoires relatifs à l'histoire de France depuis la fondation de
la monarchie jusqu'au xiiie siècle, ministre de
l'instruction publique en 1833, pensa avec raison
que les efforts isolés de quelques particuliers ne
pouvaient suffire à la mise en lumière des pièces
innombrables qui intéressent notre histoire et que
renferment les bibliothèques, les archives et les
divers dépôts publics du royaume. Il institua près
le ministère de l'instruction publique, à la fin de
1834, un comité chargé de la recherche et de la
publication des monuments inédits de l'histoire de
France. Ce comité reconnut bientôt la nécessité de
former une collection des chartes des communes
et des statuts municipaux des villes de France,
collection assez complète pour rivaliser avec les
grands recueils consacrés à l'histoire de la noblesse
et du clergé, et se trouver à la hauteur de la fortune politique de ce troisième ordre, le dernier en
date, longtemps le moindre en pouvoir, mais que

la Providence , dit M. Thierry, destinait à vaincre les deux autres et à les absorber dans une
seule masse nationale, désormais compacte et
homogène (1). Désigné par la nature de ses travaux à la direction de cette entreprise, M. Augustin
Thierry fut ainsi ramené vers cette importante
question des communes, par laquelle nous l'avons
vu entrer dans la carrière de l'histoire. Mais, à
présent, ce ne sera pas avec un nombre plus ou
moins limité d'exemples et de documents partiels,
c'est en présence de tous les titres originaux, recueillis de toutes les parties du royaume, qu'il va
porter sur ce problème un jugement complet et
solennel. Dans ces modifications, ou, pour mieux
dire, dans cet agrandissement progressif de sa pensée, on ne peut qu'admirer la force d'intelligence,
l'impartialité d'esprit et la parfaite bonne foi de
l'écrivain. Laissons-le parler :

« Il y a , certes, un grand mérite d'à-propos dans l'intention de
recueillir et de rassembler en un seul corps tous les documents authentiques de l'histoire de ces familles sans nom, mais non pas
sans gloire, d'où sont sortis les hommes qui firent la révolution de
1789 et celle de 1830.... De grandes leçons et de beaux exemples
pour le siècle présent peuvent sortir de la révélation de cette face
obscure et trop négligée des dix derniers siècles de notre histoire
nationale. Il y avait chez nos ancêtres de la bourgeoisie, cantonnés
dans leurs mille petits centres de liberté et d'action municipales ,

(1) Voyez *Rapport au ministre de l'instruction publique*, 10 mars
1837.

des mœurs fortes, des vertus publiques, un dévoûment naïf et intrépide à la loi commune et à la cause de tous; surtout ils possédaient à un haut degré cette qualité du vrai citoyen et de l'homme politique qui nous manque peut-être aujourd'hui, et qui consiste à savoir nettement ce qu'on veut, et à nourrir en soi des volontés longues et persévérantes.

« Dans toute l'étendue de la France actuelle, pas une ville importante qui n'ait eu sa loi propre et sa juridiction municipale, pas un bourg ou simple village qui n'ait eu ses chartes de franchise et ses privilèges communaux; et, parmi cette foule de constitutions d'origine diverse, produit de la lutte ou du bon accord entre les seigneurs et les sujets, de l'insurrection populaire ou de la médiation royale, d'une politique généreuse ou de calculs d'intérêts, d'antiques usages rajeunis ou d'une création neuve et spontanée (car il y a de tout cela dans l'histoire des communes), quelle infinie, j'allais dire quelle admirable variété d'inventions, de moyens, de précautions, d'expédients politiques! Si quelque chose peut faire éclater la puissance de l'esprit français, c'est la prodigieuse activité des combinaisons sociales, qui, durant quatre siècles, du XIIe au XVIe, n'a cessé de s'exercer pour créer, perfectionner, modifier, réformer partout les gouvernements municipaux, passant du simple au complexe, de l'aristocratie à la démocratie, ou marchant en sens contraire, selon le besoin des circonstances et le mouvement de l'opinion. Voilà quel spectacle digne d'intérêt et de méditation m'ont présenté les deux mille pièces ou sommaires de pièces authentiques dont j'ai déjà pris connaissance (1).... »

Mais, comme on le pense bien, le triage et le classement méthodique des pièces de cette vaste collection, où l'art ne peut entrer que pour peu de chose, ne suffisaient pas aux besoins d'une pensée et d'une imagination aussi actives que celles de M. Thierry. Il entreprit donc parallèlement un

(1) *Rapport* du 10 mars 1837.

autre travail, dont il a terminé et publié, l'année
dernière, la première moitié. Je veux parler des
deux volumes intitulés *Récits des temps mérovingiens*, livre de science et de style, le plus achevé,
suivant moi, qui soit sorti de cette plume si habile,
et qui a reçu des mains de l'Académie française la
couronne historique que le legs de M. le baron
Gobert a autorisé cette compagnie à décerner.

Ce dernier ouvrage se compose de deux sections
bien distinctes. La première, qui remplit presque
un volume, consiste en de nouvelles *Considérations* sur nos origines sociales ; la seconde contient
six *Récits* ou épisodes, destinés à faire revivre la
Gaule du vi⁶ siècle.

Il ne s'agit point ici, comme on voit, de la première invasion ni de la fougueuse arrivée des conquérants germains sur notre sol. Cette peinture,
après M. de Châteaubriand, n'était plus à faire (1),
et M. Thierry lui-même a raconté ailleurs plusieurs
des scènes les plus caractéristiques de cette terrible
collision (2). Ce qu'il veut peindre dans ces *Récits*,
c'est la seconde période de la conquête franque,
celle où commence une sorte d'échange de mœurs
ou plutôt de vices entre les deux races ; c'est ce moment de civilisation indécise et complexe où la
physionomie germanique et la physionomie gallo-

---

(1) Voy. *les Martyrs*, livres VI et VII, et les *Études historiques*,
étude sixième, Mœurs des barbares.
(2) *Lettres sur l'histoire de France*, lettres VI, VII et VIII.

romaine semblent se confondre dans un état inter-
médiaire, qui n'est ni la franche barbarie du Nord,
ni la vieille corruption romaine, situation nouvelle, qu'on pourrait appeler la barbarie gallo-
franque.

Ces *Récits* n'offrent point une histoire continue
des événements arrivés sous la première race. A la
suite exacte des faits et à l'unité de composition,
très-difficiles à conserver au milieu des complica-
tions politiques de cette époque, M. Thierry a pré-
féré le récit par masses détachées, ayant chacune
pour fil la vie ou les aventures de quelque personnage célèbre. L'auteur n'a donné, dans les deux
volumes déjà publiés, que six tableaux épisodi-
ques; il ne lui faut pas moins de deux nouveaux
volumes pour compléter cette histoire ou plutôt
cette série d'histoires disposées par groupes et frac-
tionnées par petits centres d'action, à-peu-près
comme l'était elle-même la société mérovingienne.

Nous n'insisterons pas sur le mérite de ces
six morceaux, qui nous montrent, sous toutes
les faces, la vie politique, civile et religieuse du
vi⁰ siècle, l'intérieur de la maison des rois francs,
la condition périlleuse et turbulente des seigneurs
et des évêques, les guerres civiles et privées, la misère et les intrigues des vaincus, les violences qui
éclataient jusque dans les basiliques et même dans
les monastères de femmes. Ces *Récits* sont trop présents à la mémoire de tous pour que j'en parle plus

longuement. On ne peut oublier, quand une fois
on les a vues, ces grandes figures, types gradués de
toutes les nuances de la barbarie, Frédégonde,
Hilperick, Mummolus, Leudaste, Brunehilde. Je
dirai seulement que nulle part l'auteur n'a employé
un mode d'exposition plus grave, plus vrai, une
touche plus large, plus harmonieuse. Chaque
groupe, si artistement détaché du fond des chroniques, est en soi une narration complète. Quant à
l'impression totale qui doit résulter de l'ensemble, il est aisé dès à présent de la prévoir. Aussi
aspirons-nous bien vivement au moment où nous
jouirons de la vue entière de l'édifice, et où nous
pourrons d'un coup-d'œil en embrasser toute l'ordonnance.

On ne remarque pas un moindre progrès dans
les *Considérations* dogmatiques qui sont placées
devant les *Récits*. Ce que M. Thierry avait fait dans
un ouvrage précédent à propos des livres d'histoire
narrative, il le complète aujourd'hui en jugeant les
livres d'histoire systématique. Il soumet au plus
scrupuleux examen les théories fondamentales et
les diverses formules qu'on a essayé d'époque en
époque d'imposer aux origines de la société française. Dans cette appréciation vraiment impartiale
des faits et de leurs commentaires, on n'aperçoit
aucune trace de polémique, aucune autre passion
que celle du vrai. De tant de livres où le bien et le
mal sont à tout moment confondus, M. Thierry ne

cherche à dégager que les choses bonnes. On dirait
un *affineur*, uniquement occupé à extraire de la
mine l'or le plus pur. Jamais, il faut le dire, l'auteur n'avait procédé avec une méthode aussi exacte,
aussi large, aussi véritablement scientifique; jamais
il n'avait prononcé de jugements qui eussent à un
aussi haut degré, le caractère de décisions défini-
tives. M. Thierry ne s'est non plus montré nulle
part aussi juste appréciateur des travaux de ses
devanciers. Tout en énumérant les résultats obtenus depuis vingt ans par la nouvelle école historique, il témoigne, dans les termes les mieux sentis,
sa reconnaissance et son respect pour l'ancienne et
grande école des Bénédictins et pour celle de l'A-
cadémie des Inscriptions et Belles-Lettres. C'est à
cette dernière compagnie, en effet, et à un de ses
plus illustres membres, à Fréret, que semble remonter l'honneur d'avoir éclairci le premier les
ténèbres des origines franques. M. Thierry analyse
un admirable mémoire lu dans la séance publique
de 1714 par Nicolas Fréret, qui n'avait alors que le
modeste titre d'élève. Dans ce mémoire, le jeune
savant traitait de l'établissement des Francs au nord
de la Gaule, et résolvait les principales difficultés
du sujet dans le sens de la vérité. D'autres mémoires
étaient préparés et devaient suivre. Mais ce beau
travail, qui renversait sans pitié l'hypothèse plus
patriotique que judicieuse des colonies gauloises,
et qui restituait à la conquête son caractère pure-

ment germain, souleva d'inconcevables suscepti-
bilités. L'auteur fut arrêté par lettre de cachet et
enfermé quelque temps à la Bastille. Dès-lors ses
travaux académiques prirent un autre cours, et la
connaissance des véritables bases de l'histoire de
notre pays fut ajournée à plus d'un siècle.

Il ressort de l'ensemble des *Considérations* de
M. Thierry non seulement une foule de vérités particulières, mais une vérité plus générale, que l'auteur n'a pas expressément formulée, mais qui est
la conclusion et, en quelque sorte, la morale de
son ouvrage. C'est que les réformes ne sont pas,
comme on le croit quand on les commence, une
rupture complète avec toutes les traditions du
passé. Non, une réforme n'est pas un sentier fantastique à travers le vide; ce n'est pas le pont de
Milton jeté sur le chaos. Au contraire, une réforme
légitime est presque toujours la reprise d'une voie
antérieurement suivie et délaissée à tort. En 1825,
par exemple, quand le terrain manquait sous les pas
des imitateurs de la tragédie de Voltaire, on aurait
voulu voir la nouvelle école retourner avec audace
aux libertés du drame grec ou du moins au dialogue si net et si nerveux de Corneille. En un
mot, une réforme n'est pas nécessairement un élan
vers l'inconnu. Ce peut être, et souvent ce doit être,
un retour à de grandes lignes, qu'on reprend au
point où elles ont été abandonnées, pour les conduire et les prolonger par-delà. Pourquoi n'en

serait-il pas des révolutions de la poésie et de l'histoire comme de celles du commerce et de la navi-
gation? Après avoir quitté au xve siècle la route
de l'Inde par l'Egypte, et avoir appris à doubler
le cap de Bonne-Espérance, l'Europe n'est-elle
pas à la veille de délaisser la voie ouverte par
Gama, et de reprendre, en l'accélérant, celle de
l'Égypte, frayée par Alexandre? La nouvelle école
ne pouvait remonter à un sentier plus sûr que celui
qu'avait indiqué Fréret. Aujourd'hui, grâce à tant
de travaux et d'efforts, elle a dépassé de bien loin
ce point de départ. Au reste, tous les lecteurs de
M. Thierry auront été frappés, comme nous le sommes, de la marche ascendante qu'a suivie, d'un pas
si ferme, le talent de cet écrivain; ils auront admiré cette perfection croissante du jugement et du
style, cette vocation précoce, cette impartialité qui
est née et qui a grandi au milieu des orages politiques, ce génie presque divinatoire dont le souffle
a rendu la vie à toutes les populations obscures
qui ont, sans presque laisser de traces, foulé le sol
de l'Angleterre et de la France. Plusieurs de nos
contemporains se sont illustrés par l'histoire; mais
nul, je crois, n'a considéré le passé sous autant
d'aspects divers. M. Thierry a traité l'histoire en
publiciste, en critique, en philologue, en artiste.
Ajoutons que personne ne s'est plus religieusement
renfermé dans le cercle de la science; personne
ne s'est consacré avec une piété plus exclusive au

culte de l'histoire nationale; personne n'a donné à la réforme historique une impulsion plus efficace. A Dieu ne plaise que j'aie la prétention d'assigner des rangs, ou que je veuille diminuer en rien les statues qui restent à élever; je désire seulement que l'on comprenne bien pourquoi, au moment d'ouvrir une galerie des historiens modernes, le nom de M. Thierry s'est présenté le premier à notre plume.

FIN DU TOME PREMIER.

TABLE DU PREMIER VOLUME.

I.   32*

FIN DE LA TABLE DU PREMIER VOLUME.

ERRATA DU PREMIER VOLUME.

Page   78, lignes 9 et 13 : Lycas , *lisez* Lycus.
—   78, lignes 11 et 12 : Crathès , *lisez* Crathis.
—   113, ligne   1 : *effacez* ment.
—   119, ligne 25 : *effacez* décline, *après les mots* l'antique orient.
—   131, ligne 10 : limiten, *lisez* limite du.
—   143, ligne 17 : des rapports, *lisez* les rapports.
—   144, ligne 19 : des vérités , *lisez* les vérités.
—   187, ligne   9 : écrire, *lisez* décrire.
—   236, ligne 17 : poè e, *lisez* poème.
—   261, ligne 15 : d'une conjuration, *lisez* de la conjuration.
—   277, ligne   8 : ce vague è ta, *lisez* était.
—   382, ligne   1 : c uverte, *lisez* couverte.

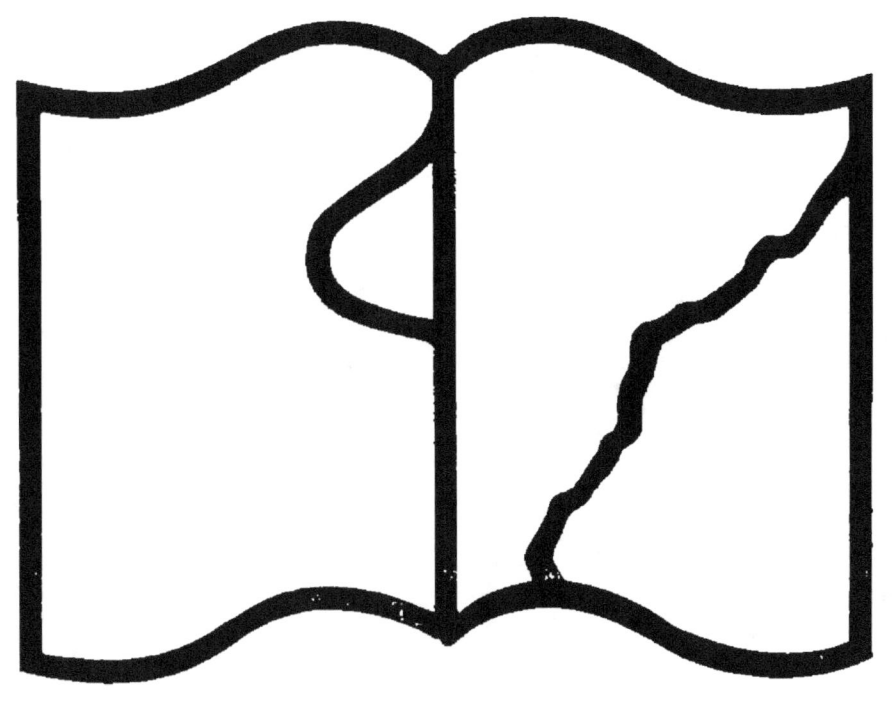

Texte détérioré — reliure défectueuse

NF Z 43-120-11

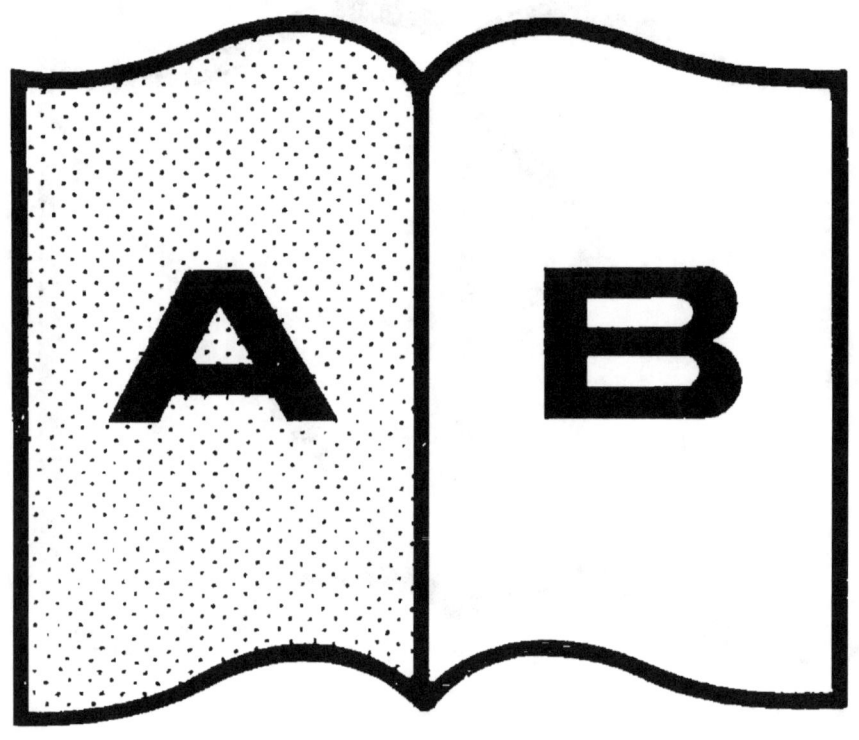

Contraste insuffisant

NF Z 43-120-14